DES KREUZFAHRERS KUSS

CLAIRE DELACROIX

Übersetzt von
JULIA LAMBRECHT

DEBORAH A. COOKE

Des Kreuzfahrers Herz
By Claire Delacroix

Originaltitel: The Crusader's Heart
Deutsche Erstausgabe 2021
Übersetzung: Julia Lambrecht

✿ Erstellt mit Vellum

DIE RITTER VON SANKT EUPHEMIA

Die Reihe *Die Ritter von Sankt Euphemia* folgt einer Gruppe Ritter, denen in Jerusalem ein Schatz überantwortet wird, welchen sie sicher nach Paris geleiten müssen. Unterwegs begegnen ihnen Abenteuer und Gefahren – und die Liebe. Die Serie ist abgeschlossen und umfasst fünf mittelalterliche Liebesromane. Da die Geschichten sich überschneiden und aufeinander aufbauen, sollten sie in der richtigen Reihenfolge gelesen werden.

1. **Des Kreuzfahrers Braut**

2. **Des Kreuzfahrers Herz**

3. **Des Kreuzfahrers Kuss**

4. **Des Kreuzfahrers Schwur**

5. **Des Kreuzfahrers Versprechen**

DES KREUZFAHRERS KUSS

SONNTAG, 6. DEZEMBER 1187

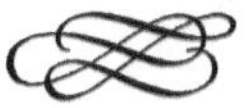

FESTTAG DES SANKT NICHOLAS

Châmont-sur-Maine

Bartholomew befand sich in einem inneren Zwiespalt. In der Nacht vor seinem Ritterschlag kniete er in der Kapelle und kämpfte mit seiner Entscheidung.

Als Gaston angeboten hatte, ihn zum Ritter zu schlagen, hatte Bartholomew sofort daran gedacht, danach nach England zurückzukehren. Als Ritter konnte er den Schurken, der ihm das Lehen seiner Familie – sein Geburtsrecht – gestohlen hatte, herausfordern. Als Ritter konnte er für die Gerechtigkeit kämpfen und sicherstellen, dass seine Eltern gerächt wurden. Als Ritter konnte er Haynesdale für sich beanspruchen, falls es ohne einen Herrn war, und den König darum bitten, es ihm zu übereignen. Seine ersten Überlegungen hatten nur den neuen Möglichkeiten und seinem Triumph gegolten.

Dennoch war ein Rest von Zweifel geblieben. Gaston war mehr als gut zu ihm gewesen. Der Ritter hatte Bartholomew in den Straßen von Paris aufgelesen, als er nur ein junger Waisenknabe gewesen war. Gaston hatte sich um sein Wohlergehen gekümmert und ihn zum Knappen ausgebildet, als er eigentlich noch zu jung und klein gewesen war, einer zu sein.

Obwohl nur etwas mehr als zehn Jahre zwischen ihnen lagen, hätte

Gaston gut Bartholomews Vater sein können, wenn man bedachte, welche Rolle er in seinem Leben gespielt hatte. Nun würde Gaston Bartholomew nicht nur zum Ritter schlagen – was beträchtliche Kosten verursachte – sondern hatte ihm auch angeboten, als Hauptmann seiner Wache die Grenzen von Châmont-sur-Maine zu verteidigen.

Schuldete er es Gaston nicht, dieses Angebot anzunehmen?

Bartholomews Zweifel waren gewachsen, als ihre Reisegruppe auf Gastons neuerworbenen Ländereien angekommen war und hatte entdecken müssen, dass es dem Ehemann von Gastons Nichte überaus missfiel, Gaston gesund und wohlbehalten daheim ankommen zu sehen. Allen war klar, dass Millard danach trachtete, Châmont-sur-Maine für sich zu beanspruchen, und es vielleicht schon getan hätte, wenn Gaston unterwegs aufgehalten worden wäre. Obwohl die Angelegenheit in Gastons Sinn entschieden worden war, war sich Bartholomew bewusst, dass seinem treuen Freund womöglich weitere Herausforderungen bevorstanden.

Gaston brauchte vielleicht jede Klinge, die er auf seine Seite bringen konnte.

Welche Pflicht sollte Bartholomew erfüllen? War es besser, ein altes Unrecht wiedergutzumachen oder sicherzustellen, dass sich nicht an anderer Stelle ein neues ereignete?

Vor zwei Tagen war Wulf zu Bartholomews Ritterschlag angereist, eine strahlende Christina an seiner Seite. Die Geschichte des ehemaligen Templers, der auf das Land seiner Familie zurückgekehrt und von seinem Vater anerkannt worden war, diente als Inspiration. Zu Bartholomews Überraschung stellte sich heraus, dass Wulf der Bastard eines Edelmanns war, den sein Vater einstmals verstoßen hatte. Aber nun hatte er einen Titel gewonnen und Christinas Hand.

Weil Wulf gewagt hatte, darauf zu hoffen.

Nein, weil er es gewagt hatte, nach seinem Glück zu suchen und es für sich zu beanspruchen.

Und auch die Tatsache, dass Châmont-sur-Maine, eine stolze Besitzung, Gaston zugefallen war, war ein Argument, das Bartholomews Vorhaben, nach England zu gehen, stützte. Als jüngerer Sohn ohne ein Erbe hatte Gaston geglaubt, sein Leben lang ein Templer zu bleiben.

Dass dem Ritter, den Bartholomew in der ganzen christlichen Welt am meisten bewunderte, ein solcher Lohn zuteilgeworden war, diente als willkommenes Zeichen, dass vielleicht auch er selbst über den Bösewicht, der ihm Haynesdale gestohlen hatte, triumphieren würde.

Es wäre einfacher, sich seiner Entscheidung sicher zu sein, wenn er wüsste, was ihn in Haynesdale erwartete. Was war dort vor all den Jahren wirklich geschehen? Bartholomew war zu jung gewesen, als dass er sich auf seine Erinnerungen verlassen könnte. Er wusste, man hatte ihn fortgeschickt. Er träumte von Feuer, und er hatte auch eine Narbe, die ihm ins Fleisch gebrannt worden war. Wer war es, der ihr Heim angegriffen hatte? Lebte seine Mutter noch? Hielt der Schurke das Lehen noch immer besetzt?

Würde der König Bartholomews Bitte entsprechen? Die angevinischen Könige hatten verfügt, dass alle Lehen in England beim Tod des jeweiligen Lehnsherrn wieder in ihren Besitz übergingen, sodass die Krone selbst sie erneut vergeben konnte. Diese Praktik sollte sicherstellen, dass die treuen Anhänger des Königs die Macht besaßen und ihren verdienten Lohn erhielten. Henry und seine Anverwandten erkannten keine Erbschaften an – von Geld einmal abgesehen. Der Heimfall konnte gekauft werden, aber Bartholomew hatte kein Geld, um seinen Anspruch zu untermauern.

Wenn er Frankreich verließ – würde er nicht nur Gastons Vertrauen verraten, sondern auch auf seiner eigenen Mission scheitern? Deutlich sah er die Chancen und Risiken beider Entschlüsse.

Bartholomew schaute auf den Reliquienbehälter, der auf dem Altar stand, und fragte sich, ob Sankt Euphemia Wulf und Gaston ihre Fürsprache gewährt hatte. Die von ihnen geführte Gruppe hatte die sterblichen Überreste der Heiligen den ganzen Weg von Jerusalem aus verteidigt und dabei zahlreiche Gefahren überstanden. Würde sie sich auch für ihn verwenden?

Wie konnte er zwischen diesen Wegen wählen, beide ehrenhaft und doch mit Ungewissheiten und Risiken behaftet?

Das war eine Aufgabe für einen Ritter, vermutete er.

Vielleicht war diese Entscheidung selbst die wahre Prüfung.

Am Vorabend hatte man Bartholomew gewaschen und ihm den Bart abrasiert. Er hatte ein frisches Hemd und Beinkleider angelegt und in ehrfürchtigem Schweigen die Kapelle betreten. Der Reliquienbehälter war enthüllt worden, und der Priester hatte ihn geküsst und dann auf den Altar gestellt. Gaston hatte das Schwert, mit dem Bartholomew gegürtet werden würde, davorgelegt, und dann hatte man ihn alleingelassen, um sich auf seinen Schwur vorzubereiten.

Nachdem sich die Tür geschlossen hatte, war es in der Kapelle dunkel und kalt geworden.

Stunden waren vergangen. Bartholomews Knie schmerzten. Sein Magen war leer, sein Mund war trocken und seine Finger waren kalt. Dennoch betete er und hoffte, eine Möglichkeit würde sich als einleuchtender präsentieren als die andere.

Die Nacht verstrich langsam. Selbst kniend hätte er vielleicht eindösen können, aber seine Gedanken fanden keine Ruhe. Die Kälte des Steins durchdrang seinen Körper und umschloss sein Herz.

Gaston oder Haynesdale?

Es erschien Bartholomew, als hätte er eine Ewigkeit lang gekniet, als er sah, wie der Himmel hinter den Fenstern der Kapelle heller wurde, und hörte, wie die Vögel zu singen begannen. Er schaute wieder zum Altar, zu dem Schwert, das bald ihm gehören würde. Sein Knauf glänzte in der Dunkelheit. Es war eine feine Klinge aus Stahl aus Toledo, der Griff schlicht und stark. Gaston hatte eine Waffe gewählt, die Bartholomew sein ganzes Leben lang gute Dienste tun würde. In den Knauf war ein runder Kristall eingelassen, wie es auch bei Gastons Schwert der Fall war, aber dieser Kristall enthielt einen Splitter des wahren Kreuzes. Das Schwert und die Sporen, die Gaston am Morgen an Bartholomews Stiefeln anbringen würde, symbolisierten seine neue Rolle und Verantwortung.

Hinter dem Schwert stand der goldene Reliquienbehälter, den sie für die Templer von Jerusalem nach Paris befördert hatten. Offiziell hieß es, die Reliquie sei in Paris geblieben, aber um ihre Sicherheit zu gewährleisten, würde Fergus sie heimlich nach Schottland bringen. Der Großmeister in Paris hatte Gastons Bitte entsprochen, sie in der Kapelle zur Schau stellen zu dürfen, solange die Tür verschlossen blieb und niemand außer ihrer Gruppe sie zu sehen bekam, vom Priester einmal abgesehen.

Bartholomew hatte den Schatz erst mit eigenen Augen erblickt, als sie den Tempel in Paris erreicht hatten, und konnte noch immer kaum glauben, wie kostbar er war. Der Reliquienbehälter war groß und aus Gold gefertigt. Edelsteine schmückten seine Oberfläche. Er war mit dem Namen der Märtyrerin verziert, deren heilige Überreste darin aufbewahrt wurden.

Sankt Euphemia.

Gerade am Tag zuvor hatte Christina die Geschichte von Euphemias Leben erzählt, einschließlich des Wunders beim Konzil von Chalcedon, das ihr zugeschrieben wurde. Es hatte einen Disput über die richtige Doktrin gegeben, und so waren zwei Schriftrollen, die die jeweilige Auslegung beschrieben, in den Sarkophag, der die Gebeine der Heiligen enthielt, gelegt und darin versiegelt worden. Am Morgen hatte die eine Schriftrolle in Euphemias Hand gelegen, die andere zu ihren Füßen.

Sie hatte entschieden, welche Doktrin dem rechten Glauben entsprach.

Vielleicht würde sie auch ihm helfen zu entscheiden. Aye, diesen Segen vermochte sie zu erteilen.

Bartholomew erkannte seinen Impuls als richtig. Wenn der erste Sonnenstrahl, der den Altar berührte, auf das Schwert fiel – das Schwert, das Gaston ihm geschenkt hatte –, würde er bleiben, um Gastons Besitz zu verteidigen. Sollte die Sonne dagegen zuerst auf den Reliquienbehälter scheinen, würde er die größere Gefahr auf sich nehmen, bei der der Lohn ungewiss blieb, den Pfad der Gerechtigkeit für seinen toten Vater. Eine Märtyrerin wie Euphemia war immerhin deshalb eine Heilige geworden, weil sie ihrem Glauben gefolgt war und an ihrer Überzeugung festgehalten hatte, ganz gleich, wie unsicher der Ausgang.

Aye, beschloss Bartholomew, so sollte es sein.

Sein Herz schlug schneller, während der Himmel hinter den Fenstern heller wurde. Endlich durchdrang ein Sonnenstrahl das Zwielicht und tönte die Westwand der Kapelle mit rosigem Gold. Die Sonne stieg höher, und der Lichtstrahl näherte sich dem Altar. Bartholomew betete, während er seiner Reise folgte. Er konnte nicht erraten, wo er landen würde.

Das Sonnenlicht fiel über den Altar, als er vor der Tür Schritte hörte. Der Priester sprach draußen mit einem anderen Mann, wahrscheinlich Gaston, und der Schlüssel drehte sich im Schloss. Das Sonnenlicht berührte die Ecke des Altartuchs, und noch immer konnte er nicht vorhersehen, ob die Reliquie oder das Schwert als Erstes angestrahlt werden würde.

Der Priester murmelte hinten in der Kapelle ein Gebet. Seine leisen Schritte näherten sich. Ihnen folgten die Stiefeltritte eines Ritters. Bartholomew beobachtete den Weg des Sonnenlichts und hielt beinahe den Atem an. Als die Sonne das Gold berührte, war er von dem strahlenden Glanz beinahe geblendet. Der Reliquienbehälter leuchtete so grell, dass er in Flammen zu stehen schien, und wirklich, Bartholomew hatte das Gefühl, als setzte der Wille der Heiligen sein Blut in Flammen.

Er würde nach Haynesdale reiten, herausfinden, wie es darum bestellt war, und danach trachten, seinen Vater zu rächen.

Gerechtigkeit sollte es sein.

Ganz gleich, welche Hindernisse ihm im Weg standen.

Es war seine erste Herausforderung als Ritter.

SAMSTAG, 16. JANUAR 1188

FESTTAG DER FÜNF BRÜDER DES FRANZISKANERORDENS

KAPITEL 1

Haynesdale in Northumberland, England

Anna lag auf dem Bauch im Schnee und beobachtete die Gruppe, die im Wald lagerte, den sie wie ihre Westentasche kannte. Sie verhielt sich komplett still, die Armbrust geladen und unter dem Schafspelz versteckt, der sie vor Blicken schützte. Ihr wäre kalt gewesen, hätte ihr Herz nicht vor Erwartung so schnell geschlagen. Neben ihr und halb unter ihr lag Percy, der mit wachsamem Blick auf ihre Befehle wartete.

Sie trugen beide schlichte, dunkle Kleider, mit denen sie mit den Schatten verschmelzen würden. Anna hatte ihr langes Haar unter eine Mütze gesteckt und trug die Beinkleider und Stiefel eines Mannes. Es gefiel ihr, dass sie in solchen Kleidern schneller laufen konnte und oft Freiheiten genoss, die ihr als Frau verwehrt geblieben wären, wenn man sie für einen Jungen hielt.

Es war Monate her, dass eine Gruppe diesen Weg genommen hatte, und länger noch, dass jemand dumm genug gewesen war, im Wald zu rasten. Es war ein harter Winter gewesen und würde wohl ein noch härterer Frühling werden. Gerüchte besagten, es werde neue Steuern und Abgaben geben, obwohl die Ernte nicht reichlich ausgefallen war. Anna würde nicht als Einzige hungern.

In Wahrheit hatten sie mit einer Gruppe gerechnet, die in die andere Richtung unterwegs wäre, aus Haynesdale kommend, denn der Baron entrichtete seine Steuern an den König stets nach dem Julfest. Sir Royce, der genau wusste, dass es im Wald Diebe gab, schickte am Tag, bevor die Kutsche mit dem Gold sich auf den Weg zum König machte, einen Trupp Späher aus. Genau auf dieses Anzeichen warteten Anna und Percy.

Stattdessen hatten sie eine Gruppe Ritter entdeckt, die nach Haynesdale ritten. Das war sehr ungewöhnlich. Sir Royce hatte nicht oft Gäste. Anna grübelte, ob sie einige der anderen rufen sollte, aber dann entschied sie, sie und Percy würden allein zurechtkommen.

Eindeutig war die Gruppe wohlhabend. Ihre Pferde waren bemerkenswert edle Tiere, so edel, dass Anna wusste, man würde sie auf jedem Markt, auf dem sie versuchen könnte, sie zu verkaufen, erkennen – oder sogar auf dem Weg dorthin. Sie würde also der Versuchung widerstehen müssen, die Pferde zu stehlen. Immerhin waren die Zelter schwer mit Satteltaschen und Paketen beladen.

Was führten diese Männer mit sich?

Sie waren schwerer und vollständiger bewaffnet, als es in diesem Winkel des Landes üblich war. Alle trugen Kettenrüstung, jeder Einzelne von ihnen, nicht nur Lederharnische. Ihre Stiefel gingen bis über die Waden, und sie besaßen Helme feiner Machart.

Wer waren sie?

Zwei Templer waren unter ihnen, ihre weißen Waffenröcke mit den markanten roten Kreuzen geschmückt, dem Kennzeichen ihres Ordens. Beide hatten Knappen bei sich, und beide Knappen schliefen auf dem Gepäck ihres jeweiligen Ritters. Anna hatte an ihnen wenig Interesse. Sicher besaßen sie gute Schwerter und Kettenhemden, aber sie würden eher sterben, als diese Dinge herzugeben. Darüber hinaus war der wertvollste Besitz eines Templers sein Schlachtross, und sie hatte sich bereits dagegen entschieden, die Pferde zu stehlen.

Zwei andere Ritter waren dabei, die etwa gleich alt zu sein schienen. Beide sahen recht gut aus, wenn man für Männer ihrer Art etwas übrighatte. Einer hatte rötliches Haar und reiste mit zwei Knappen. Anna hatte Teile der Unterhaltung gehört und genügend seiner Worte aufgefangen, um daraus zu schließen, dass er aus dem Norden stammte und nach einer langen Reise nach Schottland zurückkehrte. Das meiste Gepäck gehörte allem Anschein nach ihm, und er hatte von einer Verlobten gesprochen.

Geschenke für eine Lady also. Anna vermutete, er brachte Stoff für kostbare Kleider mit, denn die Pakete waren zu groß, um nur Schmuck zu enthalten. Wenn es Juwelen gab, würde er sie bei sich tragen. Er sah jung und kräftig aus, und sie war sich nicht sicher, ob sie ihn im Kampf würde besiegen können.

Juwelen waren noch schwerer zu verkaufen als Pferde, so viel war sicher. Was sie wollte, waren Geld und Nahrungsmittel.

Der andere Ritter hatte dunkleres Haar und war stiller als sein Gefährte. Er allein trug einen kurzen Bart, der ihn verwegen aussehen ließ. Mehr als einmal hatte Anna befürchtet, er hätte sie in der Dunkelheit entdeckt, obwohl sie wusste, das konnte nicht sein. Er wirkte wachsamer, und Anna vertraute ihrem Instinkt, der ihr riet, ihn und seinen Knappen lieber in Ruhe zu lassen.

Schließlich war da noch ein weiterer Kämpfer, ein älterer Mann mit Silber an den Schläfen. Ein Schotte, denn er trug das karierte Wolltuch, das seinesgleichen so schätzte. Er hatte zwei Satteltaschen bei sich, und Anna hatte bemerkt, dass er die eine davon nie losließ.

In dieser Tasche befand sich etwas Wertvolles, so viel war klar.

Vermutlich würde sie ihm entkommen können, wenn es ihr nicht gelang, ihn zu übertölpeln.

Anna hatte eine Position in der Nähe des Schotten gewählt, in Windrichtung. Sie deutete auf die fragliche Tasche, und Percy nickte und biss sich auf die Lippen.

Der Mond neigte sich. Im Wald herrschte bereits tiefe nächtliche Stille. Da der Himmel klar war, wartete Anna darauf, dass der Mond hinter den Bäumen verschwand und das kleine Lager im Schatten lag. Das dichte Unterholz entlang der Straße war ihr Freund, denn sie kannte einen Pfad hindurch, den kein Fremder bei Nacht finden würde. Sie und Percy würden sich trennen, und ihr Bruder würde rasch und leise zur Höhle laufen, während sie die Jäger von ihm weglockte.

Falls sie kamen.

Es würde perfekt funktionieren.

Der Schotte hatte Wache gehalten, aber nun döste er. Die Pferde dösten auch. Die Knappen schliefen. Ein Templer schnarchte. Der schottische Ritter murmelte etwas im Schlaf. Der Mond sank tiefer, und das Lager lag im Dunkeln.

Es war Zeit.

Anna berührte Percy an der Schulter, und der Junge schlich sich hinein. Sie griff nach ihrer Armbrust und zielte auf den Schotten für den Fall, dass er aufwachte und versuchte, den Jungen aufzuhalten. Percy besaß für einen Jungen seines Alters ein ungewöhnliches Talent für die Heimlichkeit und konnte sich so lautlos bewegen, dass Anna immer, wenn sie ihn beobachtete, beeindruckt war.

Ihr Bruder hätte der geborene Dieb sein können. Percy arbeitete sich zu dem schlafenden Mann vor, leise und sicher. Schließlich streckte er die Hand aus und berührte die Satteltasche, ließ die Hand einen Moment lang dort ruhen, um sicherzugehen, dass der Schotte nicht reagierte. Anna hob ihre Armbrust. Ihr Herz hämmerte, während sie zusah und wartete.

Percy zog dem Schotten vorsichtig die Tasche weg, erst ganz langsam. Der Mann murmelte etwas im Schlaf, schien sich des Jungen aber nicht bewusst zu sein. Nun zog Percy schneller und trat still und leise mit der Tasche den Rückzug über den Schnee an.

Er war beinahe bei Anna angelangt und warf ihr einen triumphierenden Blick zu. In seinen Augen tanzte wie üblich der Schalk. Sie hätte genickt, aber in jenem Moment schnaubte der Schotte, rollte auf die Seite und tastete nach der Tasche. Als er begriff, dass sie fort war, riss er die Augen auf. »Heh!«, rief er, und die Gruppe erwachte.

Percy rannte los.

Anna feuerte die Armbrust ab. Der Bolzen hätte dem Schotten die Hand durchschlagen, wenn er nicht in just diesem Moment auf die Füße gesprungen wäre.

»Dieb!«, röhrte er wütend und deutete auf Percy. Die gesamte Gruppe war alarmiert. Der stille Ritter sprang von seinem Lager und rannte in den Wald. Anna wollte versteckt bleiben, damit er versuchte, Percy zu folgen, aber stattdessen kam er geradewegs auf sie zu.

Er hatte sie entdeckt! Anna umklammerte die Armbrust und rannte los, in eine andere Richtung als Percy. Den Schafspelz ließ sie liegen.

Der Ritter holte schnell auf, war dabei so laut, dass sie keinen Zweifel daran hatte, wo er war. Sie schätzte, dass er mehr als einen Kopf größer war als sie und ihm seine Größe einen Vorteil verlieh. Für zwei seiner Schritte musste sie drei machen.

Percys Entkommen war das Wichtigste, sagte sie sich. Dieser Mann war ein Ritter, der geschworen hatte, Frauen und Waisen zu verteidigen, was beides auf sie zutraf.

Andererseits hatte Anna schon bezeugt, wie bereitwillig ein Ritter solche Schwüre vergaß. Ihr Herz raste, und nicht nur wegen des Rennens.

Nicht schon wieder!

»Halt!«, rief er. »Dieb!«

Anna duckte sich unter einem Ast hindurch und hoffte, für ihn hinge er zu tief. Sie konnte Percy nicht hören und betete, dass er sicher entkommen war. Sie lief in die Richtung, die von der Höhle wegführte, wich Ästen aus, nahm verschlungene Pfade, flitzte an Büschen vorbei und sprang durch das Farnkraut. Der Ritter ließ sich nicht entmutigen. Er war verflucht schnell, obwohl er seine Kettenrüstung trug. Das Geräusch seiner Stiefeltritte über Laub und tote Äste wurde lauter und näherte sich. Die Dunkelheit schien ihr keinen Vorteil zu verschaffen.

Wenn sie ihn abschütteln und die Sicherheit der Höhle erreichen könnte, würde er sie niemals finden.

Anna machte kehrt und überquerte einen kleinen Bach. Ihre Stiefel rutschten auf den nassen Steinen, weil sie zu schnell lief. Obwohl der Bach nicht breit war, war er kalt und tief. Sie ruderte einen Moment mit den Armen, um ihr Gleichgewicht wiederzufinden, und war sich sicher, der Ritter würde aus dem Wald hervorbrechen und sie sehen. Zu ihrem großen Glück tat er es nicht. Tatsächlich hörte sie einen Plumps und einen gemurmelten Fluch. Ha! Sie gelangte sicher wieder auf die Füße und sprang ins Unterholz auf dem anderen Ufer, bevor sie innehielt.

Sie hörte nichts von ihrem Verfolger.

Hatte er die Jagd aufgegeben?

War er gestürzt und hatte sich verletzt?

Sie blieb reglos stehen, halb davon überzeugt, das Pochen ihres Herzens würde sie verraten, dann lächelte sie langsam. Schritte verklangen, danach war es im Wald wieder still. Anna wartete eine lange Zeit, lauschte, doch von dem Ritter war nichts zu hören.

Sie hatten wieder Erfolg gehabt! Der Ritter hatte sich von ihrer Kehrtwende täuschen lassen und war in die gleiche Richtung weitergelaufen. Vielleicht würde er bei Tagesanbruch die Burg erreichen oder aber den Rest der Nacht durch den Wald irren.

Anna wandte sich um in der Absicht, Percy zu finden, nur, um festzustellen, dass der dunkelhaarige Ritter hinter ihr stand, die Arme vor der Brust überkreuzt. Er hatte sich so leise bewegt, wie sonst nur Percy es konnte. Und er bewies eine Geduld, wie es kaum ein Mann tat.

»Wo ist der andere Junge?«, fragte er.

Anna atmete scharf ein und wollte losrennen, aber der Ritter griff sie um die Taille und hob sie hoch. Sie versuchte, ihn zu treten, aber er ahnte die Bewegung voraus. In ihr wuchs die Angst, dass sie ihm ausgeliefert war.

Zu ihrer Überraschung entwand er Anna die Armbrust, dann stieß er sie von sich, sodass sie fiel. Vom eigenen Gürtel zog er einen Bolzen und spannte die Waffe, seine Bewegungen von solcher Sicherheit, dass er den Blick dabei nicht von ihr abwenden musste. Zu spät sah sie den Haken an seinem Gürtel und begriff, dass auch er ein Schütze war. Er zielte auf sie – mit ihrer eigenen Armbrust – und lächelte sie dann mit einem Selbstvertrauen in die eigenen Fähigkeiten an, das sie erzürnte.

»Wo?«, murmelte er, und das eine Wort hing zwischen ihnen in der Luft, getragen von dampfendem Atem.

»Das werde ich Euch niemals sagen«, knurrte sie und trat einen Schritt zurück, während sich ihre Gedanken überstürzten. Sie konnte in den Fluss springen und bis zur Höhle schwimmen. Wenn er auf sie schoss, verfehlte er vielleicht, und es würde ihn Zeit kosten, einen Bolzen nachzuladen.

Sie begegnete seinem Blick und sah die Entschlossenheit in seinen Augen. Sein Daumen lag auf dem Abzug. »Ich möchte dich nicht töten, Junge«, sagte er leise. »Aber ich will, dass Duncan sein Eigentum zurückbekommt.«

Junge. Er hielt sie für einen Jungen. Natürlich. Wenn er ihr Geschlecht kennen würde, würde er sie dann verschonen?

Oder würde er sie missbrauchen? Annas Magen krampfte sich vor Furcht zusammen.

Die Überraschung würde seine Reaktion vielleicht verzögern. Darauf musste sie spekulieren.

»Junge?«, wiederholte Anna herausfordernd und sah seine Verwirrung. Sie lächelte ihn an, hob die Hand und zog sich die Kapuze vom Kopf, schüttelt ihr Haar aus, sodass es ihr über die Schultern fiel. Sie sah die Überraschung in seinen Augen und gab ihm keine Zeit, sich zu erholen.

Der Vorteil, den ihr seine Überraschung gab, währte nur einen kurzen Moment.

Von den Felsen sprang sie hinab in den Fluss und sank unter Wasser. Sie konnte den Atem eine lange Zeit anhalten, und obwohl das Wasser entsetzlich kalt war, tat sie es. Sie schwamm an die flache Stelle am gegenüberliegenden Ufer, wo sie sich letzten Sommer versteckt hatte, um Percy zu überraschen, und wartete. Erst, als ihre Brust schier bersten wollte, weil sie dringend Luft brauchte, tauchte sie langsam auf. Das Eis am Ufer würde sie verstecken.

Von dem Ritter war am gegenüberliegenden Ufer nichts zu sehen.

Aber Anna hatte bereits gelernt, sich vor ihm in Acht zu nehmen. Er war verstohlen und listig. Sie blieb still und aufmerksam, da er die Jagd bestimmt nicht einfach aufgegeben hatte. Er würde sich zeigen, dessen war sie sich sicher, und wenn es eine Frage der Geduld war, wer sich zuerst aus der Deckung wagte, konnte sie abwarten.

Schließlich war er von Adel und ein Ritter, und Anna wusste, solche Männer waren zu nichts nütze.

Sie war fort, ganz, als hätte sie sich in Luft aufgelöst.

Bartholomew wusste es besser. Er stand still da und wartete. Keine Person verschwand einfach. Keine Person konnte für immer den Atem anhalten. Früher oder später würde sich die Wasseroberfläche kräuseln, und er würde seine Beute erblicken.

Während er wartete, wunderte er sich.

Er war überzeugt gewesen, einen Jungen zu verfolgen.

Seine Beute war schnell, so viel war sicher, und geschickt. Bartholomew war flink auf den Füßen, aber es hatte ihn große Anstrengung gekostet aufzuholen. Der Junge kannte den Wald und all seine geheimen Pfade offensichtlich sehr gut. Wenn der Schnee nicht gewesen wäre, zu dem die dunkle Kleidung des Jungen einen sichtbaren Kontrast bot, hätte Bartholomew ihn komplett aus den Augen verloren. Wo der Schnee verweht oder geschmolzen war, war es eine Herausforderung, ihn im Blick zu behalten. Auch lief er leise, seine Schritte machten selbst auf dem trockenen Laub kaum ein Geräusch.

Es gab keinen Zweifel: Dieser Junge und sein Gefährte hatten schon zuvor gestohlen und waren in ihrer Kunst wohlbewandert. Bartholomew hätte vielleicht Mitleid mit ihnen, wenn sie aus Hunger stehlen würden, und würde ihnen möglicherweise sogar eine Münze überlassen, aber sie durften nicht mit der kostbaren Reliquie entkommen, die ihrer Gruppe anvertraut war.

Er musste Duncans Satteltasche wiederbekommen.

Als der Junge den Fluss überquert hatte, hatte Bartholomew sein Ziel vorausgeahnt, war umgekehrt und hatte die Stelle vor seiner Beute erreicht. Er hatte keinen leichten Sieg erwartet, aber er hatte auch nicht damit gerechnet, davon überrascht zu werden, dass der Junge seine Kapuze abnahm.

Und langes, kastanienbraunes Haar darunter zum Vorschein kam.

Der Anblick dieses glänzenden Vorhangs aus Haar hatte ihn sofort dazu bewogen, seine Annahme zu revidieren. In dem Moment sah Bartholomew, wie schlank der »Junge« war, wie zart sein Gesicht und seine Hände. Er konnte sich erklären, warum er eine Rundung gefühlt hatte, als er seine Beute umschlungen hatte – es war kein Bündel, wie er zunächst vermutet hatte.

Es war ihre Brust.

Sie hatte sein Erstaunen oder seine Ritterlichkeit schadenfroh ausgenutzt, um erneut zu entkommen, und Bartholomew wusste, er würde dafür sorgen müssen, dass sie sich trocknete und wärmte, wenn sie endlich auftauchte. Ein kurzer Blick auf sie, und sein Beschützerinstinkt war geweckt. Er stellte fest, dass er eher gewillt war, ihre Seite der Geschichte zu hören.

Die Erkenntnis, wie ein hübsches Gesicht, selbst, wenn es schmutzig war, ihn beeinflusste, schockierte ihn.

Aber noch immer gab es keine Spur von ihr. Er kauerte nieder und beobachtete die Oberfläche, fluchte, weil der Mond zu tief stand, um viel Licht zu bieten.

Vielleicht hatte sie das geplant. Warum sonst sollte sie so lange warten, bevor sie zuschlug? Sicher waren sie und ihr Komplize nicht zufällig über ihre Gruppe gestolpert.

War ihnen schon länger jemand gefolgt? Bartholomew wollte es nicht glauben, obwohl er wusste, dass Duncan schon seit Paris der Überzeugung war, ihnen sei jemand auf den Fersen. Aber sie hatte zu arm gewirkt und war mit den Wäldern zu vertraut, um ihnen über eine lange Distanz nachgeritten zu sein. Und sie hatte kein Pferd.

Zumindest keins, das er sehen konnte. Wer konnte schon sagen, wo sie ihre Schätze versteckte? Und wo war der andere? War das zumindest ein Junge? Wohin hatte er die Satteltasche gebracht? Bartholomew runzelte die Stirn. Er war überzeugt, dass sie es wusste. Er würde warten.

Kräuselte sich dort die Wasseroberfläche, auf der gegenüberliegenden Seite des Flusses? Das Ufer warf an jener Stelle Schatten auf das Wasser, aber Bartholomew kam es so vor, als wäre das Eis dort in Bewegung. Er näherte sich vorsichtig und spähte.

Auf einmal tauchte sie auf und holte keuchend Atem. Ihr Entsetzen, als sie ihn sah, war offensichtlich. Sie machte Anstalten, das Ufer zu erklimmen, ihre Bewegungen durch das Gewicht ihrer nassen Kleider verlangsamt. Sie war so offensichtlich in Panik, dass Bartholomew ein gewisses Mitleid mit ihr verspürte.

Aber nicht genug, um sie entwischen zu lassen. Mit Anlauf sprang er über den Fluss und griff sie, zog sie aus dem Wasser. Er zog seinen Mantel aus und wickelte ihn fest um sie. Ihr Gesicht war schon ganz blass. »Wohin ist er gelaufen?«, fragte er.

Sie schaute über ihre Schulter und fragte sich offensichtlich, ob es Sinn hatte, ein Geständnis abzulegen. Er war froh, dass sie nicht lange zögerte. »Wo ist meine Armbrust?«

»Dort. Und jetzt ist es meine.«

»Eure?« Sie riss empört die Augen auf. »Ihr habt kein Recht …«

»So wie Ihr kein Recht hattet, Duncans Satteltasche zu stehlen.«

Sie kniff die Augen zusammen und musterte ihn. Bartholomew hielt ihre Oberarme fest. »Ich schlage Euch einen Handel vor«, sagte sie mit verblüffender Unverfrorenheit.

»Einen Handel?«, wiederholte Bartholomew. »Ihr habt mich bestohlen, und doch habe ich Euch gerade das Leben gerettet. Ihr steht tief in meiner Schuld. Ich sehe keinen Anlass, die Armbrust zurückzugeben, denn Ihr habt mir kein gutes Gegenangebot gemacht.«

»Ich habe Euch nicht bestohlen …«

»Aber der Junge hat es getan, und Ihr seid mit ihm im Bunde.«

Sie presste die Lippen zusammen und ihr Blick wurde aufrührerisch. »Ihr habt mich nicht gerettet«, sagte sie verächtlich.

»Ihr hattet Schwierigkeiten, ans Ufer zu gelangen, und Ihr seid bis auf die Knochen durchfroren. Ohne diesen Mantel würdet Ihr Euch den Tod holen.« Er hob eine Augenbraue und ließ ihre Oberarme nicht los. »Wer weiß, Ihr werdet vielleicht dennoch krank.«

»Ich bin von starker Konstitution«, sagte sie hitzig. »Ich schulde Euch und Euresgleichen gar nichts …«

»Dann werde ich meinen Mantel zurücknehmen und Euch Euch selbst überlassen.«

Sie hielt den Mantel fest und sah ihn böse an. »Er *ist* sehr warm.«

»Und?«

»Und was?«

»Und Ihr solltet mir danken, dass ich ihn so großzügig mit Euch teile.«

»Großzügig?« Sie lachte, als hätte sie es lieber nicht getan. »Ein Ritter ist niemals großzügig zu einem Menschen aus den Wäldern.«

Bei diesen Worten wickelte Bartholomew sie aus dem Mantel, stellte ihr ein Bein und ließ sie zurück in den Fluss plumpsen. Er wusste, dass das Wasser nicht tief war, und vermutete, nichts außer ihrem Stolz würde dabei verletzt werden. Wenn sie ihn los sein wollte, konnte er das arrangieren. Er sprang zurück über den Fluss und hob die Armbrust auf, tat, als wollte er die Diebin zurücklassen. Prustend kam sie hoch und sah ganz so aus, als wollte sie ihm das Fleisch von den Knochen reißen.

»Es ist meine!«, schrie sie.

»Ihr habt das Recht darauf verwirkt«, antwortete Bartholomew. Er winkte ihr zu. »Da Ihr eine so starke Konstitution habt, werde ich Euch verlassen.«

»Wohin geht Ihr?«

»Ich hole mir natürlich das Diebesgut zurück.« Wieder tat er, als wollte er gehen, und hörte, wie sie sich hoch auf das Ufer kämpfte.

»Verfluchter Mistkerl«, murmelte sie, und er schaute zurück und sah, dass sie sich wie ein Hund schüttelte. Nun, da ihre Kleider nass waren, war deutlich zu sehen, dass sie in Wirklichkeit eine Frau war, wenn auch eine sehr zierliche. Sie wrang den Saum ihrer Tunika aus und schaute ihn erneut böse an. Dann nieste sie und zitterte. »Ich tausche die Armbrust gegen Percys Aufenthaltsort«, bot sie in herausforderndem Tonfall an.

Bartholomew lachte. »Weil er sich der Beute bereits entledigt hat. Ich wäre ein Narr, Euch die Gelegenheit zu geben, mich loszuwerden, wenn Ihr ganz offensichtlich solche Zuneigung zu mir hegt.«

Sie schnaubte auf eine ganz und gar nicht damenhafte Weise. »Sie gehört Euch nicht.« Die Art, wie ihr Blick auf der Armbrust verharrte, sagte Bartholomew, wie wichtig sie ihr war.

Warum? Es war nicht üblich, dass Frauen mit einer solchen Waffe umgehen konnten.

»Ihr habt auf Duncan geschossen«, rief er sich ins Gedächtnis und verspottete sie bewusst, da sie die Neigung zu haben schien, mehr zu enthüllen, wenn sie wütend war. »Oder vielleicht sollte ich sagen, dass Ihr Duncan verfehlt habt? Vielleicht seid Ihr nicht besonders gut. Vielleicht habt Ihr diese Waffe gestohlen und könnt gar nicht damit umgehen.«

Wieder blitzten ihre Augen zornig, und sie spuckte auf den Boden, bevor sie erneut erschauderte. »Das Glück war auf seiner Seite. Dass ich ihn verfehlt habe, war kein Zeichen meines Ungeschicks.« Sie war offensichtlich stolz auf ihre Fähigkeit, und er fragte sich, ob ihr Stolz begründet war.

Wieder provozierte er sie. »Vielleicht würde es nicht schaden, sie Euch zurückzugeben. Vielleicht könntet Ihr mich gar nicht damit niederstrecken.«

Sie blinzelte, kämpfte sichtlich gegen ihre Reaktion auf die Beleidigung, dann lächelte sie und streckte die Hand aus. »Vielleicht nicht.«

Ihr plötzliches Lächeln ließ Bartholomew verdutzt blinzeln, denn sie war noch hübscher, als er gedacht hatte. Er hatte den inneren Zwiespalt gesehen, in dem sie sich befand, und verspürte den seltsamen Instinkt, ihr zu vertrauen. Sie war nicht dumm, und sie war eine Diebin ohne Arglist.

Was für eine fesselnde Frau.

»Aber wozu braucht eine Frau eine solche Waffe?« Er heuchelte Verachtung. »Solltet Ihr Euren Schutz nicht einem Mann überlassen? Eurem Ehemann oder Vater?«

»Ich habe keins von beidem«, verkündete sie und griff nach der Armbrust.

Bartholomew hielt sie mühelos außer Reichweite.

Sie nieste erneut und schaute ihn missvergnügt an. »Ich werde noch an der Kälte sterben, wie Ihr gesagt habt«, sagte sie. »Und dann findet Ihr Percy niemals.« Sie streckte die Hand aus, stets optimistisch.

»Wenn wir einen Handel abschließen, dann zu meinen Bedingungen«, sagte Bartholomew, der die Diskussion erstaunlich unterhaltsam fand.

Sie schnaubte. »Und die werden ohne Zweifel verlockend sein.«

»Was erwartet Ihr?«

Sie holte tief und resigniert Atem. »Ihr werdet nicht nur wollen, dass ich Euch die Satteltasche zurückbringe, sondern auch, dass ich mit Euch das Bett teile, und dann werdet Ihr mich um die Armbrust betrügen, denn Ihr werdet behaupten, es gehöre sich nicht für eine Frau, eine solche Waffe zu führen. Ihr werdet mich beschmutzt zurücklassen, all dessen beraubt, was für mich einen Wert besitzt.« Ihre Unterlippe kräuselte sich vor Verachtung. »Ich kenne diese Art von Handel.«

Bartholomew war erstaunt, dass sie von jemandem, der ein Fremder und ein Ritter war, so wenig hielt. Er schaute an dem Schmutz und den einfachen Kleidern vorbei, sah die Form ihres Gesichts und ihrer Lippen, die schmale Taille, das faszinierende Blitzen in ihren Augen. Ja, sie war wirklich anziehend.

Aber er würde ihr beweisen, dass sie ihn falsch beurteilte.

»Hier ist der Handel, den ich Euch vorschlage«, sagte er in einem gemäßigten Ton. »Ich werde Euch die Armbrust wiedergeben, wenn ich Duncans Satteltasche zurückbekomme und der Inhalt intakt ist.«

Sie presste die Lippen zusammen. »Dann hätten wir das Risiko für nichts und wieder nichts auf uns genommen. Wollt Ihr nicht eine Münze oder sechs dazulegen?«

Er beäugte die Armbrust. »Selbst in der Dunkelheit ist zu sehen, dass es sich um eine gute Waffe handelt, die einen ordentlichen Preis erzielen würde. Vielleicht sollte ich sie nach York bringen und dort verkaufen.«

»Dann würdet Ihr Eure Tasche nicht zurückbekommen.«

»Es klingt, als würde ich sie ohnehin nicht zurückbekommen. Ihr habt diese Unterhaltung in die Länge gezogen, um sicherzugehen, dass Percy genug Zeit hatte, irgendeinen Unterschlupf zu erreichen.«

Ihr Lächeln blitzte auf. »Ich dachte nicht, dass Ihr klug genug wärt, es zu bemerken.«

»Ich denke, *Ihr* seid klug genug zu wissen, dass nicht alle Männer sind wie jener, der anscheinend solches Misstrauen in Euch geweckt hat.«

Zum ersten Mal wirkte sie überrascht und sogar ein wenig unsicher. Sie betrachtete Bartholomew mit neuem Interesse, und ihre Lippen teilten sich. Er trat ein Stück näher, gefesselt von ihrem Blick, wenngleich er ihren Absichten misstraute. Sie streckte die Hand aus. »Darf ich Euren Mantel borgen, Sir? Ihr wart zuvor so großzügig, ihn mir zu leihen, und er war warm.«

Bartholomew lächelte. »Seid Ihr nur nett, wenn Ihr etwas wollt?«

Sie lächelte ihn an. »Vielleicht habe ich von Euresgleichen etwas gelernt.« Sie nieste wieder, recht heftig.

Bartholomew konnte ihre Gesundheit nicht aufs Spiel setzen. Er zog sich den Mantel von den Schultern und legte ihn ihr über. Sie umklammerte ihn und bebte unter seinem Gewicht. Sie betrachtete den Pelz, mit dem er gefüttert war, und sah ihn dann wieder an. »Seid Ihr reich?«

Bartholomew schüttelte den Kopf. »Ich habe einen großherzigen Freund.«

Sie warf ihm einen listigen Blick zu und schien etwas sagen zu wollen. Instinktiv beugte Bartholomew sich vor, um besser zu hören, was sie sagen würde.

In diesem Moment schrie in der Ferne ein Kind.

Sie richteten sich beide gerade auf und starrten in die Dunkelheit des Waldes. Bartholomew bemerkte, wie alarmiert seine Gefährtin wirkte. »Percy!«, wisperte sie und lief dann in Richtung des Schreis.

Seinen Mantel um sich geschlungen.

Einmal mehr floh sie, und einmal mehr folgte Bartholomew ihr durch die Dunkelheit und das Unterholz des Waldes. War dies eine List, um ihn erneut hereinzulegen? Oder war Percy wirklich in Gefahr? Und was war mit Duncans Satteltasche geschehen? Wenn irgendjemand hineinblickte, bezweifelte Bartholomew, dass er die Reliquie so einfach wiederfinden würde.

Wenn überhaupt jemals.

Auf keinen Fall konnte er das Vertrauen, das Gaston und der Templerorden in ihn setzten, enttäuschen. Er musste die Tasche wiederfinden, ganz gleich, zu welchem Preis.

PERCY KEUCHTE VOR ENTSETZEN.

Er wusste nicht, was mit Anna geschehen war. Sie war nicht hinter ihm, und er konnte sie auch nirgends hören. Hoffentlich hatte sie einen anderen Weg gewählt, um ihre Verfolger in die Irre zu führen, wie sie es für gewöhnlich tat.

Percy lief weiter, in Richtung der Höhle, wie es ihr Plan war.

Er sprang über einen Stamm und hastete weiter durch den Wald, dann hielt er an. Hörte er hinter sich Schritte? Einen Moment lang lehnte er sich an einen großen Stein und gab seinem Herzschlag Zeit, sich zu beruhigen, während er lauschte.

Nichts. Er war sicher.

Anna würde ihm bald folgen, aber er konnte sich Zeit lassen, die Höhle zu erreichen. Immerhin hatte er die Beute.

Was war es?

Percy leckte sich die Lippen und ging in die Hocke, um die Satteltasche zu öffnen. Sie war schwer, und während der Flucht hatte er versucht, ihren Inhalt zu erraten. Ein Beutel Silbermünzen. Juwelen, die einem König zur Ehre gereichen würden. Selbst ein Haufen Pennys wäre willkommen. Seine Finger zitterten vor Kälte und Aufregung, als er die Bänder löste. Er sprach im Stillen einen Wunsch aus, wie er es immer tat, und schlug den Deckel zurück.

Beim Anblick des goldenen Gegenstands fiel Percy der Unterkiefer herunter. Was war denn das? Es war so groß wie sein Kopf, vielleicht noch größer, mit Edelsteinen besetzt und mit einem Schriftzug versehen. So etwas hatte er noch nie gesehen.

Er hätte den Gegenstand aus der Satteltasche gezogen, aber er hörte hinter sich einen scharfen Atemzug, der enthüllte, dass er nicht allein war.

»Das nehme ich«, sagte ein Mann, dessen Stimme vertraut klang. Gaultier, der Hauptmann der Wache des Barons, trat aus dem Unterholz. Bei seinem Lächeln wurde Percy kalt. »Ich wusste, ihr würdet zurückkehren, sobald euch ein weiterer Diebstahl gelungen wäre, aber dies ist eine außerordentliche Beute.«

»Nein!«, rief Percy. Die Tasche umklammernd, wich er zurück.

Die Umrisse dreier weiterer Männer versperrten ihm die Sicht, und er wusste, er war gefangen. Trotzdem versuchte er, an ihnen vorbeizugelangen, und trat und schrie, als sie ihn griffen. Gaultier schnappte sich die Satteltasche, während die anderen ihn verschnürten und davontrugen.

»Hilfe«, schrie er.

»Bitte, rufe deine Verbündeten herbei«, sagte Gaultier glatt. »Ich würde deine Schwester gern wiedersehen, wenn sie noch lebt.«

Percy schloss augenblicklich den Mund. Er wusste nicht, was während Annas Gefangenschaft geschehen war, aber Gaultier hatte ihr vor ihrer Flucht Leid angetan. Percy konnte sie nicht wieder der Macht dieses Ritters überlassen.

Gaultier lachte leise. »Also ist sie am Leben. Ich hatte mich schon gewundert. Wir werden am Morgen nach ihr suchen. Soll sie Zeit haben zu bemerken, dass du fort bist.«

Die Pferde standen hinter dem Hügel versteckt, und Percy wurde zu ihnen hinübergetragen.

»Heda!«, rief Gaultier. »Wer auch immer den Jungen sucht, kann ihn im Kerker von Haynesdale Keep finden, wenn ihm daran gelegen ist, einen Handel einzugehen.«

Nach diesen Worten und dem zufriedenen Lachen des Ritters, das sie begleitete, besaß Percy die Klugheit, nichts weiter zu erwidern.

～

Nicht Percy!

Anna wusste, dass ihr Bruder nicht ohne guten Grund so geschrien hätte. Für gewöhnlich war er still. Das machte ihn zu einem guten Komplizen, seinen Schrei aber umso besorgniserregender.

Der Schrei war aus der Richtung der Höhle gekommen, was keine gute Nachricht war. Dort hätte er auf sie warten und in Sicherheit sein sollen.

Hatte man ihr Versteck entdeckt?

Oder hatte Percy ihre Zuflucht gar nicht erreicht?

Nach dem Schrei herrschte Stille, und Anna befürchtete das Schlimmste.

Beim Laufen hatte sie keine Zweifel, dass der Ritter ihr folgen würde. Er war immerhin äußerst beharrlich. Sie wagte zu hoffen, er könnte tatsächlich von Nutzen sein, aber das erschien doch sehr optimistisch. Zumindest bewegte er sich halbwegs leise, auch wenn sie ihn hinter sich hören konnte.

Sie hielt inne, um Atem zu holen, als sie sich der Höhle näherten. Der Ritter blieb hinter ihr stehen. In der Luft vermischte sich der Dampf ihrer Atemzüge. Sie warf ihm einen eindringlichen Blick zu und legte sich den Finger auf die Lippen.

Die Warnung war unnötig, denn er war bereits still. Er presste die Lippen zusammen und griff nach ihrem Handgelenk, um sie von einer neuerlichen Flucht abzuhalten.

Zu spät fragte sie sich, ob sie in eine Falle getappt war.

Dann brüllte Gaultier, ganz in der Nähe, seine Herausforderung: »Heda! Wer auch immer den Jungen sucht, kann ihn im Kerker von Haynesdale Keep finden, wenn ihm daran gelegen ist, einen Handel einzugehen.«

Anna erstarrte. Sie fürchtete um Percys Leben.

Der dunkelhaarige Ritter beobachtete sie neugierig. Sie hörte die Pferde durch den Wald laufen, auf dem Weg zurück nach Haynesdale. Dem Klang nach zu urteilen, waren es viele.

Vielleicht konnte sie Percy retten, bevor er in der Festung gefangen war. Gaultier und seine Ritter nahmen den leichtesten Weg zurück zur Burg und hatten einen langen Weg auf der gewundenen Straße vor sich. Besser noch, in der Nähe des Dorfes war offenes Gelände. Nichts würde ihr besser gefallen, als Gaultier mit einem Pfeil vom Pferd zu holen.

Anna schaute auf ihre Armbrust.

Der Ritter lächelte und hielt sie außer Reichweite. In seinen Augen glitzerte eine solche Befriedigung, dass sie sich danach sehnte, ihn zu schlagen.

Sein Griff um ihr Handgelenk war fest, aber nicht schmerzhaft. Sie wand sich ein wenig und stellte fest, dass sie sich nicht befreien konnte.

Er war größer und stärker als sie, was beängstigend war.

Sie holte tief Atem und neigte sich ihm zu, obwohl der Hufschlag bereits verklang. »Wir können eine Abkürzung durch den Wald bis zum Dorf nehmen und sie vielleicht davon abhalten, die Festung zu erreichen.«

Er nickte einmal zustimmend und wartete darauf, dass sie die richtige Richtung einschlug. Als sie erneut versuchte, ihr Handgelenk zu befreien, berührte er mit der anderen Hand das Seil, das an seinem Gürtel hing, als wollte er andeuten, er könnte sie auch wie ein wildes Tier fesseln. Mit einem vernichtenden Blick ließ Anna ihn wissen, was sie davon hielt, und wurde mit einem flüchtigen Lächeln belohnt, einem, das ihr Herz einen Sprung machen ließ, obwohl es nur so kurz zu sehen war.

Er sah wirklich gut aus.

Sie deutete in Richtung der Burg, und er nickte und hielt weiterhin ihr Handgelenk fest, während sie durch die Wälder eilten. Es gab keinen sichtbaren Pfad, aber Anna kannte den Weg, orientierte sich an der Form der Hügel und dem Standort bestimmter Bäume. Der Ritter ließ sie nicht frei, aber er behinderte sie auch nicht.

Anna blieb stehen, als sich der Wald in der Nähe des Dorfes lichtete, und schlich dann vorsichtig durch die Schatten weiter.

Alles war still.

Alles, was sie brauchte, war die Armbrust.

Wie dringend wollte ihr Gefährte diese Satteltasche zurückhaben?

Konnte sie mit ihm verhandeln?

Sie sah ihn verstohlen an, während er nach vorn spähte. Er musste inzwischen die dünnen Rauchfäden gesehen haben, denn er hob den Blick. Zumindest einige Dörfler hatten schon die Feuer ihrer Herde geschürt. Anna kannte die Hütten und wusste, Finan, der Apotheker, war unter ihnen. Zweifellos litten er und seine Frau im Alter stärker unter der Kälte. Rauch stieg aus Denleys Backstube auf und aus Cedrics Schneiderei. Beide waren Witwer mit kleinen Kindern, die hart arbeiteten, um das Auskommen ihrer Familien zu sichern. Sie würde sehen müssen, ob Esme ein paar Eier für sie erübrigen konnte. Vielleicht würde Regan die Eier gegen ein Stück Käse tauschen.

Anna sah, wie der Ritter neben ihr einatmete und die Luft roch, und empfand einen gewissen Respekt dafür, dass er auf die gleiche Art Informationen sammelte wie sie. Er kniff die Augen zusammen. Aye, er roch sicher die Schweine und die Abtritte, ein untrügliches Zeichen menschlicher Besiedlung.

Er begegnete ihrem Blick und hob in stummer Frage eine Augenbraue.

Anna schlich sich weiter an die Straße heran, die auf der anderen Seite des Farndickichts verlief, seine Hand noch immer um ihr Handgelenk. Dort kauerte sie sich im Gestrüpp zusammen. Sie wusste, sie war nicht die Einzige, die aufmerksam lauschte.

Wo war Gaultier? Der Wald war zu still, als dass alles in Ordnung wäre.

Sie beugte sich vor und spähte die Straße entlang. Auf einmal hörte man galoppierende Hufe. Anna zuckte zurück und stieß dabei gegen den Ritter. Wäre er nicht gewesen, wäre sie vielleicht gestürzt, aber er umfing sie mit einem Arm und rührte sich nicht. Die Hufschläge wurden lauter, während Gaultier brüllend befahl, die Tore zu öffnen. Anna duckte sich. Der Ritter blieb vollkommen reglos und hielt sie noch immer fest.

Die Pferde rasten an ihnen vorbei, keine vier Schritte entfernt. Selbst in der Dunkelheit konnte Anna erkennen, dass der erste Reiter tatsächlich Gaultier war. Sie hörte das Klirren seines Zaumzeugs und seiner Rüstung. Sein Pferd hatte glänzendes Fell und galoppierte mit dem schweren Hufschlag eines Schlachtrosses.

Und sie erkannte den goldhaarigen Jungen, der zappelnd quer über den Pferderücken hing.

Percy!

Der Ritter legte Anna die Hand auf den Mund, bevor sie einen Laut von sich geben konnte, duckte sich und zog sie dabei mit sich. »Percy?«, flüsterte er ihr ins Ohr.

Anna nickte heftig und versuchte, nach der Armbrust zu greifen. Er hielt sie außer Reichweite, selbst, als sie ihn trat. »Seid ruhig! Ihr habt keine freie Schussbahn.«

Anna spähte durch die Büsche und begriff, er hatte recht. Gaultier ritt weiter zu den Toren der Burg, seine Männer dicht hinter ihm. Einen zumindest hätte sie treffen können, aber auf diese Distanz hätte seine Rüstung den Bolzen vielleicht abgehalten. Es war besser, unbemerkt zu bleiben.

Auch, wenn ihr missfiel, dass ihr Fänger recht hatte.

»Welcher Ort ist dies?«, flüsterte der Ritter.

»Haynesdale Keep.«

Er runzelte die Stirn und beäugte die Burg, als würde er mit ihr streiten wollen. Was wusste ein französischer Ritter schon von ihrer Heimat? »Das kann nicht sein«, murmelte er. »Die Mühle fehlt.«

Anna runzelte die Stirn, überrascht von seiner Bemerkung.

Warum war er hier?

Was kümmerte ihn eine Mühle?

Was wollte seine Truppe hier? Sie waren sicher auf der Durchreise, aber warum?

Anna dachte angestrengt nach und rief sich das Bild vor Augen, das sie gesehen hatte, während die Hufschläge verklangen. Hinter dem letzten Ritter in der Gruppe hatte etwas gehangen, eine Satteltasche von vertrauter Größe und Form. Offenbar hatten sie auch Percys Beute gefunden. Warum hatte Gaultier sich entschieden, beides mitzunehmen - Percy und die Tasche? Warum wollte er den Jungen zum Baron bringen?

Weil sich in dieser Tasche etwas Bedeutendes befand. Sie wandte sich zu dem Ritter um, wollte seine Augen sehen, wenn er ihr antwortete. »Was war in der Tasche?«, fragte sie, ihre Worte kaum lauter als ein Atemzug.

»Ein unvergleichlicher Schatz«, murmelte der Ritter. Er hatte die Augen so eng zusammengekniffen, dass sie nichts darin lesen konnte. »Da Ihr für seinen Verlust verantwortlich seid, werdet Ihr mir helfen, ihn wiederzubekommen.«

Bevor sie dagegen protestieren konnte, zog er sie zurück mit sich in den Wald. Noch immer hielt er sie am Handgelenk fest, und sie trug weiterhin seinen Mantel. Er bahnte sich einen Weg zurück durch das Unterholz, bis sie ein Stück vom Dorf entfernt waren.

»Lasst mich los!«

Er lachte. »Damit ich Euch nie wiedersehe? Ich denke nicht.«

Sie entriss ihm ihre Hand, brachte ihn dabei aus dem Gleichgewicht, und wollte ihn beißen. Seine Lippen wurden schmal, und seine Augen blitzten, aber Anna war frei. Ihr gelangen vier Schritte, bevor er sie von hinten umfasste. Er hatte sein Seil in den Händen und fesselte sie damit erstaunlich fix, immer noch in seinem Mantel, die Arme fest an ihren Seiten. Die Frage, zu welchem Zweck, hätte sie vielleicht in Panik versetzt, aber er schlang das Seil auch um ihre Beine, sodass sie nicht rennen konnte.

Das hieß auch, er konnte sie nicht schänden.

»Mistkerl«, fauchte sie, wehrte sich und fragte sich dabei, was er vorhatte. »Ihr habt die Armbrust fallen lassen.«

Er grinste nur. »In ein hübsches Bett aus Blättern und Schnee. Sie hat keinen Schaden genommen.« Er hob die Armbrust auf und hielt sie ihr hin, um seine Worte zu beweisen. Dann hängte er sich die Waffe über den Rücken, drehte Anna herum und dirigierte sie, eine Hand in ihrem Nacken, wieder tiefer hinein in den Wald.

»Führt mich zurück zum Lager meiner Gefährten, und versucht nicht, mich zu täuschen«, befahl er. »Eile ist vonnöten, wenn wir Percy befreien wollen, bevor ihm etwas zustößt.«

So gern Anna sich seinem Befehl auch widersetzt hätte, seine Worte ergaben Sinn. Würden er und seine Gefährten wirklich helfen, Percy zu retten? Vermutlich wollten sie ihren Besitz zurück.

Aber sie wollte ihre Armbrust und ihren Bruder.

Anna vermutete, der Preis, den dieser Ritter fordern würde, würde höher sein, als ihr lieb war.

Trotzdem blieb ihr keine Wahl, und er war die Sorte von Mann, die das erkennen und gegen sie benutzten würde.

Wie sie Ritter hasste!

KAPITEL 2

»Erklärt mir Eure Bedingungen, klar und deutlich«, verlangte Anna, als sie außer Hörweite des Dorfes waren. Sie hielt es für klüger, so zu tun, als sei sie in einer Machtposition, als anzuerkennen, dass der Ritter im Vorteil war.

»Warum?«

»Weil Ihr und Euresgleichen falsch seid«, sagte sie in verärgertem Ton. »Ich möchte wissen, was Ihr vorhabt, bevor ich Euch helfe, damit ich sicher sein kann, dass Ihr mich nicht zum Narren haltet.«

»Ihr haltet nicht viel von Rittern.«

»Nein, das tue ich nicht.«

»Und doch wollt Ihr eine Übereinkunft mit mir treffen.«

»Aye. Ich habe offenbar kaum eine Wahl, denn ich werde Hilfe dabei benötigen, Percy zu befreien.«

»Habt Ihr keine anderen Verbündeten?«

Sie entschied sich, die anderen im Wald nicht zu verraten, schüttelte den Kopf und warf ihm dann über die Schulter einen Blick zu. »Sofern Ihr mit einer Frau verhandelt.«

Er lächelte. »Nur mit einer, die ihr Wort hält.«

»Das tue ich!«

»Aber ich kann das nicht wissen. Bisher habt Ihr mir nichts versprochen und schuldet mir auch nichts.« Einen Moment ging er schweigend weiter, als versuchte er, sich seine Argumente zurechtzulegen. »So wie ich es sehe, haben wir beide etwas, das den anderen interessiert, und haben beide dazu beigetragen, dass der andere einen Verlust erlitten hat. Zusammen haben wir eine Chance, beide Dinge zurückzuerlangen.«

»Wohl wahr«, sagte Anna, obwohl es sie schier umbrachte, einem Mann seiner Sorte zuzustimmen.

»Um es ganz offen zu sagen, damit niemand behaupten kann, er würde getäuscht, Ihr habt die Satteltasche gestohlen, die sich nun in der Burg von Haynesdale befindet. Meine Gefährten und ich möchten sie und ihren Inhalt zurück.«

»Mein Bruder wurde von den Männern des Barons gefangen genommen. Ich hätte *ihn* gern zurück.« Sie warf ihm einen weiteren Blick zu. »Wohlbehalten und frei.«

»Ihr misstraut meinen Absichten«, sagte er milde. »Ich kann mich für seinen Zustand nicht verbürgen, bevor wir ihn haben, aber ich selbst werde ihm kein Leid zufügen. Reicht das?«

»Was ist mit Euren Kameraden?«

»Auch sie werden das nicht tun. Es geht gegen unseren Charakter und unsere Schwüre, ein Kind zu verletzen.«

»Selbst einen Dieb?«

»Selbst einen Dieb.« Die Bestätigung klang so selbstverständlich, dass Anna dem Ritter einen Blick zuwarf. Ihre Zweifel, wusste sie, waren offensichtlich. Er lächelte sie an, was sie sehr beunruhigend fand. »Wer hätte ihn lehren können, sich ehrenhaft zu betragen?«, fragte er milde. »Ihr? Schlecht unterwiesen worden zu sein und den Unterschied nicht zu kennen, kann wohl kaum sein Fehler sein, nicht in diesem Alter.«

»Ich habe ihn nicht schlecht unterwiesen!«

»Dann haltet Ihr ein Leben als Dieb für erstrebenswert? Eine interessante Ansicht.«

»Ich halte das Überleben für erstrebenswert, wenn die Alternative ist zu verhungern.«

»Ist das hier kein wohlhabendes Lehen? Das Land scheint mir sehr fruchtbar.«

Anna schnaubte. »Das hängt davon ab, wer man ist, so viel ist sicher. Wie man hört, biegt sich der Tisch des Barons unter dem Überfluss der Speisen, die dort serviert werden, und seine Truhen sind übervoll mit den Steuergeldern, die er entschlossen einzieht.«

»Habt Ihr keine Liebe für Euren Herrn? Sicher hat er seine Autorität rechtmäßig erworben?«

»Ganz sicher nicht! Diese Ländereien wurden dem rechtmäßigen Lord gestohlen, von einem normannischen Ritter, der das Lehen und die Frau des Barons von Haynesdale begehrte. Dieser Schurke hat Haynesdale erfolgreich erobert, und nun regiert er voll Abscheu und Verachtung für alle unter seiner Herrschaft.« Sie hob ihr Kinn. »Eines Tages, so heißt es, wird der Nachkomme von Nicholas zurückkehren. Eines Tages wird der Sohn der wahren Blutlinie nach Haynesdale kommen, sein Erbe beanspruchen und all jenen Gerechtigkeit bringen, die seiner Familie treu geblieben sind.«

Nach diesen Worten war der Ritter einen Moment ganz still, und Anna vermutete, er misstraute einer so optimistischen Vorhersage.

In verächtlichem Ton fuhr sie fort: »Doch auch Ihr kommt aus Frankreich. Ich sehe es an Euren Kleidern und höre es Euch an. Zweifellos würdet Ihr Euch mit ihm verbünden und zufrieden an seinem Tisch sitzen, blind für das Leid der Leute auf seinen Ländereien.«

»Vielleicht werde ich das«, sagte der Ritter nachdenklich.

Anna keuchte empört auf, doch dann sah sie die beiden Templer, die sich vor ihnen aus den Schatten lösten. Der Ritter sprach in schnellem Französisch mit ihnen, das Anna nicht verstand. Sie nickten und sahen sich aufmerksam um, dann folgten sie ihr und dem Ritter ins Lager. Alle dort waren wach, und ihre Gesichter schauten alles andere als freundlich.

»Einer unserer Diebe«, sagte der Ritter und stieß sie in die Mitte der Lichtung. Nun sprach er wieder Englisch – um ihretwillen? »Sie arbeitet mit ihrem jüngeren Bruder zusammen, der mit Duncans Satteltasche entkommen und von Rittern des Barons gefangen genommen worden ist, der über dieses Land herrscht. Percy und die Tasche sind in die Burg des Barons gebracht worden.«

Der schottische Kämpfer verzog das Gesicht und setzte sich schwer. Der andere Ritter legte ihm die Hand auf die Schulter, als wollte er ihn trösten. »Und nun? Wir besuchen gemeinsam den Baron, um unsere

Beute zurückzubekommen?«, fragte er. Der Dialekt der Hochlande färbte seine Stimme.

»Wenn Ihr das Mädchen dort hinbringt, wird sie das Schicksal des Jungen teilen, was auch immer das sein mag«, sagte der Schotte in düsterem Ton.

»In der Tat«, stimmte der Ritter, der sie gefangen genommen hatte, zu. Er schenkte Anna ein Lächeln, dem sie kein bisschen traute. »Deshalb würde ich vorschlagen, dass wir vor diesem Baron als Gruppe auftreten, die auf dem Weg nach Norden ist, um der Hochzeit von Fergus, einem ehemaligen Templer und Sohn eines Edelmanns, beizuwohnen.«

Der andere Ritter, der Fergus sein musste, lächelte. »Also begehren wir dort als Freunde Einlass, nicht als Feinde.«

»Und das Mädchen?«, fragte der ältere Schotte. »Niemand könnte sie ansehen und tatsächlich für einen Jungen halten.«

»Nein, das könnte niemand.« Die Augen des Ritters funkelten. »Deshalb wird sie als meine Gemahlin reisen. Dürfen wir Euch darum bitten, uns ein paar der feinen Kleider zu leihen, die Ihr für Eure Verlobte erworben habt, Fergus? Eure Großzügigkeit ist so groß, dass Isobel ein einziges Kleid unmöglich vermissen wird.«

Fergus lachte. Er wirkte so heiter, dass Anna Sympathie für ihn spürte, auch wenn der Spaß auf ihre Kosten ging. »Besonders, wenn es dazu führt, dass Duncan seinen Besitz wiederbekommt.«

»Ich werde nicht so tun, als sei ich Eure Frau!«, protestierte Anna hitzig.

Der Ritter lächelte mit einem aufreizenden Selbstbewusstsein. »Dann gehört mir nun eine schöne Armbrust«, entgegnete er und zuckte die Schultern. »Und Percy kann leider nicht auf unsere Hilfe zählen. Nun, zu schade.«

»Ich werde mich selbst um meinen Bruder kümmern.«

Er beugte sich ihr zu, ein eindringliches Glitzern in den Augen. »Nicht, wenn ich Euch an einen Baum gefesselt zurücklasse.«

»Das werdet Ihr nicht tun!«

Aber sein Gesichtsausdruck blieb unverändert, und Anna begriff, er meinte es ernst. »Untier! Schuft! Lump! Ihr zwingt mich zu tun, was Ihr verlangt, ohne Rücksicht auf das, was *ich* will ...«

»Sie klingt jedenfalls schon ganz wie eine Ehefrau«, kommentierte einer der Templer und ging hinüber zu seinem Pferd.

»Ich hoffe, sie ist den Verdruss wert«, steuerte der andere bei, und beide lachten.

»Ich werde Euch nicht in mein Bett einladen!«, rief Anna, von neuer Furcht erfüllt.

Der Ritter ließ einen Finger über ihre Wange gleiten. »Wir werden ein Bett teilen müssen«, murmelte er. »Damit unsere List nicht auffliegt.« In seinen Augen lag ein Zwinkern, dem Anna nicht traute. Wollte er seine Lust an ihr stillen? »Aber ich schwöre, wir werden keusch bleiben, sofern Ihr nicht auf dem Gegenteil besteht.«

Die Worte konnten nur eine Lüge sein.

»Mistkerl«, grollte sie und versuchte, ihn zu treten. Der Versuch führte nur dazu, dass sie das Gleichgewicht verlor, doch der Ritter ließ sie nicht zu Boden stürzen. Er fing sie auf und schaute ihr mit ernster Miene ins Gesicht. Dabei hielt er sie ungewohnt fest. »Und so lautet der Handel: In der Halle des Barons sind wir Verbündete mit dem Ziel, die Tasche und den Jungen zurückzubekommen. Wenn wir diesen Ort einmal erfolgreich verlassen haben, trennen sich unsere Wege. Uns wird eine sichere Passage durch den Wald gewährt, und an der Nordgrenze erhaltet Ihr Eure Armbrust zurück. Steht der Handel?«

»Habt Ihr einen Namen?«, fragte sie, ohne dass es ihr gelang, ihren Ärger darüber zu verbergen, dass sie sich auf seine Bedingungen einlassen musste.

Nicht, dass es unfaire Bedingungen waren.

»Bartholomew de Châmont-sur-Maine«, sagte er. »Und der Eure?«

»Anna aus dem Dorf Haynesdale. Die Tochter des Schmieds.«

»Und steht der Handel, Anna?«

»Aye, Sir.«

»Bartholomew«, korrigierte er sie, wobei sich seine Lippen auf eine sehr anziehende Art verzogen. »Immerhin werden wir heiraten, Anna.«

»Bartholomew«, wiederholte sie. Der Klang seines Namens gefiel ihr. Sie zappelte betont in ihren Fesseln. »Ich bedaure, dass ich unseren Handel nicht mit einem Handschlag besiegeln kann.«

»Das macht nichts«, sagte er leichthin. »Ich habe gelernt zu improvisieren.« Und dann, ohne darauf zu warten, dass sie zustimmte, beugte er – dieser Mistkerl! – sich vor und küsste sie gründlich. Die übrigen Männer johlten und klatschen Beifall, und Anna wurde erneut von Schrecken ergriffen. Sie erstarrte, überzeugt, dass er vorhatte, über sie herzufallen, voll Furcht, die Vergangenheit würde sich wiederholen.

Zu ihrem Erstaunen schien Bartholomew ihre Reaktion zu bemerken.

Zu ihrem größeren Erstaunen änderte er seine Herangehensweise. Fast sofort unterbrach er den Kuss und hob den Kopf, ließ sie aber nicht los. Seine Augen glitzerten, als er sie ansah und anscheinend nach einer Erklärung suchte. Anna versuchte, ihn als Lohn für sein verfluchtes Selbstvertrauen und seine Dreistigkeit erneut zu treten.

Diesmal ließ er sie fallen.

Und seine Gefährten lachten.

Zur Hölle mit ihm!

BARTHOLOMEW WAR KEIN IMPULSIVER MANN, aber Annas Dreistigkeit führte ihn in Versuchung, einer zu werden. Ihre Attitüde und ihre Vorurteile reizten ihn, wie es in der letzten Zeit wenig andere Dinge getan hatten, und er fand im Gegenzug eine perverse Freude darin, sie zu überraschen.

Verblüfft hatte er zugehört, als sie von dem Nachkommen von Nicholas gesprochen hatte, von der verheißenen Rückkehr des Sohns des früheren Barons. Es überraschte Bartholomew, dass die Geschichte seines Vaters nicht in Vergessenheit geraten war und man seine eigene Ankunft sogar vorhersah. Seltsamer noch, die Geschichte hatte an diesem Ort überlebt, der ihm nicht im Geringsten vertraut vorkam. Hatte er wirklich alles vergessen, was er einmal gekannt hatte? Was war mit der Mühle? In seiner Erinnerung konnte er sie deutlich vor sich sehen, aber hier gab es keine. Wie konnte das sein?

Und was war mit dem Baron, der nun das Siegel von Haynesdale hütete? Anna behauptete, er sei ein Schurke und behandele die Menschen, die auf seinem Land lebten, schlecht. Hieß das, er war beim König in Ungnade gefallen? Das glaubte Bartholomew nicht, was wiederum bedeutete, dass der Baron würde sterben müssen, bevor er selbst Anspruch auf Haynesdale erheben konnte. Hatte der Baron einen Sohn?

Wichtiger noch – konnte diese junge Frau ihm helfen, sein Geburtsrecht einzufordern? Würde sie ihm glauben, wenn er behauptete, der Sohn von Nicholas zu sein?

Würde es sonst jemand tun?

Und warum hatte ein bloßer Kuss sie so verstört?

Anna stürzte zu Boden und rollte durch den Schnee. Dabei kämpfte sie verbissen darum, wieder auf die Beine zu kommen. In ihren Augen stand Verachtung, als sie ihn ansah, aber Bartholomew ging neben ihr in die Hocke.

»Habt Ihr es Euch anders überlegt?«, fragte er milde.

»Es macht Euch Spaß, mich zu quälen!«

»Ja, das tut es«, gab er zu und wunderte sich zugleich darüber.

»Schuft!«, sagte sie erneut. »Unmensch, Halunke, Spitzbube.«

Er lächelte, unbeeindruckt von ihren Worten. »Beleidigungen werden Eure Situation nicht verbessern.«

»Es gibt keinen Grund, so zu tun, als wären wir verheiratet«, widersprach sie, und ihre hitzige Reaktion ließ ihn sich fragen, ob der impulsive Vorschlag vielleicht sogar sinnvoller war als gedacht.

»Es gibt sogar sehr gute Gründe für eine solche List«, entgegnete er. »Was ich will, befindet sich in der Burg. Was Ihr wollt, auch. Der einzige Weg, beides zu bekommen, ist es, Zutritt zur Burg zu erlangen.«

»Ich bin kein Dummkopf.«

»Was schlagt Ihr dann vor, wie wir die Burg betreten sollen, ohne Verdacht zu erregen?«

»Ihr geht so, wie Ihr seid, ein französischer Ritter, der einen anderen Adligen besucht, und ich gehe als Junge, vielleicht als Euer Knappe.«

Bartholomew schüttelte den Kopf. »Niemandem, der einen Funken Verstand hat, würde entgehen, dass Ihr eine Frau seid. Eure Verkleidung, wenn es eine sein soll, hält nur in der Dunkelheit mehr als einer flüchtigen Überprüfung stand.«

Es stand außer Frage, eine zweite als Knappe verkleidete Frau in ihre Gruppe aufzunehmen. Man würde Anna schnell entdecken, und dann würden ihr Gastgeber und seine Männer ihre Gäste näher unter die Lupe nehmen. Bartholomew würde Leila, die sich als einer von Fergus' Knappen ausgab und schon seit ihrem Ausbruch aus Jerusalem auf den Namen Laurent hörte, nicht in Gefahr bringen.

Er stand wieder auf. »Ich glaube, uns als verheiratetes Paar auszugeben, trägt unseren Bedürfnissen am besten Rechnung.«

»Welchen Bedürfnissen?«, fragte Anna mit offensichtlichem Misstrauen.

Was war ihr zugestoßen? Angesichts ihrer Feinseligkeit ihm und seinesgleichen gegenüber regte sich in Bartholomew der Verdacht, ein Ritter könnte sie zu seinem Vergnügen missbraucht haben.

Er schlug einen vernünftigen Tonfall an. »Ihr traut mir nicht. Ich traue Euch nicht. Ich sehe keinen anderen Weg, wie wir uns des anderen stets sicher sein können, außer als ein verheiratetes Paar aufzutreten.«

»Und Eure Streitereien würden der Geschichte Glaubwürdigkeit verleihen«, kommentierte der Templer Enguerrand. Sein Gefährte lachte.

»Wenn wir beim Baron zu Gast sind, werden wir eine bessere Gelegenheit haben, mehr über die Burg und ihre Bewachung zu erfahren«, bemerkte Fergus und erntete dafür allgemeine Zustimmung.

»Es gibt noch eine andere Möglichkeit, Mädchen«, sagte Duncan. »Ihr könntet gefesselt und als unsere Gefangene mitkommen. Zweifellos hat der Baron ein Verlies für Verbrecher.«

Bartholomew nickte zustimmend, während Anna Duncan mit Blicken fast erdolchte. »Ein kluger Gedanke. Dann werde ich auch erfahren, wo sich unser Dieb befindet.« Er lächelte Anna an und genoss es ein wenig zu sehr, sie zappeln zu sehen. Aye, es war amüsant, sie zu provozieren, wenn man an ihren Augen so klar sah, was in ihr vorging. »Ihr würdet Euren Bruder dort wiedersehen.«

Duncan verzog das Gesicht. »Obwohl die beiden dann dem Urteil des Barons ausgeliefert wären.«

»Vielleicht wäre das eine geeignete Lösung«, grübelte Bartholomew. »Außerdem könnte ich dann die Armbrust behalten«, fügte er hinzu, nur, um Anna zu ärgern.

Es funktionierte hervorragend. Ihre Augen blitzten, und sie kämpfte umso erbitterter.

»Ihr seid ein lästiger Mann, selbst für einen französischen Ritter«, knurrte Anna und wand sich in ihren Fesseln. Aye, die üppigen Kurven ihrer Brüste und Hüften ließen sich nicht verbergen. War sie älter als Leila?

Aber sie hatte geküsst wie eine ängstliche Jungfrau. Bartholomew spürte, wie seine Faszination wuchs. »Ich nehme das als Kompliment«, sagte er, als wäre ihm ihr Schicksal egal. In Wirklichkeit war er sich sehr sicher, dass sie sich auf seinen Vorschlag einlassen würde. »Beim ersten Licht reiten wir zur Burg des Barons – und ihrem Kerker.« Bartholomew ging hinüber zum Feuer und schürte die Glut, während seine Gefährten mit den Vorbereitungen für ihren Aufbruch begannen. »Besser noch, Fergus muss sich nicht von einem der Geschenke trennen, die für seine Lady gedacht sind.«

»Also gut!«, rief Anna; und Bartholomew ignorierte sie einen Moment. »Ich sagte, also gut, Sir!«

»Habt Ihr etwas gehört?«, fragte Bartholomew Duncan, der leise lachte.

»Ich habe Euch angesprochen, und das wisst Ihr genau!«, sagte Anna wütend.

Er schaute auf. »Der Wind in den Bäumen vielleicht?«

Auch die anderen Ritter lachten, und Anna schäumte vor Wut. »Ihr habt mich sehr gut gehört, Ihr verfluchter, arroganter Mann!«

Bartholomew wandte sich zu ihr um und stemmte die Hände in die Hüften. »Keine Sorge, Anna. Ich werde alle erdenkliche Eile an den Tag legen, damit Ihr in der Festung des Barons bald mit Percy wiedervereint seid.«

Er meinte, sie fluchen zu hören, und kämpfte gegen den Drang zu lachen.

»Der Handel steht, Sir.« Anna holte tief Atem und korrigierte sich. »Bartholomew«, sagte sie zwischen zusammengebissenen Zähnen. »Und ich werde nicht diejenige sein, die ihn als Erste bricht.«

»Also sind wir uns einig.«

»Das sind wir.« Sie sah ihn böse an. »Und es ist bereits mit einem Kuss besiegelt.«

Er rieb sich die Stirn. »Aber Ihr stammt aus dieser Gegend hier. Was, wenn man Euch erkennt? Dann könnten wir alle in Gefahr geraten.«

»Ich würde sagen, ein Bad wird dieses Problem lösen«, sagte Duncan grimmig. Die Männer in der Gruppe lachten, und Anna kochte sichtlich vor Wut.

»Sicher hat Euer Freund auch einen Schleier für eine Dame?«, schlug sie hoffnungsvoll vor.

»Sicher hat er das«, stimmte er zu. Er griff nach dem Knoten im Seil. »Der Handel steht, und nun müssen wir Euch präsentabel machen.«

»Ich kann mich selbst ankleiden.«

»Aber Duncans Einwand ist berechtigt. Ihr seid schmutzig und wahrscheinlich voller Ungeziefer.« Er verzog vielsagend das Gesicht und sah ihre Augen blitzen.

»Das bin ich nicht!«

»Ihr seht nicht wie eine Frau aus, die ich zur Ehefrau nehmen würde.« Bartholomew schüttelte gespielt betrübt den Kopf. Er genoss diesen Austausch viel zu sehr. »Nein, wenn unsere List Erfolg haben soll, muss ich Euch eigenhändig sauberschrubben.«

»Oh! Das werdet Ihr keineswegs tun!«

Er nahm die Hände fort. »Ich dachte, Ihr würdet nicht diejenige sein, die unsere Vereinbarung bricht?«

»Aber das habt Ihr zuvor nicht erwähnt. Ich werde mich nicht nackt vor Euch allen zur Schau stellen!«

»Nicht vor allen.« Er lächelte. »Nur vor Eurem Gemahl.«

Anna sah aus, als wollte sie ihm bei lebendigem Leib die Haut abziehen.

»Eine Ehefrau sollte fügsam sein, Anna«, erinnerte er sie sanft. Er meinte hören zu können, wie sie mit den Zähnen knirschte.

Sie lächelte ihn an, mit dem Lächeln einer Frau, die es vorziehen würde, wenn er eine Tracht Prügel bekäme. »Ein Ritter sollte galant sein, Bartholomew.«

Bartholomew lachte, er konnte nicht anders. »Und wo steht geschrieben, dass ich das nicht bin? Seid beruhigt, Anna. Ich vergreife mich nicht einfach an einem Festmahl, wenn es mir nicht angeboten wird.«

Sie hob ihr Kinn, noch immer unwirsch. »Ich habe zu Samhain gebadet«, informierte sie ihn. »Das reicht bis Beltane.«

»Ihr badet nur zweimal im Jahr?« Bartholomew verzog das Gesicht. »Das erklärt Euren Geruch, Anna.« Duncan lachte leise, und sie starrte beide Männer böse an.

»Wie oft badet Ihr?«, fragte sie.

»So oft wie möglich«, antwortete Bartholomew und bemerkte, wie überrascht sie davon war. Er zog sie auf die Füße und spürte die mühsam beherrschte Anspannung in ihrem Körper, als er die Fesseln löste. Fest begegnete er ihrem Blick und sprach eindringlich, in der Absicht sicherzugehen, dass sie sich seine Warnung zu Herzen nahm. »Wenn Ihr flieht, das versichere ich Euch, werde ich Euch fangen, und unsere Unterhaltung danach wird nicht so freundlich sein wie jetzt.«

»Ich finde unsere Unterhaltung nicht sonderlich freundlich.«

»Ich werde die Armbrust zerstören und Euren Bruder im Stich lassen.« Er sah sie gerade an, und sie presste die Lippen aufeinander. »Verstehen wir uns?«

»Versprecht es mir«, verlangte sie. »Schwört, dass Ihr mich ehrenhaft behandeln werdet, und schwört es auf etwas, das Euch wichtig ist. Mir ist nicht viel Gutes widerfahren, als ich Rittern wie Euch ausgeliefert war.«

Bartholomew fragte sich, was ihr zugestoßen war, und sah einen Hauch von Verwundbarkeit in ihren Augen. Dieser flüchtige Eindruck änderte alles. Er zog sein Schwert, und sie zuckte sichtlich zusammen, als er die Klinge auf seine freie Handfläche legte. Er zeigte ihr den Knauf, der aus einem zweigeteilten Bergkristall bestand. Zwischen den beiden Hälften war ein Stück Holz eingeklemmt. Das Metall, das den Knauf zusammenhielt, war wie eine Drachenklaue gestaltet.

»Dies ist ein Splitter des Wahren Kreuzes«, sagte er zu Anna, deren Augen sich weiteten. »Und diese Klinge ist ein Geschenk meines Patrons – meines Freunds –, der mir diese Waffe gegeben hat, auf dass meine Schwertstreiche nie fehlgehen.« Er küsste den Kristall, dann hielt er das Schwert hoch, sodass die ersten Sonnenstrahlen darauf fielen. Er hörte Anna scharf Atem holen. Die erhobene Klinge warf einen Schatten auf den Schnee, ein Kreuz, in dessen Mitte ein Feuer brannte. In offenkundigem Staunen schaute sie vom Schatten des Schwertes hoch zu Bartholomew.

»Auf diesen Talisman schwöre ich, Euch zu verteidigen, als wärt ihr tatsächlich meine Gemahlin, und Euch ehrenvoll zu behandeln. Ich gelobe, alles zu tun, was in meiner Macht steht, um Percy zu befreien, Duncans Besitz zurückzuerlangen und Euch sicher an einem Ort zurückzulassen, an dem Ihr bleiben wollt.«

Anna schluckte sichtlich. »Ich schwöre, Euch dieselbe Ehre zu erweisen«, flüsterte sie. Bartholomew bot ihr den Knauf dar, und sie betrachtete ihn einen langen Moment und presste dann die Lippen auf den Kristall. Ihre Augen schlossen sich. Dunkle Wimpern überschatteten ihre Wangen. Ihr Gesichtsausdruck ließ sie engelsgleich und süß aussehen.

Ab dem Moment, in dem ihre Lippen den Talisman berührt hatten, änderte sich ihr Verhalten, schien ihr Widerstand zu schmelzen. Sie holte tief Atem und suchte seinen Blick. Alle Feindseligkeit war geschwunden. »Ich danke Euch, Bartholomew«, sagte sie leise, und er lächelte sie an.

Sein Herz machte einen seltsamen Sprung, und er fragte sich, ob bei diesem Abenteuer mehr zu gewinnen war als Duncans Satteltasche.

Er steckte sein Schwert zurück in die Scheide und löste ihre Fesseln, spürte, dass sie den Kampf aufgegeben hatte. Er vertraute ihr nicht, so viel war sicher, aber er war froh, dass er sie hatte beruhigen können.

Und in Wirklichkeit freute er sich darauf, sie sauber und ordentlich gekleidet zu sehen. War Anna eine schöne Frau? Bartholomew musste gestehen, er war neugierig.

EIN SPLITTER DES WAHREN KREUZES.

Anna hatte nicht geglaubt, je ein solches Wunder zu sehen. Hätte irgendein anderer ihr eine solche Zusicherung gegeben, hätte sie daran gezweifelt, dass die Reliquie echt war, aber die Ehrfurcht in Bartholomews Blick konnte nicht gespielt sein. Er hatte auch nicht sehen können, dass die beiden Templer niedergekniet waren, als er das Schwert hochgehalten hatte. Duncan und Fergus neigten die Köpfe und bekreuzigten sich, während die Knappen staunend zusahen. Sie alle waren überzeugt, dass es sich bei dem Schwertknauf um das handelte, was Bartholomew behauptete.

Es war ihr vorgekommen, als hätte ein göttlicher Finger den Kristall berührt und einen Lichtstrahl hindurchgesandt, wie um dieses Wunder zu bestätigen oder gutzuheißen. Auf jeden Fall war Anna nun aufrichtig vom Wert des Talismans überzeugt.

Und viel eher bereit anzuerkennen, dass auch der Ritter vielleicht ein verdienter Mann war. Was für Freunde hatte er, dass ihm einer davon einen solchen Schatz zum Geschenk machte?

Er nahm sie mit zurück zum Fluss, seine Hand schwer in ihrem Nacken. Seine Rüstung hatte er zurückgelassen, seine Gefährten auch. Sie war froh, dass sie sich nicht vor ihnen allen entblößen musste.

Konnte sie ihm vertrauen?

Bartholomew zog seinen Waffenrock und seine Stiefel aus, während der Rest des Seils noch immer um ihre Knie und Handgelenke geknotet war. Anna konnte dem Drang nicht widerstehen, ihm verstohlene Blicke zuzuwerfen, wagte es aber nicht, ihn direkt anzusehen. Als er sein Hemd über den Kopf zog, sah sie, dass er noch immer von der Sonne gebräunt war. Ein flüchtiger Blick enthüllte, dass er auch sehr muskulös und anmutig wirkte. Nur in seinen Beinkleidern kehrte er zu ihr zurück, und sie wandte den Blick ab und errötete, während er die letzten Knoten löste.

Annas Herz hämmerte, und ihr Mund war trocken. Aber in seinen Bewegungen lag keine verführerische Absicht, vielmehr waren sie zielbewusst, als ob es lediglich eine notwendige Aufgabe war, dafür zu sorgen, dass sie sich wusch. Er warf seinen Mantel beiseite und runzelte die Stirn, als er ihre nassen, dreckigen Kleider sah. »Ihr seid wirklich schmutzig«, murmelte er.

»Es ist leichter, sich im Wald zu verstecken, wenn man wie der Wald riecht«, entgegnete sie.

Er hob eine Augenbraue. »Ich nehme an, das ist eine gute Ausrede. Zieht alles aus. Wir werden die Sachen verbrennen müssen.«

Anna zögerte, sich vor ihm auszuziehen. Nacktheit machte ihr zwar nichts aus, in Gegenwart eines Mannes allerdings war sie schüchtern. Sie wollte auch nicht, dass er sah, was sie zwischen ihren Brüsten verbarg. »Wollt ihr Euch nicht wenigstens umdrehen?«

Bartholomew grinste. »Würdet Ihr das an meiner Stelle tun?«

»Ihr wollt mich ansehen.«

»Ich möchte sichergehen, dass Ihr mich nicht übertölpelt.« Er warf ihr einen eindringlichen Blick zu. »Würdet Ihr mir den Rücken zuwenden, wenn unsere Rollen vertauscht wären?«

Sie musste lächeln, denn sie würde es nicht tun. »Dennoch möchte ich zumindest ein wenig Sittsamkeit bewahren«, sagte sie und versuchte, hochmütig zu klingen. Das Gewicht des Rings um ihren Hals diente als ausreichende Erinnerung an die Wahrheit. Anna wandte Bartholomew den Rücken zu und streifte ihre Schuhe ab, löste dann ihren Gürtel und zog den Waffenrock über den Kopf. Sie zögerte, bevor sie ihre Beinkleider aufschnürte, und er räusperte sich hinter ihr.

»Braucht Ihr Hilfe?«, fragte er ungeduldig? Es wäre mir eine Freude, Euch zur Hand zu gehen, falls Ihr Probleme mit den Knoten habt.«

»Mir nicht«, sagte sie und zog eilig die Hose aus. Das Hemd war lang genug, dass es ihre Hüften bedeckte, und sie schaute über die Schulter zu ihm.

»Auch den Rest«, befahl er und verzog das Gesicht. »Ich kann nicht einmal erkennen, welche Farbe Euer Hemd einst hatte. Guter Gott, aber das Wasser ist kalt!«

Anna löste die Bänder, während sie ins Wasser stieg. Es war in der Tat eiskalt. Rasch zog sie sich das Kleidungsstück über den Kopf und warf es Bartholomew zu, dann duckte sie sich und tauchte ins Wasser, sodass ihre Nacktheit vor seinen Augen verborgen blieb.

Sie floh nicht, obwohl sie es gern getan hätte. Stattdessen drehte sie sich um, um ihn anzusehen. »Ich werde hierbleiben«, beharrte sie, »und Ihr dort drüben.«

»Ihr werdet Euch beeilen«, erwiderte er. Sie zitterte in der Kälte und widersprach nicht. »Timothy!«, rief er über seine Schulter, und Anna verschwand tiefer im Wasser. Ein Junge, offenbar sein Knappe, kam hastig ans Ufer. Er reichte Bartholomew mehrere dicke Tücher und einen kleinen, hellen Gegenstand. Der Junge schaute Anna an, aber sie überkreuzte die Arme über der Brust und blieb tief im Wasser. Als

Bartholomew sich räusperte, kletterte der Junge eilig die Böschung wieder hinauf.

»Seife«, sagte Bartholomew und reichte ihr den hellen Gegenstand herüber. »Und ein dickes Stück Stoff, um all den Dreck abzuschrubben. Beeilt Euch, oder ich tue es selbst.«

Anna kam vorsichtig näher, misstrauisch, aber er gab ihr beides. Ihre Finger berührten sich, und er runzelte finster die Stirn. »Ihr seid jetzt schon unterkühlt. Beeilt Euch, Anna. Achtet auf Euer eigenes Wohlergehen.« Dann richtete er sich auf und starrte auf sie herab, überkreuzte die Arme vor der Brust, so drohend, wie es anscheinend allen Männern gegeben war.

Unter seinem aufmerksamen Blick schrubbte Anna sich den Schmutz von der Haut. Die Seife roch wunderbar, besser als alles, was sie je zu solchen Gelegenheiten benutzt hatte, und das Tuch war dick und mit einer Textur gewoben, als wäre es extra für diesen Zweck hergestellt worden. So etwas hatte sie noch nie gespürt. Es war wunderbar. Sie schrubbte so kräftig, dass ihre Haut warm wurde. Wenn es nicht so kalt gewesen wäre, wäre sie vielleicht rosig geworden. Aber auch so genoss Anna das Gefühl, wieder sauber zu sein.

»Euer Gesicht«, wies Bartholomew sie an, und sie wusch es wie befohlen. Ihr Gesicht war noch im Tuch vergraben, als er wieder sprach. »Braucht Ihr Hilfe mit Eurem Haar?«

Anna zuckte zusammen, als sie ganz in ihrer Nähe ein Plätschern hörte. Offenbar wollte er nicht auf ihre Antwort warten, denn sie spürte seine Hände auf ihrem Kopf. Er verteilte irgendeine Tinktur auf ihrer Kopfhaut und in ihrem Haar, dann tauchte er sie einen Moment lang in den Fluss, um alles auszuspülen. Prustend kam sie hoch und hörte ihn leise lachen, während sie sich das Wasser aus den Augen wischte. Sie blieb tief im Wasser, um ihren Schatz verborgen zu halten. Bartholomew würde vermuten, dass sie ihre Brüste verbergen wollte.

»Seid Ihr Zofe oder Ritter?«, fragte sie, und Bartholomew tauchte sie noch einmal unter.

»Ihr seid nicht der erste Raufbold, den ich einer Säuberung unterziehe«, sagte er amüsiert, als sie hochkam und nach Luft rang. Anna schüttelte den Kopf und wischte sich das Wasser aus dem Gesicht, nur, um zu bemerken, wie dicht er neben ihr stand, ein Zwinkern in den Augen, als er sie betrachtete.

»Sieh an«, murmelte er. »In all dem Schmutz war eine Perle verborgen.«

Anna spürte, wie ihre Wangen sich röteten, und wäre vielleicht vor der Wärme in seinen Augen zurückgewichen, aber Bartholomew griff nach dem Band um ihren Hals. »Was ist das?«, fragte er. Seine Neugier war offensichtlich.

Anna schloss die Hand um den Ring. »Das Andenken an einen geliebten Menschen«, sagte sie. »Und nichts, das für Eure Augen bestimmt ist.«

Er kniff die Augen zusammen. »Auch das Band ist schmutzig.«

»Es bleibt, wo es ist.«

Ihre Blicke trafen sich einen langen Moment, und sie fürchtete, er würde sie erneut herausfordern. Stattdessen wurde sein Gesichtsausdruck streng, und er trat zurück. »Denkt an Euren Schwur«, sagte er, dann wusch er sein eigenes Haar und Gesicht. Er war kaum zwei Schritte weit entfernt von ihr, und ihr war klar, sie würde nicht weit kommen, wenn sie versuchte davonzulaufen. In Wirklichkeit aber wollte sie ihren Schwur auch nicht einfach brechen.

Sie nutzte die Gelegenheit, um ihn zu betrachten, und war einmal mehr von seiner Stärke und Vitalität beeindruckt. Tatsächlich war Bartholomew schöner als jeder Mann, den sie je gesehen hatte. Sie wagte es, einen näheren Blick auf ihn zu werfen, solange er nicht bemerkte, was sie sich herausnahm. Er hatte eine Narbe auf seiner Brust. Sie war unter dem dunklen Haar zu sehen, das dort wuchs, aber sie konnte erkennen, dass sein Fleisch dort uneben war.

Natürlich wäre es für einen Ritter seltsam, wenn er gar keine Narben trüge. Bei einer Wunde so nahe am Herzen, selbst einer kleinen, konnte es keine unbedeutende Verletzung gewesen sein. Sie dachte daran, ihn zu fragen, aber sie wollte wetten, dass er im Gegenzug würde sehen wollen, was sie um den Hals trug.

Fürs Verhandeln hatte er sicherlich etwas übrig.

Und er war kein unangenehmer Mann. Anna dachte unwillkürlich an den Kuss und spürte eine unvertraute Wärme durch ihren Körper strömen. Falls er es noch einmal tat, würde sie sich vielleicht sogar erlauben, seine Berührung zu genießen. Sie wrang ihr Haar aus und fragte sich, wie sie es frisieren sollte, damit es wie das einer Edeldame aussah. Sie hatte keine Ahnung, wie man das bewerkstelligte.

»Zieht den Mantel über«, riet ihr Bartholomew, als sie sich dem Ufer zuwandte. »Timothy wird mir sauberes Leinen bringen, und ihr solltet bedeckt sein, wenn er zurückkehrt.«

Anna tat wie geheißen, und war sich der Tatsache bewusst, wie wachsam er sie beobachtete. Als sie ganz in seinen Mantel eingehüllt war, setzte sie sich auf einen Stein und zog die Füße unter sich, damit sie warm blieben.

Bartholomew lächelte, weil sie nicht davonlief, und seine Befriedigung zu sehen, erfüllte sie mit einer seltsamen Freude. Er kam aus dem Bach, schüttelte wie ein großer Hund den Kopf und bot ihr dabei reichlich Gelegenheit, seine Nacktheit zu sehen. Das Wasser lief über seine gebräunte Haut, und sie bemerkte seine offensichtliche Stärke. Im Kampf wäre er ein formidabler Feind, und sie war froh, die Burg des Barons unter seinem Schutz zu betreten. Sein Selbstvertrauen war verdient, und er bewegte sich mit einer Selbstverständlichkeit, die sie sehr anziehend fand.

Timothy kehrte zurück, erneut sehr eilig, und hielt seinem Ritter ein schweres Tuch hin. Er sammelte Seife und Waschlappen auf, während sich Bartholomew abtrocknete, und reichte ihm dann trockene Kleider. Bartholomew zog das Hemd über, weißer und feiner als alles, was Anna zuvor gesehen hatte, dann eine saubere Bruche. Über die Bruche kamen die Beinkleider, danach zog er seine Stiefel an. Er bedeutete Timothy, ihre verstreuten Sachen aufzuheben, kam auf Anna zu und hob sie in seine Arme, bevor er sich auf den Weg zurück zum Lager machte.

»Ich kann laufen!«

»Barfuß, im Winter?« Er schüttelte den Kopf. »Wohl kaum angemessen für meine Gemahlin.« Er blinzelte ihr zu, und Anna dachte darüber nach, dass dieser Handel womöglich unerwartete Vorteile hatte. Es war schon lange her, dass irgendjemand sich um sie gesorgt hatte. Meistens kümmerte sie sich um andere.

Trotz ihres Protests wurden ihre schmutzigen Kleider in dem Feuer verbrannt, das seine Gefährten mittlerweile auf der Lichtung entzündet hatten. Dicker Rauch stieg in den morgendlichen Himmel, und der Schotte schüttelte den Kopf. »Unsere Gegenwart ist nicht länger ein Geheimnis«, murmelte er, und das stimmte.

Fergus und Bartholomew berieten sich über der Sammlung von Geschenken für die Verlobte des schottischen Ritters. Bartholomew brachte Anna schließlich ein Unterkleid aus Leinen, ebenso fein und weiß wie der Stoff seines Hemdes. Ein Paar Strümpfe mit roten Strumpfbändern, Lederschuhe und ein prächtiges karmesinrotes Kleid mit Goldstickerei am Saum wurden ihr ebenfalls gereicht.

»So ein Kleid kann ich niemals tragen!« Anna konnte ihr Erstaunen nicht verbergen, was Fergus laut zum Lachen brachte.

»Betrachtet es als Hochzeitsgeschenk«, spöttelte er.

»Ein notwendiges Zugeständnis, um der Gerechtigkeit Genüge zu tun«, stimmte Duncan zu. »Der Farbton würde Isobel meiner Ansicht nach nicht stehen.«

Fergus lachte erneut. »Ich fürchte, da habt Ihr recht, auch wenn er mir persönlich gut gefällt.«

Bartholomew betrachtete Anna. »Anna wird er stehen, denke ich."

Was Anna anging, so machte sie die großzügige Leihgabe verlegen. »Ich werde achtgeben, es Euch im gleichen makellosen Zustand zurückzugeben, in dem es gerade ist«, gelobte sie.

»Versprecht nichts, was Ihr vielleicht nicht halten könnt«, sagte Bartholomew, und sie fragte sich, was sie erwarteten in der Burg vorzufinden. Sie waren auf einmal alle so grimmig, dass ihr fröstelte.

»Was war nur in dieser Satteltasche?«, fragte sie, und alle außer Bartholomew wandten sich ab.

»Das geht Euch nichts an«, sagte er angespannt. »Aber jeder, der einmal einen Blick darauf wirft, wird es nicht freiwillig hergeben.«

Welche Bürde trugen diese Ritter?

Würde Percy dafür mit dem Leben bezahlen?

Der Gedanke war erschreckend. Sie musste Bartholomew helfen, damit diese List gelang.

～

ANNA WAR SCHÖN.

Sogar ganz erstaunlich schön.

Es konnte kein Zweifel daran bestehen, dass sie eine Frau war, und einmal mehr fragte Bartholomew sich, wie alt sie war. Jünger als er, vermutete er, aber nicht ganz so jung wie Leila. Vielleicht im gleichen Alter wie Lady Ysmaines Zofe Radegunde. Einmal in das feine Kleid gewandet, das für Isobel bestimmt gewesen war, würde sie wirklich wie eine Edelfrau aussehen. Bartholomew zog sich an, legte seinen Gambeson und seine Kettenrüstung an und schaute gelegentlich zu Anna hinüber. Sie zog Schuhe und Strümpfe an, dann das Unterkleid, und er sah, wie sie über das Gewebe staunte.

»Es ist so fein«, murmelte sie, dann musterte sie ihn durchdringend. Gerade hatte er das Kettenhemd übergezogen, und Timothy schnürte seinen Gürtel. Wieder fiel ihm der Schatten zwischen ihren Brüsten auf, der auf das Andenken hinwies, und er fragte sich, was es war, das sie so in Ehren hielt.

Anna setzte sich und zog den Mantel wieder über ihre Schultern. »Es gibt eine Sache, die ich nicht fertigbringe«, sagte sie. Er dachte, sie wollte erneut gegen das Vorhaben Einspruch erheben, aber sie hob lediglich ihr nasses Haar an. »Ich weiß nicht, wie eine Edelfrau es flicht.«

Bartholomew war verdutzt. »Ich auch nicht«, gab er zu und sah den Fehler in ihrem Plan.

»Sie braucht eine Zofe«, fügte Fergus hinzu, obwohl sein Ton eher auf einen Mann mit einer Lösung hinwies als auf einen mit einem Problem.

Natürlich. Bartholomew wandte sich Leila zu, die ihn aufmerksam ansah. Die junge Sarazenin war in Jerusalem seine Freundin geworden und war bisher als Knappe verkleidet in ihrer Gruppe geritten.

Sie räusperte sich und sprach mit tiefer Stimme. »Meine Cousine hat mich oft gebeten, ihr das Haar zu flechten«, sagte sie, tat dabei nach wie vor so, als sei sie ein Junge. »Ich könnte helfen.«

Bartholomew wusste, dass Leila vor einer von ihrem Onkel arrangierten Heirat geflohen war, und obwohl sie ihm niemals Details gestanden hatte, war er sicher, sie musste guten Grund gehabt haben, ihre Heimat zu verlassen. Fergus hatte Leila damals die Position als sein Knappe angeboten.

Bartholomew blieb still. Es musste Leilas Entscheidung sein, ihre Verkleidung aufzugeben. Die Geschichte von der Cousine war vermutlich eine Lüge, durch die sie zu verschleiern versuchte, dass sie früher ihr eigenes Haar geflochten hatte.

Was hatte sie in Schottland vor? Hatte sie über ihre Zukunft nachgedacht, nun, da Outremer weit hinter ihnen lag?

Leila kramte in der kleinen Tasche mit ihren Besitztümern und zog einen Kamm hervor. Er war aus einem feinen, goldglänzenden Holz. Duncan blickte überrascht darauf, und Leila lächelte ihn an.

»Radegunde hat ihn mir geschenkt«, sagte sie, und er nickte. Anscheinend hatte er ihn schon einmal gesehen. Glücklicherweise fand es keiner der übrigen Gefährten, die die Wahrheit über Leila nicht kannten, seltsam, dass eine Zofe einem Knappen einen Kamm schenkte.

Zumindest noch nicht.

Leila ging zu Anna hinüber und berührte ihr Haar. Anna rümpfte die Nase und warf Bartholomew einen schrägen Blick zu. »Was für einen Zweck hat ein Bad, wenn der Knappe, der mir hilft, nach Mist riecht?« Bevor er antworten konnte, wandte sie sich Leila zu. Sie kniff die Augen zusammen, und ihr Blick wanderte von Leilas Händen zu ihrem Gesicht.

Bartholomew sah den Moment, in dem Anna die Wahrheit erkannte. Ihre Lippen öffneten sich überrascht. Sie versuchte, ihre Reaktion zu verbergen, aber er hatte bereits bemerkt, dass sie nur wenig Talent hatte, sich zu verstellen. Fragend schaute sie zu ihm.

Leila unterdessen legte Anna den Kamm in die Hand. Sie richtete sich auf und wandte sich Fergus zu, dann verbeugte sie sich. »Mylord«, sagte sie in ihrer normalen Stimme auf Französisch. »Ich glaube, es ist an der Zeit.«

»Es war immer deine Entscheidung«, antwortete Fergus und neigte mit einem zustimmenden Lächeln den Kopf.

Offenkundig verwirrt schauten die Templer zwischen ihnen hin und her, genau wie ihre Knappen. Anna hatte das Gesagte offenbar nicht verstanden, auch wenn sie Leilas wahres Geschlecht erraten hatte.

Leila holte die kleine Tasche, die sie seit ihrem Aufbruch aus

Châmont-sur-Maine mit sich herumgetragen hatte, und Bartholomew begriff, Radegunde musste ihr mehr geschenkt haben als einen Kamm. Die beiden Frauen schienen sich miteinander angefreundet zu haben, nachdem die Gruppe aus Paris aufgebrochen war. War das Duncans Werk? Er jedenfalls wirkte in diesem Moment recht zufrieden, als würde sich alles so entwickeln wie erwartet.

Leila streckte Timothy eine Hand hin und verlangte nach der Seife. Der Junge gab sie ihr, nachdem er sich mit einem Blick zu Bartholomew vergewissert hatte, dass er die Erlaubnis hatte. Er schaute nicht weniger verwirrt drein als die Templer. Hamish und Duncan wiederum zeigten keine Überraschung.

Leila ging zielbewusst hinüber zum Bach, während ihr der Rest der Gruppe hinterhersah. Augenblicke später hörte man außer Sichtweite ein Plätschern. Auf Fergus' Nicken hin verteilten die Jungen den letzten Rest ihres Brotes und Käses zum Frühstück. In einem Weinschlauch fand sich noch ein wenig Rotwein aus Gastons Heim, und ein paar Äpfel hatten sie auch noch, aber es war Zeit, dass sie frische Vorräte fanden. Bartholomew bezweifelte, dass er der Einzige war, der eine warme Mahlzeit willkommen geheißen hätte.

Anna aß hastig, mit einem erstaunlichen Appetit, bei dem er sich fragte, wann sie wohl das letzte Mal etwas gegessen hatte. Zu dem Zeitpunkt, als Leila vom Fluss heraufkam, bereiteten sie sich auf den Aufbruch vor. Jeder Mann und jeder Junge in der Reisegruppe drehte sich beim Geräusch von Leilas Schritten um. Alle starrten ungläubig.

Anna war nicht die Einzige, die sich verwandelt hatte. Leila trug ein schlichtes grünes Kleid und einen Ledergürtel. Ihre Stiefel waren dieselben, und ihr dunkles Haar ringelte sich um ihr Gesicht. Obwohl sie es in Jerusalem geschnitten hatte, konnte kein Zweifel daran bestehen, dass sie eine Frau war, und zwar eine hübsche.

Bartholomew lächelte, während viele seiner Reisegefährten sie erstaunt angafften.

KAPITEL 3

»*A*ber, aber … Laurent!«, flüsterte Timothy. Seine Überraschung war offenkundig.

»Leila«, korrigierte Leila und gab dem überraschten Knappen die Seife zurück. Sie warf ihre schmutzigen Kleider mit offensichtlicher Befriedigung ins Feuer. Entschlossen nahm sie Anna den Kamm aus den Fingern und begann, an ihrem Haar zu arbeiten, während die Templer sich aufgeregt mit gedämpften Stimmen miteinander unterhielten.

»Also sind wir mit einer Frau in unserer Gruppe gereist und haben es nicht gewusst?«, fragte der Eine.

»Es ist gegen die Regeln!«, empörte sich der Andere.

»Es verstößt nicht gegen die Regeln, die zu beschützen, die unseres Schutzes bedürfen«, antwortete Fergus.

»Aber es war eine Lüge!«

»Es war ein Plan, um diese junge Frau zu beschützen, und einer, den der Großmeister in Jerusalem befürwortet hat«, ergänzte Bartholomew. Die Templer schienen von dieser zusätzlichen Versicherung ein wenig beruhigt, warfen dem Rest der Gruppe aber dennoch misstrauische Blicke zu. Er fragte sich, ob sie damit rechneten, noch mehr Frauen unter ihnen zu finden.

»Es war nicht alles eine Lüge«, sagte Leila leise und lächelte Fergus an. »Ich *habe* eine Cousine, deren Haar ich oft geflochten habe.« Geschickt kämmte sie Annas Haar, flocht es und steckte es auf. »Ihr werdet noch einmal Eure Truhen öffnen müssen«, sagte sie zu Fergus. »Als Lady braucht sie eine Haube, einen Schleier und einen Stirnreif.«

»Was bin ich froh, dass ich für meine Verlobte so viele Geschenke gebracht habe«, sagte Fergus spöttisch, während er erneut seine Satteltasche aufschnürte.

»Es ist kein Zufall, Junge, und das wisst Ihr«, murmelte Duncan. Fergus nickte lächelnd.

»Was meint Ihr?« Bartholomew musste nachfragen; er verstand es nicht.

»Mylord wurde in der Eihaut geboren. Er hat die zweite Sicht, obwohl er selten erzählt, was er sieht.«

»Hexerei«, flüsterte einer der Templer, und beide bekreuzigten sich, genau wie ihre Knappen. Der andere spähte in den Wald, als erwartete er noch weitere unangenehme Überraschungen.

Das Einzige, was Bartholomew erstaunte, war der Anblick der verwandelten Diebin. Er konnte den Blick nicht von Anna abwenden, während Leila ihr das Haar zu Ende frisierte und ihr langer, schlanker Hals zum Vorschein kam. Sie wirkte zerbrechlich und feminin, was er nicht erwartet hatte. Die Haube und der Schleier ließen sie verlockend mysteriös wirken, und ihm kam es so vor, als funkelte in ihren Augen ein neues Bewusstsein ihrer Reize. Sie warf ihm einen schüchternen Blick zu, lächelte schwach und errötete ein wenig. Sie hatte seine Reaktion also bemerkt, fand sie aber offenbar eher beunruhigend.

Also war sie wirklich von einem Mann schlecht behandelt worden. Er würde sich ihr gegenüber sehr vorsichtig verhalten müssen.

In Wahrheit fand Bartholomew die Mischung widersprüchlicher Eigenschafen in ihrem Wesen sehr anziehend. Vielleicht hatte er sich deshalb noch in keine Frau verliebt, weil sie alle so mit ihren Kleidern und ihren Stickereien beschäftigt waren oder mit der Frage, ob sie ihren Männern Söhne gebären würden. Es gefiel ihm, dass Anna eine Armbrust besaß, und er musste zugeben, im Wald hatte sie ihm eine echte Herausforderung beschert. Er bezweifelte, dass irgendjemand, der sie in Männerkleidern gesehen hatte, sie ohne Weiteres wiedererkennen würde.

Bartholomew war von der jungen Frau fasziniert und hatte die Ahnung, dass sich dieser Zustand nicht so bald legen würde.

Anna stand auf, als Leila ihr das Überkleid an den Seiten schnürte, und drehte sich dann mit offensichtlicher Begeisterung über ihr Kleid im Kreis. »Sir, ich danke Euch für Eure Großzügigkeit«, sagte sie zu Fergus und verbeugte sich tief. Selbst ihre Sprechweise hatte sich verändert, als hätte das Kleid auch eine Veränderung in ihrem Wesen bewirkt.

»Ihr werdet es Euch verdient haben, wenn wir mit Eurer Hilfe die Satteltasche zurückerlangen«, antwortete der Ritter. Er lächelte Leila an, die gerade hastig ihr Frühstück verschlang.

»Was bedeutet, dass Ihr uns alles sagen müsst, was Ihr über den Baron, seinen Haushalt und seine Verteidigungsmaßnahmen wisst«, sagte Bartholomew. »Es kann auf der Straße nicht weit sein bis zu seiner Feste.« Er freute sich darauf, die Burg bei Tageslicht zu sehen, denn in der Nacht hatte sie kein bisschen vertraut gewirkt. Vielleicht würde er sie heute Morgen von der Straße aus wiedererkennen.

Bestimmt gab es doch keine zwei Lehen mit dem Namen Haynesdale? Nein, das konnte nicht sein, denn Anna hatte ihm die Geschichte seines eigenen Vaters erzählt. Bartholomew stammte von Nicholas ab, und Anna hatte seine Ankunft offenbar vorausgesehen.

Dennoch war es beunruhigend, dass er sich an diesen Ort überhaupt nicht erinnerte.

Er sah, wie Anna zur Sonne aufschaute. »Diese Straße führt direkt zu seinen Toren. Mit solchen Rössern und einem zügigen Tempo werden wir sie bald erreichen.«

»Mittag ist ein guter Zeitpunkt, um als Gast einzutreffen«, sagte Fergus zufrieden.

»Eine heiße Mahlzeit wäre sehr willkommen«, sagte Duncan und sprach damit aus, was Bartholomew dachte.

»Und ein Becher Ale?«, spöttelte Fergus, und beide lachten.

Bartholomew nickte. »Dann sollten wir uns pünktlich auf den Weg machen, damit wir vor seinen Toren stehen, bevor man uns entdeckt.« Er lächelte Anna an. »Da Ihr kein Pferd habt, Mylady, müsste Ihr wohl mit mir reiten.«

»Ich könnte mit meiner Zofe reiten«, erwiderte sie mit bereits vertrautem Widerspruchsgeist.

»Das könntet Ihr, wenn ich Euch vertrauen würde.« Bartholomew ging zu Zephyr hinüber, der in Vorfreude auf den Ritt mit den Hufen stampfte. »Und wenn ich nicht den Wunsch hätte, von Euch mehr über unseren Gastgeber zu erfahren.«

Anna überkreuzte die Arme vor der Brust. Sie machte keine Anstalten zu tun, was er vorgeschlagen hatte. »Was ist mit dieser Gruppe? Wer seid Ihr alle, und woher seid Ihr gekommen? Wie habt Ihr Euch zusammengefunden? Und was ist Euer Ziel?«

»Wir kommen aus Jerusalem«, sagte Fergus zu Bartholomews Erleichterung. »Nachdem ich meinen Dienst im Templerorden abgeleistet habe, kehre ich zum Anlass meiner Hochzeit nach Schottland zurück.«

»Wir haben dem Tempel in Paris Nachricht über wichtige Ereignisse in Outremer überbracht«, fügte Bartholomew hinzu.

»Und als wir einmal dort waren, war der Großmeister so dankbar, dass er Fergus eine Eskorte für den Heimritt mitgegeben hat«, ergänzte Duncan und deutete auf die beiden Templer, die vor Anna die Köpfe neigten.

»Enguerrand«, stellte sich der eine vor.

»Yves«, steuerte der andere bei.

»Jerusalem?«, wiederholte Anna staunend. »Ihr kommt aus der Heiligen Stadt?«

Bartholomew nickte. »Das tun wir.«

»Und warum reitet *Ihr* nach Schottland?«, fragte sie ihn.

»Um der Hochzeit meines Freundes beizuwohnen, natürlich.«

»Aber Ihr gehört nicht dem Orden an?«

Er schüttelte den Kopf.

»Habt Ihr ein Lehen?«

»Gott sei gelobt, dass Euch keine übermäßige Neugier plagt«, sagte Fergus gedehnt, und Duncan lachte leise.

Anna wandte sich zu ihm um, Feuer im Blick. »Wenn ich seine Braut sein soll, sollte ich besser bestimmte Einzelheiten über sein Leben kennen.«

Fergus zuckte die Schultern. »Wir würden alle gern mehr über Bartholomews Geheimnisse wissen.«

Sie wandte sich wieder Bartholomew zu.

»Ich habe keine Geheimnisse«, sagte er leise.

»Nein?«, fragte Fergus. »Warum habt Ihr dann darauf bestanden, diese Straße zu nehmen?«

»Und warum habt Ihr Gastons Ländereien verlassen?«, fügte Duncan hinzu.

Bartholomew hielt stand. »Ich wollte Euer Heim sehen – und mehr von der Welt. Etwas anderes steckt nicht dahinter«, sagte er, obwohl er vermutete, dass Fergus skeptisch blieb. Er verbeugte sich vor dem anderen Ritter. »Aber wenn Ihr Euer Erbe antretet, werdet Ihr vielleicht eine Möglichkeit finden, mir eine Position in Eurem Haushalt anzubieten.«

Fergus hob eine Augenbraue. »Nachdem Ihr ein ähnliches Angebot von Gaston bereits abgelehnt habt? Das wäre wohl reine Zeitverschwendung.«

»Vielleicht nicht.« Bartholomew hatte ihnen nicht erzählt, was er sich in Haynesdale erhoffte, aber er hatte darauf bestanden, diese Route zu wählen. Beide Männer jedoch waren ausgesprochen neugierig, wie ihm nur zu bewusst war, und er war erleichtert, als sie das Thema fallenließen. Aus unerfindlichem Grund war er der Überzeugung, wenn er seine Träume laut ausspräche, würde deutlich werden, wie töricht sie waren.

Anna biss sich auf die Lippen. »Also ist es die Aussicht auf seine Gunst, die Euch an seiner Seite hält?«

Bartholomew wollte sie necken. »Ich denke nur praktisch. Wir müssen essen, meine Ehefrau, besonders, wenn wir Söhne haben wollen.«

Duncan grinste und wandte sich seinem Pferd zu.

Einen langen Moment hielt Anna Bartholomews Blick. Angesichts ihrer Eindringlichkeit machte sein Herz einen Satz. Es war beinahe, als ob sie die Wahrheit erriet, die er nicht laut aussprechen wollte, als ob sie das Geheimnis kannte, das er vor allen verbarg.

Aber das war unmöglich.

»Ihr seid wirklich ein verflucht selbstsicherer Mann«, sagte sie und schüttelte den Kopf. »Zu heiraten, ohne dass Ihr für Eure Frau sorgen könnt, ist sehr kühn.«

Bartholomew musste grinsen, denn so etwas würde er in Wirklichkeit nie tun.

»Vielleicht vertraut er darauf, dass die Liebe schon alle Schwierigkeiten überwinden wird«, neckte Fergus.

Anna errötete. »Vielleicht hat er Glück, dass unsere Ehe nur ein Märchen ist«, entgegnete sie. »Wäre ich wirklich seine Ehefrau und erführe, dass mein Ehemann solche Pläne hat, würde ich ihn vielleicht zum Teufel schicken.«

»Das könntet Ihr nicht, wenn die Ehe vollzogen wäre«, bemerkte Bartholomew.

»Dann habe ich wirklich Glück«, erwiderte sie. »Denn noch habe ich die Wahl.«

Bartholomew grinste sie an. »War das eine Herausforderung, Mylady? Soll ich Euch heute Nacht verführen, um sicherzugehen, dass Eure Wahl getroffen ist?«

Obwohl sein Tonfall heiter war, fiel ihre Reaktion erneut heftig aus. »Das könnt ihr nicht. Das würdet Ihr nicht!« Sie wich sogar vor ihm zurück.

»Ich könnte Euch vielleicht überzeugen.«

Anna errötete heftig und ging auf die Pferde zu. Die Entschlossenheit, mit der sie sich dabei bewegte, bewies, dass ihre eleganten Manieren schnell wieder vergessen waren. »Verflixter Mann«, murmelte sie.

»Deshalb liebt Ihr mich«, konterte Bartholomew. »Ich sehe die Wahrheit in Euren Augen.«

»Schuft«, flüsterte sie, und ihr Erröten vertiefte sich.

»Diese Ehe war eindeutig vorherbestimmt«, spottete Fergus, aber Anna ignorierte ihn.

Bartholomew schwang sich in den Sattel und lenkte Zephyr zu einem umgestürzten Baumstamm. Anna kletterte darauf, geschickter als jede andere Frau, die er je gesehen hatte. Er nahm ihre Hand, und sie benutzte den Steigbügel, um aufzusteigen und sich hinter ihn zu setzen. Sie hatte seinen Mantel wieder umgelegt und hielt ihn von sich ab, während sie sich zurechtsetzte, drapierte ihn dann mit Leilas Hilfe über Zephyrs Rücken. Schließlich schwang Leila selbst sich in den Sattel ihres Zelters.

»Ihr werdet Euch an mir festhalten müssen, Mylady«, sagte Bartholomew leise, als Anna sich nicht gleich an ihn lehnte.

Sie seufzte leidgeprüft. »Das ist wohl unvermeidlich, Mylord.« Ihre Nachgiebigkeit klang so falsch, dass er ein Lächeln nicht unterdrücken konnte.

»Ist Euch mein Wunsch nicht Befehl?«, fragte er.

»Quält mich nicht zu sehr, Sir«, entgegnete Anna. »Nicht, wenn Ihr in meiner Gegenwart ruhig schlafen wollt.«

»Sicher wird Leila mich verteidigen«, gab er zurück.

»Bestimmt wird sie das«, antwortete Leila voll Überzeugung. »Denn es gibt in der christlichen Welt keine tapfereren Ritter als diese hier, vor allem Myladys Gemahl. Keine Frau könnte einen besseren Mann finden.«

Bartholomew spürte Annas Überraschung, dass Leila seinen Charakter so lobte. Ihm ging auf, dass es vielleicht einen zusätzlichen Nutzen hatte, wenn Leila Annas Zofe spielte. Anna legte die Arme um seine Taille und lehnte sich vorsichtig an seinen Rücken.

Bartholomew fand es seltsam befriedigend, ihren Körper an seinem zu spüren. Er schnalzte mit der Zunge, und Zephyr warf den Kopf zurück und tänzelte hinüber zur Straße. Die Gruppe ritt in Paaren, Bartholomew und Fergus vorweg, die beiden Templer am Ende. Duncan und Leila blieben in der Mitte, hinter Timothy und Hamish und vor den Knappen der Templer. Sie erreichten die Straße, die aus festgestampfter Erde bestand, dabei aber gerade und eben war, und die Rösser fielen in einen gemächlichen Kanter.

Bartholomew schluckte. Er wartete darauf, einen besseren Blick auf die Burg zu werfen, die vielleicht sein Vermächtnis war, und fürchtete zugleich, was ihre Ankunft wohl bringen würde.

WAS FÜR EINE BEMERKENSWERTE REISEGESELLSCHAFT. Je mehr sie über Bartholomew und seine Gefährten erfuhr, desto mehr war Anna geneigt zu glauben, dass es ihnen gelingen würde, die Satteltasche und

Percy aus der Burg des Barons herauszuschaffen. Sie waren unerwartet findig und schienen sehr kühn.

Ihre Angst wurde bald durch Erwartung ersetzt.

Ihre Neugier über den Inhalt der Satteltasche wuchs ebenfalls mit jedem verstreichenden Moment.

»Nun erzählt uns von diesem Baron«, forderte Fergus sie auf.

»Nein, erst braucht Mylady einen Namen«, sagte Bartholomew. »Ihr könnt nicht einfach Anna sein, die Tochter des Schmieds.«

Anna stieß der Gedanke, dass ihr Name ihm nicht ausreichte, sauer auf. »Weil ein Mann von Eurem Stand, ohne eigenen Landbesitz, sich nicht herablassen würde, eine Gemeine zu heiraten?«, fragte sie süßlich.

Bartholomew lachte. Seine Antwort überraschte sie. »Nein, sondern weil Euer Name Euch verraten wird – man wird Euch trotz Eures veränderten Äußeren wiedererkennen. Dann wird Percy nicht aus dem Kerker entkommen, und das ist gewiss nicht Euer Ziel.«

»Ich würde nicht dazu raten, einen anderen Namen zu verwenden«, warf Leila ein. »Falls Ihr es versehentlich versäumt, darauf zu antworten. Dieser Fehler geschieht einem sehr leicht, und er ist ausgesprochen verräterisch.«

Anna vermutete, dass auch Leila dieser Fehler auf ihrer Reise unterlaufen war. »Anna ist ein sehr gewöhnlicher Name«, sagte sie.

»Können wir einen Titel erfinden?«, frage Fergus. »Wagen wir es, so kühn zu sein?«

»Der Baron hat viele Verbindungen«, sagte Anna. »Es muss ein Name sein, den er kennt, aber er darf der Person noch nicht begegnet sein.«

»Sie könnte mit uns aus Outremer gekommen sein, oder aus Frankreich«, schlug Duncan vor.

Anna schüttelte den Kopf. »Ich war niemals dort. Ich glaube, Sir Royce war schon am Hof des Königs in der Normandie. Aber ich spreche kein Französisch.«

»Schon eine unbedeutende Nachfrage könnte die Lüge enthüllen«, sagte Leila.

»Also brauchen wir eine Edelfrau, die der Baron nicht kennt, vielleicht, weil sie nicht existiert, aber mit einem Familiennamen, der ihm vertraut ist.« Fergus fuhr sich mit der Hand durch das Haar.

»Das ist ein verzwicktes Problem«, stimmte Bartholomew zu. Er schaute über die Schulter zu Anna. Seine Augen glitzerten. »Es sei denn, Ihr wisst bereits eine Lösung, Mylady.«

Anna lächelte ihn an, froh, dass dem so war und dass er es offenbar geahnt hatte. »Vor einigen Jahren machte eine Witwe von sich reden, Elizabeth von Whitby, deren Reichtum sie nach dem Tod ihres Ehemanns zu einer begehrten Partie machte. Sie hatte eine Tochter, Anna genannt, und fürchtete, ohne einen Beschützer würden sie beide zu einer Ehe gezwungen werden. Sie floh und suchte mit ihrer Tochter Zuflucht in der Abtei Sankt Mary.«

»Wann war das?«, fragte Fergus.

»Vor zehn Jahren. Meine Mutter erzählte mir die Geschichte als eine Erinnerung an dunkle Zeiten.«

»Wieso das?«, fragte Fergus.

»Lady Elizabeth starb, denn sie und ihre Tochter wurden verraten und auf offener Straße überfallen. Aber ihre Zofe floh mit dem Kind und erreichte die Abtei. Als sie einmal dort waren, sorgte die Äbtissin für ihre Sicherheit. Es heißt, die junge Frau habe früh ihr Gelübde abgelegt und wolle ihr Leben im Dienste Gottes verbringen. Sie müsste in meinem Alter sein, und niemand hat sie gesehen, seit sie ein Kind war.«

»Und es wird sie auch niemand sehen, wenn sie in der Abtei bleibt«, sagte Bartholomew. »Denkt Ihr also, sie hat ihre Meinung geändert?«

»Vielleicht hat ein gewissenloser Ritter sie entführt«, antwortete Anna und spürte Bartholomews Lachen unter ihren Händen, die auf seinem Bauch ruhten.

»Aye, vielleicht«, stimmte er zu, und übernahm den Faden. »Aber aus dieser Gefahr wurde sie von uns gerettet, ganz klar.«

»Der Ritter Bartholomew de Châmont-sur-Maine hat sie aus den Klauen des Bösewichts befreit, ein Kreuzfahrer, so tapfer wie kaum ein anderer, ein Kämpfer, der der Gerechtigkeit verschworen ist«, schmückte Fergus aus, während Anna sich vor Protest fast verschluckte.

Bartholomew presste sich eine Faust auf die Brust. »Sagt mir nicht, sie hat ihr Herz an ihn verloren?«

Fergus nickte weise. »Auf den ersten Blick. Sie vergaß ihre Schwüre und flehte ihn an, sie zu ehelichen. Ich habe es mit eigenen Augen gesehen.«

»Nein!«, protestierte Anna, aber sie konnte ihr Lachen nicht unterdrücken. »Ihr stehlt meine Geschichte!«

»Nur, um eine bessere daraus zu machen«, sagte Bartholomew. »Ich möchte nicht als übler Bösewicht dastehen.«

»Kein verdienter Ritter könnte eine derartige Beleidigung seiner Ehre hinnehmen«, stimmte Fergus so nüchtern zu, dass Anna ihm glauben wollte.

»Aber muss ich ihn *angefleht* haben, mich zu heiraten? Es sieht mir nicht ähnlich, eine solche Bitte zu äußern.«

»Aye, das glaube ich gern.« Fergus wackelte mit dem Finger in ihre Richtung. »Aber das ist die Macht der Liebe. Sie lässt uns alle zu Narren werden, verzweifelt um die Gunst des Geliebten heischend.«

»So spricht ein Mann, der sein Herz verloren hat«, sagte Anna, und Fergus zwinkerte ihr zu. Er schämte sich seiner Gefühle anscheinend nicht. Er hatte für seine Verlobte zahlreiche Geschenke mitgebracht, und sie bewunderte ihn dafür, dass er sich nicht scheute, anderen gegenüber offen seine Gefühle für sie zu zeigen.

»Obwohl ich gern sehen würde, wie Anna mich um Gnade anfleht«, sagte Bartholomew, um sie erneut zu necken. »Würdet Ihr mir den Gefallen erweisen, meine Gemahlin?«

»Nein, das werde ich nicht!«

Fergus senkte seine Stimme. »Oder vielleicht war die junge Frau von dem Ritter nur deshalb so bezaubert, weil sie ihm am Gesicht ablas, dass *er* sein Herz an *sie* verloren hatte.«

Bartholomew stieß ein Schnauben aus.

»Ein Ritter muss ein Herz haben, um es zu verlieren«, antwortete Anna. »Und dessen bin ich mir nicht sicher. Wie es scheint, zerstört der Ritterschlag in einem Mann alles Mitgefühl.«

Sie spürte, wie geschockt die Gruppe darauf reagierte, und stellte verspätet fest, dass sie alle von ihnen beleidigt hatte, indem sie ihre Gedanken laut ausgesprochen hatte.

»Wir müssen Anna beweisen, dass sie den wahren Wert von Männern wie uns noch nicht erkannt hat«, sagte Fergus leise.

»In der Tat, das müssen wir«, sagte Bartholomew, und Anna konnte in seinem Tonfall keine Belustigung mehr hören. Seine Hand legte sich einen Moment über ihre, und er drückte leicht ihre Finger.

Sie wusste nicht, wie sie sich erklären sollte, welche Wirkung die flüchtige Berührung auf ihren Puls hatte.

»Ich muss gegen diesen Plan Einspruch erheben«, empörte sich einer der Templer. »Wir können keine solche Lüge erzählen.«

»Nicht einmal, um das Wohlergehen der Lady sicherzustellen?«, fragte Fergus.

»Oder um den Besitz wiederzuerlangen, der uns anvertraut wurde?«, fragte Duncan.

Was hatte sich in seiner Satteltasche befunden?

»Oder um den Bruder der Lady vor einem sicher nicht erfreulichen Schicksal zu bewahren?«, fügte Bartholomew hinzu.

Die beiden Tempelritter wirkten nicht gerade glücklich über die Situation, gestanden aber schließlich widerwillig ein, dass der Plan etwas für sich hatte. Anna vermutete, sie würden ihnen bei der Täuschung weder helfen noch sie aufdecken, was wahrscheinlich das Beste war, worauf sie hoffen konnten.

Ein paar Augenblicke später räusperte sich Duncan. »Also werdet Ihr Anna of Whitby sein?«, fragte er.

»Anna de Beaumonte«, antwortete Anna. »Das war ihr Name.«

»Ihr würdet vorgeben, Französin zu sein?«, fragte Bartholomew. »Aber Ihr versteht die Sprache nicht.«

»Da wäre ich sicher nicht die Erste.«

»Besonders, wenn sie in einer Abtei aufgewachsen ist«, sagte Fergus. »Vielleicht haben die Nonnen nur Englisch gesprochen.«

»Und Latein, während ihrer Gebete«, fügte Bartholomew hinzu.

»Ich kenne die Gebete«, sagte Anna.

»Welch ein Segen«, spottete Bartholomew.

»Auf keinen Fall würdet Ihr als Heidin angesehen werden wollen«, sagte Leila, und Anna wunderte sich über die Hitze in ihren Worten.

Fergus nickte zustimmend. »Keine Lösung ist perfekt, aber ich denke, diese hier wird genügen.«

»Ich habe Sorge, man könnte Anna auf die Probe stellen und enttarnen«, sagte Bartholomew. Seine Befürchtung war nicht unbegründet.

»Wir werden uns nicht länger als nötig in der Halle des Barons aufhalten«, antwortete Fergus.

»Und Ihr habt gesagt, wir müssten immer zusammen sein, mein Gemahl«, erinnerte Anna ihn süß. »Sicher könnt Ihr meine Fehler korrigieren?«

»Ich werde es versuchen müssen«, sagte Bartholomew grimmig, und sie konnte fühlen, dass seine Anspannung wuchs.

Fürchtete er um sie?

Hatte er wirklich vor, sie zu beschützen?

Diese Aussicht erfüllte sie mit einer seltsamen Wärme, auch wenn sie wusste, sie konnte sich selbst verteidigen. Sie warf einen Blick auf ihre Armbrust, die an Bartholomews Sattel hing, und wünschte sich, sie könnte sie in der Hand halten.

Aber sie würde diesem verwirrenden Ritter gegenüber ihr Wort halten.

Schon deshalb, weil sie vermutete, dass Bartholomew das Gegenteil erwartete.

»Nun erzählt uns von dem Baron«, forderte Fergus sie erneut auf. »Wir müssen alles über den Löwen erfahren, was wir können, bevor wir uns in seinen Bau wagen.«

DER WALD von Haynesdale war ihm gänzlich unvertraut.

Bartholomew hatte gehofft, von der Straße aus gesehen würden die Ländereien seiner Heimat Erinnerungen wachrufen. Er hatte gehofft, der Anblick eines Hügels würde ihm bekannt vorkommen, seine Verbindung zu diesem Lehen beweisen. Er hatte sich den Namen eingeprägt und kannte sein Siegel, aber er sehnte sich nach dem Gefühl des Wiedererkennens – des Heimkommens.

Wie es Gaston in Châmont-sur-Maine gespürt hatte und wie es Fergus in Killairic erwartete. Mehr als alles andere wollte Bartholomew wissen, wohin er gehörte.

Eine Heimat haben und sie gut kennen.

Aber diese Wälder unterschieden sich nicht von allen anderen.

Zwar stimmte es, dass er Haynesdale hatte verlassen müssen, als er noch ein kleiner Junge gewesen war, aber die Vernunft sagte ihm, dass er sich zumindest an einige Einzelheiten erinnern sollte. Doch so war es nicht. Die Wälder waren üppig und voller Wild, die Landschaft sanft geschwungen, und durch die kahlen Bäume sah man gelegentlich ein Gewässer.

Aber so sehr ihm der Anblick auch gefiel, er hätte sich irgendwo zwischen Schottland und Konstantinopel befinden können. Es hätte eine Straße sein können, auf der er nie geritten war. Vielleicht war er im Irrtum, doch er erinnerte sich an den Namen der Ländereien und an seinen eigenen. Das zumindest hatte seine Mutter ihm eingeprägt.

Auf mehr Arten als eine.

Es war seltsam, dass seine Rückkehr weisgesagt worden war, wenn auch nur in einer Geschichte, und er begriff, sich zu früh zu offenbaren, mochte sich als fataler Irrtum erweisen.

Wie konnte jemand wissen, dass er überlebt hatte?

War es nur die Hoffnung der Menschen, die den neuen Baron nicht mochten?

Konnte ihn jemand verraten? Er kämpfte gegen den unwillkommenen Gedanken, es könnte Anna sein, und beschloss, seiner unerwarteten Gefährtin so wenig wie möglich anzuvertrauen.

Sie würden Percy befreien und Duncans Tasche zurückholen, und dann würden sich seine und Annas Wege für immer trennen. Wenn er zu Besuch in der Halle war, würde ihm vielleicht eine Idee kommen, wie er am besten sein verlorenes Erbe wiedergewann. Ohne die Lage zu kennen, konnte er jedenfalls keinen Plan schmieden.

Es bestand immer die Chance, dass der Baron im Namen der Gerechtigkeit beiseitetrat.

Allerdings nur eine kleine Chance.

»Sir Royce Montclair ist hierzulande für seine Gier bekannt«, sagte Anna, die ihre Verachtung nicht verbergen konnte. »Er zeigt einen großen Eifer, Steuern einzutreiben, angeblich für die Krone, allerdings haben manche bezweifelt, dass all das Geld an den Hof des Königs geht.«

»Nun zweifeln sie nicht mehr?«, fragte Fergus.

Anna lachte kurz auf. »Es gibt niemanden mehr, der seine Zweifel äußert. Er ist … gründlich darin, Widerspruch auf seinem Land zu eliminieren.«

Bartholomew sah, wie sie den Finger hob und in den Wald deutete. Er runzelte die Stirn, als er ihrem Blick folgte und sah, dass sich auf einer Seite der Straße eine Fläche befand, die geschwärzt und verbrannt aussah. Es war seltsam, die dunklen Baumstümpfe in dem frisch gefallenen Schnee zu sehen und den klaren Himmel darüber, mitten in einem so üppig wachsenden Wald.

»Dort hat er diejenigen zusammengetrieben, die sich in Rebellion gegen ihn erhoben haben. Sie flohen in die Wälder, und er ließ einen großen Bereich in Brand setzen. Seine Männer standen ringsum und warteten darauf, dass das Feuer alle verschlang.« Sie erbebte so heftig, dass Bartholomew erneut ihre Hand ergriff. »Ich kann ihre Schreie noch immer in meinen Träumen hören«, schloss sie mit heiserer Stimme.

»Wann war das?«

»Vor zwei Jahren.« Er fühlte, wie sie sich gerade aufrichtete. Sie entzog ihm ihre Hand.

Wen hatte sie in dem Feuer verloren?

»Wart Ihr dort?«, fragte er leise, aber sie antwortete nicht.

»Hat Sir Royce eine Frau? Oder Familie?«, fragte Duncan.

»Er hat eine Frau. Die Krone hat seine Heirat arrangiert. Vor acht Jahren ist er mit ihr aus Winchester zurückgekehrt.«

»Ihr Name?«

»Lady Marie de Naumiers. Sie hat ihm allerdings noch kein Kind geboren, und man sieht sie selten außerhalb der Burgmauern. Gerüchte gibt es nicht, denn sie hat ihre eigenen Zofen mitgebracht, und auch die verlassen selten die Burg.« Sie hielt inne. »Es heißt, er sei schon einmal verheiratet gewesen, aber seine erste Frau sei nach dem Tod ihres einzigen Kindes gestorben. Er blieb so lange unverheiratet, dass der König die Ehe mit Lady Marie verfügte.«

Das Dorf erschien vor ihnen – die Bäume wurden weniger und man sah die Dächer der Hütten. Als sie näherritten, sah Bartholomew, dass für ein Dorf dieser Größe nur wenige Menschen zu sehen waren. Sie waren schmutzig, wie Anna es gewesen war, schmutziger, als es in anderen Dörfern, in denen ihre Gruppe Halt gemacht hatte, der Fall gewesen war. Diese Dörfler beobachteten ihren Ritt mit Misstrauen. Er sah, wie ein älteres Paar aus einem Haus kam, dann zwei Männer in seinem Alter, einer mit einem Baby im Arm, der andere mit zwei sehr jungen Kindern an seiner Seite. Was war mit den Müttern geschehen? Er hörte Ziegen meckern, konnte sie aber nicht sehen.

Ein stämmiger Mann, der in seinem Garten kniete, wo es zu dieser Zeit des Jahrs nur Kohl unter dem Schnee geben konnte, hob den Kopf und starrte sie böse an. Seine Frau schaute aus der Tür ihres Hauses mürrisch zu ihnen herüber. Die Männer ritten dichter beieinander, ohne sich abgesprochen zu haben, denn es lag Feindseligkeit im Gebaren der Menschen, an denen sie vorüberkamen.

»Wo sind die Kinder?«, fragte er Anna leise.

»Wer würde willentlich ein Kind an diesen Ort bringen?«

Das war nur eine halbe Antwort, aber Bartholomew vermutete, sie würde nicht mehr sagen. Wo waren die Überlebenden des Feuers? Diejenigen, die nicht geflohen waren?

Waren Anna und Percy im Wald allein gewesen? Er würde sie später danach fragen müssen. »Setzt Eure Kapuze auf, damit Euch niemand erkennt«, murmelte er.

»Aye, mein Gemahl«, sagte sie, ihr Ton so gehorsam, wie man es sich nur wünschen konnte. Unter anderen Umständen hätte ihr Benehmen ihm ein Lächeln entlockt.

Aber sie hatten den Wald hinter sich gelassen, und er sah die Burg von Haynesdale in ihrer ganzen Pracht vor sich. Der Anblick ließ ihn überrascht anhalten. Ganz im Gegensatz zu der Armut und dem Schmutz, die im Dorf sichtbar waren, war der hölzerne Palisadenring um die Burg hoch und gerade. Die Burg thronte auf einem Hügel, der das Umland überblickte, und ein lebhaft bunter Wimpel flatterte an ihrem eckigen Turm. Die Anlage war groß, weitaus größer, als er erwartet hatte, und besaß keinerlei Ähnlichkeit mit dem Ort, an den er sich erinnerte. Wie es schien, war Annas Verdacht, die Steuern verblieben in der Baronie, nicht unbegründet, denn eine solche Festung zu errichten verschlang viel Geld.

»Was für eine schöne Feste«, sagte Bartholomew, der das Staunen nicht aus seiner Stimme verbannen konnte. »Ist die Gefahr eines Angriffs auf diese Baronie so groß, wie es den Anschein hat?«

»Ein Mann mit wenigen Verbündeten und noch weniger Freunden befürchtet das womöglich«, flüsterte Anna. »Der Bau begann vor der Hochzeit und dauerte Jahre.«

Die Feste war nicht nur groß und neu, sie würde auch schwer bewacht und verteidigt sein. Bartholomew spürte einen Moment der Furcht, denn innerhalb ihrer Mauern würde sich seine Zukunft entscheiden – oder herausstellen, dass er keine hatte. Wie sollten sie Percy finden und befreien? Wie konnten sie den Schatz aus Duncans Satteltasche wiederfinden? Wie würden sie entkommen?

Wie sollte er seinen Vater rächen und sein Geburtsrecht geltend machen? Die Erfolgsaussichten waren geringer, als ein klarsichtiger Mann gehofft hätte. Er hatte mit einem Herrenhaus gerechnet, vielleicht einer kleinen Motte, aber nicht mit einer richtigen Festung. Zudem war eine Bitte an den königlichen Hof zum Scheitern verurteilt, wenn dieser Baron der Krone so nahestand, dass der König selbst eine Heirat für ihn aushandelte.

Nein, Bartholomew musste sich als würdig erweisen, indem er bewies, dass der Baron unwürdig war.

Irgendwie.

Er war der Nachkomme von Nicholas.

Und er musste sicherstellen, dass Anna und Percy in Sicherheit waren, selbst, wenn alles andere schiefging.

Bartholomew spornte Zephyr zu einer schnelleren Gangart an. Er führte die Gruppe bis an die Tore und erhob die Stimme. »Ihr da! Im Namen christlicher Nächstenliebe begehren wir Einlass!«

Bei diesem Ruf kam ein Wächter ans Tor. Sie nannten ihre Namen, und innerhalb weniger Augenblicke wurde das Fallgatter von Haynesdale hochgezogen – ein widerwilliges Willkommen.

»Durch die Tore der Hölle«, murmelte Anna, und Bartholomew konnte lediglich seine Hand auf ihre legen und sie zur Ermutigung fast unmerklich drücken.

~

JAHRELANG HATTE MARIE, Lady von Haynesdale, geglaubt, es könne kein schlimmeres Schicksal geben, als eine Erbin zu sein. Tag für Tag Männern, die als geeignete Ehemänner erachtet wurden, vorgeführt zu werden, gezwungen zu sein, sich bei einem Festmahl nach dem anderen charmant zu zeigen, ein Lehen nach dem anderen besuchen zu müssen, das alles war eine besondere Art der Folter gewesen. Von dem ständigen Lächeln, wenn man versuchte, ihr bei einem Besuch alles recht zu machen, hatten ihre Wangen geschmerzt. Ihre Manieren hatten darunter gelitten. Sie war überzeugt gewesen, nichts könne schlimmer sein, als für seine großzügige Mitgift bekannt zu sein – oder einen so fordernden Vormund zu haben.

Nun wusste sie es besser. Es war weitaus schlimmer, keine Erbin mehr zu sein.

Nun war sie nur eine Ehefrau. Eine unfruchtbare. Und dieses Leben war schlicht entsetzlich.

Marie stand am Fenster, schaute auf die kahlen Wälder hinaus, die die Ländereien ihres Mannes bedeckten, und hasste, was aus ihrem Leben geworden war. Es gab keine festlichen Mahlzeiten, keine Besucher, keine Ausflüge, noch nicht einmal Jagden, seit ihr Ehemann alle unter seiner Herrschaft so unterdrückte. Oder hinrichten ließ. Keine eifrigen Verehrer, keine bewundernden Minnesänger, keine Männer, die Marie so sehnsüchtig anstarrten, dass ihr Herz schneller schlug. Selbst, wenn ein Mann mit Blut in den Adern in ihre Halle käme, der Ruf ihres Mannes allein würde dafür sorgen, dass der Gast ihr niemals in die Augen sah.

Soweit das Auge reichte, gab es hier nur unzivilisierte Barbaren und Grobiane.

Der größte Barbar und Grobian war zweifelsohne der, der jede Nacht zu ihr kam, nahm, was ihm gehörte, und sie dann allein in ihrem großen, kalten Bett ließ.

Gnädigerweise hatte sie ihn nur ein einziges Mal ohne die Augenklappe über seinem Auge ansehen müssen. Dass sie sein Äußeres einmal für verwegen und mysteriös gehalten hatte, gefährlich und anziehend! Als sie gesehen hatte, was sich unter der Augenklappe befand, hatte ihr Herz sich verhärtet.

Er war entstellt.

Er war ihrer unwürdig.

Er schenkte ihr keine Söhne. Sie begann zu glauben, dass er das absichtlich tat, nur um sie in dieser Burg gefangen halten zu können.

Marie vermutete, dass Royce von dem Groll in ihrem Herzen wusste. Er ging sicher, dass sich niemals eine Waffe in ihrer Nähe befand.

Wie sie ihn verachtete.

Wie sie diese trostlose Burg hasste.

Pelze, und seien es noch so viele, konnten sie des Nachts nicht wärmen. Kein Kohlenbecken vertrieb den Frost aus ihrer Kammer. Die Böden hätten genauso gut aus Eis bestehen können. Der Steinboden strahlte solche Kälte aus, dass Marie schwören könnte, sie würde ihr nie aus den Knochen weichen. Selbst die sogenannten Sommer brachten nichts als Regen und eine milde Wärme.

Sie war die Mahlzeiten leid, die den Magen füllten, ohne die Sinne anzusprechen. Sie wollte wieder Musik hören. Sie sehnte sich nach der Liebkosung der Sonne auf ihrem Gesicht, dem Klang ausgelassenen Gelächters, dem Geschmack guten Weins.

Noch mehr sehnte sie sich nach der Gesellschaft gutaussehender junger Männer. Ritter. Troubadoure. Prinzen und Herzöge. Gelegentlich eines Königs.

Aber hier gab es nur Royce, und mochte er auch einst gut ausgesehen haben, die Wahrheit über ihn zu kennen, minderte seine Anziehungskraft erheblich. Am Hof des Königs, wo er sich die Mühe gemacht hatte, Konversation zu betreiben und Charme zu versprühen, hatte er deutlich anziehender gewirkt.

Marie hatte sich von ihm einnehmen lassen, in ihrer Torheit.

Und nun hatte sie keine Macht, keine Kontrolle über ihr Leben, keine Chance, Forderungen zu stellen oder gehört zu werden. Sie war das Eigentum ihres Mannes – so wie all der Reichtum, den ihr Vater angehäuft hatte. Royce gab das Geld mit vollen Händen aus und nutzte die Mär seines Vermögens, um noch mehr zu leihen.

Sie saß in einer Festung, die er mit dem Geld ihres Vaters errichtet hatte – eine Gefangene, genau wie der arme Junge, den man heute früh ins Verlies geworfen hatte. Marie spürte Mitgefühl für den Jungen, allein, weil sein Schicksal dem ihren so ähnlich war.

Zugegeben, er hatte kein Essen, kein Licht, kein Bett und musste sein Quartier wahrscheinlich mit Ungeziefer teilen, aber Marie war geneigt, solche unwichtigen Einzelheiten zu übersehen.

Ihrer Ansicht nach geschah ihr ein Unrecht, und es gab keine Möglichkeit, die Umstände zu ändern, außer, Royce einen Sohn und Erben zu schenken. Sie hatte versucht zu empfangen, wirklich. Sie erlaubte ihm, mit ihr zu tun, was er wollte, so abscheulich es auch sein mochte. Sicher wäre ein bisschen männliche Gesellschaft ermutigend, aber nach dem bedauerlichen Zwischenfall in Winchester in ihrer Hochzeitsnacht vertraute Royce ihr nicht.

Er hatte gelobt, Haynesdale nicht zu verlassen, bevor sie ihm einen Sohn geboren hatte, denn dann würde der Junge auf jeden Fall von ihm abstammen.

Bestimmt hatte er nicht damit gerechnet, dass es so lange dauern würde.

Vielleicht sollte sie sich ihm heute Nacht widersetzen. Es erregte sie beide, wenn sie vor ihrer Vereinigung stritten. Marie schürzte die Lippen und dachte darüber nach.

Auf einmal richtete sie sich auf. Reiter kamen auf der Straße auf die Tore der Festung zu.

Fremde.

Gäste.

Ritter!

Guter Gott, es waren sogar zwei Templer unter ihnen. Was für eine Gelegenheit!

Sie musste einschreiten, bevor Royce sie abwies.

»Agnes! Emma!« Marie wirbelte herum und rief nach ihren Zofen. Sie öffnete ihre Truhe und begann, Kleidungsstücke auf dem Boden zu verteilen. Royce konnte sie nicht gefangen halten, wenn sie Gäste hatten. Nein, sie musste sie als Lady von Haynesdale empfangen, dann würde er es nicht wagen, ihr vor den Fremden zu widersprechen.

Und vielleicht würde einer von ihnen den Samen pflanzen, den Royce anscheinend nicht säen konnte. Inzwischen war Marie bereit, alles zu tun, um zu den Vergnügungen am königlichen Hof zurückzukehren und dieses schreckliche Hinterland zu verlassen. Sollte Royce doch hierbleiben, an dem Ort, den er so liebte, sollte er hier mit ihrem Sohn verrotten. Sie würde wieder in Palästen tanzen!

Das goldene Kleid. Sie warf es aufs Bett und betrachtete zufrieden die schimmernde goldene Seide. Aye, in diesem Kleid würde sie aussehen wie die Schönheit, die sie einst gewesen war.

Marie lächelte. Falls Royce, wenn sie in all ihrem Glanz vor ihm stand, so von Verlangen ergriffen wurde, dass er sich genötigt fühlte, heute Nacht ihr Bett aufzusuchen, mochte das die Beteiligung eines Gastes am Streben ihres Gemahls nach einem Erben verschleiern.

ANNA HÄTTE NIE GEDACHT, Haynesdale einmal freiwillig zu betreten. Aber hier war sie und ritt unter dem Fallgatter hindurch, versuchte dabei auszusehen, als wäre sie an solche Herrschaftlichkeit gewöhnt und vielleicht ein wenig gelangweilt. Das war besser, als zu enthüllen, wie viel Angst sie hatte. Sie war froh, Bartholomews solide, starke Gestalt als Schild zu haben, und hieß das Gefühl seiner Rüstung unter ihren Fingern willkommen.

Sie hoffte bei allen Heiligen, dass der Baron nicht die Wahrheit erriet.

Sie musste rasch Percy finden. Aber wo? Die Burg war riesig. Es konnte hier mehr als ein Verlies geben.

Ungeachtet ihrer persönlichen Ungeduld, ihr Ziel zu erreichen und wieder abzureisen, schien es, dass Adlige nichts in Eile taten. Bartholomew stieg vom Pferd und hob sie dann herunter, während auch seine Gefährten abstiegen. Sie wollte vorauslaufen, aber Bartholomews Bewegungen blieben gemächlich. Er lächelte ihr zu, als seien sie ein verliebtes Paar, und presste ihr einen Kuss auf die Hand. »Geduld, Mylady«, murmelte er, und Anna atmete in dem Versuch, sich zu beruhigen, tief ein und aus.

Sie zweifelte an ihrem Erfolg, denn in Bartholomews Augen tanzte die Belustigung. Mit den Fingerspitzen berührte sie scheinbar abwesend die Armbrust, die von seinem Sattel hing. Sein leichtes Lächeln verriet ihr, dass er verstand.

»Timothy, falls wir hier Obdach finden, sorge bitte dafür, dass

Zephyr gestriegelt wird. Bitte bringe uns auch unsere Taschen und die Armbrust, wenn du fertig bist.«

»Aye, Mylord.«

Bartholomew ließ die Finger über die Armbrust gleiten. »Du weißt, dass ich es nicht ertragen kann, meinen Besitz unbeaufsichtigt zu lassen, sei es meine Waffe oder meine Frau.«

»Aye, Mylord.«

Anna starrte ihn böse an. Bartholomew lächelte aufreizend.

Die Knappen nahmen die Zügel, und Anna fiel auf, dass niemand vortrat, um die Pferde in den Stall zu bringen. Sie standen zusammen im Vorhof, die Pferde hinter ihnen, die Männer des Barons auf der Palisade. Leila hielt sich hinter Anna, den Kopf gesenkt.

»Solch ein Verstoß gegen die Gastfreundschaft«, murmelte einer der Templer. »Will man uns wie Vagabunden statt wie Gäste behandeln?«

Anna zog sich die Kapuze in die Stirn, nur für den Fall, dass jemand zu genau hinsah. Im Wald war es leicht gewesen, an den Schutz zu glauben, den eine Verkleidung bot, aber nun, da sie in der Burg von Hayndesdale stand, hatte sie Angst, jemand würde sie wiedererkennen.

Es erklang eine Fanfare, dann erschien Sir Royce persönlich im Tor zur Halle. Er war deutlich älter als Bartholomew, aber nicht so groß. Sein Haar war weiß, wenngleich er kräftig und gesund wirkte. Über einem Auge trug er eine Augenklappe, aber trotzdem – oder vielleicht deswegen – war er ein attraktiver Mann. Er war reich gekleidet und stand dort voller Selbstvertrauen, ein schlanker Mann, der sein Leben mit seiner Klinge bestritten hatte.

Und seiner Grausamkeit.

Anna musste den Drang unterdrücken, ihn anzuspucken. Bartholomew griff ihre Hand fester. Anscheinend hatte er ihre Reaktion bemerkt. Er warf ihr einen warnenden Seitenblick zu. Sie lächelte ihn an, auch wenn sie wusste, dass ihr Ärger sich in ihren Augen zeigte, als er eine Augenbraue hob. Also blickte sie auf ihre Füße, gab sich schüchtern, und kochte innerlich. Wenn sie Percy wehgetan hatten ...

Bartholomew legte ihre Hand auf seinen Arm und bedeckte sie mit seiner.

»Willkommen in Haynesdale«, sagte Sir Royce, ohne allerdings sonderlich einladend zu klingen. Die Männer verbeugten sich voreinander und stellten sich vor. Anna hielt den Blick gesenkt, während ihr Herz vor Furcht schneller schlug.

»Welchen Umständen verdanke ich diese unerwartete Ehre und das Vergnügen?«, fragte Sir Royce. Obwohl sein Ton übertrieben herzlich war, klang sein Misstrauen durch. Anna warf ihm einen Blick zu und sah, dass er sein eines Auge zusammenkniff und die Gesellschaft scharf musterte. Aye, es war leicht, sich an seine Brutalität zu erinnern, wenn sein Gesichtsausdruck so streng war wie in diesem Moment. Er betrachtete die beiden Templer, und Anna fragte sich, ob es ihre Gegenwart war, die ihnen die Tore geöffnet hatte.

»Der reine Zufall«, antwortete Bartholomew gelassen. »Wir reiten nach Norden, doch meine Gemahlin ermüdet schnell. Wir hatten auf eine Rast gehofft und erbitten Eure Gastfreundschaft.«

Anna verzog das Gesicht. Es gefiel ihr nicht, dass der Halt ihrer vermeintlich schwachen weiblichen Konstitution zugeschrieben wurde. Da sie den Kopf gesenkt hielt, konnte zumindest niemand ihr Gesicht sehen. Bartholomew drückte ihre Hand fester, als hätte er ihre Gedanken erraten.

Er war verflixt aufmerksam.

»Aber warum reist Ihr auf dieser Straße?«, fragte Royce. »Nur wenige erfreuen sich an ihren Vorzügen.«

»Uns war das Glück beschieden, es zu tun«, sagte Fergus, dessen schottischer Akzent nun ausgeprägter war als zuvor. »Ich dachte, ich würde den Weg nach Carlisle mühelos finden und musste nun feststellen, dass ich ihn nicht mehr richtig im Kopf hatte. Das ist die Folge meiner Jahre in Outremer. Ich habe beinahe den Weg in meine Heimat vergessen!«

Die Männer lachten alle, bis auf Royce, der lediglich lächelte.

»Ihr habt schöne Wälder auf Eurem Land«, sagte Duncan beifällig. »Verwaltet Ihr sie für den König von England?«

»Natürlich tue ich das«, schnappte Royce. »Aber Ihr habt mir immer noch nicht gesagt, warum Ihr hier seid.«

»Ich kehre zu meiner Hochzeit nach Schottland zurück«, erklärte Fergus, ohne zu zögern. Es war, als hätten die Ritter die Unhöflichkeit ihres potentiellen Gastgebers nicht bemerkt, aber Anna wusste, sie konnte ihnen nicht entgangen sein. Er deutete auf Bartholomew. »Mein guter Freund aus Frankreich begleitet mich, um mir und meiner Lady Glück zu wünschen.«

Bartholomew verbeugte sich. »Und das Schicksal war mir gewogen, sodass ich unterwegs eine eigene Braut fand.«

Anna machte einen tiefen Knicks und hielt den Kopf gesenkt. Sie konnte spüren, dass Royce sie ansah, und betete im Stillen darum, dass er den Blick abwendete, ohne zu bemerken, wer sie war.

Fergus deutete auf Duncan. »Mein Leibwächter begleitet mich natürlich, wie er das immer tut, und wir sind gesegnet mit der Gesellschaft und dem Schutz dieser beiden noblen Ritter.«

»Templer«, schnaubte Royce. »Ich möchte nicht unhöflich sein, aber warum habt Ihr gerade solche Gefährten?«

»Diese beiden Ritter haben im Orden gedient«, antwortete einer der Templer. Sein Benehmen war so resolut, dass niemand wagen würde, ihn herauszufordern. »Unser Großmeister erweist Ihnen einen solchen Respekt, dass er uns den Auftrag gegeben hat, Lord Fergus in seine Heimat zu eskortieren.«

Royce war nicht überzeugt. »Von so etwas habe ich noch nie gehört«, protestierte er, und Anna fürchtete schon, er würde sie vor die Tür setzen. »Es tut mir leid, dass ich in dieser Nacht für Gäste keinen Platz habe«, begann er, aber in diesem Moment gab es Bewegung an der Tür zur großen Halle. Sir Royce verstummte, und Anna wagte zu hoffen, sie hätten einen Aufschub gewonnen.

KAPITEL 4

Aller Augen richteten sich auf das Portal, als eine Frau von beträchtlicher Schönheit aus dem Schatten trat. Wirklich, ihr Erscheinen hätte zu keinem günstigeren Zeitpunkt kommen können.

Es war Royces Gemahlin.

Anna hatte Marie seit deren triumphierender Ankunft in Haynesdale nicht gesehen, aber die Französin war genauso schlank und ihr Haar genauso dunkel wie vor acht Jahren. Sie schien auch genauso elegant und gefasst.

Wirklich, es konnte keine Frau geben, die sich stärker von Anna unterschied. Anna warf Bartholomew einen Blick zu, denn er musste an Frauen wie Marie gewöhnt sein. Sie war sich ihrer eigenen Mängel nur allzu deutlich bewusst.

Marie hielt auf der Schwelle inne, als wollte sie sichergehen, dass alle ihre Schönheit bewunderten, bevor sie weiterging. Sie war wirklich hübsch. Sie trug ein Kleid in goldenem Farbton, das selbst bei dem schwachen Sonnenschein schimmerte. Fast hatte es den Anschein, als sei sie ein Engel, der Fuß auf die Erde gesetzt hatte. Sie hätte eine Vision aus der Ferne sein können. Anna war bewusst, dass jeder Mann und jeder Junge in ihrer kleinen Gruppe staunend den Atem anhielt.

Marie, die Lady von Haynesdale, ließ sich herab, sie mit gnädigem Nicken zu begrüßen. Es hatte Spekulationen gegeben, dass Marie nicht länger atmete, dass ihr Ehemann sie gefangen hielt oder dass sie geflohen war. All diese Szenarien hätten erklärt, warum es keinen Sohn gab.

Die Art, wie Marie zu Royce hinüberschwebte, ein zärtliches Lächeln im Gesicht, tat es nicht.

Anna schaute auf und musste sehen, dass Bartholomew anscheinend von der Lady gefesselt war, was ihr ganz und gar nicht gefiel.

»Gäste, mein Gemahl«, flötete Marie. Anna konnte den Klang ihrer Stimme nicht anders beschreiben. »Wie wunderbar, und so lieb von dir. Ich sehne mich nach einem Abend in guter Gesellschaft.« Sie gab sich aufgeregt und sprach mit einem leichten Akzent. Ihre Lider waren bescheiden gesenkt und ihre rosigen Lippen zu einem Lächeln verzogen. »Was für eine Freude, an diesem trüben Winterabend Gäste am Tisch zu haben.«

Bevor Royce protestieren konnte, schwebte die Lady an ihm vorbei, um die Neuankömmlinge zu begrüßen. Dass sie Bartholomew zum Ziel auserkor, verbesserte Annas Laune nicht. »Sir! Ich bin Lady Marie von Haynesdale, und ich freue mich, Euch und Eure Gefährten in unserem bescheidenen Heim willkommen zu heißen.«

Bescheiden? Anna erinnerte sich, wie die Zimmerleute und Hilfsarbeiter angetrieben worden waren, diese Festung in aller Eile zu errichten, und an die Schätzungen, wie viel Gold das verschlungen hatte. Im Dorf hatte man gemunkelt, der König selbst besäße keine so schöne Burg.

Unterdessen reichte Marie Bartholomew ihre Hand und sprach ihn in fließendem Französisch an. Anna kochte still vor sich hin. Die Haube der Edelfrau war so dünn, dass ihr blasser Hals darunter zu sehen war. Das war gewiss kein Zufall. Auch die Wölbung ihrer Brüste war gut zu erkennen.

Und Bartholomew, verflucht sei er, antwortete nicht nur mit Charme und Anmut, er schaute auch hin.

Wenigstens antwortete er auf Englisch und wandte sich beinahe sofort Anna zu. »Und dies ist meine Gemahlin, die erst vor Kurzem ihre Hand in die meine gelegt hat, zu meinem Glück«, sagte er und deutete dabei auf Anna. »Anna de Beaumonte.«

Marie hatte für Anna kaum einen Blick übrig. »Hocherfreut,

gewiss«, sagte sie, dann bat sie Bartholomew, sie den anderen vorzustellen. Irgendwie gelang es der Lady, dafür zu sorgen, dass er sie in die Halle führte. Anna missfiel es, wie sie auf Französisch mit ihm lachte und flirtete. Sie musste die Worte nicht verstehen, um die Absicht der Dame zu begreifen.

Genauso wenig musste es anscheinend Royce. Er blickte finster drein, als er Anna seinen Arm offerierte. Der einzige Vorteil seiner schlechten Laune war, dass er sich nicht herabließ, mit ihr zu sprechen oder ihr überhaupt mehr als einen flüchtigen Blick zu schenken. Wenn sie nicht von dem Luxus und Glanz der großen Halle geblendet gewesen wäre, hätte sie vielleicht den Kopf gesenkt gehalten. Kostbare Wandteppiche hingen an jeder Wand, größer, als sie gedacht hätte, dass man sie weben konnte. Es gab zwei Kamine, und Royces Diener schürten in beiden das Feuer.

Royce sagte etwas zu ihr. Es musste Französisch sein, denn Anna verstand es nicht.

Anna lächelte. »Was für eine einladende Halle Ihr habt, Sir.«

Er runzelte ein wenig die Stirn, und sie neigte den Kopf und versteckte ihr Gesicht unter der Kapuze. »Ihr sprecht kein Französisch?«

»Ich wurde im Kloster aufgezogen, Sir, in der Abtei St. Mary in Whitby. Die Nonnen haben nie Französisch gesprochen, daher habe ich es nicht gelernt.«

»Ich verstehe. Und Eure Verwandten?«

»Meine Mutter starb, als ich klein war. Vielleicht habt Ihr von ihr gehört? Elizabeth de Beaumonte sei vielen bekannt gewesen, sagten mir die Schwestern.«

»In der Tat. Eine gefeierte Schönheit, und eine, die zu jung gestorben ist.«

»Ich danke Euch, Sir.« Anna bekreuzigte sich in Gedenken an ihre eigene Mutter und an Elizabeth, die sie nie gekannt hatte.

»Im Konvent aufgezogen«, sinnierte Royce. »Natürlich hatte man von Eurem Schicksal gehört, aber wie es scheint, habt Ihr dieses Leben nun hinter Euch gelassen.«

Er wandte ihr einen eindringlichen Blick zu, und Annas Herz flatterte. Die Augenklappe ließ ihn bedrohlich wirken, und was sie über ihn wusste, milderte diesen Eindruck keineswegs. »Aye, Sir, und nicht aus freien Stücken! Ein Mann mit bösen Absichten hat mich entführt, aber ich hatte das große Glück, dass mir ein edler Ritter beistand.« Zu ihrer Erleichterung kam das Erröten von selbst. »Mit seinem Edelmut stahl er mir mein Herz, und ich zog es vor, ihn zu heiraten, statt in die Abtei zurückzukehren.«

»Steht dies nicht im Widerspruch zu den Plänen, die Eure Mutter für Eure Zukunft hatte?«

»Nein, sie wollte lediglich, dass ich in Sicherheit wäre und meine Gebete lernte, damit ich eines Tages eine gute Ehefrau für einen besseren Mann abgeben könnte.« Anna lächelte. »Dieser Tag ist gekommen, und ich habe nun den Beweis, dass Gott mich all diese Jahre sicher in seiner Hand hielt.«

»Gar nicht so viele Jahre«, sagte Royce. »Ihr seid noch jung.«

»Und kann meinem Ehemann so mehr Söhne schenken, Sir«, wagte sie zu sagen.

»Das ist ein löblicher Gedanke«, sagte der Baron zustimmend. Er räusperte sich und sie spürte, wie sein Blick auf ihr ruhte. »Elizabeth de Beaumonte«, wiederholte er und schien darüber nachzudenken. »Was ist mit dem Vermögen Eures Vaters geschehen?«

Anna wusste es nicht, also ließ sie sich eine plausible Geschichte einfallen. »Die Krone hat es eingezogen, Sir, und der König verwahrt es.«

»Euer Ehemann sollte darum ersuchen, dass man es ihm aushändigt.«

»Dazu kann ich nichts sagen, Sir. Es schickt sich nicht für eine Frau, sich so sehr mit den weltlichen Angelegenheiten ihres Gemahls zu befassen.«

Er hob eine Augenbraue. »In der Tat? Und was schickt sich für sie?«

»Zu gehorchen, Sir. Natürlich.«

Royce schnaubte. »Ich hätte meine Braut in einem Kloster suchen sollen«, murmelte er, dann hob er die Stimme. Er rief nach Wein und Bier und führte sie zum Tisch, wo er sie zu seiner Rechten Platz nehmen ließ. Anna konnte nicht glauben, dass sie gezwungen sein würde, mit diesem Mann auch noch Konversation zu betreiben. Sie schaute zu Bartholomew hinüber, aber der verließ gerade die Halle mit

Royces Frau. Marie lachte leise über einen Scherz, den der Ritter gemacht hatte, und Anna siedete im Stillen, dass er so schnell verschwand.

Was war mit seiner Versicherung, an ihrer Seite zu bleiben?

Was war mit seinem Versprechen, sie zu beschützen? Der Baron nahm ihr den Mantel ab, wodurch sie den Schutz durch die Kapuze verlor. Leila nahm ihn ihm ab, dann beugte sie sich vor, um Annas Schleier zurechtzurücken. Anna fühlte sich unter dem aufmerksamen Blick des Barons entblößt und wandte ihr Gesicht zur Seite.

Royce lachte. »Sicher hat Euer Gemahl Euch doch inzwischen geholfen, die Schüchternheit abzulegen?«

»Ich bin nicht an die Gesellschaft von Männern gewöhnt«, sagte sie gespielt sittsam. »Ich bitte um Verzeihung, wenn meine Zurückhaltung Euch beleidigt.«

»Ganz im Gegenteil, ich finde sie erfrischend.«

Anna biss die Zähne zusammen und starrte auf ihre Hände herab, während Royce den Kelch hob und auf ihre Gesundheit trank.

Sie würde Bartholomew mit bloßen Händen erwürgen, wenn er zurückkehrte.

Falls er zurückkehrte.

Falls sie überlebte.

Zu ihrer Erleichterung beugte sich Fergus vor und erkundigte sich nach der Burg und ihrem Bau. Er sprach von seinem Bedürfnis, die Verteidigungsanlagen der Burg zu verbessern, die er selbst erben würde, und äußerte seine Bewunderung über Haynesdale mit solcher Begeisterung, dass Anna spürte, wie Royce sich erwärmte. Innerhalb weniger Augenblicke erzählte ihr Gastgeber ausführlich, welche Entscheidungen er beim Errichten der Festung getroffen hatte, vermutlich, um sich seiner Klugheit und seines Reichtums zu rühmen. Fergus und Duncan ermutigten ihn mit ihrer Neugier und ihrem gespielten Neid, sodass Anna weiter stumm auf ihre Hände starren konnte.

Darüber brütend, dass Bartholomew von Marie ganz offensichtlich so eingenommen war. Sah es einem Mann – einem Ritter! – nicht ähnlich, alles bis auf sein eigenes Vergnügen zu vergessen? Was war mit Percy? Was war mit dem Grund, weshalb sie hergekommen waren?

Anna schluckte ihre Enttäuschung herunter und sagte sich, sie sei eine Närrin, weil sie gehofft hatte, Bartholomew sei anders.

Von Anfang an hatte sie mit ihrer Einschätzung recht gehabt, und das war keine angenehme Erkenntnis.

Bartholomew wusste nicht, warum Lady Marie so entschlossen war, mit ihm allein zu sein, aber er würde die Gelegenheit nicht ausschlagen. Wenn sie Percy retten und die Reliquie wiederholen wollten, musste er wissen, wo sich beide befanden. Während Marie wie ein Schmetterling an seiner Seite schwebte, wagte er darum zu bitten, dass sie ihm die Festung zeigte.

Er musste nicht nur so tun, als wäre er von deren Größe und Bauweise beeindruckt.

Er ignorierte, wie Marie sich an ihn presste, sodass ihre Brust seinen Oberkörper berührte, und wie sie die Fingerspitzen über seinen Arm tanzen ließ. Stattdessen zeigte er sich von den Verteidigungsanlagen der Burg fasziniert, und sie gestattete ihm einen Rundgang, der vermutlich über das hinausging, was ihrem Ehemann gefallen hätte. Er sah die Kapelle, die Küche, die Treppe zum Turm. Er sah auch die Palisade, die Wachtürme und die Rüstkammer für die Wachen.

Er zählte den Hauptmann der Wache, vier Ritter und sieben oder acht Kämpfer, die alle zur Bewachung der Burg eingeteilt waren. Es musste mindestens ein Dutzend Knappen geben, aber sie wuselten hin und her und waren einander von Alter und Größe her so ähnlich, dass er sich ihrer genauen Anzahl nicht sicher war.

Es schien sehr unwahrscheinlich, dass sie unentdeckt und ohne verfolgt zu werden aus dieser Burg würden fliehen können.

Noch schwieriger wäre es, sie gewaltsam zu erobern.

Der Kastellan war ein großer, dünner Mann mit grimmigem Gesicht, das noch grimmiger wurde, als er die Lady warnte, dass sie nur noch genug Mehl für Brot für einen Monat hatten. Für Bartholomew war es offensichtlich, dass der Verwalter es vorgezogen hätte, dieses Brot nicht mit Fremden zu teilen.

»Wir werden Wild essen«, erklärte die Lady, seine Sorgen beiseitewischend, und Bartholomew sah den Kastellan die Stirn runzeln.

Aye, er war noch nie einem Kastellan begegnet, dem es gefiel, wenn man seinen Rat missachtete.

In der Küche arbeiteten ein Koch und ein Soßenmacher, die beide nicht sonderlich wohlgenährt aussahen, und einige Dienstmägde. Eine stämmige Frau schien für das Putzen zuständig zu sein und kommandierte die jüngeren Mägde grob herum. Es machte nicht den Eindruck eines glücklichen Haushalts.

Zwei elegante Zofen folgten Marie schweigend, bis sie sie fortschickte, um am Tisch auf sie zu warten.

Bartholomew wurde mitgeteilt, wo sich Maries Kammer befand, genau wie die ihres Gemahls, und sie scherzte darüber, wie leicht der Weg von seiner Kammer aus zu finden war. Tatsächlich hatte sie dafür gesorgt, dass er und seine Gemahlin in der Kammer direkt neben ihrer eigenen im Turm untergebracht wurden, während sich das Gemach ihres Mannes ganz oben befand. Bartholomew sah, wie Timothy die Taschen und Annas Armbrust in diesen Raum brachte, und nickte dem Jungen zufrieden zu. Die anderen würden auf dem Dachboden über den Ställen schlafen. Die Küche befand sich zwischen dem Stall und dem Turm, die Kapelle auf der gegenüberliegenden Seite des Hofs, der Brunnen in der Mitte. Alles war von der hohen Palisade umgeben.

Das Verlies befand sich unter dem Turm, und Bartholomew merkte sich, wo die Treppe war. Die Schlüssel, musste er annehmen, befanden sich entweder in der Nähe des Eingangs oder in Royces Besitz.

Die Kapelle betraten sie nicht, genauso wenig wie die Schatzkammer. Befand letztere sich auch oben im Turm? Die Reliquie musste sich an einem dieser beiden Orte befinden. Ihm fiel nicht ein, wie er sich danach erkundigen konnte, ohne Verdacht zu erwecken.

Es war Samstag. Vielleicht würden sie morgen zur Messe bleiben.

Bartholomew war so davon in Anspruch genommen, einen Plan zu ersinnen, dass er den Worten der Lady nicht viel Aufmerksamkeit zollte. Sie drängte ihn durch eine Tür, und erst, als er die Schwelle überschritten hatte, merkte er, dass es ein Lagerraum war. Er drehte sich um, um sie wieder zu verlassen, in dem Glauben, er hätte sich geirrt, aber die Lady schloss die Tür hinter ihnen. Es war schlagartig dunkel, und das Geräusch des Schlüssels im Schloss klang unerwartet laut.

Hatte sie sein Vorhaben erraten?

Auf einmal kollidierte Marie mit ihm und schubste ihn dabei gegen ein Regal. War sie gestolpert? Bartholomew trat einen Schritt zurück und stieß gegen eine Wand, dann berührten die Lippen der Lady sein Ohr. »Sir, ich muss mich Eurer Gnade ausliefern«, flüsterte sie. »Ich flehe Euch an, helft mir in meiner Not.«

War das ein Trick?

»Natürlich wäre ich froh, meiner edlen Gastgeberin zu Diensten zu sein«, sagte er vorsichtig.

Ihre Hände legten sich auf seinen Waffenrock, und er konnte ihr Parfüm riechen. Er entschied sich zu glauben, dass sie sich ihm nur leise anvertrauen wollte, aber dann begannen ihre Hände, über seine Brust zu streichen.

Eine Liebkosung.

»Ihr seid wunderbar gemacht, Sir«, flüsterte sie. »Und ich habe Bedarf an den Diensten eines solchen Mannes.«

Sollte er sie wegstoßen?

Gewann er mehr, indem er an Ort und Stelle verharrte, bis sie alles gesagt hatte? Was stand auf dem Spiel, wenn er sie zurückwies und sie sich beleidigt fühlte?

»Trotz all der Jahre des Bemühens sprießt der Samen meines Ehemanns nicht«, fuhr sie erhitzt flüsternd fort. »Ich brauche ein Kind. Selbst das Geschlecht ist mir mittlerweile gleich, auch wenn ein Sohn natürlich das Beste wäre.«

Bartholomew blinzelte. Sie wollte, dass er mit ihr schlief?

Sie senkte die Stimme. Ihre Frustration war deutlich zu hören. »Nie kommen Männer in unsere Halle, nie Edelleute an unseren Tisch. Keine Ritter, keine Gäste, keine anderen Adligen, keine gesunden Männer im Umkreis von drei Tagen!« Sie vergrub die Hände in seinem Waffenrock und schüttelte ihn. »Sir! Ich muss ein Kind haben!«

Bartholomew versuchte, sich an Gastons diplomatischem Wesen ein Beispiel zu nehmen. »Mylady, ich habe großes Mitgefühl für Eure Not, aber ich bin ein verheirateter Mann. Ich möchte meiner Frau und meinen Schwüren treu bleiben.«

»Sie wurde in einem Kloster erzogen!«, zischte Marie. »Welche Lust kann sie Euch schon bereiten?« Ihre Hand wanderte unter seinen Waffenrock, bevor er bemerkte, was geschah. Ihre Finger legten sich auf ihn, eine intime Berührung.

Bartholomew griff sie bei den Schultern und schob sie weg. »Sie ist meine Frau. Ihr müsst wissen, dass das, was Ihr vorschlagt, falsch ist.«

»Falsch? Es ist falsch, dass ich in dieser hässlichen Burg verrotte! Es ist falsch, dass man mir das eine Ding verweigert, das mich von diesem Ort erlösen würde!« Marie knurrte leise, dann schien sie sich zu fassen. Leise fuhr sie fort: »Sir, glaubt nicht, meine Erlösung hätte keinen Preis. Es gibt viele Frauen, die eine Schwangerschaft nicht überleben, und alle Frauen sind währenddessen dem Fluch Evas ausgeliefert. Euer Beitrag dagegen wäre kaum der Rede wert.«

»Aber …«

»Ich bitte um nichts, das Ihr nicht gewähren könnt.« Ihr Tonfall wurde flehend. »Nur ein Besuch. Vielleicht zwei. Während Eure Gattin schläft.« Sie senkte die Stimme noch stärker als bisher. »Sie muss es niemals wissen.«

»Es wäre falsch.«

»Niemand muss es wissen. Am Morgen werde ich meinen Mann in mein Bett locken. Niemand wird je erraten, dass es nicht sein Kind ist.«

»Es gibt andere …«

»An Schotten finde ich keinen Gefallen«, unterbrach sie ihn scharf. »Und rotes Haar, das unerwartet in ihren Kindern auftauchen könnte, würde meine Tat enthüllen. Eure Farben sind wie meine und die meines Mannes. Ich wähle Euch.«

»Die Templer teilen meine Haar- und Augenfarbe auch …«

Marie lachte. »Ich habe nur eine Nacht, um es zu vollbringen. Selbst ich halte meinen Charme nicht für ausreichend, einen solchen Ritter dazu zu bewegen, seine Schwüre zu vergessen. Ihr allein kommt in Frage.«

Bartholomew wusste nicht, was er sagen sollte. Er würde es nicht tun, aber Marie das zu sagen, würde sie vielleicht alle in Gefahr bringen.

Wieder legte sie ihren Arm auf seinen Unterarm, geschmeidig wie eine Schlange und verschlagen wie ein Fuchs. »Ihr müsst darüber nachdenken, das sehe ich«, sagte sie glatt. »Ich mag einen Mann mit Prinzipien. Euer Same wird Integrität besitzen.«

Sie zog ihn mit sich, und er hörte, wie sich der Schlüssel wieder im Schloss drehte. Marie öffnete die Tür einen Spalt weit und horchte, dann drängte sie ihn hinaus in den Korridor. Sogleich wandelte sich ihr Benehmen.

»Ihr müsst sehr hungrig sein!«, sagte sie, so laut, dass jeder sie hören musste. »Ein Ritter, so stark, wie Ihr es seid, braucht jeden Bissen, den wir aufbringen können.«

»Es ist heute in der Tat ein langer Ritt gewesen«, gab Bartholomew zu. »Noch länger ist es her, dass wir gut gegessen haben.«

»Dann kommt, kommt in die Halle«, drängte sie und zog ihn an der Hand mit sich, auf eine so kokette Weise, als würde er ihr den Hof machen. Sie neigte sich ihm zu, bevor sie die Halle wieder betraten, und senkte die Stimme. In ihrem Blick lag eine Einladung. »Ich finde die Halle meines Mannes nach den Festen, denen ich in Frankreich beigewohnt habe, sehr langweilig«, flüsterte sie. Ihre Hand strich über seine Brust. »Da es heißt, Ihr wärt so galant, werdet Ihr mir nachher sicher Geschichten vom königlichen Hofe erzählen.«

»Es wäre mir eine Freude, die Halle mit Neuigkeiten aus der Ferne zu unterhalten.«

Maries Lachen war heiser, ihr Blick wissend. »Das habe ich nicht gemeint, Sir, und das wisst Ihr wohl«, murmelte sie. »Ich werde Euch rufen, sobald Eure Frau einmal schläft.«

Woher wollte sie das wissen?

Hatte Marie die Mittel, sie aus ihrer Kammer zu belauschen? Bestimmt. Bartholomew wunderte sich nicht länger, dass ihnen das Gemach neben dem der Lady zugewiesen worden war. Wie konnte er ihren Ränkespielen entkommen? Er hatte nicht das Verlangen, ihr bei ihrem Unterfangen zu helfen, obwohl er verstand, dass ihre Lage keine leichte war. Genauso wenig hatte er den Wunsch, sie gegen ihre kleine Gruppe aufzubringen.

Oder seinen Gastgeber zu verärgern. Er würde sich an alle von Gastons Lektionen erinnern müssen, um diesem Ort frei und wohlbehalten zu entkommen!

Statt etwas zu sagen, lächelte Bartholomew lediglich. Er ging durch die Tür in die große Halle, damit ihr Mann ihn sehen konnte, und beugte sich über ihre Hand. »Ich danke Euch, Lady Marie, dass Ihr so gütig wart, mir die Ställe zu zeigen. Schon lange verlasse ich mich auf den guten Willen meines Pferdes und wollte mich vergewissern, dass er sich bequem ausruhen kann.«

»Ritter und ihre Rösser.« Sie griff das Stichwort auf und lachte dabei. »Ich kenne Eure Gewohnheiten gut.«

Bartholomew verneigte sich tiefer und berührte ihre Finger flüchtig mit dem Mund. »Ihr seid zu nachsichtig, Mylady. Ich danke Euch für den Gefallen.«

»Wie könnte ich widerstehen?«, murmelte sie, nur für seine Ohren bestimmt. »Und nun erwarte ich einen Gefallen von *Euch*.«

Bartholomew tat, als hätte er es nicht gehört. Er richtete sich auf und wandte sich um, geleitete sie zu ihrem Ehemann, dessen gewahr, dass Anna ihn voller Abscheu ansah.

Sie war denkbar schlecht darin, ihre Gedanken zu verbergen, aber in diesem Fall konnte ihr Benehmen ihrer Täuschung nur nützlich sein.

Tatsächlich prustete Marie leise. »Wie ich sehe, stimmt das alte Gerücht, Sir.«

»Welches Gerücht ist das?«

»Dass die unscheinbaren Frauen am leichtesten eifersüchtig werden, denn sie sind sich nicht sicher, dass die Zuneigung eines Mannes auch anhält.« Sie zuckte die Schultern. »Ich vermute, das ist nur verständlich.«

Bartholomew antwortete nicht. Er wartete, bis Marie neben ihrem Ehemann saß, wobei er sich bewusst war, wie eindringlich ihn der Mann musterte, dann nahm er seinen Platz neben Anna ein. Sie warf ihm einen Blick zu, der einen Stein hätte zum Bersten bringen können.

War sie wirklich wütend auf ihn?

Oder tat sie nur so, weil sie es für eine angemessene Reaktion hielt?

Bartholomew war überrascht, wie sehr er es wissen wollte. Er trank auf das Wohl des Gastgebers, dann legte er einen Arm um Anna und ließ die Hand auf ihrer Taille ruhen. Er konnte sie förmlich denken hören und erriet, dass sie seine Hand gern abgeschüttelt hätte. Ihr Blick wanderte zu ihm, und, ja, es lag Hitze in ihren Augen.

»Hast du mich vermisst, Mylady?«, murmelte er, einen vertraulichen Tonfall anschlagend, als versuchte er, sie milde zu stimmen. Er lächelte sie warnend an.

»Natürlich, Mylord«, antwortete Anna in süßem Ton. »Du weißt, wie sehr ich mich sorge, wenn wir getrennt sind.« Sie legte ihre Hand auf seinen Schenkel, als er den Kelch an die Lippen hob. Zu seinem Erstaunen ließ sie dann ihre Hand langsam über seine Beinkleider gleiten.

Verführerisch.

Weiter aufwärts.

Bartholomew verschüttete beinahe seinen Wein, als sie die Hand unter seinen Waffenrock gleiten ließ und seinen Schenkel fester umfasste. Er sah die Herausforderung in ihrem Blick und lächelte sie an, mehr als bereit, sie in diesem Spiel zu schlagen.

»Du hast Wein auf deinen Lippen, Mylady«, murmelte er, dann fuhr er mit der Fingerspitze langsam über ihre Unterlippe. Annas Augen weiteten sich, eine äußerst befriedigende Reaktion, und Bartholomew genoss es, wie ihre Wangen dabei erröteten.

Vielleicht würde die List zu einer sehr interessanten Nacht führen.

»Dort im Wald saht Ihr so aus, als hättet Ihr einen Geist gesehen«, sagte Duncan auf Gälisch zu Fergus, als die beiden endlich einen Moment für sich hatten. Sie waren in der Halle des Barons, standen aber an einer Seite, ohne Lauscher in ihrer Nähe. Sie vermittelten den Anschein, als würden sie sich am Feuer wärmen und dabei die Einrichtung der Halle bewundern. Duncan vergewisserte sich, dass die vielen Knappen und Wachen nicht nahe genug waren, um ihnen zuzuhören.

Bei allem, was heilig war, die Festung war schwer bewacht!

Der jüngere Mann schien bewusst seinen Blick zu meiden und schaute stattdessen ins Feuer. »So könnte man sagen«, murmelte er, ebenfalls auf Gälisch.

Dass Fergus nicht so tat, als wüsste er nicht, welchen Moment er meinte, sagte Duncan, er hatte recht. »Oder war sie eine Vision, die zum Leben erwacht ist?«, bohrte er nach.

Fergus schaute zu ihm auf. Er schien aufgewühlt, und das war er sonst selten. »Ihr wisst, dass ich nie davon spreche.«

»Das weiß ich. Und ich finde es seltsam«, gestand Duncan. »Die meisten Menschen mit einer solchen Fähigkeit würden viel, wenn nicht alles von dem, was sie voraussehen, teilen. Manche würden gar Gold dafür nehmen.«

Fergus schüttelte ungewöhnlich heftig den Kopf. »Es ist ein Fluch, kein Segen, Duncan. Ich sehe selten Gutes, nur, welche Gefahr vor mir liegt. Und manchmal trifft das, was ich sehe, nicht einmal ein. Es macht mir zu schaffen, wie rätselhaft das alles ist, auch wenn es im Nachhinein Sinn ergibt.«

Duncan dachte über seinen Schutzbefohlenen nach, den Sohn des Mannes, dem er sein Leben schuldete. »Habt Ihr Gefahr für diese Anna vorhergesehen? Für Bartholomew?«

Fergus zog eine Grimasse. »Ich habe sie gesehen, mehrfach, doch habe ich sie nicht als die Frau in meinen Visionen erkannt, bis sie das Kleid gewechselt hatte. Tatsächlich kaufte ich das rote Kleid in dem Wissen, dass Isobel es niemals anziehen würde.« Er seufzte. »Ihr Schicksal ist mit dem Bartholomews verwoben, darauf würde ich mein Leben verwetten.«

»Deshalb habt Ihr seiner Bitte nachgegeben, diese Straße zu wählen«, mutmaßte Duncan.

Fergus nickte. »Ich wusste, wir würden sie dort finden. Bartholomews Schicksal.« Duncan sah die Beunruhigung in den Augen des jüngeren Mannes. »Aber ob sie ihm Gutes oder Böses will, ist unklar.«

»Und ist ihr Schicksal an Eures gebunden?«

Fergus schüttelte den Kopf. »Mein Herz ist vergeben, Duncan. Das wisst Ihr genau. Ich hatte einen Beitrag zu dieser Geschichte zu leisten, doch ob er genützt oder geschadet hat, muss sich erst noch erweisen.«

Duncan machte einen Scherz in dem Versuch, die Stimmung des anderen Mannes zu heben. »Dann werde ich achtgeben, das rote Kleid Lady Isobel gegenüber nicht zu erwähnen, damit sie nicht glaubt, Eure Zuneigung wäre auf die Probe gestellt worden.«

Fergus zwang sich zu einem Lächeln. »So spricht ein Mann, der sich mit Frauen auskennt.«

»Seht Ihr auch Euer eigenes Schicksal?« Duncan musste fragen, denn er hatte eine dunkle Vorahnung, was die Zukunft von Fergus und seiner Verlobten Isobel anging.

»Nein, das ist das Seltsame daran«, sagte Fergus. »Mein eigenes Leben könnte jeden Moment enden, und ich würde es niemals kommen sehen.« Er zuckte die Schultern und betrachtete die Halle. »Ich schätze, ich sollte über diese Gnade froh sein.«

Duncan lächelte und drückte Fergus' Schulter. »Das heißt nur, Ihr müsst Eure eigenen Augen gebrauchen, um das Offensichtliche zu sehen, genau, wie der Rest von uns«, sagte er mit falscher Heiterkeit. »Das ist keine große Einschränkung.«

DIESER VERFLIXTE MANN QUÄLTE SIE, direkt am Tisch des Barons.

Anna war überzeugt, dass es kein Zufall war. Bartholomew, so schien es, verstand weit mehr von amourösen Spielen als sie – obwohl seine Berührung in ihr die Sehnsucht weckte, mehr zu erfahren. In der Halle, in Gesellschaft, konnte er nicht mehr nehmen, als sie ihm gab, das musste er wissen. Solche dunklen Taten geschahen im Verborgenen, nicht im hellen Licht einer geschäftigen Burg. Sie war in Sicherheit, solange sie bei den anderen blieben, und das hieß, sie konnte die Empfindungen genießen, die er in ihr wachrief.

Ihre erste Geste war kühn gewesen. Sie wollte seine Aufmerksamkeit für sich beanspruchen und kannte keinen anderen Weg, das zu tun. Es war klar, dass sie nicht wusste, was sie tat, und Bartholomew solche Spiele weitaus besser beherrschte als sie.

Sie hatte das Gefühl, gegenüber seinem Feldzug wehrlos zu sein.

Aber falls er dachte, sie wäre leicht zu erobern, dann würde er gezwungen sein, das zu überdenken. Wenn er wirklich glaubte, er könnte sie verführen, nachdem er sie in Royces Gegenwart zurückgelassen hatte, würde sie Freude daran finden, ihn eines Besseren zu belehren. Wenn er dachte, er könnte nehmen, was sie gelobt hatte, niemals freiwillig zu teilen, würde sie sichergehen, dass er es bereute.

Bartholomew war ihr gegenüber mehr als aufmerksam. Er presste sein Bein gegen Annas, seine Hand ruhte oft auf ihrem unteren Rücken. Sie lag fast in seinen Armen, und das hier am Tisch! Er lehnte sich an sie, um mit ihrem Gastgeber, der auf ihrer anderen Seite saß, zu sprechen, und ging auf diese Weise sicher, dass sie dabei seiner Hitze und seinem Geruch nicht ausweichen konnte. Als er ihr den Weintropfen vom Gesicht wischte, war das nur die erste Liebkosung. Er fütterte sie mit Wild von seinen eigenen Fingern wie ein verliebter Bräutigam und reichte ihr die appetitlichsten Bissen. Dabei achtete er darauf, dass ihr Becher voll war, und las ihr jeden Wunsch von den Augen ab.

Nur das Feuer, das er in ihrem Inneren entzündet hatte, löschte er nicht.

Es war seltsam, sich eines Mannes so bewusst zu sein, und so sehnsüchtig mehr zu wollen. Anna musste an den Kuss denken, den er ihr am Morgen hatte geben wollen, und ihr Unvermögen, ihn zu genießen. Was, wenn sie ihm vertraut hätte? Was, wenn sie eine zweite Chance hätte? Sie entschloss sich, einen zweiten solchen Kuss willkommen zu heißen, wenn es damit endete und wenn er ihr unter solchen Umständen angeboten wurde.

Aye, Anna wollte einen Kuss von Bartholomew.

Nur, um zu wissen, wie es wäre. Ihre eigene Erfahrung mit Intimität war zwar voll von Gewalt und Schmerz gewesen, aber sie wusste, dass ihre Eltern im Bett miteinander Vergnügen empfunden hatten. Dieser Mann und seine Aufmerksamkeit brachten sie dazu, sich zu fragen, ob es ihr möglich wäre, mit einem Mann die gleiche Erfahrung zu machen.

In Wirklichkeit wollte sie mehr als einen Kuss.

Es war beunruhigend, zu spüren, wie ihr Körper gegen ihre Bedenken kämpfte und sie untergrub. War es eine Art von Zauberei? Anna hätte sich Bartholomew vielleicht entzogen, vermutete aber, dass es für ihn ein Weg war, ihren Gastgeber und ihre Gastgeberin für sich einzunehmen. Und sich Bartholomew zu entziehen, würde sie in Royces Reichweite bringen, was keine verlockende Aussicht war.

Wusste Bartholomew, wie sehr er sie ablenkte? Es war vielleicht nicht nett, aber Anna konnte es nicht bedauern, mit welchem Missvergnügen die Hausherrin Bartholomews Aufmerksamkeit für seine Frau betrachtete.

War er nur mit Marie gegangen, um herauszufinden, wo die Ställe waren, und nach seinem Pferd zu sehen? Sie waren lange fort gewesen, ihrer Ansicht nach, zu lange für so ein Unterfangen. Oder hätte sich jedes Zeitintervall, gleich wie lange, in Royces Gegenwart wie eine Ewigkeit angefühlt?

Vielleich hatte Bartholomew erfahren, wo sich Percy und der Inhalt von Duncans Satteltasche befanden.

Vielleicht hatte er die Lady mit einem Kuss für dieses Wissen entlohnt.

Oder mit mehr.

Warum wollte sie das unbedingt wissen?

Anna brannte darauf, ihn danach zu fragen, konnte es aber nicht, solange sie am Tisch saßen. Aus irgendeinem Grund war sein Benehmen verändert, sodass er ihr mehr Aufmerksamkeit schenkte und sich verführerischer benahm. Sie wollte nicht gern darüber nachdenken, wie Lady Marie diesen Wandel möglicherweise bewirkt hatte.

Nicht, dass es Anna etwas ausmachen sollte, auf welche Liebesabenteuer sich Bartholomew vielleicht einließ, ob in dieser Nacht oder irgendeiner anderen.

Ihre Gedanken und Ängste waren ebenso beunruhigend wie seine anhaltende Berührung. Sie stellte fest, dass ihre innere Unruhe wuchs und ihre Stimme höher klang. Dies war nicht ihr Metier, und ihre eigenen Reaktionen entzogen sich ihrer Kontrolle.

Zu dem Zeitpunkt, als sie vom Tisch aufstanden, sang in Annas Körper eine neuentdeckte Leidenschaft. Sie hatte ungewöhnlich viel Wein getrunken, der ihr Kühnheit verlieh und sie wärmte. Bartholomews Berührungen hatten in ihr das Verlangen nach mehr geweckt, und sie nahm erleichtert seine Hand und ließ sich aus der Halle führen.

Schweigend gingen sie zu ihrer Kammer, und sie bemerkte, wie aufmerksam er wirkte. Das vertrieb die Hitze des Weins aus ihren Adern.

Erst, als die Tür zu ihrer Kammer sich hinter ihnen schloss, atmete Anna erleichtert tief ein. »Ein Glück«, flüsterte sie, aber Bartholomew warf ihr einen scharfen Blick zu. Rasch berührte er sein Ohr, dann sein Auge, und schaute zur Wand, die diesen Raum vom Schlafgemach der Lady von Haynesdale trennte.

Annas Augen wurden weit, als sie begriff.

In der hölzernen Wand befanden sich reichlich Unebenheiten und

Astlöcher, und sie konnte sich ohne Weiteres vorstellen, dass manche davon Löcher waren. Ihr stellten sich die Nackenhärchen auf.

Wurden sie beobachtet?

Sie kaschierte ihre Worte, indem sie gewaltig gähnte. »So gütig und rücksichtsvoll du auf unserer Reise auch warst, mein Ehemann, ich bin sehr froh, diese dicke Matratze zu sehen, die mich heute Nacht erwartet.«

»Wirklich?«, fragte Bartholomew. Seine Augen funkelten.

Durch das Wissen, dass sie nicht wirklich mit ihm allein war, beruhigt, lachte Anna. »Du, Sir, wirst niemals genug haben.«

»Nicht so bald, meine Gemahlin, nicht so bald.« Er fing sie auf und wirbelte sie herum. Anna gefiel es, so zu tun, als seien sie ein glückliches Paar. »Vielleicht ist dir diese Nacht warm genug, dass du mich in deinem Bett nicht brauchst«, neckte er, und sie lachte wieder.

»Oh, mein Ehemann, wie kannst du so etwas nur andeuten?«, murmelte sie und lehnte sich von ihm weg, während Bartholomews Augen sich verdunkelten. Sie holte scharf Atem, als sein Blick zu ihren Lippen wanderte, und spürte, wie seine Finger sich fester in ihren Rücken pressten. Er hatte sie noch nicht wieder abgesetzt, aber sie wagte es nicht, sich zu wehren, blieb so willig, wie ein Mann es von seiner Ehefrau nur wollen konnte.

Ihr Herz hämmerte bei der Aussicht auf einen weiteren Kuss.

Und ihr Magen flatterte. Sie leckte sich die Lippen, und er beobachtete sie dabei so hungrig, dass sie erschauerte.

Er beugte sich vor und berührte mit den Lippen ihr Ohr, eine köstliche Empfindung. »Wir dürfen keinen Verdacht erregen«, murmelte er. »Aber ich habe dir mein Wort gegeben.«

Anna nickte und schlang die Arme um seinen Hals. Sie schaute zu ihm auf, als wäre sie ihm vollkommen hörig. Tatsächlich war es gar nicht schwer, so zu tun. »Stimmt es, mein Gemahl, dass nicht alle Ehepaare jede Nacht das Bett teilen?«

»So habe ich gehört«, gab Bartholomew zu. Er zog sie an seine Brust, sodass ihr der Atem stockte. »Das kommt mir falsch vor, muss ich zugeben.« Seine Hand glitt über ihren Rücken, und er hielt sie noch fester und küsste die Seite ihres Halses.

Ein köstlicher Schauer lief Anna über die Haut. Zwischen ihren Beinen pulsierte die Hitze.

»Ich kann mir auch nicht vorstellen, die ganze Nacht deine Wärme zu vermissen«, sagte sie und versuchte, kokett zu wirken. Ihr Herz raste bei dem Gedanken, dass er neben ihr liegen würde.

Würde sie überhaupt ein Auge zu tun können?

Würde er es?

Wagte sie, seinem Eid zu trauen? Vielleicht konnte sie das tatsächlich.

»Ich glaube, es ist mehr als meine Wärme, die du des Nachts begehrst, Gemahlin«, murmelte Bartholomew. Er betrachtete sie und lächelte ein wenig, dann setzte er sie vorsichtig ab, hielt ihren Blick und schaute dann einen Moment bedeutungsvoll auf ihre Lippen.

Anna verstand. Er bat um Erlaubnis. Sie holte tief Atem und nickte. Sie mussten ihre Lüge aufrechterhalten, das wusste sie.

Bartholomew gab ihr keine Gelegenheit, es sich anders zu überlegen. Sein Mund legte sich so entschlossen auf ihren, dass Anna einen Moment verblüfft war. Doch sie wagte es nicht, sich ihm zu entziehen, und zwang sich dazu, sich ihm zuzuneigen, als wäre sie wirklich eine unterwürfige Braut, und ihre Lippen unter seinen zu öffnen. Bartholomew stieß ein leises, kehliges Knurren aus, das Anna erbeben ließ, und vertiefte den Kuss.

Die Stimmung zwischen ihnen änderte sich in diesem Moment. Der Kuss wurde wilder. Es spielte keine Rolle, ob ihnen jemand zusah, denn dies war nicht gespielt. Bartholomew küsste Anna, als ob er sie wirklich begehrte, und sie konnte nicht anders, als auf gleiche Weise zu antworten. Ihre Finger waren in seinem dichten Haar vergraben, und er kostete ihre Lippen voller Begerde. Niemals war sie so leidenschaftlich geküsst worden, und ihr Körper antwortete von allein. Sie schloss die Augen und gab nach gab sich den Empfindungen hin.

Er hob sie in seine Arme und ging zum Bett. Anna hielt sich unsicher an ihm fest. Für einen Beobachter würde es wie Leidenschaft aussehen, aber ihr Herz raste. Sie lag auf dem Rücken, sein Gewicht presste sie in die Matratze, als es plötzlich an der Tür klopfte.

Bartholomew unterbrach den Kuss mit sichtlichem Bedauern und holte tief Atem, als ob auch ihn ihre leidenschaftliche Umarmung durcheinandergebracht hatte. Er verließ das Bett und ging hinüber zum Fenster, um sich zu fassen. Anna setzte sich hastig auf, fühlte sich schuldig und zerzaust.

Aber alle glaubten ja, sie seien verheiratet.

Leila betrat die Kammer, einen Eimer mit heißem Wasser in der Hand. Anna meinte, Bartholomew und Leila einen raschen Blick wechseln zu sehen. Weshalb? Waren sie ein Liebespaar?

Leila folgte eine Dienstmagd, die ein Kohlenbecken trug. Leila hielt sie jedoch davon ab, die Kohlen anzuzünden, also stellte sie es nur neben das Bett und trat den Rückzug an. Ein Hund war ihr aus der Halle bis an die Tür gefolgt, und die Frau wollte ihn gerade die Treppe hinunterscheuchen, als Bartholomew vortrat.

»Wie heißt der Hund?«, fragte er.

Die Frau verzog verächtlich das Gesicht. »Cenric. Er ist ein sächsischer Hund. Natürlich, alle Sachsen sind Hunde.« Sie lachte über ihren eigenen Scherz und wollte dann den Hund treten, während Anna das Bedürfnis verspürte, sie zu schlagen. Aber das Tier war geschickt und wich ihr zu Annas Erleichterung ohne Schwierigkeiten aus. »Komm schon, du Köter«, sagte die Frau zu dem Hund. »Hinaus in den Stall mit dir.«

»Lasst ihn hier«, sagte Bartholomew, und die Dienstbotin schaute überrascht zu ihm. »Mir gefällt es, einen Hund im Zimmer zu haben. Wenn er sonst keinen Platz zum Schlafen hat, kann er hierbleiben.«

»Wie Ihr wünscht, Mylord«, sagte die Frau, deren Lippen sich verächtlich kräuselten. »Mir würden die Flöhe nicht gefallen, aber es ist Eure Entscheidung.« Sie verbeugte sich, dann ging sie.

Keinen Moment zu früh, was Anna anging.

Sächsischer Hund. Anna presste die Lippen zusammen. Bartholomew schaute zu ihr, und sie wusste, dass ihre Gedanken klar zu erkennen waren. Ganz offensichtlich war der Hund schon früher getreten worden, denn er schnüffelte zögernd, bevor er sich vorsichtig Bartholomew näherte. Es war ein großer Hund, die Art Wolfshund, die Adlige für die Jagd hielten, und sein struppiges Fell bestand aus unzähligen Schattierungen von Grau und Silber. Er besaß buschige Augenbrauen wie ein alter Mann, die ihm ein freundliches Aussehen verliehen. Während er an Bartholomews Hand schnupperte, begann sein Schwanz wie ein zerfetztes Banner zu wedeln. Als Bartholomew ihn hinter den Ohren kraulte, machte er neben dem Ritter Sitz und lehnte sich an sein Bein. Sein Schwanz schlug auf den Boden.

»Ich kannte einmal einen Hund wie dich«, sagte Bartholomew zu ihm. »Das treueste Wesen auf der ganzen Welt. Ich vermisse ihn sehr.«

Leila wandte sich zu ihm um und schaute ihn an. »Wann hattest du einen Hund?«, fragte sie in augenscheinlicher Überraschung. Auf Bartholomews warnende Geste hin besann sie sich auf die Umstände. »Mylord«, fügte sie hinzu und sprach förmlicher weiter. »Ich erinnere mich nicht, Euch je mit einem gesehen zu haben.«

»Ich auch nicht«, fügte Anna hinzu, die der anderen Frau helfen wollte, den Lapsus zu überspielen, falls jemand lauschte. »Obwohl wir dich natürlich erst seit ein paar Wochen kennen.«

Leila nickte. »Das stimmt, Mylady. Die Tage waren so turbulent, dass ich ganz vergessen habe, wie kurz wir alle erst beisammen sind.«

»Es war, als ich ein Junge war«, gab Bartholomew zu. »Tatsächlich erinnere ich mich kaum daran, aber als ich Cenric sah, habe ich diesen Hund lebhaft vor mir gesehen.« Sein Ton war nachdenklich, beinahe verträumt, und Anna wunderte sich über seine Stimmung. »Er war genauso freundlich, obwohl ich meine, dass er sogar größer war.«

»War das in Frankreich, Mylord?«, fragte Anna.

»In der Normandie oder Anjou?«, fügte Leila hinzu. »Ihr habt gesagt, an beiden Orten wärt Ihr schon gewesen.«

»Vorher«, sagte Bartholomew leise. »Deutlich vorher.« Er richtete sich auf und betrachtete die Kammer, ein neues Funkeln in den Augen, das Anna sich nicht erklären konnte. »Ich bitte um deine Nachsicht, Mylady. Ich möchte keinen Hund, der meinem alten Gefährten so ähnlich sieht, in die Kälte verbannt wissen.«

»Ich habe nichts gegen einen Hund im Raum einzuwenden. Wir hatten mehrere …«

»Im Konvent«, warf Leila rasch ein.

Anna nickte. »Allerdings waren sie kleiner als dieser hier.«

Bartholomew wirkte so freudig überrascht, dass es sie verwunderte. Er hätte ein Kind am Namenstag sein können, dem man ein unerwartetes Geschenk gemacht hatte. »Er ist zu dünn«, sagte er und streichelte den Hund. »Besonders für einen so jungen Hund.«

»Vielleicht braucht ihn der Baron nicht«, sagte Anna. »Und würde sich am Morgen davon überzeugen lassen, sich von ihm zu trennen.«

»Er würde ihn vielleicht verkaufen, wenn es ohnehin zu viele Hunde in den Ställen gibt«, fügte Leila hinzu.

»Es würde sich für dich sicherlich schicken, einen Hund für die Jagd zu besitzen, Mylord«, sagte Anna.

»Oder einen, der in der Halle schläft.« Bartholomew richtete sich wieder auf, und Anna konnte sich nicht erklären, warum er auf einmal entschlossener wirkte als zuvor. Er sah sogar noch größer aus.

Wegen eines Hunds?

Das ergab keinen Sinn.

Der Hund trottete zum Kohlenbecken hinüber, dessen Zweck er offensichtlich kannte, obwohl es noch nicht angezündet war. Er umrundete es einige Male, bevor er sich daneben zum Schlafen niederlegte. Leila zündete die Kohlen an und tätschelte den Hund vorsichtig, als er den struppigen Kopf hob, um sie zu beobachten. Anna wünschte, sie hätte ein bisschen Fleisch vom Tisch mitgebracht, denn der Hund wirkte dünn, und es hatte reichlich gegeben.

»Oh!« Leila wirbelte zu Anna herum und presste die Hand erschrocken auf die Lippen. Aufrichtig oder gespielt? Anna konnte es nicht sagen. Die andere Frau war tatsächlich deutlich besser darin als sie, ihre wahren Absichten zu verbergen. Vielleicht konnte Anna von ihr lernen. »Mylady, Ihr habt heute Abend noch nicht Eure Gebete gesprochen.«

Anna war sich nicht sicher, warum Leila das vorschlug, und wusste einen Moment lang nicht, was sie sagen sollte. Aber angeblich war sie ja eine Frau, die in einem Konvent aufgewachsen war. Vielleicht wollte Leila dieser Geschichte nur Glaubwürdigkeit verleihen.

»Ich möchte unsere Gastgeber nicht behelligen«, sagte Anna und lächelte. »Ich kann hier beten.«

»Nein«, sagte Bartholomew unerwartet entschlossen. »In der Burg gibt es eine Kapelle. Ich werde dich dorthin geleiten, damit du beten kannst, wie es deinen Gewohnheiten entspricht.«

Bevor sie zustimmen oder widersprechen konnte, griff der Ritter ihren Ellbogen und führte sie aus dem Raum. Er schlug ein schnelles Tempo an und schien sein Ziel zu kennen. Anna konnte nur neben ihm hereilen und sich fragen, was er vorhatte. »Ich muss nicht beten«, flüsterte sie.

»Natürlich musst du das«, flüsterte er zurück. »Ich glaube, ich habe Percy entdeckt, aber wir müssen noch den Inhalt von Duncans Satteltasche finden.«

Annas Herz machte einen Sprung. Er hatte den Aufenthaltsort ihres Bruders entdeckt! Also hatte er Lady Marie benutzt, um sich umzusehen!

Sie dachte über seine Worte nach, war aber verwirrt. »Und du denkst, du wirst den Inhalt in der Kapelle finden?« Was war in der Tasche gewesen? Alles von Wert hätte man in die Schatzkammer gebracht. Essbares wäre in der Küche oder der Speisekammer gelandet. Anna runzelte die Stirn.

»Ohne Zweifel«, murmelte Bartholomew voller Überzeugung. »Die Schwierigkeit wird nur sein, ihn von dort wegzuholen.« Er warf ihr einen flüchtigen Seitenblick zu, als sie hinaus in den Burghof traten. »Vielleicht bedarfst du heute Nacht der Fürbitte einer Heiligen, Mylady.«

Anna öffnete überrascht den Mund. Der Fürbitte einer Heiligen? Die konnte nur von den Gebeinen einer Heiligen kommen.

Was bedeutete, dass Bartholomews Gefährten eine heilige Reliquie transportiert hatten.

Wer waren diese Ritter?

KAPITEL 5

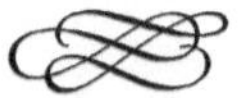

enric. Der Hund trug den zweiten Namen seines Vaters.

Es konnte kein Zufall sein.

Und der Hund selbst war das Abbild des Jagdhundes, den Bartholomew als kleines Kind gekannt hatte. Vor einigen Stunden hätte er das Tier selbst nicht beschreiben können, denn er erinnerte sich nur an seine Treue, aber ein Blick auf den Hund, und er hatte den Eindruck, es mit Whitefoots Zwilling zu tun zu haben.

Oder vielleicht war es ein Nachkomme?

Er musste den Hund am Morgen mitnehmen.

Zusammen mit Percy und der Reliquie. Wenn ihrer Gruppe alles drei gelänge, wäre das Anlass für ein Fest. Er wusste jetzt mehr über die Verteidigungsanlagen der Burg, das war gut, aber er brauchte noch immer einen Plan.

Leilas Vorschlag war klug. Er hoffte, wenn er Anna heute Abend zu ihren Gebeten begleitete, würde ihm das Gelegenheit geben, den Aufenthaltsort der Reliquie zu finden, was ihn vielleicht wiederum auf eine Idee bringen würde, wie er ihrer wieder habhaft werden konnte. Er gab einem Diener Bescheid, der sogleich den Priester holte. Unterdessen geleitete Bartholomew Anna hinüber zur Kapelle. Wie sie feststellen mussten, war die schwere Tür fest verschlossen.

»Zu viele Schlüssel«, sagte er leise.

»*Sie* wird sie haben«, antwortete Anna und warf ihm einen erhitzten Blick zu. »Du kannst ihr Interesse ausnutzen.«

»Ich habe von ihr schon alles über den Aufbau der Festung erfahren, meine süße Gemahlin«, murmelte er und küsste sie auf die Stirn. »Sie möchte mehr, aber ich fürchte, deine Leidenschaft wird mich diese Nacht vollends erschöpfen.«

Anna versteifte sich, als ob diese Aussicht sie entsetzte, aber Bartholomew blieb keine Gelegenheit, sie zu beschwichtigen. Wieder regte sich der Verdacht, dass sie von einem Mann misshandelt worden war, und er hätte sie gern seiner noblen Absichten versichert, aber in diesem Moment näherten sich Schritte. Er musste sich damit begnügen, ihr die Hand zu drücken, und wandte sich dann um, um den Priester zu begrüßen.

Bartholomews Worte beunruhigten Anna, und sie hätte sich vielleicht dagegen verwehrt, aber sie waren nicht länger allein. Als Bartholomew sie losließ, wandte er sich lächelnd dem näher kommenden Priester zu.

Ihr stockte der Atem. Es war Vater Ignatius!

Aus dem Dorf.

Natürlich war er es. Der nächste andere Priester lebte in York.

Erst machte Annas Herz einen Satz, dann sank es ihr in die Kniekehlen. Vater Ignatius war schon ihr ganzes Leben lang der Priester des Dorfes Haynesdale. Er hatte Percy getauft und ihre Eltern begraben. Er hatte wahrscheinlich auch ihre Hochzeit zelebriert und Anna getauft. Es gab keinen anderen Menschen, bei dem die Gefahr so groß war, dass er sie wiedererkannte, wie bei Vater Ignatius.

Und kaum einen Menschen, der weniger in der Lage war, sich zu verstellen.

Anna beugte den Kopf. Ihr Herz hämmerte. Bestimmt würde er sie doch nicht verraten? Sie wandte das Gesicht ab und hoffte, ihr Schleier würde ihre Züge verbergen, während die Angst in ihr wuchs. War es zu viel zu hoffen, dass ihre ungewohnten Kleider den Priester davon abhalten würden, sie allzu genau anzusehen?

Ja, fürchtete Anna.

»Es tut mir leid, Euch zu behelligen, Vater«, sagte Bartholomew höflich, während der Priester seinen Schlüsselbund hervorzog. Vater Ignatius trug einen Ring mit fünf unterschiedlichen Schlüsseln bei sich. Welche Türen öffneten sie? Bei zweien war es klar: die Kapelle hier in der Burg und die Kapelle unten im Dorf. Was war mit den anderen? Zum Friedhof gab es kein Tor, und Vater Ignatius verschloss die Tür seines Hauses aus Prinzip nicht. Vielleicht hatte er einen Schlüssel zum Burgtor.

Wagte sie zu hoffen, dass ein Schlüssel auch für das Verlies passte?

Während sie fieberhaft nachdachte, fuhr Bartholomew fort, den Priester mit der falschen Geschichte über Annas Herkunft zu bezaubern und ihre Vorliebe für das Beten zu betonen. »Morgens, mittags und abends«, vertraute er dem Priester an. »Sie betet sehr häufig.«

»Ich bin gewiss nicht die Sorte Mann, die sich daran stört«, sagte Vater Ignatius mit seiner üblichen Freundlichkeit.

»Wirklich, es tut mir leid, Euch so spät zu stören«, sagte Bartholomew.

»Es ist für mich keine Zumutung, mich um die Gläubigen zu kümmern, mein Sohn. Es ist meine Berufung.« Der Priester öffnete die Tür zu einer Kapelle von schlichter Eleganz. Sie hatte hohe Fenster, durch die zu dieser Stunde allerdings kein Licht mehr fiel. Der Priester trat vor, um Bienenwachskerzen zu entzünden. Auf dem Altar lag ein sauberes Tuch und sonst nichts.

Eine Reliquie war nirgends zu sehen.

Es musste hier eine gegeben haben, zum Weihen der Kapelle. War sie verloren gegangen? Gestohlen? Verkauft? Oder war sie hier irgendwo versteckt? Vielleicht unter dem Boden.

Es gab keine andere Tür, und die Fenster waren zu hoch, um von außen einfach an sie heranzukommen. Sie waren auch klein, zweifellos, weil Glas so teuer war.

»Kommt, kommt, meine Kinder«, ermutigte Vater Ignatius sie. »Das Haus Gottes steht immer offen.«

Anna sank vor dem Altar auf die Knie und faltete die Hände. Sie sprach ihre Gebete, flehte, dass sie Percy wiederfinden und sicher aus der Burg gelangen würden, bat um ihr künftiges Wohlergehen und auch darum, dass die Ritter ihren Schatz wiederbekamen. Dabei war sie abgelenkt von dem Gedanken, dass sie ein so ungemein kostbares Artefakt mit sich führten. Wie sollten sie es aus der verschlossenen Kapelle holen, wenn sie es überhaupt finden konnten?

War es nicht falsch, etwas aus einer Kapelle zu stehlen? Sie fürchtete, schon.

Und es wäre noch schlimmer, Vater Ignatius zu belügen, einen Mann, der nichts als gütig zu ihr gewesen war.

Bartholomew kniete zu ihrer Rechten und erweckte ganz den Anschein, als ob auch er betete. Vielleicht tat er das. Vater Ignatius kniete auf Bartholomews anderer Seite und sprach seine eigenen Gebete. Nachdem genügend Zeit verstrichen war, dass Anna alles dreimal hatte wiederholen können, stieß Bartholomew sie mit dem Fuß an.

Erst hielt sie es für ein Versehen, aber er tat es erneut. Härter.

Sie sollte etwas tun.

Um die Fürbitte einer Heiligen ersuchen, nahm sie an.

Bartholomew stand auf, bekreuzigte sich und dankte Vater Ignatius erneut. »Ich überlasse dich deinen Gebeten, Mylady«, sagte er und verbeugte sich, zog sich dann zurück und ließ sie mit Vater Ignatius allein. Anna hörte, wie sich die Türen hinter ihr schlossen, und wusste, sie sollte nun nach einer Reliquie fragen oder sie finden.

Ohne zu wissen, worum es sich handelte.

Ohne zu enthüllen, dass sie in dieser Kapelle eine zu finden erwartete.

Und sie sollte einen Mann hinters Licht führen, der ihr stets nur Freundlichkeit erwiesen hatte. Einen Priester! Verflucht sei Bartholomew!

ANNA HOLTE TIEF ATEM. »VATER«, sagte sie und sprach in einer hohen Stimme, die Vater Ignatius hoffentlich nicht so leicht wiedererkannte. »Ich möchte um Eure Hilfe bitten.«

»In der Tat, mein Kind.«

»Ich fürchte, meinen Ehemann zu enttäuschen.«

»Warum solltet Ihr eine solche Furcht verspüren, mein Kind? Er scheint sehr freundlich.«

»Aber ich bin in der Obhut von Nonnen aufgewachsen, Vater, und weiß wenig von den Bedürfnissen und Wünschen eines Mannes.«

»Ich bin sicher, dass Euer edler Gemahl Euch seine Erwartungen mitteilen wird. Ihr müsst seinen Bitten lediglich nachkommen.«

Anna kämpfte gegen den Drang, mit den Zähnen zu knirschen. Vater Ignatius war einer der duldsamsten und verständnisvollsten Menschen, die sie kannte. Nun, da sie darüber nachdachte, riet er *immer* zur Geduld. Sie ließ ihre Stimme noch höher klingen. »Aber ich verstehe nichts davon, wie man einen weltlichen Haushalt führt, Vater. Was, wenn ich irre?«

»Aber ich bin sicher, die Nonnen müssen Euch solche Dinge gelehrt haben. Hattet Ihr in ihrem Kloster keine Pflichten? Ich weiß, dass die Schwestern von Sankt Mary dem Gebot folgen, dass alle zum Wohl der Gemeinschaft beizutragen haben.«

»Ich habe in den Gärten geholfen, Vater«, log Anna und erwartete beinahe, dass eine höhere Macht sie niederstrecken würde, weil sie einen Priester in einer Kapelle belog.

Aber der Blitzschlag kam nicht.

»Und gewiss werden auch die Besitzungen Eures Mannes Gärten haben«, fuhr Vater Ignatius beruhigend fort. »Dort werdet ihr Trost im Vertrauten finden.«

»Aber, Vater, ich habe solche Angst. Ich habe niemanden außer meinem Ehemann, weder Angehörige noch Verwandte. Wenn er mich verstößt, was soll ich dann tun? Wohin soll ich gehen?« Sie versuchte, noch verängstigter zu klingen. »Was, wenn ich ihn verärgere, ohne zu wissen, was ich getan habe? Wenn ich kein Kind empfangen kann? Wenn ich ihm nur Töchter schenke? Vater, ich fürchte mich so!«

Der Priester legte seine warme Hand auf ihre, und Anna täuschte vor, dass ihre Finger zitterten. »Ihr habt bislang ein behütetes Leben geführt, mein Kind. Es ist ganz normal, dass Ihr angesichts der veränderten Umstände ein wenig Furcht verspürt.« Er hielt einen Moment inne, bevor er fragte: »Ist Euer Mann grausam zu Euch?«

»Nein, Vater. Er hat mir immer nur Güte erwiesen.« Anna konnte in dieser Angelegenheit nicht lügen. Sie ließ ihre Stimme ein wenig schwanken. »Aber das könnte sich ändern, wenn ich fehle.«

Vater Ignatius drückte tröstend ihre Hand. »Lasst uns zusammen beten, mein Kind«, sagte er mit seiner üblichen, ruhigen Autorität.

»Ich wünschte, ich könnte eine Heilige um Hilfe ersuchen«, flüsterte Anna. Sie hoffte, sie klang hinreichend verzweifelt. »Die Schwestern ließen mich den Fingerknöchel der heiligen Maria küssen. Allein die Hoffnung auf ihre Fürbitte vermochte meine Angst stets zu lindern.« Sie schüttelte den Kopf und beugte sich tiefer über ihre Hände, tat, als weinte sie. Sie konnte spüren, wie der Priester sie beobachtete.

Anna blieb genug Zeit zu befürchten, ihre Mühen wären vergeblich, als er sich abrupt erhob.

Wie sich herausstellte, öffnete einer der Schlüssel an seinem Ring eine Tür, die in die Wand rechts des Altars eingelassen war. Anna hatte sie nicht gesehen, denn sie fügte sich so gut ein, dass sie beinahe unsichtbar blieb. Was darin war, konnte sie nicht sehen, denn Vater Ignatius verdeckte ihren Blick, aber als er sich umdrehte, sah sie etwas Goldenes in seinen Händen.

Es war nicht klein.

Es war mit Juwelen besetzt und schimmerte im Kerzenlicht.

Sie neigte den Kopf, um ihr Erstaunen zu verbergen. War das der Schatz, den Bartholomew und seine Gefährten transportiert hatten? Woher hatten sie ihn?

War das Percys Diebesbeute? Kein Wunder, dass sie sie zurückwollten!

»Kennt Ihr die Legende von Sankt Euphemia?«, fragte Vater Ignatius.

Anna schüttelte den Kopf und musste dabei nicht lügen. »Nein, Vater.«

Sie spähte zu ihm und sah, dass er den Reliquienbehälter ehrfürchtig anstarrte. »Sie war eine Jungfrau, die aus ihrer Liebe zu Christus heraus Reinheit gelobt hatte. Auf Befehl ihres Vaters wurde sie geprüft und gemartert, doch weigerte sie sich, zu den falschen Göttern zu beten, wie er es verlangte. Sie starb als Märtyrerin, aber ihre Überreste haben Wunder bewirkt. Sie verteidigt die Rechtmäßigkeit guter Entscheidungen.«

Anna riskierte einen Blick unter ihrem Schleier hervor, als Vater Ignatius vor ihr stehen blieb.

»Dieser Schatz ist uns vor kurzer Zeit in die Hände gefallen, durch göttliches Wirken, aber vielleicht seid Ihr der Grund dafür.«

In diesem Moment fürchtete sie, er hätte die Wahrheit erraten. »Ich verstehe nicht, Vater«, sagte sie, noch immer mit bewusst hoher Stimme.

»Damit Ihr um ihren Beistand ersuchen könnt, natürlich. Auf dass die Heilige Euch Vertrauen in Eure Wahl eines Gatten schenke. Noch vor einem Tag hätte ich Euch diesen Trost nicht anbieten können, mein Kind.« Er hielt Anna den Reliquienbehälter hin. »Vielleicht wird Sankt Euphemia Euch Stärke verleihen.«

»Ich danke Euch, Vater«, flüsterte Anna. Sie beugte sich vor, die Auen gesenkt, und ihr Blick wanderte über das Wunderwerk vor ihr. Sie hatte noch nie einen so prunkvoll geschmückten oder so kostbaren Gegenstand gesehen. Er musste den Schädel der Heiligen enthalten, denn er hatte dafür die richtige Größe.

Er hatte auch die richtige Größe, um in die gestohlene Satteltasche zu passen.

Wie war es dazu gekommen, dass Bartholomews Gruppe diesen Schatz bei sich hatte? Bestimmt hatten sie ihn doch nicht gestohlen?

Anna sah, wie ihr Atem das Gold beschlagen ließen. Sie beugte sich vor und berührte einen großen Amethyst mit den Lippen. Sie konnte den Duft von Rosen riechen, von dem es hieß, dass er von heiligen Reliquien ausging, und fühlte ein tiefes Staunen, dass sie sich in Gegenwart von Sankt Euphemia höchstpersönlich befand. Anna betete, dass Bartholomew und seine Gefährten keine Diebe waren, dass es ihnen gelingen würde, Percy zu befreien, und dass sie alle unbeschadet entkommen würden.

Vater Ignatius beugte sich vor. »Lady Anna, seid Ihr sicher, dass Ihr mir all Eure Sorgen anvertraut habt?«, fragte er leise. »Ihr scheint sehr bekümmert, und ich würde gern helfen.«

»Mir geht es viel besser, Vater. Danke.«

Anna machte den Fehler, aufzuschauen.

Sie begegnete Vater Ignatius' Blick und sah, dass er sie erkannte. Er runzelte die Stirn, und ihr war auf einmal der Mund trocken.

»Anna?«, fragte er in offensichtlichem Erstaunen

»Vater Ignatius«, gelang es ihr zu sagen, ein Flehen in der Stimme. Sie spürte, wie ihre Wangen warm wurden - ein schuldbewusstes Erröten.

Bevor sie sich verteidigen oder ihn gar um seine Hilfe bitten konnte, quietschte die Tür am anderen Ende der Kapelle. Vater Ignatius richtete sich auf, als die Tür aufgerissen wurde und Royces Stimme die Kapelle erfüllte.

»Was soll das?«, fragte der Baron. »Ich habe Euch doch befohlen, dieses Ding verborgen zu halten!«

Anna hörte seine Schritte, als er auf sie zukam, schloss die Augen und betete um Errettung.

DA WAR SIE. Bartholomew folgte Royce in die Kapelle, und beim Anblick der Reliquie durchflutete ihn Freude. Seine erste Reaktion war tiefe Erleichterung, dass die Reliquie wieder aufgetaucht war.

Die zweite war die Erkenntnis, dass irgendetwas schiefgegangen war. Der Priester starrte Anna an, als hätte er ein Gespenst gesehen. Anna regte sich nicht. Es war, als wäre sie zu Stein erstarrt.

Es gab nur eine mögliche Erklärung: Der Priester hatte sie erkannt.

Der Priester machte einen vorsichtigen Schritt zurück, den Blick auf Anna gerichtet, und öffnete den Mund.

Bartholomew musste etwas tun, um ihn davon abzuhalten, die Wahrheit laut auszusprechen.

»Bei Gott!«, rief er laut aus. »Was für einen Schatz Ihr hier versteckt habt!« Royce drehte sich um und sah ihn an. Bartholomew warf die Hände hoch und sprach weiter. »Was für ein Wunder! Sir Royce, Ihr seid wirklich gesegnet, dass sich ein solches Kleinod in Eurer Obhut befindet. Kein Wunder, dass Euer Lehen so prosperiert!« Er lachte dröhnend. »Wir sollten alle des Segens eines Heiligen für unsere Taten teilhaftig werden.« Er ging an Royce vorbei zum Altar und fiel vor dem Priester auf die Knie, kniff die Augen zusammen, als wollte er die Inschrift auf der Reliquie lesen. »Sankt Eu…«

»Euphemia«, sagte der Priester. »Er enthält Überreste von Sankt Euphemia.« Er räusperte sich und sein Blick glitt wieder zu Anna. Sie riss die Augen auf und schüttelte kaum merklich den Kopf. Der Priester runzelte die Stirn.

Je schneller der Mann allein war, desto besser.

Bartholomew küsste die Reliquie, stand auf, bekreuzigte sich und legte die Hand um Annas Ellbogen. »Komm, meine liebe Frau, du hattest einen langen Tag und brauchst deinen Schlaf. Schon bald ist Gelegenheit für deine Morgengebete.«

Er warf dem Priester einen scharfen Blick zu, und zu seiner Erleichterung schien der Mann sich gefasst zu haben.

»Sir Royce, sicher wartet Eure Frau auf Euch?«, fuhr Bartholomew auf dieselbe joviale Weise fort. Um Royce davon abzuhalten, mit dem Priester zu sprechen, griff er den Baron beim Arm und zog ihn mit sich aus der Kapelle. Er ging schnell und zwang Anna und ihren Gastgeber, zügig über den Hof zu gehen.

Fort vom Priester und der Reliquie.

»Was für ein Tag!«, staunte er. »Wir werden diese Nacht gut schlafen, Mylady, unserem großzügigen Gastgeber sei Dank. Sir Royce, ich muss Euch für Eure Gastfreundschaft danken. Nie habe ich solch ein Wunder gesehen wie diese Burg oder den heiligen Schatz, der Euch anvertraut ist. Ihr solltet dem König Nachricht schicken, dass er kommen und in Eurer Kapelle beten soll. Sicher wäre er froh, einen solche Kostbarkeit zu erblicken.«

»Vielleicht …«, begann Royce, aber Bartholomew unterbrach ihn.

»Aber vielleicht macht Ihr Euch Sorgen, ein solches Wunderwerk würde ihn in Versuchung führen, und bei vielen Männern wäre das sicher der Fall. Wenn ich so kühn sein darf, Euch Rat zu geben: Ladet den Erzbischof zugleich mit dem König ein, und ihr gesamtes Gefolge dazu, damit sie aufeinander aufpassen. Ihr könntet in Haynesdale ein großes Fest feiern!« Er stieß ein Lachen aus, als könnte er sich das Ereignis lebhaft vorstellen. »Fürwahr, meine liebe Frau, wir könnten zu diesem Anlass nach Haynesdale zurückkehren. Du hast mich noch nicht bei der Tjoste gesehen, und zweifellos würde der König eine solche Unterhaltung genießen.«

»Ich denke nicht«, gelang es Royce zu sagen, als sie am Fuß der Treppe standen.

»Und die Einnahmen!«, unterbrach ihn Bartholomew. »Viele denken nur an die Kosten, die dem Gastgeber bei solchen Anlässen entstehen, aber man muss Geld ausgeben, um welches zu verdienen.«

»Wirklich?«, fragte Anna.

Er strahlte sie an. »Ich habe dir noch nie erzählt, wie viel Geld in die Truhen eines Barons fließt, der ein Turnier abhält. Es stimmt, dass diese Veranstaltungen Ausgaben nötig machen, denn es muss Festmähler geben und Wein, und es ist Preisgeld zu entrichten, aber den Lohn erntet man in Steuern und Wetten. Ich kannte einmal einen Lord, der ein Turnier abgehalten, die besten Ritter eingeladen und dann einen hohen Wegezoll auf allen Straßen erhoben hat, die von den Burgtoren zu seinen Grenzen führten.« Bartholomew lachte. »Er sagte mir, er hätte das Zehnfache der Kosten des Turniers verdient, noch bevor es begonnen hatte! Kannst du dir das vorstellen? Das Zehnfache!« Vor der Tür zu ihrem Gemach blieb er stehen und wedelte mit dem Zeigefinger vor dem höchst interessierten Baron herum. »Und sein Ruf!« Bartholomew stieß einen leisen Pfiff aus. »Die Barden sangen sein Lob. Die Edeldamen verzehrten sich nach ihm. Die Ritter verehrten ihn. Der König begünstigte ihn. Er konnte nicht verlieren. Es war ein echter Glücksgriff.« Er neigte sich Royce zu, gab sich vertraulich. »Wenn ich bereits ein Lehen hätte, könntet Ihr sicher sein, dass ich ein solches Turnier abhalten würde, denn ich wüsste, was für ein kluges Unterfangen das wäre.«

Royce runzelte die Stirn, während er darüber nachdachte. »Meiner Frau könnte es gefallen«, gestand er.

»In der Tat, das könnte es.« Bartholomew lächelte auf Anna herab. »Und nun, meine Gemahlin, sind deine Pflichten Gott gegenüber zwar erfüllt, deinem Ehemann gegenüber aber noch nicht.« Er blinzelte ihr lüstern zu. »Zu Bett! Eine gute Nacht wünsche ich Euch, Sir Royce.« Er zog Anna mit sich in die Kammer, wo Cenric ihn begrüßte. Einen Moment lehnte er sich von innen gegen die geschlossene Tür und wagte es, Annas Blick zu begegnen.

Sie lächelte ihn an, ein Zwinkern in den Augen. »Ich hatte keine Ahnung, dass du so aus dir herausgehen kannst, Mylord«, flüsterte sie, dann streckte sie sich und presste die Lippen auf seine Wange. Die zarte Berührung auf seiner Haut sandte eine Welle der Hitze durch ihn und ließ sein Herz heftig schlagen.

»Gut gemacht«, flüsterte sie. Ihre Augen glänzten. »Danke.«

Bevor Bartholomew ihr seltenes Lob genießen konnte, wirbelte Anna herum und ging auf Leila zu. »Darf ich wagen zu hoffen, dass das Wasser noch warm ist? Es war immer kalt, während ich bei den Schwestern lebte, aber wahrlich, mein Ehemann, in deiner Gegenwart werde ich verwöhnt.« Sie setzte sich auf einen Schemel und zog ihre Strümpfe aus, als ob es sie nicht kümmerte, dass er sie gerade aufmerksam beobachtete.

Aber dann hob Anna den Saum ihres Überkleids und gewährte ihm einen hübschen, wenn auch flüchtigen Blick auf ihre Beine. Es musste unabsichtlich geschehen sein, denn auf einmal blickte sie bestürzt zu ihm herüber. Ihre Blicke trafen sich und ließen sich nicht los. Auf ihren Wangen breitete sich eine bezaubernde Röte aus. Sie löste das Strumpf-band und zog hastig den Strumpf aus, dann breitete sie den Rock wieder über ihre Beine. Sie wandte ihm so abrupt den Rücken zu, dass er sich fragte, ob ihre Angst vor Männern – vor Rittern – zu neuem Leben erwacht war.

Das Bett hatte Vorhänge. Sie konnten sie zuziehen und laute Geräu-sche machen, als ob sie sich leidenschaftlich liebten. Das war der einzige Weg, Lady Marie nicht zu verärgern, sagte sich Bartholomew, denn dann konnte er behaupten, seine Frau hätte ihn erschöpft.

Der Trick dabei war, Anna davon zu überzeugen, mit ihm zusam-menzuarbeiten. Es wäre eine Lüge gewesen zu sagen, dass er nicht das Verlangen hatte, mit ihr zu schlafen, aber er wusste, was richtig war und was falsch. Er konnte Anna nicht auf diese Weise berühren. Er hatte ihr sein Wort gegeben.

Aber das hieß nicht, dass Marie die Wahrheit kennen musste.

Beobachtete man sie jetzt schon?

War Royce zu seiner Frau gegangen, oder hatte er sich allein zurückgezogen?

Es klopfte an der Tür, und er fand Timothy auf der Schwelle. Der

Knappe, der gekommen war, um Bartholomew beim Entkleiden zu helfen, verbeugte sich und betrat die Kammer. Alle trafen Vorbereitungen für die Nachtruhe, aber Bartholomews Gedanken wirbelten wild durcheinander.

Sie würden diese Nacht wenig Schlaf finden, und am Morgen würden sie in aller Eile handeln müssen, um unbehelligt aus der Burg zu entkommen.

Und was dann? Wenn sie Erfolg hatten – würde er Anna je wiedersehen? Oder würden sich ihre Wege für immer trennen? Wenn schon nichts anderes, wollte er, dass sie zumindest einen Ritter gut in Erinnerung behielt.

Und ihm blieb diese gemeinsame Nacht, ihr das zu geben.

Vater Ignatius hatte schon vor langer Zeit gelernt, seine Gedanken für sich zu behalten, wenn er sich einer Sache nicht sicher war. Klugheit war für jemanden, der in dieser Burg unter Royces Herrschaft überleben wollte, eine notwendige Eigenschaft. Tatsächlich war Vater Ignatius ein Mensch, der über Monate, wenn nicht Jahre die Vorteile zweier Alternativen erwägen konnte. Er zog es vor, so wenige Entscheidungen zu treffen wie möglich, und ignorierte die Erkenntnis, dass nichts zu tun bereits eine Entscheidung war.

Das Einzige, was Vater Ignatius jemals sicher gewusst hatte, war, dass er die geistlichen Weihen empfangen sollte.

Zum Beispiel machte es ihm seit Jahren zu schaffen, dass so viele Menschen das Dorf Haynesdale verließen. Dass sie gezwungen waren, im Wald Zuflucht zu suchen und als Gesetzlose zu leben, wenn doch in Wirklichkeit nur wenige von ihnen Verbrechen begangen hatten, die eine solche Strafe verdienten, war schon schlimm genug. Dass er die Schäfchen verlor, deren Hirte er doch sein sollte, indem er im Dorf blieb, war noch schrecklicher. Es gab Tage, da dachte er, er sollte den Überlebenden in die Wälder folgen, sie dort finden und sichergehen, dass er seinen Dienst an ihnen verrichten konnte. Es mussten einige von ihnen dort draußen sein, selbst nach dem großen Feuer.

Vater Ignatius wusste allerdings, wenn er das täte, würde er sich damit direkt den Befehlen des Barons widersetzen, ihre Existenz zu vergessen. Es würde keine Rückkehr zu seinem Heim und Herd geben, wenn er auch nur ein einziges Mal zu ihnen ginge. Das war die eine Sache. Die andere war, dass er als Dorfpriester dafür verantwortlich war, dass der Zehnt aus Haynesdale pünktlich eingezogen wurde. Er fürchtete, Sir Royce würde den Zehnten schlicht in seine eigenen Schatztruhen wandern lassen, denn das hatte der Mann mehrfach angedroht.

Hin- und hergerissen zwischen der Verantwortung für seine Gemeinde auf der einen und der Verteidigung des Zehnten, der der Kirche zustand, auf der anderen Seite, war sich Vater Ignatius nicht sicher, was er tun sollte. Er glaubte, Gott, die höchste Richtinstanz, würde Seelen für kostbarer befinden als den Zehnten, aber was den Bischof anging, war er sich da nicht so sicher. Also zögerte er und dachte nach und traf keine Entscheidung.

Und nun war Anna, die Tochter des Schmieds, in Sir Royces privater Kapelle, gekleidet als Edelfrau und anscheinend mit einem jungen französischen Ritter verheiratet. Das hätte er vielleicht glauben können, denn sie war hübsch, und er hatte seit zwei Jahren nichts von ihr gehört – ja, er hatte sie schon tot gewähnt, wie viele andere auch – aber Sir Royces Bemerkungen enthüllten, dass er sie für Anna de Beaumonte hielt.

Sie war genauso wenig Anna de Beaumonte wie er der Erzbischof von Canterbury.

Vater Ignatius sagte nichts, weil er nicht wusste, was er tun sollte. Er hatte sich gefragt, ob die Ankunft dieser Ritter in irgendeiner Verbindung zu dem plötzlichen Auftauchen des bemerkenswerten Artefaktes in Sir Royces Besitz stand. Sowohl die Ritter als auch die Reliquie schienen exotisch, zu exotisch für Haynesdale. Er hatte sie der Lady gezeigt, weil er dachte, sie wüsste vielleicht etwas darüber.

Sie schien darauf hinzuarbeiten.

Aber als er Anna erkannt hatte, war er zu überrascht gewesen, um darüber hinaus noch viel zu bemerken. Innerhalb weniger Augenblicke hatte man ihn mit der Reliquie alleingelassen, damit er sie wieder wegschloss, während der Ritter und Sir Royce mit Anna die Kapelle verließen.

Hatte Anna den Plan geschmiedet, als Frau dieses Ritters herzukommen?

Und warum?

»Wenn Ihr schon hier seid, könnt Ihr auch genauso gut dem Gefangenen die letzte Ölung erteilen«, sagte der Hauptmann der Wache zu ihm, als er in sein bescheidenes Heim im Dorf zurückkehren wollte.

»Ich wusste nicht, dass ein Gefangener im Verlies einsitzt«, sagte Vater Ignatius mit einer Milde, die er nicht fühlte.

»Nun, das ist der Fall, und er stirbt morgen«, schnappte Gaultier.

Vater Ignatius kämpfte gegen das Entsetzen, das in ihm aufstieg, und neigte den Kopf.

Dass ein weiterer Gefangener hingerichtet werden sollte, war ganz und gar nicht richtig, denn es hatte keinen Prozess gegeben. Darüber hinaus war es eine Warnung, welchen Preis Widerstand hatte.

Vater Ignatius glaubte, dass er einen besseren Beitrag leisten konnte, wenn er in Haynesdale und am Leben blieb. »Dann werde ich ihn gern besuchen«, sagte er, verbeugte sich und begab sich ins Verlies.

Und so kam es dazu, dass Vater Ignatius endlich eine Entscheidung traf. Für ihn war sie erstaunlich impulsiv. Aber als er das Verlies aufschloss und den jungen Percy allein, in Tränen aufgelöst, in der Dunkelheit fand, war sein Entschluss gefasst.

Dies war der schreckliche, zum Tode verurteilte Verbrecher?

Percy war nur ein Junge, und noch dazu ein verängstigter. Nun verstand Vater Ignatius, weshalb Anna in der Burg aufgetaucht war, auch wenn der Grund für ihre Verkleidung unklar blieb. Er wusste, wie besorgt sie um ihren kleinen Bruder war. War der Ritter, den sie beglei-tete, im Bunde mit ihr? Würde er ihr helfen?

»Vater Ignatius!«, rief Percy erstaunt aus. Sein Gesicht war tränen-überströmt. »Könnt Ihr mir helfen?« Es musste entsetzlich für ihn sein, unten in der Dunkelheit eingesperrt zu sein, mit nichts als Ratten zur Gesellschaft.

Ein seltener Zorn wuchs in dem Priester, eine Empörung, die nur in ihm erwachte, wenn die Starken jene quälten, die schwächer waren als sie.

Der Priester ging neben der Falltür in die Hocke und senkte die Stimme zu einem Flüstern. »Natürlich kann ich helfen, Percy«, sagte er mit neu gefundener Entschlossenheit. »Aber sag mir zuerst, wie es dazu gekommen ist, dass du hier bist.«

~

DEINE LEIDENSCHAFT WIRD mich vollends erschöpfen.

Anna konnte Bartholomews Worte nicht aus ihren Gedanken verbannen. Er hatte gelobt, ihr Bett heute Nacht würde keusch bleiben. Hatte er seine Meinung geändert? Der Kuss war vielleicht nur ein Vorbote dessen, was folgen würde. Leila hatte gesagt, Bartholomew sei ein Mann von Ehre. Stimmte das? Er hatte sie in der Halle liebkost. War das ein Teil der Täuschung gewesen oder ein Hinweis darauf, was sie diese Nacht erwartete? Es lag in ihrer Natur, nach den Antworten, die sie wollte, zu fragen, aber das Wissen, dass man sie vielleicht beobachtete – und belauschte – verhinderte das.

Anna wünschte, sie würde ihn besser kennen.

Sie wünschte, sie könnte von einem Ritter gute Taten erwarten, statt dass er nur im Eigeninteresse handelte.

Ihre Hände zitterten, als sie die feinen Strümpfe auszog, und sie wusste, sie trödelte beim Ausziehen und Waschen zu lang. Aber sie hielt es für wahrscheinlich, dass eine Edeldame sich dabei mehr Zeit ließ, und wollte sich nicht verraten. Darüber hinaus versuchte sie, das Unvermeidliche so lange wie möglich hinauszuzögern.

Sie wagte es nicht, Bartholomew anzusehen, während sein Knappe ihm half, Rüstung und Kleider auszuziehen, obwohl es wenig Grund für Schüchternheit gab. Sie hatte ihn am Morgen erst nackt im Fluss gesehen. Aber in der Kammer war es intimer. Die Gefahr war größer, wenn es weniger Zeugen gab, weniger Menschen, die ihr auf einen Schrei hin zur Hilfe eilen würden.

Nicht, dass ihr jemand zur Hilfe geeilt war, als sie in jener schicksalshaften Nacht geschrien hatte.

Anna erbebte bei der Erinnerung und bemerkte, dass Leila sie aufmerksam ansah. Die andere Frau drückte ihr kurz wie zur Ermutigung die Hand. Anna holte tief Atem und lächelte, um Leilas willen. Sie wünschte, sie wäre nicht so leicht zu durchschauen, doch das war ihre Bürde.

Inzwischen hatte Bartholomew seine Rüstung abgelegt. Als er seine Stiefel und seine Beinkleider auszog, war sie sich dessen nur allzu bewusst. Es fiel ihr schwer, daran zu denken, dass sie ihn noch nicht einmal einen Tag lang kannte, aber daran musste sie sich erinnern.

Sie wusste so wenig über ihn.

Er war nett zu dem Jungen und dankte ihm, dann zog er die Bettvorhänge auf der Seite des Bettes zu, die der Innenwand zugewandt war. Wollte er, dass sie ungestört waren? Oder dass niemand sehen konnte, was er tat? Anna wünschte, sie wüsste es. Er stellte auf der anderen Seite eine Laterne neben das Bett. Der Hund kehrte zu seinem Schlafplatz neben dem Kohlebecken zurück, in dem die Kohlen langsam verglühten, und Leila legte eine Matte daneben. Annas Haar war ausgekämmt, sie trug nur noch ihr Unterkleid. In der Kammer war es kalt, aber sie blieb stehen, weil sie zögerte, sich zu Bartholomew in das große Bett zu gesellen. Ihr war mehr danach, sich in ihren Mantel zu wickeln und neben Leila auf den Boden zu legen, aber jeder Beobachter würde das merkwürdig finden.

Sie nahm ihre Armbrust von dem sauberen Stapel mit Bartholomews Kleidern und ging leise um das Bett herum. Leila und Cenric beobachteten sie dabei.

Lag Bartholomew im Bett? Schlief er schon? Ihr wurde der Mund trocken.

»Gemahl«, sagte sie leise. »Schläfst du nicht immer mit deiner Waffe bei der Hand?«

»Ich habe Schwert und Dolch bei mir, Mylady«, sagte er. Als Anna noch einen Schritt machte, konnte sie ihn in der Dunkelheit erkennen. Er saß im Bett, an die Wand gelehnt, und seine Augen glitzerten, als er sie ansah. Das Schwert lag in seiner Scheide auf dem Fußboden. Wo das Messer war, sah sie nicht. »Aber wenn es dir lieber wäre, dass ich auch die Armbrust bereithalte, dann tue ich das. Hast du auch die Bolzen mitgebracht?«

Das hatte sie und reichte sie ihm, wobei sie einen für sich behielt. Er beobachtete sie, und sie hatte keine Ahnung, warum er lächelte, als er sah, was sie tat. Das Gewicht des Bolzens in ihrer Hand war ihr eine Beruhigung, kalt und stabil. Sie konnte damit zustechen, wenn es nötig war.

Bartholomew musste das wissen, aber er wirkte ungerührt. Sein Hemd stand offen, und er hatte seine Stiefel ausgezogen. Sein Hemd reichte ihm bis zu den Schenkeln, wofür sie dankbar war, und sie konnte seine gebräunte Brust sehen. Die Ärmel waren aufgerollt. Er lächelte sie an, als wüsste er, wie misstrauisch sie war. Das Licht der Laterne tauchte ihn in Gold. Sie hatte noch nie einen so anziehenden Menschen gesehen, ob adlig oder gemein.

»Dir muss kalt sein, meine Ehefrau«, sagte er. »Komm her und lass mich dich wärmen.«

Ein Teil von Anna wollte genau das tun.

Aber der größere Teil von ihr war klüger. Sie würde nichts anfangen, was sie dann vielleicht nicht mehr aufhalten konnte. Auf keinen Fall würde sie irgendeinen lustvollen Trieb ermutigen. Sie glitt vorsichtig am Fußende ins Bett und legte die Armbrust auf die Matratze zwischen ihnen. Zwar war sie nicht gespannt, aber Anna dachte, die Anwesenheit der Waffe würde ihre Gefühle deutlich machen.

Bartholomew lächelte. Er hob die Bettdecke und klopfte neben sich auf die Matratze. »Komm und wärme dich«, lud er sie wieder ein. Als er sich vorbeugte, sah Anna seinen Schatten auf den geschlossenen Bettvorhängen auf der anderen Bettseite.

War seine Silhouette für jemanden sichtbar, der vom anderen Raum aus zusah?

Er winkte sie zu sich, und auch diese Bewegung war auf den Vorhängen sichtbar. Anna kroch auf den freien Platz neben ihn. Es musste so aussehen, als läge sie in seinen Armen. Er rollte sich herum, als wollte er sich auf sie legen, obwohl sie in Wirklichkeit nebeneinanderlagen und sich gar nicht berührten. »Oh, Mylady«, murmelte er, küsste das Kissen und stöhnte lustvoll. Er umarmte das Kissen in offensichtlicher Leidenschaft.

Anna musste ein Kichern unterdrücken. Er wollte Lady Marie täuschen!

Und er berührte sie nicht, genau, wie er es versprochen hatte. Erleichterung durchflutete sie.

Er blinzelte ihr zu und stöhnte wieder. »Mylady, wie ich mich diesen Tag nach dir verzehrt habe!«

»Mylord!«, antwortete sie auf dieselbe Weise. Sein Spiel verlieh ihr neues Selbstvertrauen. »Sprich nicht länger, sondern küss mich!«

Bartholomew ließ sein Gesicht auf das Kissen sinken, um sein leises Lachen zu verbergen. Wieder umarmte er es heftig. Anna presste sich eine Hand auf den Mund und musste den Blick von dem Lachen in seinen Augen abwenden. Er stützte sich auf seine Arme. Die Schatten ließen es so aussehen, als läge er auf ihr und schaute auf sie herab.

»Hast du deine Begeisterung für mich verloren, Mylady?«, fragte er, als sei er verblüfft. »Es kommt mir vor, als wärst du heute Nacht ungewohnt schüchtern. Sehnst du dich nach einem anderen?«

»Nein, Mylord! Niemals!«

»Was ist es dann, meine Frau?«, knurrte er. »Sag mir, was ich tun kann, um das Feuer deiner Leidenschaft zu schüren.«

Anna erzitterte bei der Verheißung in seinem Ton. »Ich mag es lieber, wenn solche Dinge im Dunkeln geschehen«, wagte sie einzuwenden.

»Die Schwestern können dich jetzt nicht sehen.«

»Aber ich fürchte mich davor, uns beide nackt zu sehen.«

»Dein Wunsch ist mir Befehl«, antwortete Bartholomew, dann lehnte er sich aus dem Bett. Er leckte seine Finger und kniff den Docht der Laterne zusammen. Die Flamme ging mit einem Zischen aus, dann war alles dunkel.

Einen Moment blieb Anna Zeit zu befürchten, sie hätte sich geirrt, dann stöhnte Bartholomew erneut. Sie konnte ihn nicht fühlen, nicht einmal seine Hitze, und wusste, zwischen ihnen blieb ein Abstand.

»Oh!«, rief er. »Oh!« Er begann sich zu bewegen, sodass die Matratze wackelte, und Anna errötete in der Dunkelheit, als sie den vertrauten Rhythmus erkannte.

Sie hatte diesen Klang schon häufig gehört.

Aber es war ein Schauspiel, und sie konnte ihren Teil dazu beitragen.

»Oh!«, keuchte Anna und gab acht, dass sie ihre Schreie seinen anpasste. Sie hatte ihre Mutter so schreien hören und versuchte nun, sie nachzuahmen. »Oh, oh, oh!« Dabei fühlte sie sich lächerlich und fürchtete, dass sie eine schlechte Vorstellung ablieferte.

Aber Bartholomew schien zu verstehen. Er griff nach ihrer Hand, seine warmen Finger schlossen sich um ihre. »Es wäre kaum menschlich, zu lange in dieser Heftigkeit auszuhalten.« Dann erhob er seine Stimme zu einem Röhren. »Mylady, du wirst diese Nacht noch für meinen Tod sorgen. Oh, oh – oh!«

Anna kicherte. Sie konnte nicht anders. Der Gedanke, sie könnte mit dieser Art von Leidenschaft für sein Ableben sorgen, war so lächerlich wie seine Vorstellung.

Dann musste sie das Geräusch erklären, das sie gerade gemacht hatte. »Sir! Was für ein bösartiges Kitzeln!«

Bartholomew lachte. »Von wegen, Mylady!«, befahl er. »Ich werde dir schon zeigen, was das heißt.«

Wieder begann er sich zu bewegen, sodass das Bett ächzte und gar ein wenig rutschte. Er grunzte und stöhnte in vermeintlicher Lust und drückte dabei rasch ihre Finger.

Sie musste etwas sagen oder einen ähnlichen Laut von sich geben.

»Du bist so kraftvoll wie ein wilder Eber!«, rief sie und spürte Bartholomew vor Lachen beben. Er geriet aus dem Takt, und sie fürchtete schon, sie hätte alles ruiniert.

»Mylady, du bist unersättlich«, gab er zurück. »Ich fürchte, ich werde keinen Monat in deinem Bett überleben.«

»Und deshalb werden wir nicht den ganzen Monat im Bett verbringen!«

»Wer hätte gedacht, dass eine unschuldige Frau so lüstern sein kann?«

»Wer hätte gedacht, dass ein kühner Ritter sich darüber beschweren würde?«

»Ich beschwere mich nicht, Mylady. Ich staune lediglich darüber, was für ein Wunder du bist.«

Anna war von seinen Worten überrascht, denn seine Stimme klang auf einmal tiefer und aufrichtiger. Sie wünschte, sie könnte sie glauben. Dennoch erfüllte Wärme ihr Herz. Bartholomew hielt ihre Hand fest und hielt sein Wort, woran sie Gefallen fand. Mittlerweile war sie ihm nahe genug, seine Haut zu riechen und seine Wärme zu spüren.

Statt darüber nachzudenken, wie intim diese Situation war, dachte sie an ihre Pläne. Was würde am Morgen geschehen? Wie würden sie

Percy retten? Wie würden sie entkommen? Sie wollte ihn fragen, aber Bartholomews Finger berührte plötzlich ihre Lippen.

»Stöhne«, sagte er leise.

»Ich weiß nicht, wie«, gestand sie.

»Jeder weiß, wie«, entgegnete er und stöhnte voll Inbrunst, um es zu beweisen.

Anna lauschte und versuchte dann, dasselbe zu tun. Sie war sich sicher, dass sie dabei eher wie eine kalbende Kuh oder ein Schaf mit Blähungen klang.

Dass Bartholomew versuchte, ein Lachen zu unterdrücken, half nicht. Sie konnte sein Zucken spüren und schlug spielerisch nach ihm. »Oh, Mylady, du bist so fordernd«, rief er, und sie versetzte ihm noch einen Klaps.

»Ich komme mir närrisch vor«, flüsterte sie. »Es gefällt mir besser, wenn wir streiten.«

»Wir können nicht streiten, während wir so tun, als würden wir uns lieben.«

»Ich bin sicher, es gibt Menschen, die das tun.«

»Soll ich dich mit einem Kuss zum Schweigen bringen?«

Er neckte sie nur, und Anna wusste es. Ihr Gesicht brannte. »Ich denke nicht!«

»Soll ich dich dann zum Stöhnen bringen?«

Anna stockte der Atem. »Das würdest du nicht tun.«

»Nicht, solange du mich nicht darum bittest«

Sie konnte sich vorstellen, wie er gerade aussah, sein Haar zerzaust, ein spöttisches Funkeln in seinen Augen. Er hatte Vertrauen in sich, und sie wollte ihn herausfordern. »Das kannst du nicht tun«, beharrte sie. »Und das wirst du nicht tun.«

»Das werde ich. Ich schwöre es dir.« Er berührte ihre Knöchel mit den Lippen. »Du musst nur darum bitten, und dein Wunsch ist mir Befehl.«

Aber Anna wagte es nicht. »Du willst nur, dass ich einwillige, weil es dir um dein eigenes Vergnügen geht!«

»Nein, deines allein ist wichtig.«

»Das ist unmöglich.«

Bartholomew lachte leise. »Lass es mich beweisen, Anna«, flüsterte er, und sein Vorschlag ließ sie vor Verlangen erzittern. »Oder stöhne von allein. Es ist deine Entscheidung.«

Wagte sie es, ihm zu trauen?

Sie war überrascht davon, wie sehr sie es wollte.

Aber das wäre Irrsinn. Sie war nur von ihm bezaubert, mehr war es nicht.

»Nein«, sagte sie und hörte das Zittern in ihrer eigenen Stimme. »Nicht das. Ich kann nicht.«

Einen Moment lang herrschte Schweigen, und sie fürchtete, sie hatte zu viel enthüllt.

»Du musst mir sagen, wer dir so wehgetan hat, Anna«, murmelte Bartholomew schließlich mit Nachdruck. »Und ich werde dich rächen.«

Es war ein Versprechen, das ihr Herz erwärmte, aber keins, das sie dazu brachte, ihren gesunden Menschenverstand über Bord zu werfen. Anna schloss die Augen und erinnerte sich an alles, was sie über das Liebesspiel wusste, das sie irgendwann einmal mitangehört hatte, dann versuchte sie noch einmal, vor vermeintlicher Lust zu stöhnen.

Immerhin hatten sie eine Vereinbarung, und sie würde ihren Teil dazu tun, dass Percy gerettet und die Reliquie wiedergewonnen wurde.

Zumindest konnte Bartholomew sie in der Dunkelheit nicht erröten sehen.

SONNTAG, 17. JANUAR 1188

FESTTAG DES SANKT ANTONIUS VON ÄGYPTEN

Bartholomew war nun klar, dass Anna tatsächlich gezwungen worden war, einem Mann zu Willen zu sein. Der Gedanke machte ihn wütend, aber man konnte nicht missverstehen, was ihre Reaktion auf seine Berührung bedeutete. Sie war nicht schüchtern. Tatsächlich war sie eine kühne Maid, die sich bereitwilliger als die meisten Männer einer Herausforderung oder einer Wette stellte.

Aber wenn er sie streichelte, schreckte sie vor ihm zurück. Er hätte erwartet, dass sie auf jede seiner Berührungen in gleicher Weise reagierte, sich im Bett so furchtlos zeigte wie sonst auch, aber sie entzog sich ihm verängstigt.

Sie war vergewaltigt worden. Es konnte keine andere Erklärung geben. Er hätte sein eigenes Leben darauf gewettet. Der Gedanke sandte Feuer durch ihn, zusammen mit dem Wunsch, sie zu rächen. Er fühlte sich wie ein Untier, dass er ihr einen Kuss aufgenötigt hatte, und wie ein Dummkopf, weil er es nicht früher erraten hatte. Schlimmer noch, er nahm an, dass ihre Abneigung gegenüber französischen Rittern sich durch diese Erfahrung erklärte.

Aye, viele Adlige glaubten, hübsche Dorfmädchen seien nur für ihr Vergnügen da. Die Tatsache, dass das so häufig geschah, minderte Bartholomews Wut darüber, dass es Anna angetan worden war, kein bisschen. Keine Frau sollte so etwas zu erdulden haben, und er war entsetzt, dass Anna so misshandelt worden war.

Immerhin sorgte die Erkenntnis dafür, dass er ihr gab, was sie wollte. Er hielt in dem großen Bett seinen Abstand von ihr und berührte nur ihre Hand, während sie vorgaben, gemeinsam Befriedigung zu finden.

Er war von Herzen froh, dass er sie unter diesen Umständen zum Lachen gebracht hatte, zumindest ein bisschen.

Nachdem sie getan hatten, als würden sie sich so lange lieben, dass es jedes Maß menschlicher Ausdauer überstieg, röhrte er in einem Moment gespielte Erfüllung und schlug rhythmisch auf die Matratze. Der Hund erhob sich und schaute neugierig nach, was sie dort taten. Anna kicherte wieder.

Bartholomew begann zu schnarchen wie ein betrunkener Rüpel, den außer seinem eigenen Vergnügen nichts kümmerte. Er fühlte, wie Anna leicht auf die Matratze schlug. Cenric nahm die Einladung gern an und legte sich zwischen sie, groß und warm. Anna rollte sich neben ihm zusammen.

Diese Anordnung war kein Zufall, vermutete Bartholomew.

Sie würde nur schlafen, solange sie nicht allein waren.

»Ruf auch Leila her«, riet Bartholomew rasch in einer Pause zwischen seinen schnarchenden Atemzügen. Das Bett war groß genug für sie alle, und er sah keinen Grund, warum Leila in der Kälte schlafen sollte. Niemand würde daran zweifeln, dass es in ihrem Bett keusch zuging, wenn sie es alle teilten.

Auf die entsprechende Einladung hin glitt Leila ins Bett und Bartholomew spürte, wie sie es sich auf Annas anderer Seite bequem machte. Zu viert kuschelten sie sich aneinander und teilten ihre Wärme. Zu seiner Erleichterung hörte er, wie Annas Atemzüge sich verlangsamten. Innerhalb weniger Augenblicke war er als Einziger noch wach.

Das gab ihm Gelegenheit, über das Rätsel nachzudenken, das Anna ihm präsentierte.

Bartholomew hatte immer gedacht, Dörflerinnen wüssten mehr über intime Angelegenheiten als Adlige, denn ihre Keuschheit wurde nicht mit der gleichen Vehemenz behütet. Oft lebten sie schon jung mit einem Gefährten, ob verheiratet oder nicht, und in Annas Alter mochten sie schon ein halbes Dutzend Kinder haben. Das bedeutete vermutlich auch, dass ihnen häufiger Missbrauch zustieß, wie es bei Anna wohl gewesen war.

Wer war der französische Ritter, der sie so benutzt hatte? War der Mann ein Gast in Royces Haushalt gewesen? Oder Royce selbst?

Hier, in der Dunkelheit der Nacht, fragte sich Bartholomew, ob Percy tatsächlich Annas Bruder war oder ihr Sohn.

Es bestand kein Zweifel: Sie hatte seine Küsse so zögernd erwidert, als erwartete sie, eine solche Umarmung würde zu Schmerzen führen. Und sie hatte wenig Talent, sich zu verstellen. Anna mochte eine gute Diebin sein, doch als Spionin wäre sie nicht zu gebrauchen.

Das war ein Teil dessen, das ihm an ihr gefiel. Sie war ehrlich und geradeheraus. Sie hatte einen scharfen Verstand und zögerte nicht, ihre Ansichten mitzuteilen. Er wusste jederzeit, wo sie standen. Ihm gefiel, dass sie unerschrocken war und ihrem Bruder gegenüber so loyal. Aye, sie war die Art Mensch, die ihr Wort hielt, ganz gleich, was geschah.

Das mochte er sehr.

Was, wenn er ihr zeigen konnte, dass nicht alle Ritter Unmenschen und Schurken waren? Das war eine Botschaft, die Bartholomew ihr gern hinterlassen wollte, aber ihre Wege würden sich am Morgen wahrscheinlich trennen.

Konnte er sie rächen? Würde sie ihm den Namen des Täters verraten? Oder war dieser Mann schon lange aus Haynesdale verschwunden?

Bartholomew hätte Pläne schmieden sollen, das Lehen seines Vaters zurückzugewinnen, doch stattdessen dachte er an Anna. Was für ein Andenken trug sie um den Hals? Es besaß ein gewisses Gewicht, und er hatte es durch ihr Unterkleid hindurch gesehen.

Was für ein Schmuckstück mochte sie besitzen, dass sie es nicht verkaufen wollte, um davon Nahrung und Obdach für ihren Bruder zu bezahlen? Es besaß sicher einen sentimentalen Wert. Vielleicht war es ein Andenken an ihre Eltern.

Aber ihr Vater war Schmied gewesen, kein Schmuckhändler.

Ein weiteres Rätsel unter denen, die die Frau umgaben, die ihm unerwartet zur Gefährtin geworden war. Bartholomew wollte sie alle ergründen, auch wenn er wusste, er würde nicht die Gelegenheit dazu haben.

Erst Stunden später, als es in der Burg ganz still war, döste er ein.

Er hätte wissen sollen, dass der Albtraum zurückkehren würde.

~

SIE LIEFEN DURCH DIE DUNKELHEIT, *seine Hand fest in der seiner Mutter. Finster war es und kalt, der Boden nass unter seinen Füßen. Vor ihnen lag nur Dunkelheit. Er schaute zurück und sah das Feuer hinter ihnen, das alles in Sichtweite verschlang. Er war in aller Eile geweckt worden, seine Mutter hatte ihn mit sich gezogen und war mit ihm aus der Burg gelaufen.*

War es die Burg, die gerade brannte?

Wo war sein Papa?

Wo waren die Männer, die die Halle bewachten? Er hörte das Klingen von Stahl auf Stahl, konnte aber außer dem Feuer nichts sehen. Seine Mutter schleifte ihn förmlich voran, ihre Füße bloß und ihr Haar offen. Ihr Atem ging heftig, und sie murmelte den Namen seines Vaters wie ein Gebet. Er konnte ihre Angst spüren und rannte, so schnell er konnte, weil er sie nicht enttäuschen wollte. Ihre Hand war weich und warm, ihre Brust noch weicher, als sie ihn endlich auf die Arme hob.

Noch immer lief sie, ihn fest umschlungen haltend. Sie weinte, das konnte er an ihrem Atem hören, und er hob eine Hand und fühlte die Nässe auf ihren Wangen. Über ihre Schulter hinweg konnte er das Feuer sehen, wie es sich ausbreitete, hungrig und hell.

»Papa«, sagte er, und sie schüttelte den Kopf.

»Nicht jetzt«, flüsterte sie ihm auf Französisch zu. »Nicht jetzt.«

Sie stolperte in eine Hütte, die Dunkelheit, die sich um sie schloss, so unerwartet, dass er blinzelte. »Helft mir«, flehte sie und presste ihn einem anderen Menschen in die Arme. Es war ein Mann, die Arme dick und schwer muskelbepackt. Seine Haut roch nach Eisen und Feuer.

Der Schmied! Er lächelte, denn diesen Mann mochte er und kam oft zu ihm, um ihm bei der Arbeit zuzusehen. Der Schmied reichte ihn weiter an seine Frau, die immer nach frisch gebackenem Brot roch, und heizte seine Schmiede an. Ein kleines Feuer flammte dort auf, heller und weißer mit jedem gewaltigen Stoß des Blasebalgs.

Das Feuer, kontrolliert und eingedämmt, aber genauso heiß und mächtig wie das, das hinter ihnen gewütet hatte, hypnotisierte ihn. Seine Mutter reichte dem Schmied einen Gegenstand, den dieser mit einem Nicken entgegennahm.

Es war ein Ring.

Seines Vaters Ring.

»Er muss in der Lage sein, seine Abstammung zu beweisen«, sagte sie leise. »Bringt das Zeichen über seinem Herzen an.«

Der Schmied zögerte einen Moment, aber das Waffengeklirr kam näher. Er tauschte einen Blick mit seiner Frau, dann bediente er den Blasebalg mit noch größerem Eifer. Das Feuer war heiß. Weißglühend. Sie alle schlossen gegen das Gleißen die Augen.

Der Schmied griff den Ring mit einer großen Zange und hielt ihn in das Feuer seiner Schmiede. Der Ring schien zu glühen, wie ein Funken der Sonne, der in einem größeren Feuer gefangen war. Er wollte ihn beobachten, aber seine Mutter öffnete sein Hemd, während die Frau des Schmieds ihn auf den Tisch setzte und festhielt.

»Du musst still sein«, flüsterte seine Mutter drängend. »So still wie die Häsin, die sich vor dem Fuchs versteckt.«

Er nickte, ohne wirklich zu begreifen. Der Schmied zog den Ring aus dem Feuer, der weiterhin glühte. Es faszinierte ihn, wie das Schmuckstück sich verändert hatte, dass es beinahe wie ein Stern aussah, aber immer noch die vertraute Form besaß.

Der Schmied nahm den Ring mit einer kleineren Zange, dann presste er das Siegel in die Haut über seinem Herzen.

Schmerz. Ein ausstrahlender, verzehrender Schmerz und der Geruch nach verbranntem Fleisch. Er öffnete den Mund, doch dann erinnere er sich an die Worte seiner Mutter und unterdrückte den Schrei, den er von sich geben wollte.

Der Schmerz.

Das Brennen.

Ein Versengen seiner Seele.

Ein Feuer, vor dem es kein Entkommen gab, zu keinem Preis.

～

Bartholomew erwachte, die Finger über der Narbe auf seiner Brust zur Faust geballt. Er atmete so schnell, als wäre er Meilen am Stück gelaufen, und sein Nacken war schweißfeucht. Er konnte das brennende Fleisch riechen und die Hitze auf seiner Haut spüren. Er berührte die Narbe und begriff, wie lange es her war, seit er von der Nacht geträumt hatte, in der sie entstanden war. Er konnte den Umriss erfühlen, die Form des Siegelrings seines Vaters, das Zeichen, das ihm in jener Nacht eingebrannt worden war.

Ihm war die Kehle eng. Es war das letzte Mal gewesen, dass er seine Mutter gesehen hatte. Bevor die Wunde noch kalt gewesen war, hatte man ihn aus Haynesdale fortgeschickt, in der Obhut einer Gruppe loyaler Ritter.

In jener Nacht hatte er alles verloren.

Es dauerte eine Weile, bis sein Atem sich beruhigte.

Warum war der Hund das Einzige, was ihm vertraut vorkam?

Der Traum war eine Erinnerung, dass er eine Aufgabe zu erfüllen hatte, dass er in Haynesdale angekommen war und beenden musste, was er angefangen hatte.

Dann begriff er, dass der Traum ihm ein Geschenk gemacht hatte. Anna sagte, sie sei die Tochter des Schmieds. War es derselbe Schmied? Konnte sie ihn zu ihren Eltern bringen, die ihn vielleicht als den Erben von Haynesdale erkennen würden?

War dies die Hilfe, die er brauchte, um sein Vermächtnis wiederzuerlangen?

Leila erwachte vom Schnarchen des Hundes. Sie lag mit Anna, Bartholomew und dem Hund zusammen in dem großen, mit Vorhängen verhangenen Bett, und durch die Läden fiel ein schwaches Licht. Als sie sich aufsetzte, klopfte der Schwanz des Hundes auf die Matratze. Er schaute sie flehentlich an, als befürchtete er, sie würde ihm wehtun.

Stattdessen streichelte sie seine Ohren. Sie wusste nicht viel über Hunde, aber Bartholomew tat es anscheinend. Diesen hier hatte er ins Herz geschlossen, und Cenric war groß genug und dabei freundlich genug, dass sie seine Gegenwart beruhigend fand. Immerhin war sie an Pferde gewöhnt. Sie fragte sich, was dem Hund an diesem Ort zugestoßen war, nachdem sie selbst wenig von Sir Royce und Lady Marie hielt, und war froh, dass die Erfahrungen ihn nicht bösartig gemacht hatten. Er schien zufrieden damit, zwischen ihnen zu liegen. Allerdings konnte sie sehen, dass seine Rippen viel zu deutlich hervortraten.

Genau wie Bartholomew war auch sie der Meinung, dass sie den Hund mitnehmen sollten. Sie erhob sich und schürte das Feuer im Kohlenbecken, dann öffnete sie die Läden. Der Himmel war von einem blassen Blau und ließ einen schönen Tag erahnen. Der Hund folgte ihr und legte die Pfoten auf die Fensterbank, um hinauszuschauen. Er wedelte wieder mit dem Schwanz und versuchte, ihre Wange zu lecken, was Leila zum Lächeln brachte.

Vermutlich war er hungrig.

So wie sie.

Aus dem Bett drangen nur Schlafgeräusche, aber andererseits waren Bartholomew und Anna nach ihrer Jagd durch den Wald in der Nacht zuvor und ihrer lebhaften Vorstellung am gestrigen Abend wahrscheinlich müde. Sie wusste, sie sollte besser ihre Rolle als Zofe spielen, und hob den Wassereimer hoch, den sie benutzt hatte, um Anna Waschwasser zu bringen. Den anderen Eimer mit dem Schmutzwasser hatte sie vor die Tür gestellt und hoffte, jemand hätte ihn ausgeleert.

Als sie sich aufrichtete, sah sie, dass der Hund sie hoffnungsvoll beobachtete. Vermutlich hatte auch er seine morgendlichen Geschäfte zu erledigen. Würde er zurückkommen, wenn sie ihn rief? Sie wollte nicht, dass Bartholomew über sein Verschwinden enttäuscht war. Ihm war offenbar wichtig gewesen, den Hund dazubehalten.

Leila suchte in seinem Gepäck nach einem Stück Schnur. Sie machte an einem Ende eine Schlinge, vergewisserte sich, dass der Knoten nicht aufging, und legte sie dem Hund um den Hals. Sie verließen das Zimmer zusammen, und sie war froh, dass er ruhig mit ihr kam, denn sie musste beide Eimer tragen. Den Inhalt des einen schüttete sie in den Abfluss hinten im Stall. Der Hund hob ein Bein und erleichterte sich, dann lief er vorweg und beobachtete sie erwartungsvoll, als sie wieder in den Burghof trat.

»Er muss hungrig sein«, sagte eine Männerstimme leise und sprach damit aus, was sie dachte.

Leila wandte sich um. Der Priester beobachtete sie aus dem Schatten. Er trug einen Sack bei sich und holte nun einen Laib Brot hervor. Leila war sich sicher, dass es diesen Morgen noch kein frisches Brot gab, denn in der Burg war noch alles still. Der Priester brach ein Stück ab und reichte es dem Hund, der daran schnüffelte und es schnell verschlang. Er setzte sich vor den Priester und wartete auf mehr.

»Ich glaube wirklich, er hat Hunger«, sagte Leila. »Was soll er fressen?«

»Fleisch, aber kein fettes. Manche Hunde mögen auch andere Dinge, aber in Wirklichkeit sind sie Wölfe, und Fleisch ist, was ihnen am besten schmeckt. Er scheint nicht viel abbekommen zu haben. Die Hunde von Haynesdale erhalten karge Kost.«

»Mylord hat gesagt, er sei zu dünn.«

»Ein bisschen Brot wird ihm jedenfalls nicht mehr schaden als ein leerer Bauch.« Der Priester gab dem Hund noch ein Stück.

»Wird sich niemand daran stören?«, fragte Leila.

Der Priester lächelte. »Das Brot ist alt. Denley, der Bäcker, gibt es den Armen als Almosen. Aber in Haynesdale leben nicht mehr viele Menschen. Zwar sind sie arm genug, aber Denley hat ihnen bereits ihren Anteil gegeben. Ich dachte, die Knappen hätten gestern Abend vielleicht weniger bekommen als üblich, da der Baron Gäste hatte und sie nur Kinder sind.« Auf einmal sah der Priester auf. »Ihr seid Lady Annas Zofe.«

»Das bin ich.« Leila verbeugte sich.

Der Priester dachte offenbar nach, während er den Hund weiter fütterte. Er ließ sich dabei Zeit, ging sicher, dass der Hund kauen und schlucken konnte, bevor er ihm ein weiteres Stück gab. »Ich habe gestern gehört, dass sie gern des Morgens betet, daher dachte ich, ich sollte bleiben und die Kapelle für sie aufschließen.«

»Das ist sehr gütig, Sir. Ich werde es ihr ausrichten.«

»Bitte, tut das.« Er warf ihr einen scharfen Blick zu, den Leila nicht deuten konnte.

»Denkt Ihr, es wäre möglich, dass Mylord den Hund vielleicht kaufen kann?«, fragte sie. »Er mag ihn sehr, und wenn es hier zu viele gibt.«

Der Priester lächelte. »Ich denke, wenn er Euch folgt, wird ihn niemand vermissen.«

Es freute Leila, das zu hören.

Der Priester reichte ihr den Rest des Brotes. »Nehmt dies für den Hund mit. Denkt daran, es in Stücke zu brechen, bevor Ihr es ihm gebt. Er könnte sich sonst daran verschlucken.« Er griff seinen Sack mit dem restlichen Brot.

Der Hund folgte dem Brot zu Leila hinüber, den Blick auf sie gerichtet.

»Ich danke Euch, Sir«, sagte sie und schaute auf das Brot herab. Es war hart, mindestens einen oder zwei Tage alt. Aber sein Gewicht erstaunte sie. Was taten sie hier in das Brot, dass es so schwer wog? Sie schaute auf und sah die Augen des Priesters funkeln.

Auf einer Seite des Laibs befand sich ein Riss. Leila steckte die Finger hinein und berührte etwas Kaltes. Als sie genauer hinsah, entdeckte sie das Ende eines großen Eisenschlüssels in dem Laib.

Der Schlüssel zum Verlies!

»Ich werde sofort zu Mylady gehen und ihr von Eurem Vorschlag erzählen.« Leila verbeugte sich. »Und danke Euch noch einmal für Eure Güte gegenüber dem Hund. Ich werde achtgeben, ihn langsam zu füttern.«

Er nickte einmal und wandte sich der Tür zur Halle zu. Die Stimme einer Frau erklang aus der Küche, und laute Geräusche verrieten, dass das Tagewerk begonnen hatte. Leila ließ den Eimer, im dem das Schmutzwasser gewesen war, stehen, und nahm den Hund, das Brot und einen Eimer mit frischem Wasser mit zurück in die Kammer. Der Hund sprang die Treppe hinauf und wartete alle paar Stufen auf sie, leckte sich voll Vorfreude das Maul.

Falls jemand fragte, warum sie sich so beeilte, würde sie behaupten, Mylady sei sehr ungeduldig.

~

DUNCAN WAR SCHON WACH, als er hörte, wie die Tür zum Stall aufging. Er rollte sich herum, sodass er vom Dachboden aus die Tür sehen konnte. Zu seiner Überraschung schlüpfte der Priester durch das Tor und schloss es hinter sich. Duncan bewegte sich nicht, sah aber interessiert zu. Was suchte der Priester hier im Stall? Was hatte er da bei sich? Und warum schloss er die Tür hinter sich?

Dass der Priester einen üblen Plan verfolgte, schien unwahrscheinlich, aber ohne Beweise machte Duncan nur selten Annahmen, was die Beweggründe anderer betraf.

Stattdessen wartete und beobachtete er.

Als seine Augen sich einmal an die Dunkelheit gewöhnt hatten, sah Duncan den Priester die Reihe der Boxen entlanggehen. Er schien sich in den Ställen auszukennen und fand sicher seinen Weg in dem schwachen Licht, das zwischen den Brettern hindurchfiel.

Und er ging auf die Pferde ihrer Gruppe zu, nicht auf die des Barons.

Wollte er den Pferden etwas antun?

Duncan stieg leise die Leiter vom Heuboden hinab. Der Priester schaute nicht auf, sondern schien die Pferde zu zählen. Als er Fergus' Schlachtross erreicht hatte, schaute er sich um. Duncan kniff die Augen zusammen. Der Priester spähte um das Pferd herum in die Box und wirkte zunehmend nervös. Duncan zog sein Schwert.

Er räusperte sich im gleichen Moment, in dem er den Priester mit der Schwertspitze am Rücken berührte. Der Mann zuckte zusammen und wirbelte mit großen Augen zu ihm herum.

»Kann ich Euch helfen?«, fragte Duncan.

Der Priester starrte offenen Mundes das Schwert an, dann hob er den Sack, den er bei sich hatte. »Ich habe Brot, Almosen für die Armen. Ich dachte, Ihr würdet es gern mit auf die Reise nehmen.«

»Wir haben genug Brot«, sagte Duncan, dessen Misstrauen diese Worte keineswegs beschwichtigten.

Der Priester richtete sich auf. »Ich denke, Ihr solltet dieses Brot nehmen.«

»Was ist mit Euren Armen?«

»Davon gibt es dieser Tage nur wenige, nicht, weil Haynesdale floriert, sondern weil nur noch so wenige Menschen im Dorf leben. Sie werden es nicht vermissen.«

»Ich finde es falsch von einem Gast, die Dörfler seines Gastgebers zu übervorteilen.«

Die Augen des Priesters blitzten, und er presste die Lippen zusammen. Dieses Anzeichen seiner Frustration faszinierte Duncan. Der Priester beugte sich vor und sah Duncan mit durchbohrendem Blick an. »Ich rate Euch, mein Sohn, nehmt das Brot.« Er sprach jedes Wort zwischen zusammengebissenen Zähnen, und Duncan konnte sich sein Verhalten nicht erklären.

Vorsichtig nahm er den Sack. Der Inhalt nahm etwa den Raum von zwei Laib Brot ein, aber das Gewicht war vollkommen falsch. Das konnte nicht nur Brot sein. Duncan runzelte die Stirn, der Priester aber lächelte mit seltsamer Zuversicht.

»Ich denke, Ihr werdet dieses Souvenir sehr zu schätzen wissen«, sagte er. »Obwohl ich vorschlagen würde, es niemand anderem gegenüber zu erwähnten. Der Baron würde meine Großzügigkeit in dieser Sache vielleicht nicht billigen.« Der Priester schaute auf das Schwert, dann wandte er Duncan den Rücken zu. Er ging langsam zur Tür zurück und warf Duncan einen letzten Blick zu, bevor er hinaus in den Hof spähte und den Stall verließ.

Duncan hätte es nicht über sich gebracht, einen unbewaffneten Priester niederzustrecken.

Und er war froh darüber. Denn als er den Sack öffnete, fand er darin nicht zwei Laibe Brot, sondern den Reliquienbehälter, der golden am Boden des Sackes schimmerte.

Vor Verwunderung stieß Duncan einen leisen Fluch aus.

Dann bekreuzigte er sich und sprach ein Dankesgebet, bevor er Fergus weckte. Sie mussten aufbrechen, bevor man den Verlust entdeckte!

ANNA FAND Vater Ignatius in der Kapelle, genau, wie Leila es gesagt hatte. Sie nickten sich zu, und er wandte der Tür den Rücken und kniete zum Beten nieder. Anna bekreuzigte sich und kniete sich neben ihn, fragte sich, was er ihr sagen würde.

Sie hatte das Gefühl, dass er sie zu sich bestellt hatte.

Nach einem Augenblick, der ihr wahrscheinlich Zeit zum Beten geben sollte, murmelte er ihr leise zu: »Du reist in ungewöhnlicher Gesellschaft, Anna.«

»Aye, Vater.«

»Und dein Ehemann …«

»Ist in Wirklichkeit nicht mein Mann.« Anna warf einen raschen Blick über die Schulter, doch die Tür zur Kapelle war noch geschlossen. »Percy und ich haben ihn und seine Gefährten gestern Morgen überfallen. Wir dachten, sie hätten Gold oder Essen dabei, aber …«

»Sie hatten die Reliquie bei sich.«

»Anscheinend. Ich habe sie nicht gesehen. Percy und ich haben uns getrennt, wie wir das immer tun, und der Ritter, der sich als mein Ehemann ausgibt, hat mich verfolgt und gefangen. Wir haben miteinander gestritten, als wir Percy auf einmal um Hilfe rufen hörten, und folgten ihm, nur um zu sehen, wie man ihn herbrachte. Es war der Plan des Ritters, Percy und die Reliquie zu retten.«

»Ich verstehe.«

»Habt Dank für den Schlüssel, Vater.«

»Percy hat mir selbst gestern Abend im Verlies einen Teil der Geschichte erzählt. Ich nehme an, der Ritter wird ihn herausholen?«

»Das tut er gerade.« Anna umfasste den Arm des Priesters. »Was ist mit dem Schatz? Wir haben einen Handel, und wir müssen beides wiedererlangen.«

»Du vertraust diesem Ritter«, bemerkte Vater Ignatius. »Obwohl …?«

»Ich glaube, er ist anders, Vater. Bisher hat er mich ehrenhaft behandelt.« Anna holte schnell Atem. »Aber ich sehe nicht, wie wir den Reliquienbehälter wiederbekommen können.«

»Es ist schon getan, Anna.«

»Vater! Wenn Ihr uns bei unserer Mission helft, wird man Euch erwischen.« Sie drückte seinen Arm. »Wenn die Reliquie auf einmal fehlt, werden sie wissen, dass Ihr der Schuldige seid. Ich möchte nicht, dass man Euch bestraft …«

»Fürchte nicht, mein Kind.« Der Priester tätschelte ihre Hand. »Ich werde nicht bleiben, damit man mich gefangen nimmt.«

»Aber alle werden wissen, welche Rolle Ihr gespielt habt! Sie werden Euch jagen.«

»Möglicherweise.« In seinem Gesicht zeichnete sich eine neue Entschlossenheit ab. »Es ist an der Zeit, dass ich mich zu meiner Herde in den Wald begebe. Du und deine Gefährten werdet durch ein Tor fliehen, ich durch das andere.«

Anna starrte den Priester an, aber seine Überzeugung ließ keinen Raum für Zweifel.

Und sie wusste, die Menschen, die in den Wäldern Zuflucht gefunden hatten, würden ihn frohen Herzens willkommen heißen.

»Es gibt einen Pfad, der vier Schritt rechts der Straße beginnt«, riet ihm Anna im Flüsterton. »Erwartet uns an der großen, schiefen Ulme. Sie wächst mitten auf dem Weg, Ihr könnt sie nicht verfehlen.«

Er küsste sie auf die Stirn und sagte, als sich die Tür hinter ihnen öffnete: »Seid gesegnet, mein Kind. Möget Ihr Eurem Gemahl viele Söhne schenken und alle Tage und Nächte Eures Lebens dem Pfad Gottes folgen.«

»Dann seid Ihr bereit für das Frühstück«, sagte Sir Royce. »Euch einen guten Morgen, Vater.« Er verbeugte sich, und Anna ging Böses ahnend zu ihm hinüber. »Wie ich gehört habe, wollt Ihr alle heute früh aufbrechen, um Carlisle so schnell wie möglich zu erreichen. Es tut mir leid, dass Ihr nicht bis zur Messe bleiben könnt, aber zumindest habt Ihr den Segen erhalten.«

»Aye, Sir, das habe ich fürwahr«, sagte Anna und legte ihm die Hand auf den Ellbogen.

»Dann kommt mit zu Tisch, ich bitte Euch. Heute Morgen gibt es frisches Brot und frischen Honig.«

»Wie gütig von Euch, Sir. Ich danke Euch für Eure Großzügigkeit.«

Royce plauderte beim Gehen mit ihr und strich mit den Fingern über ihren Handrücken, als sei sie ein Haustier. Anna biss die Zähne zusammen, hielt den Kopf gesenkt und kämpfte darum, höflich zu bleiben.

Je schneller sie von hier fortkamen, desto besser, ihrer Ansicht nach.

~

BARTHOLOMEW HATTE Anna zur Kapelle begleitet und die Tür hinter ihr geschlossen. Im Burghof war niemand, obwohl er meinte, aus dem Stall Geräusche hören zu können. Fergus lachte, Duncan knurrte etwas, Hamish protestierte und Timothy musste damit beschäftigt sein, Zephyr zu striegeln.

Gaultier, der Hauptmann der Wache, ging an der Palisade entlang, dichtauf gefolgt von den anderen Rittern, und kontrollierte die Wälle. Sie waren beschäftigt, aber nur für eine kurze Weile.

Ihm blieb lediglich ein Moment, um den Schlüssel zu benutzen.

Bartholomew schlenderte über den Hof, als hätte er alle Zeit der Welt, und betrat die Halle. Dort ging er schneller. In der Küche herrschte Trubel, er konnte hören, wie das Frühstück vorbereitet wurde. Mägde fegten die Binsen in der Halle. Bislang brannte dort noch kein Feuer, und er trat zurück, als eine Magd mit einem Eimer heißen Wassers die Treppe hinaufeilte.

Für Marie? Oder für Royce? Beide konnten jederzeit in Erscheinung treten.

Bartholomew hastete zu der Tür am Fuß des Turms, die zum Verlies führte, schaute sich nach links und rechts um und schloss dann die Tür auf. Er eilte zur Falltür, öffnete sie und starrrte hinunter in die Dunkelheit. »Percy?«, flüsterte er.

»Ich werde nicht still in den Tod gehen!«, rief der Junge.

»Du wirst still sein, wenn du leben willst«, gab Bartholomew zurück. »Anna bittet dich, auf mich zu hören.«

»Anna?« In der Stimme des Jungen mischten sich Hoffnung und Zweifel.

Bartholomew konnte den blassen Umriss seines Gesichts unten in der Dunkelheit ausmachen. »Ja, Anna.« Er warf die Strickleiter hinunter ins Loch. »Klettere schnell heraus!«

Der Junge brauchte wenig weitere Ermutigung und kletterte hoch zu Bartholomew. Bartholomew wickelte ihn rasch in seinen Mantel, verbarg ihn unter dem Wolltuch an seiner Brust. Der Junge roch schrecklich, aber das ließ sich jetzt nicht ändern. Er schloss die Falltür und verriegelte sie, dann stand er auf und hielt den Mantel um sich geschlungen.

»Sei still und beweg dich nicht«, sagte er streng und spürte Percy nicken.

Wieder ging er hinaus in den Hof und gemächlichen Schrittes auf den Stall zu. Niemand bemerkte ihn, bis er das Gebäude betrat.

Fergus wandte sich ihm mit einer Grimasse zu. »Wo habt Ihr heute Nacht geschlafen?«, fragte er, dann öffnete Bartholomew seinen Mantel und enthüllte seine Bürde. »Der Dieb!«

Percy riss die Augen auf. »Die Ritter! Er boxte Bartholomew in den Magen und wollte fliehen. »Anna hat Euch *niemals* eine Botschaft für mich anvertraut!« Duncan schloss die Tür und lehnte sich dagegen, versperrte dem Jungen den Weg. Percy wirbelte herum und starrte die drei Ritter an, als wollte er gegen sie alle kämpfen.

»Anna ist mit uns hier«, sagte Bartholomew. »Wir wollen dich heil und gesund zurück in den Wald bringen.«

»Warum?«, fragte Percy, dessen Misstrauen klar ersichtlich war.

»Wir brauchten Annas Hilfe, um das wiederzubekommen, was für uns von größtem Wert ist, und ihr Preis war deine Rettung«, erklärte Bartholomew.

Statt darin Trost zu finden, griff der Junge alarmiert nach seinem Arm. »Sie ist doch nicht etwa hier in der Burg, oder?«

Bartholomew wunderte sich über seine Beunruhigung. »Das ist sie, in Verkleidung, und ich wäre dir dankbar, wenn du sie nicht verrätst.«

»Ich doch nicht!«, erklärte Percy hitzig. Sein Mund formte eine grimmige Linie. »Ich würde sie nicht wieder in Gefahr bringen.« Er ging zu Bartholomew und schwenkte seine Faust. »Und wenn Ihr ihr wehgetan habt, werde ich sie rächen.«

»Die Lady hat einen Streiter«, sagte Fergus amüsiert. Der Junge starrte ihn böse an.

»Die beiden haben viel durchstehen müssen, vermute ich«, sagte Bartholomew. Er ging vor dem Jungen in die Hocke. »Wir wollen dich als Knappen verkleiden und dich in unserer Gruppe verstecken. Das ist der beste Weg, dich zu befreien, aber der Plan kann nur gelingen, wenn du mithilfst.«

Percy schaute feindselig zwischen ihnen hin und her. »Wenn ich feststelle, dass Ihr Anna ein Leid zugefügt habt, schulde ich Euch gar nichts.«

»In Ordnung«, sagte Bartholomew und stand auf. »Ich denke, wir sollten zum Frühstück gehen.«

»Nicht alle auf einmal«, sagte Duncan. »Ihr geht zuerst. Wir kümmern uns um den Jungen.«

Bartholomew wollte Anna von der Kapelle abholen, fand die Tür aber verschlossen vor. Er ging über den Hof zur Halle und öffnete die Tür, blinzelte in die plötzliche Dunkelheit.

»Wie seltsam, dass Ihr Euch gerade eben erst so fest in Euren Mantel gewickelt hattet«, erklang Maries leise Stimme. »Nun habt Ihr ihn komplett abgelegt.«

Bartholomew erstarrte. Zu spät begriff er, dass er seinen Mantel im Stall gelassen hatte. Er sah Marie vom Fuß der Treppe aus auf sich zukommen, ein wissendes Lächeln im Gesicht. Sie blieb vor ihm stehen und schnüffelte.

»Seltsamer noch, Ihr habt den Geruch des Kerkers an Euch, obwohl ich sicher weiß, dass Ihr in einem schönen Bett mit Eurer Frau geschlafen habt.« Ihr Finger landete auf seiner Brust. »Sicher wollt Ihr Eure Gastgeber doch nicht hinters Licht führen, Sir?«

»Sicherlich nicht. Mir war kalt, aber nun nicht mehr.«

»Ihr habt ein schmutziges Kind getragen, aber nun nicht mehr«, korrigierte sie, legte ihre Hand flach auf seine Brust und ließ sie zu seiner Schulter gleiten. »Vielleicht wart Ihr gestern Nacht von der Leidenschaft Eurer Lady erschöpft, aber vielleicht wolltet Ihr mein Angebot auch nur nicht annehmen«, schnurrte sie, ohne den Blick abzuwenden. »Nun, denke ich, können wir verhandeln.«

»Ich verstehe nicht, was Ihr meint«, log Bartholomew. »Was den Geruch angeht, so habt ihr recht. Ich sollte mein Hemd wechseln, bevor all meine Sachen gepackt sind.« Er wollte an ihr vorbeigehen, aber Marie trat ihm erneut in den Weg.

»Ihr werdet mit Eurer Fracht nicht die Burg verlassen, es sei denn, ich ersinne einen Plan, der das möglich macht«, flüsterte sie. »Und ich werde keinen solchen Plan ersinnen, es sei denn, Ihr schwört, Euch in vier Tagen mit mir zu treffen und mir zu geben, was ich verlange.«

Die Eindringlichkeit ihres Blicks ließ keine Zweifel zu. Sie würde sie an Royce verraten, ohne auch nur einen Moment zu zögern. Wenn man Percy in ihrer Gruppe fand, würden sie zweifellos komplett durchsucht werden, und dabei würden sie die Reliquie finden. Anna würde vielleicht erkannt werden und der Priester in Gefahr geraten.

Sie alle mochten ihr Leben in Haynesdales Kerkern beschließen.

Bartholomew neigte den Kopf und gab nach. Er hielt ihr Ansinnen für verwerflich, aber vielleicht würde ihm ein Ausweg in den Sinn kommen. Wenn sie aus Haynesdale nicht mit Percy und dem Reliquienbehälter entkamen, würde es für keinen von ihnen eine Zukunft geben.

»Wo?«, fragte er, und die Lady lächelte triumphierend.

»An der Mühle«, verkündete sie zu Bartholomews Verwirrung. Es gab keine Mühle in Haynesdale, soweit er sehen konnte. Aber ihm blieb keine Chance zu fragen, denn in diesem Moment kamen die anderen über den Hof.

Er sollte wahrscheinlich erleichtert sein, dass er sein Versprechen der Lady gegenüber nicht halten konnte, nicht, wenn er den Ort nicht fand, aber in Wirklichkeit machte es ihm zu schaffen, sein Wort gegeben zu haben, wenn er es nicht halten konnte.

»ALLES WIRD GUTGEHEN, Junge, solange du den Kopf gesenkt hältst«, wies der ältere Schotte Percy leise an. In der Gruppe waren drei Ritter, zwei davon Templer, und vier Knappen, die die Pferde beluden und das Zaumzeug überprüften. Percy wusste nicht, ob der Schotte ein Ritter, ein Templer oder nur ein Kämpfer war. Er gab sich jedenfalls recht bärbeißig. Noch war es früh am Morgen, und Percys Magen knurrte, weil er am vorigen Tag nicht viel gegessen hatte.

Vater Ignatius war es gestern Abend nicht erlaubt gewesen, ihm etwas zu essen zu bringen.

Percy wusste nicht, wer diese Männer waren, und verstand nicht, warum sie einen Handel mit Anna abschließen sollten, um ihm bei der Flucht aus dem Verlies des Barons zu helfen. Erst am Tag zuvor hatten Anna und er sie bestohlen.

Nachdem er in den Stall gebracht worden war, hatte ihm der schottische Ritter befohlen, rasch die Kleider eines Knappen anzuziehen, während der andere Schotte zugesehen hatte. Man hatte ihn hinter einen rothaarigen Jungen in den Sattel eines Zelters gesetzt, und der Schotte hatte den Moment genutzt, ihm diesen letzten Rat zu erteilen.

Percy nickte gehorsam.

Ihm blieb kaum eine Wahl, und er hatte dem französischen Ritter sein Wort gegeben.

Der Schotte zog Percys geborgte Kapuze vor, um sein Gesicht zu verbergen. »Am besten sprichst du gar nicht. Wir werden schon in Kürze aus der Burg heraus sein.«

»Habt Ihr es zurückbekommen?«, musste Percy fragen. Er hätte den Mund halten sollen, doch das konnte er nicht. Sie waren gütig zu ihm, aus welchem Grund auch immer, und es fühlte sich falsch an, sie zu täuschen.

Der Schotte sah ihn wachsam an. »Und was geht dich das an?«

»Vielleicht denkt Ihr, ich könnte Euch dort hinführen, aber sie haben es mir abgenommen. Wenn Ihr es wiederhaben wollt, solltet Ihr nicht einfach gehen.«

Der Schotte lächelte breit. »Es wird nicht mehr lange hier sein, mein Junge.«

Also hatten sie es gefunden und sich wiedergeholt. Percy gefiel dieser Gedanke. Er hasste es, wenn Royce irgendetwas von Wert in die Hände fiel. Und er hätte gern einen besseren Blick auf das geworfen, was sie dabeigehabt hatten. Er hatte nur sehen können, dass es groß war und aus Gold, besetzt mit Edelsteinen, das war alles. Was genau war es? Vielleicht eine große Schüssel …

Percy wollte den Schotten auch nach Anna fragen, aber er fürchtete, es könnte sie in Gefahr bringen. Was, wenn sie verletzt wurde? Warum war sie mit ihnen zusammen? Und wo steckte sie? Er hatte gehofft, sie wäre sicher in der Höhle oder bei den anderen, aber das Wissen, dass sie in der Burg war, mit diesen Rittern, beunruhigte ihn.

Die Pferde wurden in den Burghof geführt, wo der Baron mit seiner Frau stand. Der andere Ritter war bereits dort und hielt die Zügel eines Pferdes. Neben ihm stand eine verschleierte Edeldame. Auf einem Zelter hinter ihnen hockte eine Zofe.

Percy runzelte die Stirn. Als er und Anna die Gruppe ausgeraubt hatten, waren keine Frauen dabei gewesen. Waren sie nach Haynesdale gekommen, um die Frauen abzuholen? Er hatte erwartet, Anna zu sehen, aber dort waren nur die Edeldame und die Zofe. Die Zofe war nicht Anna. In Haynesdale Keep lebten nur wenige Menschen, die Percy nicht aus dem Dorf kannte, die Zofe aber hatte er noch nie gesehen. Er spähte zu der Lady hinüber. Bisher war er noch nie einer anderen Edeldame als Lady Marie in Royces Haushalt begegnet. Wer war sie?

Seine Neugier war so groß, dass er schon nachfragen wollte. Der Schotte schien das zu ahnen, denn er warf Percy einen strengen Blick zu.

Percy hielt den Mund.

Der Ritter und der Baron tauschten höfliche Komplimente aus, und Percy wünschte sich, sie könnten einfach losreiten. Das alles schien sehr lange zu dauern.

Ein Ritter kam aus der Halle und verbeugte sich tief vor den Rittern in der Gruppe. Percy hielt den Atem an und starrte. Es war Gaultier, der Hauptmann der Wache, der schlimmste aller Männer in den Diensten des Barons. Percy hasste ihn mehr als jeden anderen Menschen auf der Welt.

Sogar noch mehr als den Baron.

Er wünschte, er hätte ein Messer und könnte Gaultier damit erstechen, ihm all das Leid zurückzahlen, das er ihrer Familie zugefügt hatte. Für Anna würde er diesen Verbrecher, ohne zu zögern, töten.

Wieder warf ihm der Schotte einen Blick zu, finsterer als der letzte.

Gaultier betrachtete die Gruppe. »Habt Ihr heute Morgen einen zusätzlichen Knappen in Euren Reihen?«, fragte er misstrauisch.

»Haben sie das?«, fragte Royce. Man konnte ihm ansehen, wie er in Gedanken die Gruppe durchzählte.

In diesem Moment bewegte sich das Pferd des Schotten, tänzelte und brachte Unordnung in die Aufstellung, als wollte es ungeduldig losstürmen. Percy vermutete, der Schotte versuchte, den Baron abzulenken.

Der schottische Ritter lachte. »Einen zusätzlichen Knappen? Ich bin mit zwei Knappen nach Outremer geritten und zurückgekehrt, guter Sir, und brauche keinen weiteren.«

»Aber ich war mir sicher …«, begann Gaultier.

»Wer zählt schon Jungen?«, schnaubte der Schotte. »Außer, wenn es Zeit ist, hungrige Mäuler zu stopfen?«

Die Ritter lachten, nicht aber die Templer. Sie wirkten so grimmig, dass der Baron darin Bestätigung zu finden schien. Royce trat auf einen der Templer zu. »Ich bitte Euch, Sir, sagt mir, wie viele Knappen Euer Gefährte gestern hatte.«

Der Templer wirkte so unbehaglich, dass Percy die Augen rollen wollte. Er musste doch nur sagen, dass es zwei Knappen gab. Das war keine so große Lüge.

Aber Percy nahm an, sie hatten gelobt, stets die Wahrheit zu sagen.

Der Schotte gab einen abfälligen Laut von sich und starrte den Templer finster an.

»Zwei natürlich, Sir«, sagte der Templer, doch sein langes Zögern stärkte Royces Zweifel.

»Schaut nur, wie hoch die Sonne bereits steht!«, sagte der Ritter, der Percy aus dem Verlies befreit hatte. Er stand neben der Edeldame. »Bald ist Mittag, und die Nacht wird anbrechen, bevor wir Obdach finden. Mylord, wir müssen aufbrechen!« Er schwang sich in den Sattel und reichte seiner Lady eine Hand, damit sie hinter ihm aufsteigen konnte.

»Lasst mich helfen«, bot Gaultier an. Der Kapitän der Wache verschränkte seine Hände, die der Dame als Tritt dienen sollten.

Sie zögerte, als ob sie wusste, was für ein Wüstling er war.

»Ich danke Euch, Sir«, sagte sie und setzte den Fuß in seine Hände.

Anna? Sie klang beinahe wie seine Schwester.

Aber Anna konnte nicht in Gaultiers Nähe sein! Percy gab einen Laut von sich, der die Aufmerksamkeit des Schotten erregte.

Und auch die Royces. »Dieser Junge dort«, sagte er entschieden und deutete auf Percy. »Dieser Junge war gestern nicht bei Euch. Steig ab, Junge, und zeig mir dein Gesicht.«

»Wir haben keine Zeit, Sir«, protestierte der schottische Ritter, doch er hatte keine Chance, mehr zu sagen.

»Wir müssen Carlisle mit aller Eile erreichen«, beharrte der andere Schotte, der ältere.

Anna hatte gerade ihr Gewicht in Gaultiers verschränkte Hände verlagert, als ein plötzlicher Windstoß an ihrem Schleier zerrte. Gaultier hatte zu ihr aufgesehen, zweifellos in der Hoffnung, einen Blick unter ihre Röcke zu erhaschen. Er keuchte laut auf.

Anna hielt den Atem an und starrte ihn in offenkundigem Entsetzen an.

»Es ist die Tochter des Schmieds!«, verkündete Gaultier und griff sie um die Taille. »Ich wusste doch, du bist nicht tot!«

»Was soll das?«, donnerte Royce.

Gaultier wollte sie zu Boden werfen, doch stattdessen trat ihn Anna hart in den Schritt. Der fremde Ritter wendete sein Pferd und schlug Gaultier mit seiner gepanzerten Faust hart auf den Hinterkopf, dann griff er nach Anna. Sie sprang in den Sattel und hielt sich an seinem Gürtel fest. Die Pferde stampften unruhig. Die übrigen Reiter aus der Gruppe wendeten und gaben ihren Rössern die Sporen.

»Reitet!«, rief Anna, während Gaultier versuchte, sie zu packen. Die Zofe trat nach Gaultier, während sie auf dem Zelter an ihm vorbeiritt, aber Gaultier bekam dennoch Annas Kleid zu fassen. Er zog an ihr, und sie rutschte im Sattel rückwärts, dann packte er ihren Knöchel.

Er würde sie zu Boden ziehen! Percy keuchte entsetzt auf.

»Schmutzige Dirne!«, röhrte Gaultier. »Du bist keine Dame, und du wirst diese Burg nicht verlassen, es sei denn, ich erlaube es!« Anna klammerte sich an dem Ritter fest, während Gaultier an ihrem Knöchel zog. Das Pferd war stark genug, dass der Wachhauptmann ein Stück mitgeschleift wurde. Gaultier würde Anna noch vom Pferd zerren! Der Ritter versuchte, das Gewicht des Wachhauptmanns abzuschütteln, aber Percy sah, dass Anna ihm dabei im Weg war.

Percy musste helfen. Er trat dem Pferd des Knappen, hinter dem er saß, in die Flanken.

»Was tust du?«, rief der Knappe, aber Percy hörte nicht auf ihn. Sie ritten direkt auf Gaultier zu, und Percy zog die kurze Klinge des Knappen aus dessen Scheide, um bereit zu sein. Als das Pferd Gaultier erreichte, stach Percy nach ihm.

»Untier!«, schrie er.

Gaultiers Kettenhaube hielt die Klinge ab, die seinem Gesicht dadurch nur einen Kratzer verpasste. »Ungeziefer! Mylord, es ist der andere Balg des Schmieds!«, röhrte der Hauptmann und wollte Percy mit der Faust schlagen. Er erwischte stattdessen das Pferd des Knappen, das zur Seite ausbrach und auf das Tor zustürmte. Percy konnte sich nur noch festhalten und hilflos zurückschauen, ohne eingreifen zu können.

Er hatte nicht genug getan.

»Halt!«, bellte Royce. »Schließt die Tore!«

Percy hörte, wie das Fallgitter heruntergelassen wurde. Während der Zelter des Knappen darunter hindurchgaloppierte, schaute er noch einmal zurück, gerade rechtzeitig, um zu sehen, wie Anna erneut nach Gaultier trat. Ihr Kleid riss, aber sie entkam endlich Gaultiers Griff und klammerte sich an den Ritter.

»Reitet!«, rief sie wieder, und weder der Ritter vor ihr noch sein Pferd brauchten eine weitere Ermutigung. Die Templer ritten vorweg, der ältere Schotte ließ sich nach hinten fallen. Das Fallgitter senkte sich schnell, aber die Reiter beugten sich tief über ihre Sättel und entkamen in die Freiheit.

»Reitet!«, rief auch der Schotte und schlug auf den Rumpf des Pferdes, auf dem der andere Knappe ritt, trieb seine Vordermänner an.

Sie waren fast entkommen!

»Ihr werdet nicht so einfach entwischen!«, brüllte Gaultier, setzte dem schottischen Kämpfer nach, bevor dieser durch das Fallgitter war, und packte ihn und zog ihn aus dem Sattel. Der Mann klammerte sich an seine Satteltasche, und Percy fürchtete zu wissen, was darin war. Zusammen gingen die beiden Männer zu Boden, die Satteltasche zwischen ihnen, während das Pferd des Schotten weitergaloppierte.

Das Fallgitter schloss sich unmittelbar hinter dem reiterlosen Ross. Einer der Knappen griff die Zügel. Hinter ihnen kämpften Gaultier und der Schotte auf dem Boden miteinander. Drei weitere Ritter schritten ein, und Percy wusste, der Schotte würde die Waffen strecken müssen.

»Nein!«, rief er, denn der Mann war nett zu ihm gewesen. Er wünschte, er hätte Gaultier mit seinem Stich töten können, wie der es verdient hatte. Er wollte auch nicht, dass Royce den Schatz behielt.

»Guter Gott«, hörte er den schottischen Ritter murmeln, dessen Schlachtross langsamer wurde, als er über die Schulter zurückblickte.

»Reitet weiter!«, beharrte der Ritter, mit dem Anna ritt. Hinter ihm galoppierte die Zofe auf ihrem Zelter, und die Knappen folgten ihnen, dicht beieinander. Eindeutig waren sie dieses Tempo gewöhnt – und ihre Pferde auch. Die beiden Templer bildeten die Nachhut.

»Wir müssen uns selbst retten, damit wir später ihn retten können!«, rief der eine von ihnen.

»Wir haben nichts gewonnen, wenn wir alle gefangen genommen werden«, pflichtete der andere ihm bei.

»Wir kommen zurück und holen ihn «, sagte der französische Ritter, und der schottische Ritter nickte zögernd und spornte sein Pferd an.

»Und den Schatz«, sagte er.

Percy fiel auf, wie grimmig alle Männer in der Gruppe wirkten. Aus irgendeinem Grund hatten sie diesen Schatz in ihrer Obhut, und er vermutete, sie würden ihn nicht so einfach aufgeben.

So wenig wie ihren Kameraden.

Aber wo konnten sie sich verstecken?

Sicher würde Anna doch nicht ihren Zufluchtsort preisgeben und die Sicherheit all der Leute, die aus Haynesdale geflohen waren, gefährden? Percy sah, wie seine Schwester den französischen Ritter anschaute, und war sich auf einmal nicht sicher.

Konnte sie ihren Hass auf Gaultier so einfach vergessen haben?

$\mathcal{A}$nna war hin- und hergerissen.

Sie wusste, sie würden den Männern des Barons nicht so einfach entkommen. Es war viel zu weit bis zu einer sicheren Zuflucht.

Aber so sehr ihr die Sicherheit Bartholomews und seiner Gefährten auch am Herzen lag, sie konnte ihnen nicht helfen, ein Versteck zu finden.

Denn das würde bedeuten, ihre Verbündeten im Wald zu verraten. So viele Pferde konnten nicht lange im Wald versteckt bleiben, selbst wenn die Flüchtlinge aus Haynesdale sie aufnahmen. Die Ritter des Barons würden nicht aufgeben, bis sie Bartholomew und seine Gruppe gefunden hatten. Sie konnte jetzt schon das Gebell der Jagdhunde hören und befürchtete, alle, die sich bis jetzt im Wald verborgen hatten, würden den Preis für ihre Taten bezahlen.

Wieder.

Wer hätte ahnen können, dass ein Diebstahl solche Folgen nach sich ziehen würde?

Und nun war Duncan noch immer in Haynesdale gefangen. Sie wollte helfen, aber sie konnte die Menschen, die ihr vertrauten, nicht verraten. Wie es schien, gab es keine gute Lösung, nur Entscheidungen, die sie alle in Gefahr brachten.

In der Hoffnung, Bartholomew und seine Freunde hätten einen Plan, blieb sie still.

Wenn nicht, würde sie Percy retten und die anderen im Stich lassen müssen.

Anna war im Zwiespalt. »Der Hund!«, fiel ihr auf einmal ein. Noch etwas, das schiefgegangen war.

»Ich hatte keine Gelegenheit, mich danach zu erkundigen«, sagte Bartholomew bedauernd. »Und nun ist die Chance vertan.«

»Royce wird uns erbarmungslos jagen, wenn er begreift, dass wir beinahe den Schatz wiedererlangt haben«, sagte Fergus, der sein Pferd neben Bartholomews lenkte.

»Oder dem Priester etwas antun«, stimmte Bartholomew zu. Er schaute über die Schulter zu Anna. »Er wird erraten, dass der Mann uns unterstützt hat. Ist er in Sicherheit?«

»Sir Royce wird ihn nicht finden«, konnte Anna ihm mit Überzeugung sagen. »Vater Ignatius hat die Halle und das Dorf verlassen, nachdem er uns geholfen hat.«

»Können *wir* ihn finden?«, fragte Fergus. »Ich möchte ihn nicht wehrlos zurücklassen.«

Sein Edelmut machte ihr das Herz noch schwerer. »Er wird zurechtkommen«, sagte sie. Mehr wollte sie nicht verraten.

»Ihr habt also eine Zuflucht?«, sagte Bartholomew zufrieden. »Das sind gute Nachrichten.«

Anna machte ihm nicht das Angebot, das sich aufdrängte, und zu ihrer Erleichterung fragte er nicht weiter.

Zumindest für den Moment. Bartholomew oder einer seiner Gefährten würde die Frage nach einem Versteck aufbringen, und dann musste sie sich entscheiden, was sie tun sollte. Wo sich das versteckte Lager befand, konnte sie ihnen nicht verraten, denn das würde alle in Gefahr bringen. Andererseits hatten diese Ritter Percy gerettet, und das trotz des beachtlichen Risikos, das sie damit eingegangen waren. Sie hatten einen der ihren verloren und die heilige Reliquie. Sie schuldete ihnen etwas. Und sie begann zu glauben, dass sie Bartholomews Wort vertrauen konnte.

Was sollte sie tun?

»Sie werden uns in wenigen Augenblicken verfolgen«, sagte Enguerrand und schloss zu Fergus und Bartholomew auf. »Sie müssen nur ihre Pferde satteln und die Tore öffnen. Sie kennen sich hier besser aus als wir. Wir sind verloren!«

Noch während der Templer sprach, erklang in der Burg hinter ihnen ein Jagdhorn.

Ohne ein Wort zu wechseln, spornten sie alle ihre Pferde zu einem schnelleren Galopp an. Anna hämmerte das Herz, und sie war froh, als sie sich der Wegbiegung näherten. Sie spürte, dass Percy sie beobachtete, und wusste, sie musste sich entscheiden.

»Es ist nur eine Frage der Zeit, bis sie uns einholen«, sagte Fergus. »Es geht nur in eine Richtung, bis sich die Straße verzweigt!«

»Und bis dahin sind es noch mehrere Meilen«, sagte Bartholomew.

»Ich kann mir nicht vorstellen, dass wir irgendwo in der Nähe Unterschlupf finden«, sagte Yves und schaute zu Bartholomew. »Ihr wart es, der uns auf diesen Weg geführt hat. Wisst Ihr, wo wir uns vielleicht verstecken können?« Dabei musterte er Bartholomew forschend.

Warum hatte Bartholomew die Gruppe nach Haynesdale geführt? Sie wusste wenig über ihn, aber in diesem Moment begriff sie, es war fast nichts. Warum war er nach Haynesdale gekommen?

»Was ist mit Duncan?«, fragte Fergus. »Wir können ihn nicht zurücklassen.«

»Für den Moment müssen wir das«, sagte Bartholomew. »Anna? Wie weit müssen wir heute reiten, um in Sicherheit zu sein?«

»Die Länder im Norden sind Royces früheres Lehen«, sagte sie vorsichtig. »Und es ist ein Ritt von beinahe zwei Tagen bis in eine Stadt.« Sie zuckte die Schultern. »Sie müssen Euch für verrückt gehalten haben, dass Ihr geglaubt habt, Carlisle in nur einem Tag zu erreichen. Bis dorthin braucht man mindestens drei Tage.«

Fergus fluchte. »Niemals hätte ich gedacht, ich würde die Wildnis verfluchen! Wir brauchen eine Stadt.«

»Eine Höhle«, schlug Yves vor.

»Nein, ich denke nicht«, sagte Bartholomew und schaute über die Schulter zu Anna. »Du hast doch gewiss einen Vorschlag. Vielleicht könnten wir in dem Versteck Zuflucht suchen, in dem sich auch der Priester verbirgt.«

»Er ist noch nicht dort. Vor uns, rechts des Wegs, steht eine verkrümmte alte Ulme. Dort wartet er auf uns.«

»Wir können uns nicht alle unter einer Ulme verstecken, ganz gleich wie alt oder krumm«, protestierte Yves.

»Anna kennt ein Versteck«, erinnerte Bartholomew sie leise.

»Wirst du sie *dort* hinführen?«, fragte Percy, und alle Männer sahen ihn an.

Anna richtete sich hinter Bartholomew gerade auf. Sie wusste, die Männer würden gegen ihre Einschätzung der Lage Einspruch erheben. »Es gibt ein Lager, aber ich habe nicht das Recht, den Ort zu verraten, denn andere haben dort Zuflucht gefunden.« Sie sah Bartholomews Enttäuschung. »Ich kann Euch nicht dort hinbringen.«

»Was für ein Wahnsinn ist das?«, fragte Enguerrand ungehalten. »Wir haben Euren diebischen Bruder gerettet!« Er war so empört, als hätte er selbst den Plan geschmiedet und das Risiko auf sich genommen, dabei wusste Anna, dass er sich nur widerwillig darauf eingelassen hatte.

»Wir haben auf dieser Mission unseren Gefährten verloren«, erinnerte Fergus sie sanft.

»Und den Schatz«, sagte Leila in schärferem Ton. Es war klar, dass sie wenig von Annas Entscheidung hielt.

»Ich kann es nicht tun«, sagte Anna. »Und die Pferde wären ohnehin nicht zu verbergen. Sie werden die Hunde anlocken, und dann ist alles verloren.«

»Aber …«, begann Fergus.

Bartholomew hob eine Hand. »Annas Worte ergeben Sinn. Wenn wir die Pferde in diesem Lager nicht verstecken können, wird man uns finden, zusammen mit denen, die sie beschützen will. Erinnert Euch an den niedergebrannten Wald, den wir gestern gesehen haben, und die Geschichte darüber.«

»Aber dennoch«, protestierte Enguerrand.

Bartholomew ritt um die Biegung und verlangsamte sein Pferd. »Natürlich lassen wir euch beide in den Wald zurückkehren. Wir reiten weiter, um Royces Männer fortzulocken.« Zu ihrer Überraschung sprang er aus dem Sattel und hob sie dann herunter.

»Dir bleibt keine Zeit«, widersprach sie und fürchtete um sein Überleben.

Er warf ihr einen Blick aus funkelnden Augen zu und schnappte sich ihre Armbrust, die hinten am Sattel gehangen hatte. »Mir wirst du Zuflucht gewähren, oder du siehst die Armbrust nie wieder.«

»Sei verflucht!«, sagte Anna.

»Reitet weiter«, sagte Bartholomew zu Fergus. »Trefft mich beim nächsten Mond dort, wo der Wald gebrannt hat.« Er hob Percy aus Hamishs Sattel und stellte ihn auf den Boden. »Bis dahin werde ich einen Weg gefunden haben, Duncan und die Reliquie wiederzu-bekommen.«

»Könnt Ihr ihr trauen?«, fragte Enguerrand.

»Solange ich dieses Pfand habe, ja«, sagte Bartholomew und warf Anna einen Blick zu. »Und sie weiß mehr über dieses Land als wir. Ein Bündnis ist vielleicht unsere einzige Chance.«

Es war ein Kompromiss, der Anna nicht gefiel – obwohl sie heim-lich froh war, dass dies nicht das letzte Mal sein würde, dass sie den Ritter sah.

Und sie bewunderte ihn dafür, dass er zu Ende bringen wollte, was er angefangen hatte.

»Also gut«, stimmte Fergus zu und griff nach den Zügeln von Bartholomews Pferd.

»Aber Mylord!«, protestierte Timothy.

»Reite mit ihnen«, wies Bartholomew ihn an. »Bei ihnen wirst du sicherer sein.«

»Aber Eure Rüstung!«

»Ich werde schon damit zurechtkommen. Reitet ohne Furcht!«, rief Bartholomew und versetzte seinem Pferd einen Schlag auf die Kruppe. Mit einem Wiehern setzte es sich in Bewegung, und die übrigen spornten ihre Pferde an. Im Galopp ritten sie die Straße entlang. Timothy und Leila warfen beide besorgte Blicke zurück. Bartholomew winkte ihnen heiter zu, aber Anna griff seinen Arm.

»Wir müssen uns verstecken«, zischte sie, und er folgte ihr sofort. Percy war bereits im Unterholz verschwunden, und sie lenkte ihre Schritte auf eine große, krumme Ulme zu.

Vater Ignatius war dort und legte Percy eine Hand auf die Schulter.

Er trug einen großen Sack bei sich, und Anna nahm an, dass er Vorräte und vielleicht eine Bibel mitgebracht hatte. Bartholomew hob warnend die Hand, als Hufschlag hinter ihnen erklang. Sie versteckten sich im Unterholz und beobachteten, wie die Pferde an ihnen vorbeiliefen. Hunde rannten bellend an ihrer Seite.

Anna wünschte, sie hätten Cenric nicht zurückgelassen. Allerdings hatten sie keine Gelegenheit gehabt, um den Hund zu bitten oder ihn zu kaufen, und sie kannte Bartholomew bereits gut genug, um zu wissen, dass er ihn nicht einfach mitgenommen hätte.

»Vier«, flüsterte Bartholomew, als sie vorüber waren.

»Sie werden zurückkehren. Man wird uns finden«, sagte Anna. Sie warf Bartholomew einen Blick zu. »Du musst eine Augenbinde tragen, wenn du mit uns weitergehen willst.«

Er öffnete den Mund, schaute zurück zur Straße und dann zu ihr. »Was für ein ungemein günstiger Zeitpunkt, um dieses Detail zu erwähnen.«

»Ich kann sie nicht verraten«, sagte Anna heftig.

»Sie?«, wiederholte Bartholomew und schaute mit offensichtlicher Neugier zwischen ihr und dem Priester hin und her. »Wie viele Menschen verstecken sich in diesen Wäldern?«

»Zumindest das halbe Dorf Haynesdale«, sagte Vater Ignatius. »Ich dachte mir schon, dass bei dem Feuer nicht so viele umkamen, wie Sir Royce behauptet.« Er nickte Bartholomew zu. »Sie haben gelernt, Rittern und Adligen zu misstrauen. Entscheidet Euch, mein Sohn, denn es muss so sein, wenn Ihr weitergehen wollt.«

»Und beeilt Euch!«, sagte Percy. »Oder wir werden Euch hier zurücklassen.«

Bartholomew nickte, dann setzte er sich auf einen Baumstumpf. Anna riss einen Streifen aus ihrem Unterkleid, den sie ihm mehrmals um den Kopf wickelte, bevor sie einen festen Knoten machte. »Du wirst meiner Führung folgen müssen«, sagte sie leise.

»Wenn ich falle, werde ich dabei wahrscheinlich die Waffe zerbrechen, die du so schätzt«, entgegnete er, und sie musste zugeben, dass das kein unangebrachter Hinweis war.

»Einmal mehr gehen wir einen Handel ein, damit wir beide unser Ziel erreichen«, sagte sie. Ihr Lohn war ein flüchtiges Lächeln.

»Schnell jetzt«, drängte sie dann, und Percy sammelte einige Äste. Glücklicherweise lag ringsherum nur wenig Schnee. Sie gingen schnell. Anna führte Bartholomew an der Hand, und Vater Ignatius geleitete ihn mit einer Hand auf seinem Ellbogen. Percy folgte ihnen, fegte hinter ihnen den Schnee und streute Zweige und Laub, um ihre Spuren zu verdecken. Je tiefer sie in den Wald gelangten, desto leiser schien es ringsum zu werden. In der Luft lag kein Rauchgeruch, und es gab keine Anzeichen der Gegenwart anderer Menschen.

Anna sah die Zweige, die als Zeichen hinterlassen worden waren, und die Schatten auf beiden Seiten der bekannten Route. Nachricht über ihr Kommen würde das Lager erreichen, bevor sie es taten, und sie bereitete sich innerlich auf einen Empfang vor.

Vater Ignatius würde überrascht von der Größe der Gemeinschaft sein, die im Wald überlebt hatte.

~

DIE UNANGENEHME WAHRHEIT LAUTETE, dass Duncan schlimmere Gefängnisse gesehen hatte.

Dieses Verlies war kein schöner Ort, aber das Ungeziefer war – bisher – weder zahlreich noch mutig. Feucht war es nur in einer Ecke. Zwar roch es nicht gut, aber es war auch kein Misthaufen und nicht so kalt, wie er erwartet hatte.

Aye, er hatte Schlimmeres gesehen.

Das war allerdings nur ein kleiner Trost, nun, da er hier festsaß. Es sagte jedoch viel über sein Leben aus, und wenig Gutes.

Diese Erkenntnis verdross ihn.

Der Eingang befand sich in der Decke wenige Meter über ihm, eine Falltür. Es gab eine Strickleiter, die man hinunterlassen konnte, aber man hatte ihn einfach hineingeworfen. Es war ein Segen, dass er sich beim Aufprall auf den erdigen Boden keine Knochen gebrochen hatte.

Duncan war auf- und abgegangen, nur um Bestätigung für das zu erhalten, was er bereits vermutet hatte. Der Raum war ungefähr quadratisch und es gab außer der Falltür keinen Weg hinaus. In den Wänden fanden sich keine Vorsprünge oder Löcher, sie waren verflixt glatt – nicht, dass es eine Rolle spielte, denn selbst, wenn er eine davon hinaufklettern könnte, wäre er immer noch zu weit von der Falltür entfernt, um zu entkommen. Selbst mehrere Männer zusammen würden keinen Ausweg finden.

Es war ein einfaches, aber effektives Gefängnis.

Und dabei könnte er jetzt bei Radegunde sein.

Duncan ging am trockenen Ende des Verlieses auf und ab, dann blieb er eine Weile unter der Falltür stehen. Er weigerte sich, sich hinzusetzen, während er eine Wahl hatte, und war entschlossen, wachsam zu bleiben. Verflucht sei seine Pflicht! Verflucht sei seine Integrität! Wenn er nicht entschlossen gewesen wäre, sein Wort zu halten und Fergus nach Hause zu begleiten, dann hätte er bei Radegunde bleiben können.

Radegunde.

Allerdings wäre er nicht der Mann, der er war, wenn er einen Schwur so einfach bräche, und dann würde Radegunde vielleicht gar keine Zuneigung für ihn fühlen.

Allerdings war es mehr als ernüchternd, sich der Erkenntnis zu stellen, dass er sie vielleicht nie wiedersehen würde.

Würde sie von seinem Schicksal erfahren? Er glaubte nicht, dass Fergus ihn leichten Herzens im Stich lassen würde, war sich aber nicht sicher, wie viel die Gruppe aufs Spiel setzen würde. Bestimmt würden sie versuchen, der Reliquie wieder habhaft zu werden, immerhin war es ihre Mission, sie wohlbehalten zu überbringen. Aber vor die Wahl gestellt zwischen der Reliquie und ihm, konnten sie nur eine einzige Entscheidung treffen.

Immerhin hatten sie geschworen, die Gebeine der Heiligen zu beschützen.

Er fragte sich, ob er jemals wieder das Tageslicht sehen würde, als er einen Schlüssel im Schloss hörte. Die Falltür öffnete sich und ließ plötzliches Licht ein, das ihn zum Blinzeln brachte.

»Sir Royce möchte mit Euch sprechen«, sagte ein Mann unfreundlich, dann trat er gegen die Strickleiter, sodass sie nach unten fiel. »Beeilt Euch, denn wenn Ihr nicht von allein heraufkommt, verliert Ihr die Chance, um Gnade zu betteln.«

Duncan hatte keinerlei Absicht, Royce um Gnade zu bitten. Er vermutete, man würde ihm wenig Gelegenheit geben zu sprechen.

Wahrscheinlich würde man ihn foltern oder, schlimmer, gleich hinrichten. Aber es hatte keinen Zweck, sich vor dem zu fürchten, was auf ihn wartete. Er griff nach der Strickleiter und begann zu klettern.

~

BARTHOLOMEW KAM ES VOR, als dauerte der Weg Stunden, auch wenn er wusste, es konnte unmöglich so lange sein. Seiner Sicht beraubt, konzentrierte er sich mehr auf seine anderen Sinne. Er spürte, dass sie tiefer in den Wald hineingelangten und sich die Landschaft änderte. Lange Zeit gingen sie auf ebenem Grund, dann überquerten sie einen Bach, hinter dem der Weg anstieg. Sie kletterten einen Hügel hinauf, wo der Wind stärker wehte.

Hin und wieder blieb Anna stehen und drehte ihn um, wahrscheinlich, damit er die Richtung vergaß, aber Bartholomews Orientierungssinn war nicht so leicht zu verwirren. Er vermutete auch, dass sie nicht im Kreis ging, weil die Männer des Barons Jagd auf sie machten. Immer einmal wieder hörten sie in der Ferne Hufschläge und bellende Hunde. Wenn das geschah, zog Anna ihn nach unten, und sie verharrten reglos im Dickicht, bis die Geräusche verklangen. Er konnte Vater Ignatius' Schritte auf seiner anderen Seite hören, und hinter ihnen raschelte Percy mit Laub und Zweigen, um ihre Spuren zu verwischen.

Wie angespannt Anna war, blieb ihm nicht verborgen. Sie hielt seinen Ellbogen fest, und ihr Atem ging schnell. Bartholomew wusste, sie hatte Angst, gefasst zu werden, und vermutete, dass das mit einem früheren Vorfall zusammenhing, der für sie nicht gut ausgegangen war.

War Gaultier der französische Ritter, der ihr wehgetan hatte? Das würde Percys Angriff auf den Hauptmann der Wache erklären und vielleicht auch, warum Gaultier Anna gepackt hatte.

Vielleicht hatte Gaultier die Tat auch einfach angeordnet.

Während ihres schweigsamen Marschs konnte Bartholomew Anna nicht fragen. In der Gegenwart des Priesters und ihres Bruders schon gar nicht, und wahrscheinlich würde sie auch nicht antworten, ganz gleich, wie oder wann er fragte.

Dennoch wollte er es wissen.

Schließlich erreichten sie eine Lichtung. Bartholomew erkannte es an der Wärme des Sonnenscheins auf Kopf und Schultern. Wenn er richtig lag, war es Mittag, denn die Sonne kam von oben, stand also im Zenit. Percy überholte sie und lief voraus, kehrte dann wieder zu ihnen zurück.

»Jetzt musst du klettern«, sagte Anna, während in der Nähe erneut die Jagdhunde zu bellen begannen. Sie holte Atem. »Dort!«, sagte sie zu jemandem, wahrscheinlich zu Vater Ignatius, der Bartholomew nun losließ.

Der alte Mann ächzte und versuchte offensichtlich, etwas Anstrengendes zu bewerkstelligen. Die Hunde bellten lauter, und Bartholomew hatte von dem Spiel genug. Er nahm die Augenbinde ab und stopfte den Stoffstreifen in seinen Gürtel.

»Nein!«, protestierte Anna, aber er ignorierte sie und ergriff das Ende der Strickleiter, die Vater Ignatius gerade zu erklimmen versuchte. Sie hing von einem Baum herab und drehte sich so im Wind, dass es dem Priester schwerfiel, hinaufzusteigen. Bartholomew stellte einen Fuß auf das Ende, das bis zum Boden reichte, um sie zu stabilisieren. Der Priester warf ihm ein dankbares Lächeln zu und kam nun deutlich besser voran. Bartholomew konnte sehen, dass sich hoch in der Baumkrone eine Plattform befand.

»Du hast von mir erwartet, mit der Augenbinde die Leiter hinaufzuklettern?«, fragte er Anna. »Oder wolltest du mich den Hunden überlassen?«

»Nein!«, gab sie zurück. »Aber du darfst unser Lager nicht sehen.«

»Ich habe nicht den Hauch einer Ahnung, wo wir sind, und könnte diesen Ort nicht wiederfinden. Das reicht«, versicherte er ihr, obwohl er nicht annähernd so verloren war, wie sie vielleicht glaubte. Vater Ignatius erreichte die Plattform über ihnen, und Bartholomew winkte Percy, ihm zu folgen. »Los.« Der Junge kletterte flink die Leiter hinauf, dann trat Anna mit einer gewissen Vorsicht an seine Seite.

»Du solltest als Nächstes gehen«, sagte sie.

»Die Dame zuerst.«

»Du bist nicht der Herr dieses Waldes«, konterte sie. »In diesen Wäldern folgen alle *meinem* Befehl.«

Das war eine erstaunliche Enthüllung, aber Bartholomew gab nicht nach. »Vielleicht folgen sie dem Befehl desjenigen, der die Armbrust trägt«, schlug er vor, nur um zu sehen, wie ihre Lippen schmal wurden und es in ihren Augen blitzte. Die fragliche Armbrust hing über seinem Rücken. »Sollen wir den Rest des Tages darüber streiten, oder willst du hinaufsteigen?«

»Verfluchter Mann«, knurrte sie und griff nach der Strichleiter. Sie hielt inne und sah ihm in die Augen. »Schau mir nicht unter den Rock«, warnte sie ihn.

»Aye, das wäre ein entsetzliches Schicksal«, neckte er sie, denn etwas anderes konnte er nicht tun. »Was sind schon Royces Männer und Hunde und die Aussicht auf den Kerker oder den Strang? Aber wenn ich deine hübschen, wohlgeformten Beine sähe, das wäre schlimm. Täusche dich nicht: Du strapazierst meine Geduld, Anna.« Er schnitt eine Grimasse, und sie schlug ihm gegen die Schulter. Er hielt ihren Blick, genau wissend, warum sie darauf bestand, und senkte seine Stimme. »Klettere hinauf, Anna. Ich werde nicht hinsehen.«

Und obwohl ihm der Anblick vielleicht gefallen hätte, hielt Bartholomew Wort.

Er wollte selbst gerade die Leiter hinaufklettern, als er ein Tier durch den Wald laufen hörte. Er hielt inne und schaute zurück, denn es kam aus der gleichen Richtung, aus der sie gerade gekommen waren. In diesem Moment stürmte ein großer grauer Hund auf die Lichtung. Er hatte die Nase am Boden, blickte dann aber auf und lief direkt auf ihn zu.

Cenric!

Andere Hunde bellten nicht weit entfernt, aber er konnte Cenric nicht einfach am Fuß des Baums zurücklassen. Er würde vielleicht ihren Aufenthaltsort verraten. Vor allem aber wollte Bartholomew ihn gern als vierbeinigen Geführten. Cenric sprang auf ihn zu, und Bartholomew umfasste ihn und warf ihn sich halbwegs über die Schulter, bevor er die Leiter erneut hochkletterte. In diesem Moment war er froh, dass der Hund so dünn war, denn mit seinem Gewicht und seiner Größe war er eine echte Last. Er keuchte vor Anstrengung, als er die Plattform erreicht hatte und die anderen ihm halfen, den Hund hinaufzuziehen.

Cenric gefiel die Situation ganz und gar nicht. Mit großen Augen hockte er mitten auf der Plattform, als hätte er Angst herunterzufallen.

Percy und Vater Ignatius tätschelten ihn, ein Versuch, ihn zu trösten, und er legte sich vorsichtig hin. Bartholomew war sich sicher, dass er dabei die Pfoten fest auf das Holz presste.

»Du hast für diesen Hund dein Leben riskiert«, tadelte Anna, obwohl er wusste, dass sie es insgeheim billigte. »Was für eine Grille!«

»Ich verteidige, was mir lieb und teuer ist«, sagte Bartholomew, während er versuchte, wieder zu Atem zu kommen.

»So verhält es sich mit einem Mann von Ehre«, sagte Vater Ignatius zustimmend. »Gut gemacht, mein Sohn.«

Anna warf Bartholomew einen Blick zu, dann befahl sie ihnen allen, still zu sein. Percy zog die Strickleiter hoch auf die Plattform, und sie alle duckten sich, der Hund in ihrer Mitte, um durch die Äste hinunter auf den Waldboden zu spähen. Bartholomew konnte sich vorstellen, dass sie im Sommer, wenn der Baum in vollem Laub stand, komplett verborgen wären. So allerdings fühlte er sich exponiert.

Aber ein Jäger würde erst einmal daran denken müssen, hochzuschauen. Wer erwartete schon, dass jemand mitten im Wald eine Plattform auf einem Baum baute? Wer hatte diese hier überhaupt errichtet? Er schaute in die anderen Bäume rings um die Lichtung und meinte, in einer großen Eiche auf der gegenüberliegenden Seite eine weitere zu erkennen. Versteckten sich Leute darauf? Er konnte sich nicht sicher sein. Wenn, dann waren sie schlicht gekleidet und verhielten sich sehr still.

Er nahm die Armbrust vom Rücken, als das Geräusch der Verfolger näherkam, und legte unter Annas wachsamem Blick einen Bolzen ein.

Drei Hunde liefen auf die Lichtung und bellten. Obwohl Percy mit einem Zweig über ihre Fußspuren gefegt hatte, sah der Schnee an den Stellen, über die sie gegangen waren, anders aus. Zwei Hunde liefen weiter, folgten dem falschen Pfad, aber einer wurde langsamer und begann, am Fuß des Baums herumzuschnüffeln. Oben in der Baumkrone hielten alle den Atem an.

Der Hund trat einen Schritt zurück, schaute hoch und knurrte. Seine Augen glitzerten.

Cenric gab seinerseits ein Knurren von sich, obwohl er den anderen Hund nicht sehen konnte. Er musste ihn gerochen haben. Bartholomew spürte die Vibration dort, wo Cenric an ihn gepresst war.

Er hätte den Hund unten töten können, aber seine Leiche würde mehr Aufmerksamkeit erregen als sein Knurren. Er zielte mit der Armbrust und wartete.

Die Ohren des Hundes bewegten sich vor und zurück, während Cenric knurrte.

Er machte einen weiteren Schritt zurück und legte den Kopf schief, als grübelte er über das Rätsel eines Hundes auf einem Baum.

Ein Mann pfiff, und die beiden anderen Hunde rannten zurück über die Lichtung. Der, der noch unten stand, schaute noch einmal nach oben, dann folgte auch er dem Befehl. Man konnte hören, wie die Hunde durch das Unterholz rannten, und nach einer Weile war es wieder still.

Die Sonne hatte den Zenit erreicht und neigte sich nun nach Westen.

Schnee schmolz unten auf der Lichtung.

Eine Eule rief, dreimal.

Eine Eule? Im hellen Tageslicht?

Anna stand auf und schuhute zurück. In ihren Augen tanzte der Schalk, als sie Bartholomews Reaktion sah. »Wie viele Menschen verstecken sich hier?«, fragte er, immer noch mit leiser Stimme.

»Mehr, als du denkst«, antwortete sie. »Kommt, Vater Ignatius, man wird Euch begeistert willkommen heißen.«

Es tat gut, zurück zu sein.

Anna fühlte sich im Wald mehr zu Hause als irgendwo sonst. Hier konnte sie ihren Gefährten trauen. Hier war sie sicher. Hier kannte sie jeden Mann, jede Frau, jedes Kind; wusste, was sie glaubten und wie sie unter allen Umständen reagieren würden. Es war im wahrsten Sinne des Wortes eine Zuflucht.

Esmes Hühner waren die ersten, die sie empfingen, gackernd und pickend. Cenric schnüffelte an ihnen, und sie hüpften davon und beschwerten sich dabei lautstark. Esmes Hühner besaßen ein gesundes Selbstbewusstsein. Der Hund schien von ihrem Verhalten verwirrt, aber er trottete zu Bartholomew und ließ sie in Ruhe.

Willa, die Frau von Esmes Sohn, scheuchte die Hühner aus dem Weg und musterte die Neuankömmlinge neugierig. Ihr Mann Edgar war sehr schnell an ihrer Seite, die Augen misstrauisch verengt. Anna wusste, die beiden waren vorgetreten, um herauszufinden, wer ihr Gefährte war, während die anderen noch versteckt blieben. »Sieh dich nur an!«, rief Willa aus. »So fein gekleidet wie die Lady Marie persönlich!« Sie sank auf ein Knie. »Und Vater Ignatius! Was für ein Wunder.«

»Du siehst wohlbehalten aus, Willa«, sagte der Priester voll aufrichtiger Freude.

»Und du bringst einen Fremden mit«, sagte Edgar missbilligend. Er sprach schnell, als wollte er den Priester davon abhalten, mehr zu sagen. Er war ein stämmiger Mann und kreuzte die Arme über der Brust, um sie alle anzusehen. In seinem Ton lag Verachtung. »Einen Ritter. Einen französischen Ritter, seinem Aussehen nach.«

»Ich begreife, dass Ihr von Rittern wenig Gutes erfahren habt«, sagte Bartholomew freundlich. Er bot ihm seine Hand. »Ich bin Bartholomew de Châmont-sur-Maine. Wenn Ihr mir eine kurze Zeit Eure Gastfreundschaft entbieten wollt, dann gelobe ich auch, das Band zwischen Gast und Gastgeber zu ehren.«

Edgar blinzelte und starrte auf seine ausgestreckte Hand. Anna lächelte, denn keiner von ihnen war bisher einem Edelmann begegnet, der sie besser als Hunde behandelte.

»Ihr dürft unser Versteck niemandem verraten«, mahnte er.

»Niemals«, sagte Bartholomew mit Überzeugung.

»Schwöre auf den Knauf deines Schwertes«, riet Anna, dann sagte sie, an Edgar gewandt: »Darin ist ein Splitter des Wahren Kreuzes eingearbeitet.«

Der Sohn des Müllers riss die Augen auf, aber er verließ sich auf ihr Wort. Bartholomew leistete den Schwur wie befohlen, die Männer schüttelten Hände und Edgar beäugte staunend den Knauf. Vater Ignatius strahlte, und für Anna war klar, dass der Besitz eines solchen Artefakts Bartholomew in seinem Ansehen hatte steigen lassen.

»Was ist geschehen, Anna?«, fragte Edgar, als alle Unstimmigkeiten beseitigt waren.

»Percy und ich haben die Reisegruppe dieses Ritters ausgeraubt, dann wurde Percy mitsamt der Beute von Gaultier gefangen genommen.« Anna nickte Bartholomew zu. »Er und seine Gefährten haben mich in Verkleidung nach Haynesdale Keep gebracht, damit wir beides zurückerlangen könnten.«

»Welche Gefährten?«, fragte Willa.

»Sie sind ohne ihn weitergeritten. Vater Ignatius hat uns bei Percys Befreiung geholfen, aber der gestohlene Gegenstand ist noch in der Burg.«

»Und einer ihrer Männer«, fügte Percy hinzu. »Wir müssen sie beide retten, danach wird der Ritter uns verlassen.«

Edgar nickte. »Wir haben die Ritter von Haynesdale fortreiten hören. Sie sind auf der Straße nach Carlisle.«

»Sie verfolgen meine Kameraden«, erklärte Bartholomew.

»Norton und Piers sind ihnen gefolgt, um zu sehen, was sie tun.« Edgar sprach über die beiden älteren Söhne des Pflügers, Wallace, der mit seiner Frau im Dorf geblieben war. »Ich vermute, dass sie bis zur Grenze von Haynesdale reiten und dann umkehren werden. Wir müssen achtgeben, dass man uns nicht entdeckt.«

»Du bist hier willkommen«, sagte Anna zu Bartholomew. »Aber wir werden warten müssen, bis die Jungen uns sagen, dass die Ritter wieder in der Burg sind, bevor wir ein Feuer machen.«

»Ein Feuer ist die letzte meiner Sorgen.« Bartholomew verbeugte sich vor Edgar und dann vor Anna. »Ich danke Euch beiden.«

Anna amüsierte sich über sein höfisches Benehmen, hier, mitten im Wald, mehr noch aber über seine Reaktion, als die anderen sich zeigten.

Willas und Edgars drei Kinder kamen als Erste aus ihren Verstecken. Der Älteste – in einem Alter mit Percy – verlangte, die ganze Geschichte von seinem Freund zu hören. Esme kam hervor, umringt von ihren Hühnern, und umarmte Anna. Vater Ignatius grüßte und segnete all jene, die er seit zwei Jahren nicht gesehen hatte.

Lucan, der Fassmacher, und seine Frau Bernia traten vor, deren Tochter sich hinter ihnen versteckte, da sie ungewöhnlich schüchtern war. Rowe, der Zimmermann, war so herzlich wie immer und schüttelte Vater Ignatius die Hand, während sein rotes Haar in der Sonne glänzte. Seine Schwester Ceara, ihr Haar so leuchtend wie seines, betastete bewundernd den Stoff von Annas Kleid. Aidan, der Krämer, bat darum, Bartholomews Klinge zu sehen, als man die beiden einander vorstellte, und war ganz offensichtlich beeindruckt. Seine Frau Mayda schloss sich Ceara an und erklärte ihren Töchtern Edyth und Rayvn, warum Anna so gekleidet war.

Bartholomews Erstaunen, als sich immer mehr Menschen versammelten, war offensichtlich. Norton und Piers waren zwar unterwegs, aber ihr jüngerer Bruder Sloane kam mit Stewart, dem Brauer, seiner Frau Moira und ihren fünf lauten Kindern auf die Lichtung. Die Neuankömmlinge waren nun von Menschen umringt und wurden warmherzig willkommen geheißen.

So sehr Anna sich freute, wieder hier zu sein und Vater Ignatius bei ihnen zu haben, ihr Blick wanderte doch immer wieder zu Bartholomew. Es verblüffte ihn sichtlich, wie viele Menschen im Wald von Haynesdale Zuflucht gefunden hatten. Ihre Sorge, er könnte sie als Vogelfreie und Verbrecher sehen, sie verraten oder Schlimmeres, legte sich rasch. Er hatte ihr nicht nur sein Wort gegeben, er verhielt sich auch allen gegenüber freundlich, befriedigte die Neugier der Kinder und schüttelte den Männern die Hände. Alle zusammen bewegten sie sich zu dem geschützten Bereich, wo sie sich abends versammelten, und Anna sah, wie sein Blick über die Plattformen in den Bäumen wanderte. Zweifellos bemerkte auch er, wie viele Dörfler Pfeil und Bogen bei sich trugen, obwohl im Wald alles still war.

»Ich vermute, du hast sie gelehrt zu schießen«, sagte er, und sein Lächeln besagte, was er davon hielt.

»Wir müssen uns verteidigen.«

Er wurde nüchtern. »Gegen euren Lehnsherrn. Es ist nicht richtig, dass er euch zwingt, euch gegen ihn zu bewaffnen, Anna.«

Sie lächelte, weil er nicht darauf bestand, Sir Royce habe das Recht zu tun, was auch immer ihm beliebte. »Nein, das ist es nicht.«

»Wie lange leben sie schon hier? Seit dem Feuer vor zwei Jahren?«

Anna nickte. »Zuvor mussten wir hohe Steuern zahlen, und er kümmerte sich kaum um uns, aber damals liefen die Dinge aus dem Ruder.«

»Und die Dörfler flohen und der Wald wurde niedergebrannt«, sagte er. »Was genau ist geschehen?«

Anna senkte den Blick. Sie war nicht bereit, ihre Rolle darin zu offenbaren. »Viel.«

Bartholomew betrachtete sie einen langen Moment. Dann half er Vater Ignatius, das Brot, das dieser mitgebracht hatte, zu verteilen. Es wurde mit Begeisterung aufgenommen, und Vater Ignatius gestand, er würde gern ein Ei probieren. In der Burg und im Dorf gab es kaum noch Eier, nachdem Esme all ihre Hühner mitgenommen hatte.

»Ich würde Sir Royce gern mehr wegnehmen als nur ein Ei!«, erklärte die ältere Frau wütend, und die Dörfler murmelten ihre Zustimmung.

Anna beobachtete Bartholomew und verspürte Stolz, dass sie im Wald so gut zurechtkamen. Er kam mit einem Stück Brot wieder zurück und teilte es mir ihr, dann sah er sie aufmerksam an. »Warum folgen sie dir?«

»Wieso ist das wichtig?«, fragte sie, ein Versuch, ihn abzulenken.

»Ich bin neugierig. Woher kommt dein Anspruch, die Dörfler von Haynesdale anzuführen?«, murmelte er und musterte sie von oben bis unten. »Es muss einen Grund haben. Unter ihnen sind Männer, und wenn du ihnen gleichgestellt wärst, würden sie einen der ihren zum Anführer wählen.«

»Ich bin die Tochter des Schmieds«, sagte Anna stolz. Bartholomew schüttelte den Kopf. Sie wagte es nicht, sich länger mit ihm zu unterhalten, damit sie nicht dem Drang nachgab, ihm mehr zu erzählen.

Immerhin gab es eine Aufgabe, die sie erledigen musste, und dazu würde sie Vater Ignatius' Hilfe brauchen. Sie sollte mit ihm darüber sprechen. Ohne eine weitere Erklärung ließ sie Bartholomew stehen. Dabei war sie sich bewusst, dass sein Blick ihr folgte.

Er war neugierig, ohne Frage, und scharfsinnig. Sie fragte sich unwillkürlich, wie lange es dauern würde, bis er all ihre Geheimnisse aufdeckte.

ROYCE STARRTE DEN RELIQUIENBEHÄLTER AN, ein wenig peinlich berührt, weil er nicht früher die richtigen Schlüsse gezogen hatte. Zuerst tauchte ein wirklich bemerkenswerter Schatz im Besitz des Sohns des Schmieds auf, eines Jungen, der als Unruhestifter bekannt war und als Ausgestoßener im Wald lebte. Es gab keine gute Erklärung dafür, wie der Junge, der immerhin nur ein Bauer war, an eine solche Kostbarkeit gelangt sein konnte. Unverschämt, wie der Junge war, hatte er sich geweigert zu erklären, woher er die Reliquie hatte.

Zweifellos hatte er sie gestohlen.

Allerdings war es Royce nie in den Sinn gekommen, dass der Junge ihn *den Rittern* gestohlen hatte, die am Vortag vor seinen Toren gestanden hatten – nicht, bis diese bei dem Versuch ertappt worden waren, ihn wieder mitzunehmen.

Sie waren nur nach Haynesdale Keep gekommen, um die Reliquie zu holen.

Das hätte er früher erkennen sollen.

Aber woher stammte dieses Ding eigentlich? Royce hatte dergleichen noch nie gesehen. Nicht einmal bei der Messe in der Privatkapelle des Königs wurden den Gläubigen jemals so wundervolle Objekte gezeigt. Solche Schätze wurden nicht einmal in den großen Kirchen zur Schau gestellt.

Schlimmer noch, er hatte von dieser Reliquie, beziehungsweise der Heiligen, deren Name auf dem Behälter eingraviert war, noch nie gehört. Doch war das weniger wichtig als die Tatsache, dass diese Kostbarkeit sich nun in seinem Besitz befand. Royce mochte nicht der klügste Baron in Henrys Königreich sein, aber er hatte einen Instinkt dafür, wenn Ärger drohte.

Dieses mysteriöse Artefakt hatte bereits für Probleme gesorgt, und er hatte das Gefühl, es würde noch weitere verursachen.

Mit dieser Einschätzung wollte er wirklich gern falsch liegen. Und er wollte diesen bemerkenswerten Schatz behalten. Vor diesem Hintergrund verlangte er, den Gefangenen zu sehen. Er ließ den Schotten in die Kapelle bringen. Royces Erfahrung nach waren seine Landsleute alle barbarische, abergläubische Leute. Vielleicht würde er in dieser Umgebung gestehen.

Wenn nicht, gab es andere Methoden, ihn zum Reden zu bringen. Gaultier würde sogar enttäuscht sein, wenn der Gefangen zu schnell zu viel erzählte.

Die Tür wurde aufgerissen, und Gaultier erschien auf der Schwelle. Sein Gesichtsausdruck war zornig, und der Schnitt auf seiner Wange sah übel aus. Er schien noch schlechter gelaunt zu sein als üblich. Der Schotte hatte eine geschwollene Wange – es sah ganz so aus, als würde er ein prächtiges blaues Auge bekommen – und wirkte auch nicht glücklicher als Gaultier. Royce zweifelte nicht, dass Gaultier bereits versucht hatte, den Mann zu einem Geständnis zu bewegen.

Der Hauptmann der Wache fand ungezügelten Geschmack an der Gewalt. Zweifellos verbargen sich unter den Kleidern des Schotten noch weitere Prellungen.

Gaultier ließ den Arm des Gefangenen los. Der Schotte warf ihm einen verächtlichen Blick zu, bevor er einen Schritt Abstand zwischen sie brachte.

»Ich würde Euch nicht raten davonzulaufen«, sagte Royce glatt.

»Ich habe nicht vor zu fliehen«, sagte der Schotte knurrig. »Ich habe ausreichend Verstand, um zu wissen, dass mir die Tore verschlossen sind.« Sein Blick wanderte zu dem Reliquienbehälter, und Royce legte eine Hand darauf.

»Vertraut?«, fragte er.

Der Schotte warf ihm einen kalten Blick zu. »Es ist meine Pflicht, diesen Schatz sicher an sein Ziel zu bringen. Natürlich ist er vertraut.«

»Ihr habt versucht, ihn zu stehlen.«

»Ich habe versucht, ihn wiederzuholen.«

»Ich behaupte, Ihr hattet nicht das Recht, ihn zu nehmen.«

Der Schotte lächelte. »Und ich behaupte, Ihr habt nicht das Recht, ihn zu behalten.«

»Auf welche Autorität begründet sich Euer Anspruch auf diesen Schatz?«

Sein Blick war stet, und er sprach mit Überzeugung. »Auf die höchste Autorität, die es gibt.«

Die Antwort beeindruckte Royce mehr, als er gern zugab. Am Ende sagte er spöttisch: »Wollt Ihr sagen, Gott habe ihn Euch anvertraut?«

»Überträgt Gott nicht allen Männern alle Aufgaben?«

Royce runzelte die Stirn. »Ich meine, wem habt Ihr geschworen, den Schatz zu überbringen?«

»Diese Tatsache kann ich Euch nicht enthüllen.«

»Und wohin habt Ihr gelobt, ihn zu bringen?«

»Auch diese Tatsache kann ich nicht preisgeben.«

Royce gestikulierte mit einer Hand. »Aber Ihr müsst Euren Bestimmungsort kennen!«

»Und ganz offensichtlich habe ich geschworen, ihn keinem anderen Menschen anzuvertrauen. Der, der den Schatz auf die Reise geschickt hat, weiß davon, und der, der auf ihn wartet, weiß ebenfalls davon. Das reicht aus.«

Royce hörte die implizierte Drohung. »Und wenn er nicht wie beabsichtigt ankommt?«

Der Schotte lächelte breiter. »Dann wird man ihn suchen, natürlich, und Gnade all jenen, die sich diesem Plan, der einem höheren Wohl dient, in den Weg gestellt haben sollten.«

Am Benehmen des Schotten war etwas, das ihn frösteln ließ.

Sicherlich war es nicht Gott, der ihm diesen Schatz überantwortet hatte. Aber es war möglich, dass ihn jemand mit der Überbringung des Schatzes betraut hatte, der im Namen Gottes handelte. Ein Bischof. Ein Erzbischof. Der Papst.

Royce leckte sich die Lippen und betrachtete erneut den goldenen Reliquienbehälter. Das war sicherlich ein Schatz, der die Aufmerksamkeit eines wichtigen Mannes erregen konnte. Und Royce vermochte ohne Weiteres zu glauben, dass die Reliquie heimlich auf die Reise geschickt worden war, damit man sie besser vor Dieben schützen konnte.

Und doch war sie nun in seinen Besitz gelangt, durch puren Zufall. Er konnte keinen Vorteil darin erkennen, den Schotten seine Reise fortsetzen zu lassen. Nach allem, was Royce wusste, hatte der Schotte ihn vielleicht selbst einem anderen Gesandten gestohlen!

»Sankt Euphemia«, sagte Royce und studierte angelegentlich die Inschrift. »Von dieser Heiligen habe ich noch nie gehört. Vielleicht haben ihre Überreste nur geringen Wert.«

»Das mag ein Mann, der an ihre Kräfte nicht glaubt, natürlich behaupten.«

»Was für Kräfte sind das?«

Der Schotte schüttelte seinen Kopf, als bedauerte er Royce. »Die Fähigkeit, zwischen Richtig und Falsch zu unterscheiden. Vielleicht ist es nicht verwunderlich, dass man sie in dieser Burg nicht kennt.«

Gaultier starrte ihn finster an, aber Royce hob die Hand, um seinen

Wachhauptmann zurückzuhalten. Er trat vor den Gefangenen. »Ich kenne den Unterschied zwischen Richtig und Falsch«, sagte er mit leiser, seidiger Stimme. »Und deshalb glaube ich Euch nicht. Kein Mann mit der Macht, einen solchen Schatz auf die Reise zu schicken, würde ihn jemandem wie Euch anvertrauen.« Die Augen des Schotten blitzten, und Royce gab es Genugtuung, dass er ihn gekränkt hatte. »Ich sage, Ihr lügt. Ich sage, Ihr habt diesen Schatz seinem wahren Besitzer gestohlen. Und ich sage, ein Mann wie Ihr sollte in die Finsternis geworfen werden und dort bleiben, bis er stirbt.«

Gaultier packte den Schotten mit spürbarer Befriedigung am Kragen und drehte ihn um, schob ihn zurück zur Tür.

»Aber was ist mit der Reliquie?«, fragte der Schotte. »Sicher glaubt Ihr doch nicht, Ihr könntet sie für Euch behalten?«

»Was ich glaube oder nicht, geht Euch nichts an«, verkündete Royce. Auf seine Geste hin stieß Gaultier den Schotten aus der Kapelle, während Royce wieder auf das kostbare Gold des Reliquienbehälters starrte.

Es war ein unvergleichlicher Schatz.

Ein Schatz, der Begierde in ihm weckte.

Und der Schotte hatte recht. Jemand würde danach suchen. Jemand würde dafür töten. Niemand durfte ihn in Royces Schatzkammer finden.

Nein, der beste Weg, aus diesem Schatz einen Nutzen zu ziehen, war, ihn zu verschenken. Beispielsweise würde er ein exzellentes Zeichen der Wertschätzung für König Henry abgeben, eine perfekte Geste des Gehorsams eines loyalen Barons.

Er würde ihn mit dem Zehnten und seinen besten Wünschen nach Winchester schicken. Aber erst mussten Gaultier und seine Leute dafür sorgen, dass der Rest der Gruppe, die gerade aus seiner Burg entkommen war, gejagt und zum Schweigen gebracht wurde.

Für immer.

Hinter sich hörte er Gaultiers Schritte, drehte sich jedoch nicht zu ihm um. »Was ist mit Euren Männern?«

»Ich habe ihnen befohlen, den Geflohenen bis zur Grenze zu folgen und dann zurückzukehren, um zu berichten, wohin sie reiten«, antwortete der Hauptmann der Wache. »Ich erwarte aber, dass sie noch vor dem Morgengrauen zurückkehren und Gefangene gemacht haben.«

Royce trommelte mit den Fingern auf den Altar. »Ich hoffe, sie haben Erfolg«, war das Einzige, was er sagen konnte. »Zu Eurem Wohl und dem unseres Gastes.«

»Sie werden ihn nicht im Stich lassen«, sagte Gaultier zuversichtlich. »Selbst, wenn sie unseren Rittern entkommen, werden sie zurückkehren, um ihn zu befreien.«

»Verdoppelt die Zahl der Wachposten«, befahl Royce. »Sollten wir noch einmal überrascht werden, werdet Ihr den Preis dafür zahlen.«

»Ihr seid erstaunt«, sagte die alte Frau, als Bartholomew ihr ein Stück von dem Brot reichte, das Vater Ignatius aus Haynesdale Keep mitgebracht hatte. Ihre Worte ließen ihn zusammenzucken, denn ihre Augen waren milchig weiß, und er hatte vermutet, sie sei blind. Sie grinste ihn an, als er nicht sofort antwortete, und er bemerkte, dass sie aufmerksamer war als die meisten Menschen.

»Wie habt Ihr das erraten?«, fragte er leichthin.

Sie machte eine Geste. »Ich rieche es.«

»Wirklich?« Er musste lächeln und war froh, dass sie seinen Gesichtsausdruck nicht sehen konnte. Er wollte sie nicht kränken, mochte sie auch noch so schrullig sein.

»Wenn man eine Reaktion vorausahnt, dann kann man sie auch fühlen oder sogar riechen, durch die kleinsten Hinweise.« Sie lächelte. »Ihr könnt mir glauben. Ich hoffe, Ihr habt nie die Gelegenheit zu erfahren, dass ich recht habe.« Sie schien ihn zu beobachten. »Sagt mir, Sir, was überrascht Euch so?«

»Dass sich so viele von Euch hier im Wald verbergen«, gab Bartholomew zu, denn das war die offensichtlichste Antwort. »Und dass ihr der Entdeckung zwei Jahre entgangen seid.« Er lächelte. »Dass Ihr Hühner habt. Gibt es hier im Wald keine Füchse?«

Die alte Frau gackerte und klang dabei wie eins Ihrer Tiere. »Mein Sohn hat ihnen einen Stall gebaut. Jeden Abend kehren sie dorthin zurück, und wir ziehen sie hinauf in die Bäume. Das ist einiger

Aufwand, aber auf diese Weise haben wir Eier und hin und wieder eine feine Suppe.«

»Einfallsreich«, gestand er ihr zu, und sie lächelte.

Sie tippte ihm auf den Arm. »Ihr wundert Euch auch, dass wir einer Frau folgen.«

Er war überrascht, dass sie seine Worte vorhin gehört hatte. »Ich habe mich nur gefragt, ob ich es mir nur einbilde. Anna ist sehr entschlossen.«

»Und doch denkt Ihr, es wäre sonderbar, dass so viele Männer Befehle von einer Frau entgegennehmen, selbst wenn sie die Tochter des Schmieds ist.«

»Selbst wenn?«

Sie lächelte. »Wo seid Ihr aufgewachsen, Sir, dass Ihr nicht wisst, welchen Platz ein Schmied in den Herzen der Bewohner jedes Dorfes einnimmt? Seine Kunst kommt der Zauberei gleich, und er muss lange arbeiten, um sie zu meistern. Ein Schmied ist immer wohlangesehen, und seine Worte besitzen großes Gewicht.«

Bartholomew dachte darüber nach. Es fiel ihm leicht, das zu glauben. »Das ergibt Sinn. Ich habe nie in einem Dorf gelebt und hätte nicht daran gedacht.«

»Nie in einem Dorf gelebt? Nur in einer Burg?«

»In mehreren davon.«

Sie beugte sich vor. »Wo noch?«

»In einem Kloster«, sagte er, nur um ihre Reaktion zu sehen.

Sie kicherte vergnügt. »Oh, Ihr steckt voller Überraschungen. Ich bin froh, dass Anna entschieden hat, Euch herzubringen. Hat sie Euch erzählt, dass sie die Tochter des Schmieds ist?«

»Aye, das hat sie, und Percy ist ihr Bruder.«

Die Frau nickte. »Und sie hat immer noch diese Armbrust bei sich?«

»Nicht ganz.« Bartholomew legte die Waffe auf seine Knie. »Ich behalte sie als Pfand, bis unser Handel vollendet ist.«

Die Frau streckte die Hand aus, und er dirigierte ihre Finger zum Griff der Armbrust, sodass sie sich nicht versehentlich verletzte. Mit einer Fingerspitze strich sie ehrfürchtig über das Holz. »Und woher hat eine Frau aus den Wäldern wohl eine solch schöne Armbrust?«

»Ihr müsst wissen, dass es die ihres Vaters war.«

»Hat sie Euch das gesagt, ja?« Die alte Frau hob ihre Augenbrauen. »Aber wie seltsam, nicht wahr, dass ein Schmied eine so schöne Armbrust besitzt. Man sollte meinen, er würde seinen Kindern Hammer und Amboss hinterlassen, oder irgendeinen Gegenstand aus Metall, den er selbst gefertigt hat, keine Armbrust.« Erneut hob sie eine Braue, und Bartholomew wurde nachdenklich.

»Jeder Mann kann lernen, mit der Armbrust umzugehen«, erwiderte er. »Obwohl es eine edle Waffe ist, ist der Umgang damit nicht den Edelleuten vorbehalten.«

Darüber lachte sie herzlich und deutete in ihrer Heiterkeit mit dem Finger auf ihn. Bartholomew hatte den beunruhigenden Eindruck, dass sie versuchte, ihm etwas mitzuteilen.

War Anna gar nicht die Tochter des Schmieds?

Warum sollte sie das dann behaupten?

Er wusste, dass Anna kein Talent zum Lügen besaß. Die Wahrheit zeigte sich immer in ihren Augen. Nein, die alte Frau musste etwas falsch verstehen. Vielleicht brachte sie zwei alte Geschichten durcheinander.

Es machte den Anschein, als sähe sie ihn an, so, wie ihre blinden Augen in seine Richtung starrten, dabei war es ihre Hand auf seinem Unterarm, die ihr am meisten über ihn verriet, wollte er wetten. »Eine Kettenrüstung«, murmelte sie. »Und Ihr seid groß und jung. Ein Ritter.« Sie schien ihm ins Gesicht zu spähen. »Seid Ihr der verlorene Sohn, der zurückgekehrt ist?«

»Ihr erzählt die gleiche Geschichte wie Anna«, sagte er, statt zu antworten, und es hatte den Anschein, als unterdrückte sie ein Lächeln.

»Nicht viele Ritter kommen uns hier besuchen«, sagte sie, und er war erleichtert, dass sie nicht auf einer Antwort bestand. »Ihr müsst einen guten Grund haben für Euer Hiersein.«

»Meine Gefährten waren nur auf dem Weg durch den Wald«, sagte Bartholomew, der sich entschied, dieser Fremden nur einen Teil der Wahrheit anzuvertrauen. »Wie Ihr gehört habt, blieben wir nur, weil wir ausgeraubt wurden.«

Die alte Frau lachte wieder. »Von Anna und Percy«, erriet sie.

Bartholomew nickte, bevor er sich daran erinnerte, dass sie es nicht sehen konnte. »Ja. Dann wurde Percy von den Männern des Barons gefangen genommen, zusammen mit der Beute, die er uns gestohlen hatte, und wir mussten beides wiederholen.«

»Den Jungen kann ich hören«, sagte sie. »Aber Euren Besitz habt Ihr nicht retten können?«

»Wie kommt Ihr darauf?«

»Ihr wärt fortgeritten, wenn das der Fall gewesen wäre. Anna hätte Euch nicht hergebracht, wenn Sie sich Euch nicht verpflichtet fühlte.« Sie beugte sich vor. »Was habt Ihr noch verloren?«

»Einer meiner Gefährten wurde gefasst. Er hatte unsere Fracht bei sich.«

»Also befindet sich beides in Sir Royces Händen.« Sie nickte nachdenklich.

»Ihr seid sehr scharfsinnig.«

Sie lächelte wieder. »Man braucht keine Augen, um die Wahrheit zu erkennen, Sir.«

»Ganz offensichtlich stimmt das. Obwohl ich mir nicht vorstellen kann, woher Ihr wusstet, dass ich überrascht war.«

»Ah! Ihr sprecht mit Autorität und bewegt Euch mit großer Selbstsicherheit. Ich halte Euch für einen Mann von klarem Verstand.« Sie ließ eine Fingerspitze über seinen Handrücken gleiten, und Bartholomew hätte es nicht überrascht zu erfahren, dass ihr diese leichte Berührung noch weitaus mehr über ihn verriet. »Ein praktischer Mann, der die Dinge selbst erledigt. Hier habt Ihr eine Schwiele, vom Führen eines Schwertes. Eure Sporen dienen nicht der Zierde, Sir.«

»Nein, das tun sie nicht.«

»Und dieser Akzent. Nicht ganz französisch. Nicht ganz normannisch. Wo habt Ihr gelebt, Sir? Wo befand sich dieses Kloster?«

»In Outremer.«

Die Frau lehnte sich mit offenem Staunen und großer Befriedigung zurück. »Das erklärt vieles. An Euch ist etwas Exotisches, Sir.«

»Exotisch?« Bartholomew lächelte.

»Also gut, ungewöhnlich. Solche Männer sehen wir hier selten.« Sie senkte die Stimme. »Ihr seid die Art von Mann, auf die wir warten, ob Ihr es zugeben wollt oder nicht.«

Bevor Bartholomew sie davon abbringen konnte, weiter zu spekulieren, tat sie es selbst und hob die Stimme. »Ein Mann von Vernunft, so viel ist klar, und welcher vernünftige Mann wäre nicht überrascht, ein ganzes Dorf von Menschen zu finden, die als Ausgestoßene in den Wäldern leben?«

»Es fällt mir schwer zu glauben, dass beinahe jeder Einwohner eines Dorfes ein Verbrecher sein soll, und sei dieses Dorf noch so übel.«

»Das stimmt«, sagte die Frau mit einem weisen Nicken. »Welcher vernünftige Baron wiederum hätte für seine Dörfler keine Verwendung? Wer bestellt die Felder, wer beschlägt die Pferde? Wer erntet das Korn und salzt den Fisch?« Sie schüttelte den Kopf. »Ohne uns muss sein Leben schlechter sein, aber er ist ein zu großer Narr, um die Wahrheit zu erkennen.«

»Er hält uns alle für tot«, sagte Anna, die zu ihnen herüberkam und vor der alten Frau stehen blieb.

»Nur, weil er sich belügen lässt. Allein ein törichter Mann, der andere Menschen schlecht einschätzen kann, verlässt sich auf den Rat von jemandem wie Gaultier, dem Hauptmann der Wache.«

Bei der Erwähnung dieses Namens versteifte sich Anna, als wollte sie Bartholomews Verdacht bestätigen. Mied sie gerade seinen Blick?

Die alte Frau lachte leise. »Andererseits hat Sir Royce dem Mann, der seine Wache anführte, immer schon zu viel Vertrauen geschenkt, ganz gleich, wer er war. Wir haben alle unsere Schwächen. Vielleicht ist das die seine.«

Bartholomew dachte bei sich, wenn Royce jemandem zu viel Vertrauen entgegenbrachte, dann wahrscheinlich seiner Frau, doch das wagte er nicht zu sagen.

Anna stemmte die Hände in die Hüften und betrachtete ihn. In ihren Augen leuchtete die Herausforderung. »Ich gehe mit Vater Ignatius zu dem Ort des ersten Brandes. Willst du mit uns kommen?«

»Warum?«, fragte Bartholomew, wählte von allen Fragen ausgerechnet diese.

»Dort begraben wir unsere Toten, denn in der Asche lässt sich leicht graben, und die wilden Tiere lassen die Überreste in Ruhe. Vater Ignatius möchte all diejenigen segnen, die verstorben sind, ohne dass er für sie beten konnte.«

»Ist das die Stelle im Wald, an der wir vorübergekommen sind?«

»Nein, eine andere. Es gab zwei Brände, einen ersten und einen zweiten.«

»So viel Feuer«, murmelte er, und Anna lächelte beinahe.

»Aye. Komm, und du wirst es sehen.«

Und weil er es tatsächlich sehen wollte, stand Bartholomew auf und ging mit ihr.

arum hatte sie Bartholomew eingeladen, sie auf diesem Gang zu begleiten?

Anna konnte ihren Impuls nicht erklären, und im Nachhinein wünschte sie sich, sie hätte das Angebot nicht gemacht. Sie wollte wohl sichergehen, dass sie wusste, wo Bartholomew war, genau, wie er gelobt hatte, sie würden in Haynesdale Keep zusammenbleiben, bis sie ihre Ziele erreicht hatten. Diese Ziele hatten sie nicht erreicht, also hieß es, zusammenzubleiben.

Aber dies war ein Moment, den sie fürchtete.

Ihre Brust schmerzte, ihr Puls ging unregelmäßig. Tränen stiegen auf und drohten zu fallen, und das lange, ehe sie den Ort des Brandes erreichten. Sie spürte, wie er sie beobachtete, und mehr als einmal reichte er ihr seine Hand, als sie über Baumstämme kletterten oder einen Wasserlauf überquerten. Wie viel begriff er?

In ihrer Schwäche nahm sie seine Hilfe an, obwohl sie sie nicht brauchte. Jahrelang war sie für sich selbst eingetreten und brauchte keinen Mann. Vielleicht war es das Kleid, das sie weichmachte und dazu führte, dass sie sich mehr wie eine zartbesaitete Dame aufführte als üblich.

»Ich bin seit Jahren nicht hier gewesen«, sagte Vater Ignatius. Sein

Frohmut erweckte den Eindruck, als ob er versuchte, die Stimmung ein wenig aufzuhellen.

»Was ist mit dem Teil des Waldes, der vor zwei Jahren niedergebrannt wurde?«, fragte Bartholomew.

Vater Ignatius wechselte einen Blick mit Anna. »Das ist der zweite Brand«, sagte er.

»Dort geht niemand hin«, sagte Anna tonlos. Wer sollte auch hingehen wollen? Sie meinte, immer noch das brennende Fleisch riechen zu können, die Leben, die dort erloschen waren, aus keinem anderen Grund, als dass ein Edelmann nach Rache dürstete.

»Wann hat es hier schon einmal gebrannt?«, fragte Bartholomew.

»Ihr habt gesehen, dass Haynesdale Keep neu gebaut wurde«, erklärte Vater Ignatius. »Der erste Brand ereignete sich in der verlorenen Feste, das Feuer, das Sir Royce legte, als er in Haynesdale einmarschierte und es eroberte.«

Anna entging nicht, dass Bartholomew dem Priester einen raschen Blick zuwarf. »Wann war das?«

»Im Jahr 1169, vor beinahe zwanzig Jahren«, sagte Vater Ignatius. »Nur wenige von uns sind seitdem dort gewesen.«

»Die alte Esme«, sagte Anna. »Die Frau, mit der du gesprochen hast. Damals war sie die Frau des Müllers.«

»Ich bin einige Jahre später erst hergekommen«, sagte Vater Ignatius. »Als Sir Royce das erste Mal verheiratet war, Gott behüte die Seele seiner Lady.« Er strahlte Anna an. »Ich erinnere mich an Annas Geburt.«

»Und an Percys«, ergänzte sie.

»Natürlich, an seine Geburt erinnere ich mich sehr gut.« Vater Ignatius lächelte. »Kein anderes Kind ist je unter solchen Schwierigkeiten auf die Welt gekommen. Er war willkommen, aber unerwartet.«

»Wieso das?«, fragte Bartholomew.

»Alle wussten natürlich, dass die Frau des Schmieds schwanger war, denn die Wölbung ihres Leibes war nicht zu übersehen. Aber der Schmied und seine Frau waren beide in einem Alter, in dem sie nicht mit einem zweiten Kind rechneten.« Vater Ignatius nickte. »Percy war von Anfang an dazu bestimmt, Erwartungen zu übertreffen.«

»Und das ist er noch«, sagte Anna und blieb stehen.

Sie hatten die letzten Bäume hinter sich gelassen und sahen vor sich eine freie Fläche. Nur wenige Bäume wuchsen in der Erde, die von der Asche des Feuers damals noch immer geschwärzt war, und eine Reihe von Kreuzen steckte im kahlen Boden. Hinter diesem Feld sah man die Ruine der alten Burg, das Fundament aus zum Teil reingewaschenem, zum Teil noch rußgeschwärztem Stein. Die Umrisse des Dorfes konnte man anhand der Unebenheiten im Boden erkennen, und weiter zu ihrer Linken sah man noch die Furchen lange brach liegender Felder. Hinter der Burg glitzerte Wasser, wo der Fluss einen Mühlenteich speiste.

Bartholomew starrte auf die Fläche, als wäre er zu Stein erstarrt.

Vater Ignatius bekreuzigte sich und schaute traurig auf die neuen Gräber. »Und ihr nutzt den geweihten Grund des alten Friedhofs. Das ist sehr klug. Selbst ohne meinen Segen ruhen sie sicher in Gottes Hand.« Er winkte sie herüber. »Komm, Anna, und sag mir, wer in jedem Grab liegt, damit ich für ihre unsterblichen Seelen beten kann.«

Anna wischte sich die Tränen ab und deutete auf das erste Grab. Dass Bartholomew sich ein Stück von ihnen entfernte, merkte sie kaum. Man konnte von ihm vermutlich nicht erwarten, um Fremde zu trauern, und in gewisser Weise war sie froh, dass er ihr Geständnis nicht hören würde.

Vater Ignatius, das wusste sie, würde es mit keiner lebenden Seele teilen.

WIDER ALLE ERWARTUNGEN war Bartholomew daheim.

Anna hatte ein rasches Tempo zu dieser Stelle des »ersten Brandes« eingeschlagen und war keinem klaren Weg gefolgt. Sie hatte sich unter tiefhängenden Zweigen durchgeduckt und war durch das Dickicht geglitten, immer ein wenig bergab. Der Priester war ihr weniger gefolgt als vielmehr neben ihr gegangen. Es war klar, dass sie beide wussten, wo sich ihr Ziel befand. Der Wald schien hier dichter und dunkler, und Bartholomew konnte nicht viele Tiere hören.

Er begriff, warum, als sie abrupt aus dem Unterholz auf eine Lichtung gelangten. Pflanzen wuchsen hier erstaunlich spärlich, besonders angesichts des üppigen Waldes hinter ihnen. In der Ferne sah man Wasser in der Sonne glänzen, die Oberfläche spiegelglatt. Er sah ein großes Rad an der Ruine des Gebäudes dahinter, und begriff, es war ein Mühlenteich.

Esme. Er starrte auf die Mühle und erinnerte sich an den Müller und seine Gattin, eine rundliche Frau, die viel lächelte. Dann rief er sich das Bild der Blinden vor Augen, die heute mit ihm gesprochen hatte. Sicher hatte sie ihn nicht erkannt. Immerhin konnte sie nicht sehen.

Aber vielleicht erkannte sie etwas an ihm wieder.

Genau, wie er diesen Ort wiedererkannte. Vor einer Stunde noch hätte er ihn nicht beschreiben können, aber nun, da er ihn vor sich sah, war er ihm vertraut.

Da hatte die Burg gestanden, dort war der Burghof gewesen. Dort drüben die Ställe, in denen Whitefoot geboren worden war, einer von acht zappelnden Welpen. Der Müller war ein freundlicher Mann mit einem runden Bauch und einem volltönenden Lachen gewesen. Bartholomew konnte ihn vor seinen Augen sehen. Er fühlte das Korn, das ihm durch die Finger rann, und spürte die Vibration der Mühlsteine bei einem Besuch seiner Mutter bei der Frau des Müllers, die ihr zweites Kind geboren hatte.

Esme.

Aye, Esme.

Erinnerungen fluteten seinen Geist, als wäre ein Damm gebrochen. Wie in einer Trance ging Bartholomew zu einer Stelle auf dem kahlen Land und sah sich um. Erinnerungen füllten die Lücken. In der Mühle hatte er mit dem älteren Sohn des Müllers, im gleichen Alter wie er, auf dem Boden gespielt. Oswald. Dort, links von ihm, waren Felder gewesen, die nun brachlagen. Rechts hatte sich das Dorf befunden.

Aus dem Fenster des Wohngemachs hatte man in diese Richtung geschaut. Seine Mutter hatte ihn vor genau jenem Fenster hochgehoben, um den Sonnenaufgang zu beobachten und auf das Land seines Vaters hinauszuschauen. Jeden Tag war er morgens zu ihr gekommen, und als er schließlich immer größer geworden war, hatte er sich in diesen kostbaren gemeinsamen Momenten auf einen Schemel gestellt. Whitefoot hatte die Vorderpfoten auf die Fensterbank gelegt, um ebenfalls hinauszuschauen und anscheinend auch zu lauschen.

Er schloss die Augen und konnte ihre Wärme an seiner Seite spüren. Er konnte den Blumenduft riechen, der sie umgab, und sie in weichem, normannischem Französisch murmeln hören: »Sieh nur, Luc, der Müller ist bereits bei der Arbeit, denn selbst so früh am Tag dreht sich schon das Rad. Es ist gut, wenn der Müller viel Arbeit hat, denn das heißt, dass alle im Dorf genug zu essen haben. Dieses Jahr war die Ernte üppig. Siehst du, wie die Sonne auf den Weizen fällt? Er ist golden und reif, für die Ernte bereit. In einer Woche feiern wir ein schönes Fest, um den Ertrag dieses Jahrs zu feiern. Schau! Dein Vater reitet zur Jagd aus, damit wir reichlich Wild essen können.«

Er konnte den weißhaarigen Ritter auf seinem Pferd unten im Burghof sehen, das Lächeln auf den Lippen seines Vaters und die Zuneigung in seinem Gesicht, als er zu Frau und Sohn hochwinkte. Er konnte sich sogar an das verheißene Festmahl erinnern, die Wärme der Halle, den Klang des Lachens und der Musik, die Geselligkeit in der Burg seines Vaters.

Er erinnerte sich an einen anderen Tag, als eine Schneedecke über das Land gebreitet war. »Sieh, wie der Rauch über den Hütten im Dorf aufsteigt«, hatte seine Mutter an jenem Tag gesagt. »In den Häusern der Leute, die unter der Herrschaft deines Vaters leben, lebt es sich gut, und seine Ländereien erblühen. Sein Land reicht bis zu dem Hügel in der Ferne, auf den als Erstes die Morgensonne fällt.«

Er spürte, wie ihm eine Träne aus dem Augenwinkel lief, denn dies waren die Erinnerungen, nach denen er vor allem gesucht hatte, aber sie hatten sich ihm entzogen. Der Hals war ihm eng, und Cenric stupste mit der Schnauze gegen seine Hand, an seiner Seite, wie Whitefoot es immer gewesen war.

Bartholomew kraulte dem Hund die Ohren, dann drehte er sich um, erfüllt von Staunen, und sah, dass Anna weinte.

Er war so überrascht, sie eine solche Verwundbarkeit offenbaren zu sehen, dass er seinen Augen nicht traute. Aber es bestand kein Zweifel – über ihre Wangen liefen Tränen, und sie presste eine Hand auf ihre Lippen, während sie auf ein Grab starrte. Vater Ignatius segnete gerade die Seele desjenigen, der dort zur Ruhe gebettet worden war, und Bartholomew fragte sich, wer es gewesen war.

Jemand, den Anna sehr geliebt hatte, so viel war klar.

Ein Elternteil? Ein Bruder, eine Schwester? Ein guter Freund?

Es spielte keine Rolle. Die tapfere Kämpferin weinte, und er würde sie trösten.

BARTHOLOMEW KAM zu ihnen herüber und blieb schweigend neben Anna stehen, während Vater Ignatius seine Gebete beendete. Er berührte sie nicht, aber sie konnte seine Wärme an ihrer Seite spüren.

Es war seltsam, wie tröstlich sie seine Gegenwart fand. Sie hatte sich geschworen, niemals von einem Mann abhängig zu sein, niemals einen Partner zu wollen, und doch brachte dieser Mann, mit seiner anziehenden Mischung aus Humor und Stärke, eine Saite in ihr zum Klingen. Von Anfang an hatte sie ihm vertrauen wollen, und es war nur ihre eigene Vergangenheit, die sie ihrem eigenen Instinkt, was richtig war, misstrauen ließ. Doch als er tat, was er gelobt hatte, als er sein Wort hielt und sich ehrenhaft benahm, wusste Anna, dass ihr ursprünglicher Instinkt sie nicht getrogen hatte.

Das brachte sie dazu, ihm noch mehr Vertrauen schenken zu wollen, mit ihm all die Geheimnisse zu teilen, die sie belasteten, damit es eine lebende Seele gab, die dieselben Wahrheiten kannte wie sie.

Impulsiv ließ sie ihre Hand in seine gleiten, erinnerte sich, wie er die Nacht zuvor in dem großen Bett ihre Hand gehalten hatte, als sie Leidenschaft vorgetäuscht hatten.

Seine Finger schlossen sich um ihre, gaben ihr dieses berauschende Gefühl von Sicherheit. Aye, mit diesem Mann an ihrer Seite wäre eine Frau sicher, ganz gleich, was für ein Pech ihnen zustieße.

Anna wollte diese Frau sein, mit einer Leidenschaft, deren Macht sie entsetzte.

Und doch auch freute.

Sie schluckte und starrte auf das Grab, wollte sich ihm anvertrauen, wusste aber nicht, wo sie anfangen sollte. Es war ein Trost zu begreifen, dass er warten würde, bis sie sich freiwillig dazu entschied, falls sie das tat.

Der Priester warf ihnen nur einen kurzen Blick zu, als er sein Gebet beendet hatte. Er ging weiter zum nächsten Grab.

»Das ist Oswald, der Sohn des Müllers«, sagte Anna leise. Sie spürte, wie Bartholomew zusammenzuckte.

»Esmes Sohn?«, fragte er.

»Aye«, sagte Anna. »Und neben ihm liegen seine Frau Rheda und ihr Sohn Nyle.«

»Sie alle«, flüsterte Vater Ignatius. Er holte scharf Atem.

»Sie alle«, stimmte Anna zu. Sie wusste, dass der Verlust Esme das Herz gebrochen hatte.

Bartholomew drückte ihre Hand, während der Priester begann, seine Gebete für Oswald zu sprechen.

»Er kann nicht so alt gewesen sein«, sagte er.

Anna schüttelte den Kopf. »Noch keine dreißig Jahre, aber älter als ich.«

»Ich meinte seinen Sohn.«

Sie runzelte die Stirn und sah ihren Begleiter an. Er war Esme begegnet und wusste, wie alt sie war. Oswald war der älteste ihrer Söhne gewesen. Wie konnte Bartholomew das Alter eines Fremden kennen? Aber der Gesichtsausdruck des Ritters blieb nachdenklich, und so antwortete sie nur auf seine Frage. »Aye, Nyle war so alt wie Percy. Sie waren gute Freunde.«

»Und sie sind alle bei dem zweiten Brand gestorben?«

Anna nickte und schüttelte dann den Kopf. »Es war meine Schuld«, flüsterte sie mit schwankender Stimme, und war erleichtert, als Bartholomew sie in die Arme zog. Er war warm und stark und hielt sie einfach fest, bot ihr mit seiner Wärme und seiner Gegenwart Trost.

»Es kann nicht deine Schuld gewesen sein«, tadelte er leise, seine Worte nur ein Hauch in ihrem Haar.

»Doch, das war es«, beharrte sie. »Ich hatte einen Plan, und er ging fürchterlich schief. Das zweite Feuer war Sir Royces Rache für meine Frechheit.«

Er zog sich zurück, umfasste ihre Schultern und sah ihr in die Augen. »Du hast ihn dazu gebracht, seine eigenen Wälder anzuzünden? Und doch hattest du den Mut, gestern freiwillig seine Halle zu betreten? Hattest du keine Angst, er würde dich erkennen?«

»Doch, natürlich.«

Bartholomew schüttelte erneut staunend den Kopf. In seinen Augen tanzte es. Sie wusste, er würde sie necken, und ihre Stimmung hob sich ob dieser Erwartung. »Du musst den Wunsch verspürt haben, mich zu ermorden, als ich dich allein mit ihm in der Halle ließ.«

»Ich habe dich eingehend verflucht«, gestand sie lächelnd.

Er grinste. »Du hättest mich warnen sollen.«

»Ich verrate meine Geheimnisse nicht so schnell.«

Bartholomew wurde ernst. »Nein, das tust du nicht.« Er drehte sie herum, sodass sie dem Grab zugewandt war, das Vater Ignatius gerade gesegnet hatte, und hielt wieder ihre Schultern fest. Ihr Rücken lehnte an seiner Brust, und er neigte sich vor und murmelte in ihr Ohr: »Sag mir, Anna, wer liegt hier begraben?«

»Ein Kind«, gab sie zu.

»Ein Kind, so jung wie Nyle?«

»Noch jünger. Nur ein Säugling.« Wieder stiegen Tränen in ihre Augen, und zu ihrer Scham lief ihr eine davon über die Wange. Ihre Stimme klang belegt, als sie fortfuhr. »Sie hat ihren ersten Winter nicht überlebt, nicht hier in den Wäldern.« Sie holte zittrig Atem. »Wir wagen es nicht, ein Feuer zu entzünden, wann immer der Baron uns jagt, denn der Rauch würde uns alle verraten. In diesem Winter jagte er die ganze Zeit, denn er wollte uns alle unbedingt aufstöbern, und es war sehr kalt. Höllisch kalt.« Anna verstummte, als sie sich an ihre Mühen erinnerte, das Baby zu wärmen.

Vergebliche Mühe, denn ihr selbst war nicht warm genug gewesen.

Sie schluckte, und der Schmerz des Verlustes schnitt ihr ins Herz.

»Hatte sie einen Namen?«

»Kendra«, gestand sie kaum hörbar.

»Kendra«, wiederholte er. »Bestimmt gibst du dir auch hieran selbst die Schuld.«

Anna konnte nur nicken. Es war zu kalt gewesen für ein so junges Kind.

Bartholomew ließ ihr erneut einen Moment, sich zu fassen, und als er weitersprach, klang es nachdenklich. »Wie mir scheint, hast du den Predigten von Vater Ignatius wenig Aufmerksamkeit gezollt. Lehrt er nicht, dass die Zahl unserer Tage auf der Erde vom allmächtigen Schöpfer selbst bemessen wird, dass er allein entscheidet, ob ein Baby auf die Welt kommt, und wie viele Atemzüge wir alle tun?«

Anna nickte widerstrebend. »Ich hätte besser auf sie achtgeben sollen«, flüsterte sie.

Zu ihrer Überraschung küsste Bartholomew sie auf die Schläfe. »Und dennoch hätte es wahrscheinlich nichts genützt. Vielleicht war es ihr bestimmt, nur wenige Tage zu leben, durch einen Plan, den wir nicht ersehen können.«

»Aber …«

»Hast du dein Bestes getan, um sie zu wärmen und sie zu beschützen?«

Anna nickte.

»Dann kann kein Gott mehr verlangen.« Ohne auf ihre Antwort zu warten, ließ er sich auf einmal vor ihr auf die Knie fallen, im Schnee vor dem kleinen Grab. Er neigte den Kopf, während sie ihn beobachtete, und betete für Kendras unsterbliche Seele.

Seine Geste des Respekts hatte eine starke Wirkung auf Anna. Ihre Tränen fielen erneut, aber auch sie kniete im Schnee neben ihm nieder. Wieder fanden ihre Finger seine Hand, und sie hatte den Eindruck, ihre gemeinsamen Gebete wären stärker als die, die jeder allein sprach.

Sie half Vater Ignatius, indem sie den Rest der Gefallenen aufzählte. Dabei war sie sich bewusst, dass Bartholomew sie beobachtete und wartete, Cenric an seiner Seite. Jedes Mal, wenn sie in seine Richtung schaute, schenkte er ihr ein kleines, ermutigendes Lächeln. Sie fühlte sich weniger allein als zuvor. Sie spürte, wie etwas in ihr langsam zu heilen begann, und fragte sich, ob sie vielleicht doch nicht allein für alles Leid verantwortlich war, das die Dörfler aus Haynesdale vor zwei Jahren erlitten hatten.

Als Vater Ignatius die Gräber fertig gesegnet hatte, legte sie erneut ihre Hand in Bartholomews wärmere. Sie wusste, wie sie ihm das Geschenk vergelten wollte, das er ihr gemacht hatte. Bestimmt würde er bald wieder fort sein, und sie würde ihn nicht wiedersehen, wenn er einmal aufbrach, aber es gab eine Erinnerung, die Anna von diesem Ritter haben wollte.

Dass es ihr helfen würde zu heilen, war ein weiteres Anzeichen, wie richtig die Entscheidung war.

Sie würde ihn in ihr Bett einladen, ihm das Vergnügen schenken, das sie in der vorigen Nacht nur vorgetäuscht hatten, und vielleicht ihre Furcht allen Männern gegenüber überwinden. Es war eine wagemutige Entscheidung, aber eine, die eher der jungen Frau entsprach, die sie vor noch nicht allzu langer Zeit gewesen war.

Anna wünschte, wieder diese furchtlose Frau zu sein.

Vielleicht würde sie von Bartholomew ein Kind empfangen, aber das wäre ein umso größerer Trost. Gern hätte sie ein Kind, um sich an ihn zu erinnern, einen Jungen mit den lachenden Augen seines Vaters und dunklem Haar, einen Sohn, der den Sinn seines Vaters für Humor teilte.

Aye, das würde Anna gefallen.

IN ANNA HATTE sich etwas verändert.

Sie erschien Bartholomew weicher und weniger wachsam. Vielleicht war eine Barriere zwischen ihnen verschwunden, indem sie ihm von Kendra erzählt hatte. Es war ihm egal. Er begrüßte die Chance, sie besser kennenzulernen.

Die anderen Vogelfreien warteten auf ihn, und er konnte den gekochten Eintopf riechen. Sein Magen knurrte, als sie sich dem Lager näherten. Das Feuer war bereits wieder gelöscht, doch Anna zeigte sich besorgt.

»Es hat vor eurer Ankunft gebrannt«, sagte ein älterer Mann, der Annas Frage anscheinend vorhersah. »Wir haben Kohlen genommen und sie wieder gelöscht, aber die Hitze der Kochstelle reichte, um den Eintopf von gestern zu erhitzen.«

»Er riecht nach Wild«, bemerkte Bartholomew.

»Nur das Beste des Barons für uns«, stimmte ein Mann grinsend zu.

»Man wird Euch hängen, wenn man Euch erwischt«, sagte Bartholomew. Er konnte nicht anders.

Der Mann schüttelte den Kopf. »Wir sind bereits Ausgestoßene. Wir haben Heim und Herd verloren, viele unserer Verwandten und Nachbarn. Es gibt wenig, das man uns noch nehmen kann.«

»Das würdest du nicht sagen, wenn du im Kerker des Barons säßest«, sagte Anna.

»Vielleicht schon«, erwiderte der Mann. Er fuhr sich mit der

Hand über die Stirn. »Ich bin dieses Leben leid, Anna, wobei das keine Anklage sein soll. Ich würde lieber eine Veränderung herbeiführen, auf die eine oder andere Art, als jahrelang nur zu überleben.« Er schaute zu Bartholomew auf. »Versteht mich richtig, Sir. Hätte ich mehr getan, als mich nur gegen die Grausamkeit eines ungerechten Barons aufzulehnen, würde ich meine Strafe als gerecht empfinden. Ich würde zu Recht als Verbannter und Verbrecher leben. Aber das Einzige, was ich getan habe, war, meine Hand gegen die Einkerkerung Unschuldiger zu erheben, und da ich das tat, wurde auch ich angeklagt.« Er schüttelte erneut den Kopf. »Was Sir Royce unter Gerechtigkeit versteht, ist armselig, und wäre der König nicht entschlossen, seine gesamte Zeit in der Normandie zu verbringen, könnte ein ehrlicher Mann ihn um Hilfe anflehen. Wie die Dinge liegen, bin ich bereit, unser Dorf wiederaufgebaut zu sehen, oder dafür zu sterben.«

»Fürwahr«, pflichtete ihm ein anderer Mann bei, denn viele hatten interessiert zugehört.

Anna schienen diese Worte zu überraschen, aber Bartholomew ließ ihre Hand nicht los. »Euch ist es hier gut ergangen«, gestand er ein. Ehre, wem Ehre gebührte. »Ihr habt Euch hier besser eingerichtet, als ich erwartet hätte.«

»Aye, das stimmt, Anna sei Dank.« Die Leute hoben die Hände zum Salut in ihre Richtung, aber Bartholomew sah, dass sie noch immer besorgt wirkte.

»Der wahre Sohn würde in diesen Wäldern eine willige Armee finden, wenn er sich dazu herabließe zurückzukehren«, sagte der Mann, und alle Versammelten jubelten.

Durfte Bartholomew diese ehemaligen Dörfler in Gefahr bringen auf seiner Mission, sein Erbe für sich zu beanspruchen? Es war nicht die Aufgabe dieser Männer zu kämpfen, obwohl er sah, dass sie den Willen dazu hatten. Er fürchtete, dass sein Verlangen und ihre Entschlossenheit sich ergänzten. Aber sie beim Wort zu nehmen, wäre ungerecht, denn viele von ihnen würden sterben.

Ihm fiel auf, wie dünn sie waren, ganz ähnlich wie der Hund, und begriff, das Leben in den Wäldern war hart für sie gewesen. Ihre Kleider waren fadenscheinig und ihre Schuhe abgetragen. Sie wirkten älter, als sie es waren, selbst die Kinder, und er vermutete, die Kraft ihres Willens allein reichte nicht, sie zu starken Gegnern zu machen.

Unterdessen wandte sich der Mann den übrigen zu. »Lasst uns diese Nacht tanzen, als wäre es unsere letzte. Anna und Percy sind zu uns zurückgekehrt, und das ist ein Grund zum Feiern.«

»Es wäre Torheit«, sagte Anna. »Die Männer des Barons könnten uns hören.«

Der Mann tat ihre Worte ab. »Du kannst beruhigt davon ausgehen, dass sie zurück in der Halle des Barons sind und ihr eigenes Festmahl abhalten, denn sie gehören nicht zu der Sorte Männer, die die Bequemlichkeit eines warmen Bettes freiwillig aufgeben.«

»Oder einer warmen Frau«, rief ein anderer, und alle lachten.

»Eines Bechers Glühwein«, seufzte eine Frau, und andere nickten.

»Eines Festes zur Weihnachtszeit in der Halle des Barons«, fügte wieder eine andere hinzu.

»Darauf haben wir ein Recht, aber es ist uns diese letzten Jahre verwehrt geblieben«, knurrte jemand.

»Aber noch können wir tanzen!«, rief der erste Mann, und Zustimmung lief durch die Reihen der Anwesenden.

Sie hatten etwas Wildes an sich, etwas, das Bartholomew als den Mut der Verzweiflung erkannte. Er empfand Mitgefühl für sie und wagte zu hoffen, es würde ihm gelingen, ihr Schicksal zu ändern. Am Morgen würde er versuchen, Duncan zu befreien. In weniger als vierzehn Tagen würden seine Gefährten zurückkehren.

Aber in dieser Nacht blieb nichts anderes, als auf den Vorschlag des Mannes zu hören.

»Dann lasst uns tanzen!«, verkündete Bartholomew und wirbelte Anna herum. Jemand hatte eine Flöte und begann, eine Melodie zu spielen, während die übrigen rhythmisch in die Hände klatschten. Sie hatten kein Ale und nur einen dünnen Eintopf im Magen, sie würden im Wald schlafen, auf Plattformen in den Baumkronen, und es mochte diese Nacht erneut schneien. Viele würden frieren. Aber sie würden vergnügt sein, solange sie es nur konnten, und Bartholomew bewunderte diese Stärke.

Er drehte Anna ihnen allen zu, und viele pfiffen bewundernd beim Anblick ihres neuen Kleids. Sie errötete ein wenig, aber ihm gefiel der

Glanz in ihren Augen. Dann wurde die Melodie schneller, und sie hob ihre Röcke und warf ihm einen Blick schierer Freude zu, bevor sie zu tanzen begann.

Es war eine Herausforderung, die Bartholomew gern annahm. Er bedeutete den Musikern, schneller zu spielen, stemmte die Hände in die Hüften und tanzte Anna gegenüber, eine Aufforderung an sie, ihn darin zu übertrumpfen. Alle feuerten sie an, klatschten in die Hände und stampften mit den Füßen, schlossen vielleicht auch Wetten ab, aber für Bartholomew gab es nur das Funkeln in Annas Augen und die rasche Bewegung ihrer Füße.

Hatte er je eine verlockendere Frau getroffen? Sicher nicht.

DER HIMMEL STAND VOLLER STERNE, als Anna Bartholomew bei der Hand nahm. Der Wind frischte auf, und vor dem Morgen würden sicher neue Wolken aufziehen. Sie konnte die Feuchtigkeit des Schnees in der Luft riechen und spürte die bevorstehende Wetteränderung.

Aber in der Höhle wären sie sicher und warm.

Es gefiel ihr, dass Bartholomew keine Fragen oder Forderungen stellte. Er ließ einfach zu, dass sie ihn davonführte. Es war sein verfluchtes Selbstvertrauen, und diese Erkenntnis brachte sie zum Lächeln.

Viele hatten sich schon zur Ruhe begeben, und andere trafen ihre Vorbereitungen für die Nacht. Sie hatten wild getanzt und würden gut schlafen. Die hölzernen Plattformen ächzten, als die Dörfler sich in Mäntel, Decken und Felle hüllten – was auch immer sie finden konnten – und ihre Wärme miteinander teilten.

Aber Anna führte Bartholomew fort vom Lager. Ihr war vom Tanzen warm, ihr Herz aber raste wegen der Bewunderung in Bartholomews Augen. Still tappte der Hund hinter ihnen her, und es gefiel ihr, dass Bartholomew so schnell die Treue des Tiers errungen hatte. Ihre Mutter hatte stets gesagt, Hunde seien, was das Wesen der Menschen betraf, die besten Richter.

Dass sie alle anderen daran erinnert hatte, nachdem ein Dorfhund Sir Royce angeknurrt hatte, hatte den Baron keineswegs amüsiert.

Das Land wurde felsiger, als sie sich der Höhle näherten, in der Percy und sie häufig Zuflucht suchten. Anna blieb zwischen den Bäumen stehen, um zu lauschen und sich umzusehen. Vor dem Höhleneingang waren keine Fußspuren zu sehen, und der Schnee glitzerte im Sternenlicht. Sie und Bartholomew überquerten den Fluss auf den Steinen, die darin lagen, und sie war beeindruckt, dass dem Hund das gleiche Kunststück gelang.

Sie schlüpften in die Höhle. Glücklicherweise war sie hoch genug, dass Bartholomew sich nicht bücken musste. Anna ging allein weiter zum Versteck an der Rückwand, fand den Zunder und die gestohlene Kerze. Als sie sie angezündet hatte, drehte sie sich zu Bartholomew und sah, wie das goldene Licht seine Züge erhellte.

»Deine persönliche Zuflucht?«, fragte er und schaute sich neugierig um.

»Auf gewisse Weise. Wenn Percy und ich den Baron bestohlen haben, haben wir uns hier versteckt.«

Er hob eine Augenbraue. »Bestehlt ihr den Baron häufig?«

Anna schüttelte den Kopf. »Nicht seit dem zweiten Brand. Es gab eine Zeit, da war auf der Straße nach Haynesdale mehr Verkehr, und ein reisender Kaufmann konnte ohne große Schwierigkeiten um sein Geld oder seine Vorräte erleichtert werden. Als noch weniger von uns im Wald lebten, ritt manchmal jemand auf einem gestohlenen Pferd nach Carlisle und kaufte mit dem Geld weitere Vorräte.« Sie schüttelte den Kopf. »Aber vor zwei Jahren sind wir so viel mehr geworden. Und zugleich reisen weniger Menschen nach Haynesdale.«

»Du musst gedacht haben, wir wären eure Rettung.«

»Ich dachte, die dicke Satteltasche enthielt die meisten Vorräte.«

Bartholomews Blick war wissend. »Und Percy riskierte einen Blick, weil er hungrig war, war von seiner Beute enttäuscht und wurde dann gefangen.«

Anna nickte.

»Hat man ihn hier entdeckt?«

Anna schüttelte den Kopf. »Nein. Alles ist unberührt. Seine Neugier muss ihn dazu veranlasst haben, früher nachzusehen.« Sie lächelte. »Er ist ein neugieriger Junge.«

»Das stimmt.« Bartholomew trat einen Schritt auf sie zu. Sie griff die Kerze fester. Ihre Tapferkeit verließ sie, nun, da die Intimität so unmittelbar bevorstand. »Und so ist mit unserer Ankunft alles schiefgegangen.« Er blieb direkt vor ihr stehen, sein Blick forschend.

»Für dich und deine Gefährten auch«, musste sie klarstellen.

Er lächelte ein wenig. »Und doch kann ich unsere Ankunft in Haynesdale nicht bereuen.« Mit einer Fingerspitze berührte er ihre Wange. Die zarte Liebkosung ließ sie erzittern. »Warum hast du mich hergebracht, Anna?«, fragte er leise.

»Damit du mir beweisen kannst, dass du mich zum Stöhnen bringen kannst.«

Bartholomew blinzelte überrascht und lächelte. »Du bist eine kühne Jungfer«, sagte er. Bewunderung erfüllte seinen Ton.

Sie war keine Jungfrau, aber als sie den Mund öffnen wollte, um ihm das zu sagen, legte sich sein Finger auf ihre Lippen. Sein Blick war ernst und ließ ihren nicht los. »Ich weiß«, sagte er nachdrücklich, »dass du von Männern Grausamkeit erfahren hast.«

Annas Herz flatterte.

»Und ich schwöre dir nicht nur, dass ich dich nicht verletzen werde, sondern auch, dass du mich mit einem einzigen Wort dazu bringen wirst, aufzuhören, jederzeit.«

Ihr Mund wurde trocken. Ihr war warm und sie fühlte sich verlegen, aber dabei war ihr klar, dass sie die absolut richtige Entscheidung getroffen hatte. Sie nahm seine Hand von ihren Lippen, hielt inne, um seinen Finger zu küssen. »Ich weiß«, flüsterte sie. »Du tust nichts von dem, was ich von französischen Rittern erwarte, und das ist der Grund, weshalb ich dich hergebracht habe.« Sie leckte sich die Lippen. »Bartholomew«, fügte sie hinzu und hörte die Ehrfurcht in ihrer eigenen Stimme.

Er lächelte und trat näher, umfing ihr Gesicht mit seinen Händen. Einen langen Moment betrachtete er sie, legte dann seine Lippen auf ihre. Es war ein süßer, heißer Kuss voller Leidenschaft, doch er bat um ihre Beteiligung und verlangte sie nicht.

Dass er bat, selbst nach ihrer Einladung, war alles an Beweis, was Anna brauchte, um sicher zu sein, sie hatte sich richtig entschieden. Sie wagte es, die Arme um seinen Hals zu legen, um ihn enger an sich zu ziehen, und stellte sich auf die Zehenspitzen, gab sich ganz seiner Berührung hin.

~

Bartholomew wusste, dass er es langsam angehen lassen musste. Obwohl Anna allem Anschein nach ihr übliches furchtloses Selbst war, konnte er ihr Zittern fühlen. Es verriet die Unsicherheit, die sie eindeutig lieber verborgen hätte. Er bewegte sich langsam, um sicherzugehen, dass ihr Vergnügen Priorität hatte.

Sie schien zu wissen, dass er entschlossen war, sie zufriedenzustellen, und es stärkte anscheinend ihr Selbstvertrauen. Ihr Kuss wurde kühner, je länger die Umarmung dauerte. Er öffnete den Mund, und sie tat es ihm gleich, ließ ihre Zunge sich mit seiner treffen. In stummer Forderung presste sie sich an ihn, wollte mehr von dem, was er ihr schenkte, und Bartholomew zog sie eng an sich.

Sie war berauschend, ihre Leidenschaft und ihr Feuer wärmten ihn bis in die Knochen. Er wollte sie, wie er noch nie eine Frau gewollt hatte. Seine Finger schnürten die Bänder ihres Überkleids auf, bevor er bemerkte, was er tat, dann blieb er stehen und trat zurück. Ihre Wangen waren errötet und ihre Lippen von seinen Küssen geschwollen, aber ihre Augen weiteten sich voll Unsicherheit. »Was ist falsch?«

Er deutete auf sie beide und zog eine Grimasse. »Zu viele Kleider.«

Sie lachte überrascht und errötete dann tiefer. »Das könntest du korrigieren.«

»Nein, ich überlasse es dir.« Er hob die Hände und lächelte sie an, hoffte, ihr versichern zu können, dass sie die Kontrolle über ihr Zusammenkommen hatte.

Wie er vorhergesehen hatte, zögerte sie nicht, die Herausforderung anzunehmen. Sie öffnete seinen Gürtel und legte ihn vorsichtig beiseite, ihr Respekt für seine Waffen beinahe so ausgeprägt wie sein eigener. »Ich kann immer noch nicht glauben, dass du einen Splitter des wahren Kreuzes mit dir herumträgst«, flüsterte sie. Ihre Fingerspitzen glitten über seinen Schwertknauf. »Dein Freund muss vermögend sein.«

»Jedenfalls ist er sehr großzügig.«

»Kennst du ihn schon lange?«

»Den größten Teil meines Lebens. Er hat mich in seine Obhut genommen, als ich jünger war als Percy, und hat mir alles über das Leben beigebracht, was ich weiß.«

»Ein seltsamer Gefährte für einen Ritter«, sagte sie.

Bartholomew musste grinsen. »Er hat oft gesagt, dass er mich lieber zurückgelassen hätte, ich das aber nicht zulassen wollte.«

Sie lächelte ihm zu. »Aye, ich kann mir lebhaft vorstellen, dass du so stur warst.«

»Zumindest haben wir eine Eigenschaft gemeinsam.«

Ihr Lächeln war beinahe wissend. Sie zog ihm den Waffenrock über den Kopf, faltete ihn vorsichtig und legte ihn neben seinen Gürtel. Sie runzelte die Nase, als sie sein Kettenhemd betrachtete.

»Über den Kopf«, sagte er. »Ich werde mich vornüberbeugen, und du musste es vorsichtig auf den Boden befördern. Versuche nicht, es aufzuheben. Zieh es mir einfach nur vom Rücken.«

Anna nickte, und er beugte sich vor, wie er gesagt hatte. Wie es oft geschah, verfing sich das Kettenhemd an seinem gepolsterten Gambeson. Anna befreite es, und es glitt in einem Klirren von Stahl zu Boden. Bartholomew rollte die Schultern, als er von dem Gewicht erst einmal befreit war. Natürlich versuchte Anna doch, es aufzuheben. Sie fluchte leise, aber heftig. »Den ganzen Tag trägst du diese Bürde?«

»Es ist besser als eine Klinge zwischen den Rippen.« Bartholomew hob die Kettenrüstung auf und legte sie neben seinen Gürtel.

Anna runzelte die Stirn, als er sich umdrehte. »Du hast gesagt, du bist aus Outremer gekommen.«

»Aye. Mein Freund war den Templern verschworen und wurde zum Dienst nach Jerusalem geschickt. Ich bin als Knappe mit ihm gegangen, vor beinahe fünfzehn Jahren.« Er drehte Anna den Rücken zu, damit sie seinen Gambeson aufschnüren konnte. Er spürte, wie ihre Finger an den Bändern zupften.

»Aber er hat den Orden verlassen?«

»Sein älterer Bruder ist gestorben, und er wurde zum Erben einer Baronie in Frankreich. Es war für ihn wirklich eine Überraschung.«

»Hat er sich eine Frau genommen?«

»Aye, denn er wollte so schnell wie möglich einen Erben zeugen.

Allerdings wusste er nach all seinen Jahren des Dienstes im Orden wenig von Frauen.«

»Für viele Männer mag sich das Eine nicht notwendigerweise aus dem Anderen ergeben.«

»Das stimmt, doch in Gastons Fall war es so. Er ist ein ehrenhafter und würdiger Ritter.«

»Du bewunderst ihn.« Er hörte das Lächeln in ihrer Stimme.

»Wie könnte es anders sein? Er war so, wie ein Ritter sein sollte, und sobald er das Recht erworben hatte, es zu tun, schlug er mich zum Ritter.«

»Und machte dir wertvolle Geschenke.«

Er wandte sich um und half ihr, ihn von dem Gambeson zu befreien.

Ihr Blick war nachdenklich. »Er muss viel von dir gehalten haben.«

»Ich hoffe es.«

Anna hob eine Braue.

»Du hast recht«, gab Bartholomew lächelnd zu. »Ich weiß es.«

»Und doch war in seinem neuen Haushalt für dich kein Platz?«

»Warum fragst du das?«

»Weil du hier bist und er nicht. Außerdem sind wir nicht in Frankreich.« Sie stemmte die Hände in die Hüften, um ihn zu mustern, während er den Gambeson ganz auszog und beiseitelegte. »Oder bist du in Ungnade gefallen?« Sie schüttelte den Kopf. »Das kann ich nicht glauben. Ein Mann wie du und ein Mann wie er würden sich nicht überwerfen. Beide Seiten würden Ehre und Integrität an den Tag legen.«

Bartholomew lächelte bei diesem Urteil über seinen Charakter und den Gastons, nicht nur, weil Anna ins Schwarze traf, sondern weil sie so viel von ihm hielt.

Sie schnippte mit den Fingern und wandte ihm den Rücken zu. »Fergus hat etwas darüber gesagt«, sagte sie, nachdem es ihr offenbar gerade erst wieder eingefallen war. »Dass es keinen Zweck hätte, dir eine Position in seinem Haushalt anzubieten, da du Gastons Angebot bereits abgelehnt hättest.«

Bartholomew stieg die Hitze in den Nacken. Weder wollte er sein

Geheimnis gestehen, noch wollte er sie täuschen. »Ich habe den Posten, den Gaston mir angeboten hat, abgelehnt«, gab er zu.

»Warum?«

»Weil ich mein eigenes Glück machen will. Es ist möglich für einen Mann, zu sehr von einem anderen abhängig zu sein.« Er hob den Reif von Annas Haar, dann nahm er ihr Schleier und Haube ab. Es war einfach, die Nadeln zu finden, die ihren Zopf an Ort und Stelle hielten, und als er sie herausgezogen hatte, fiel ihr der Zopf über den Rücken.

»Ich nehme es an«, gestand sie ihm zu, während er ihr Haar entflocht und mit den Fingern durch die üppige Fülle fuhr. »Aber wo erwartest du, dein Glück zu finden?« Sie schaute über ihre Schulter. »In Schottland, bei Fergus' Verwandten? Oder suchst du nach einer Erbin?«

»Warum bist du so neugierig?«, fragte er spielerisch. Er wollte sie vom Thema ablenken.

»Weil sie gesagt haben, du hättest vorgeschlagen, die Straße nach Haynesdale zu nehmen. Ich kann mir nicht vorstellen, warum. Im Umkreis einer Woche von hier ist keine Erbin in Sicht.«

Bartholomew zuckte die Schultern. Ihm war bewusst, dass sie ihn forschend musterte. »Es wirkte klüger als die Alternative, mehr nicht.« Er winkte sie spielerisch zu sich. »Nun bist du diejenige, die zu viele Kleider trägt.«

Sie lächelte und hob die Hände, gewährte ihm Zugang zu ihrem Gürtel und der Verschnürung ihres Überkleids. Als beides einmal offen war, ließ er eine Hand unter die rote Wolle gleiten, hielt ihren Blick, als er mit der Hand ihre Brust umfasste. Sie starrte ihn an und leckte sich die Lippen.

Er beugte sich vor und küsste sie, neckte ihre Brustwarze mit Daumen und Zeigefinger. Sie konnte zurückweichen, wenn sie es wollte, denn seine eine Hand streichelte ihre Brust und die andere lag nur sacht auf ihrer Taille, aber Anna blieb stehen. Sie keuchte, als er ihr das Kleid über den Kopf zog und ihre Brustwarze durch den Stoff ihres Unterkleids küsste. Sie bog ihren Rücken durch und bebte. Dann zog er sie näher und strich mit der Zunge über den steifen Gipfel.

»Deine Stiefel«, flüsterte sie, und er hielt inne und grinste sie an.

»Wirklich? Du denkst jetzt an meine *Stiefel*?«

Anna lachte. Ihre Augen funkelten besonders anziehend. Er nahm ihre Mäntel und machte daraus ein Nest auf dem Boden der Höhle, bemerkte, dass Cenric sich als Wächter an den Eingang gelegt hatte. Er zog sich die Stiefel aus und schnürte die Hose auf, dann zog er seine Bouche aus. Nur in seinem Hemd drehte er sich zu Anna um und deutete auf sie. »Deine Schuhe und Strümpfe.«

Zu seiner Erbauung setzte sich Anna auf ihre Mäntel, legte sich zurück und stützte sich auf die Ellbogen. Sie hob ihm einen Fuß hin. »Ich denke, du solltest mir helfen, Sir.«

Bartholomew kniete vor ihr nieder und schnürte ihren Schuh auf. Eine Hand ließ er unter ihr Unterkleid gleiten und dann ihr Bein hinauf. Ihre Augen weiteten sich, und sie holte scharf Atem, entzog sich ihm aber nicht. Er schob ihr Unterkleid beiseite, enthüllte ihre Wade, und neigte den Kopf, um ihr Strumpfband mit den Zähnen zu lösen. Sie kicherte und zappelte.

»Dein Atem kitzelt!«, protestierte sie.

Er berührte mit der Zunge die zarte Haut in ihrer Kniekehle, und sie zuckte erneut zusammen. Es dauerte eine Weile, bis er beide Strumpfbänder gelöst und beide Strümpfe ausgezogen hatte, und als es so weit war, war Anna ganz rot im Gesicht.

Er streckte sich neben ihr aus, seine Hand auf ihrer Brust, und küsste sie gemächlich. Sie hob sich ihm entgegen, ihre Brustwarze verhärtete sich unter seinen Fingern. Er küsste ihr Ohr, ihren Hals, die kleine Kuhle an ihrem Hals, dann schloss er den Mund über der süßen Knospe ihrer Brust. Er küsste die Brustwarze, neckte sie, brachte sie dazu, sich noch weiter zu versteifen, dann berührte er das zarte Fleisch mit den Zähnen. Während Anna sich unter ihm wand, widmete er seine Aufmerksamkeit der anderen Brust. Er konnte die Hitze fühlen, die von ihr ausging, und ihre Erregung riechen, aber er wollte sicher sein, dass sie wirklich befriedigt wurde.

Seine Hand war unter ihrem Unterkleid, bewegte sich über ihr Knie und die glatte Haut ihrer Schenkel hinauf. Sie bewegte sich unter ihm, öffnete den Mund, eine Einladung, der er nicht widerstehen konnte. Er küsste sie, und seine Finger glitten in ihre feuchte Hitze. Er schluckte ihr erstes überraschtes Keuchen, dann ihr lustvolles Seufzen. Seine Finger bewegten sich, steigerten ihr Verlangen, und sie lächelte unter seinen Lippen und hielt sich an seinen Schultern fest.

»Bartholomew«, flüsterte sie, und er grinste sie an.

»Du hast mich aufgefordert, den Beweis anzutreten«, erinnerte er sie.

»Aber das hier reicht bestimmt …«

»Bestimmt haben wir erst angefangen.« Er liebkoste sie mit seinem Daumen, fand Genugtuung darin, wie sie vor Lust aufkeuchte, und wusste, was er tun musste.

»Bevor ich dich zum Stöhnen bringe«, flüsterte er, »sollten wir dieses Kitzeln erkunden, das dich vorige Nacht so überrascht hat.«

»Ich hatte es mir nur ausgedacht«, widersprach sie, ohne zu verstehen, was er vorhatte.

»Und ich werde dir die Wahrheit beweisen«, gelobte Bartholomew. Er zwinkerte ihr zu, genoss ihre Verwirrung, dann zog er ihr Unterkleid hoch. Er glitt zwischen ihre Schenkel und schenkte ihr eine intimere Art von Kuss.

Sie erstaunt nach Luft schnappen zu hören, war sehr befriedigend, aber Bartholomew strebte nach mehr als das.

Immerhin hatte die Lady bisher noch kein Stöhnen von sich gegeben.

Wer hätte geahnt, dass eine Person vor Lust sterben konnte?

Anna jedenfalls hatte es sich nicht vorstellen können, aber Bartholomews Küsse – seine Zunge, seine Zähne, seine Berührungen – ließen sie brennen und ihren Körper prickeln. Sie war erregt und sehnte sich verzweifelt nach einer Erlösung, die sie nicht benennen konnte.

Ohne Unterlass quälte er sie – nein, nicht ohne Unterlass: Jedes Mal, wenn sie dachte, sie näherte sich irgendeiner Form von Höhepunkt, hörte er auf. Er neckte sie, und sie wusste es, aber sie konnte sich wohl kaum beschweren. Es war unglaublich, dass ein Mann so eingehend ihre Lust weckte, sich in ihre Dienste stellte. Das konnte doch nicht richtig sein? Andererseits hatte Anna an seinem Vorgehen nichts auszusetzen.

Sie fand sich selbst in den Fellen liegend wieder und genoss die Empfindungen, die er in ihr hervorrief.

Es war ein seltsames Gleichgewicht, denn während er ihr mit seiner Berührung Ehrerbietung erwies, hatte sie zugleich das Gefühl, in seinem Bann zu stehen. Sie hatte keine Ahnung, wie sie den Gefallen erwidern sollte, und er gab ihr keine Gelegenheit dazu. Seine sinnlichen Liebkosungen ließen nicht nach.

Und waren mehr als willkommen.

Doch Anna kämpfte gegen den Drang, ihn mit ihrem Stöhnen zu belohnen. Wenn sie stöhnte, fürchtete sie, würde er aufhören, und das wollte sie nicht. Sie nannte sich selbstsüchtig, dann dachte sie, es wäre Teil seines Plans. Sie hätte nicht sagen können, wie oft er sie bis kurz vor einen namenlosen Gipfel brachte und dann wieder davon zurückzog.

Annas Atem ging heftig und sie war von Kopf bis Fuß errötet, als er ihr Verlangen erneut bis zu einem Crescendo steigerte. Sie wusste, sie konnte nicht viel länger aushalten, und versuchte es doch. Anna biss sich auf die Lippen, ihr Herz hämmerte. Sie grub die Finger in seine Schultern, als das Beben tief in ihr begann, und schloss ihre Schenkel um seinen Kopf. Bartholomew kannte kein Pardon, seine Berührung steigerte ihre Erregung immer weiter, seine geschickte Zunge brachte sie beinahe zum Schreien. Seine Hände umfassten ihre Pobacken, sodass sie der süßen Folter, die sie erlitt, nicht entfliehen konnte.

Endlich gab sie nach und stöhnte. Es fühlte sich an, als käme der Laut aus ihrem tiefsten Inneren. Er hielt länger an, als sie gedacht hatte. Bartholomew lachte leise, dann berührte er sie mit den Zähnen, ließ sie aufschreien, als die Lust sich endlich Bahn brach und sie in einer überwältigenden Welle durchflutete.

Als das Zittern nachließ, lag Anna geborgen in Bartholomews Armen. Sie öffnete die Augen und stellte fest, dass er ihr sehr nahe war. Seine Augen funkelten. »Das ist also das Kitzeln, das Mylady zum Stöhnen bringt«, neckte er. »Gut zu wissen.«

»Ich bin keine Lady.«

Er umfing ihr Kinn mit der Hand und drehte ihren Kopf, sodass er ihr in die Augen sehen konnte. »Heute Nacht bist du das, Mylady«, murmelte er hitzig und küsste sie so gründlich, dass sie erneut außer

Atem war. Sie spürte seine Erektion an ihrer Hüfte und wusste, auch seine Befriedigung musste sichergestellt werden.

Sie hätte sich auf den Rücken rollen und ihre Schenkel öffnen, sich für den Akt stählen können, aber Bartholomew legte einen Arm um ihre Taille und rollte sich selbst auf den Rücken, sodass sie auf ihm lag. Er zog ihr Unterkleid hoch und legte beide Hände um ihre Taille. »Zu deinen Diensten«, flüsterte er heiser.

Anna hatte einen Kloß in der Kehle, weil er ihre Ängste so gut verstand. Sie erhob sich auf ihre Knie. Dabei wuchs ihre Nervosität. Seine Hände legten sich um ihr Gesäß, und er hob sie in Position, sodass sie seine Härte zwischen ihren Beinen spüren konnte.

»So langsam, wie du willst«, murmelte er, und Anna senkte sich auf ihn nieder. Sie sah, wie er scharf einatmete, als sie ihn in sich aufnahm, und genoss, wie er die Augen schloss.

Empfand er es als so lustvoll? Auch sie empfand Befriedigung dabei, besonders, weil sie sehen konnte, dass sie ihn so erfolgreich damit quälte wie er sie zuvor.

Sie bewegte sich stetig und langsam, bis er ganz in ihr war. Seine Hände verkrampften sich. Er flüsterte ihren Namen, und es verlieh ihr ein Gefühl von Macht, einen solchen Mann in ihrem Bann zu haben. Sie bewegte sich und genoss seine Reaktionen. Er bebte unter ihr, versuchte, die Kontrolle zu behalten, und sobald Anna das begriff, musste sie ihn weiter auf die Probe stellen.

»Vielleicht sollte ich sehen, ob ich *dich* zum Stöhnen bringen kann«, flüsterte sie.

Er lächelte sie an. »Versucherin«, beschuldigte er sie, und es machte Anna noch kühner.

Sie begann, ihn zu necken, bewegte sich langsam und dann schnell, verfiel in einen Rhythmus und unterbrach ihn dann wieder. Seine Augen öffneten sich, und ihr gefiel, wie sie glitzerten, wie er sie ansah – als wäre sie ein Wunder, als wäre sie *seine* Lady, als wären sie die einzigen beiden Menschen auf der ganzen Welt.

Er lächelte sie an, und sie warf ihr Unterkleid ab und schüttelte ihr Haar aus. Bot sich seinen Blicken dar. Seine so offensichtliche Bewunderung gefiel ihr, erfüllte sie mit einem nie zuvor gekannten Stolz auf ihre Weiblichkeit. Sie ritt ihn hart, sodass er mit jedem Stoß tiefer in sie glitt, und stellte überrascht fest, dass auch ihre eigene Erregung wieder wuchs.

Sein plötzliches Lächeln sagte ihr, dass ihm noch mehr Tricks zu Gebote standen. Sie keuchte auf, als seine Fingerspitze zwischen sie glitt und jene empfindsame Stelle berührte. Bei diesem Laut grinste er und streichelte sie mit der Fingerspitze, während sie ihn immer schneller und härter ritt.

Anna stützte die Hände auf Bartholomews Brust, beugte sich vor, sodass ihr Haar über sie beide fiel, und lächelte auf ihn herab. Sie sah das Feuer in seinem Blick, spürte, wie sich der Funke auch in ihr entzündete, und stöhnte laut, als sie zusammen von den Flammen verschlungen wurden.

Dann fiel sie in seine Arme, und er zog den fellgefütterten Mantel über sie beide, schlang die Arme um sie und küsste ihre Schläfe. Seine Finger strichen durch ihr Haar, und sie war sicher und warm, gefangen in der Umarmung des wunderbarsten Manns, den sie je kennengelernt hatte.

Was für ein Geschenk er ihr diese Nacht gemacht hatte – er hatte ihr tatsächlich beigebracht, vor Lust zu stöhnen und Vergnügen an solcher Intimität zu finden.

Zu ihrem Erstaunen schlief Anna ein, nackt und halb auf ihm liegend.

Aber wahrlich, in der gesamten Christenheit gab es keinen besseren Ort.

MONTAG, 18. JANUAR 1188

FESTTAG DES SANKT VOLUSIAN VON TOURS

Fergus träumte.

Unterkühlt bis auf die Knochen lag er in seinen Mantel gewickelt da, während Yves Wache hielt, und träumte von Jerusalem. Er erinnerte sich an die Hitze der Sonne, den Staub, die Fliegen, den Geruch von guten Pferden und Pferdemist. Vor seinem inneren Auge schlenderte er durch die Ställe der Templer.

Er fand Bartholomew, der in der Box von Gastons Kriegspferd mit einem Jungen stritt. Den Jungen hatte er schon vorher im Stall gesehen und wusste, er war ein Sarazene und Bartholomews Freund.

Fergus belauschte die beiden, die ihn nicht gesehen hatten. Zu seiner Überraschung stellte sich der Junge als ein Mädchen heraus, und eins, das entschlossen war, Jerusalem zu verlassen.

Leila.

Fergus erwachte auf einmal mit einem starken Gefühl drohenden Verhängnisses. Die Erinnerungen an die Ställe der Templer standen ihm so lebhaft vor Augen, dass er überrascht war, sich im verschneiten Wald wiederzufinden. Aber er konnte kein Stroh riechen und die Pferde nicht hören – das Wischen ihrer Schweife und das Geräusch ihrer Hufe auf dem Steinboden. Er rollte sich sofort auf die Seite und sah, dass Leila noch schlief, fest in ihren Mantel gewickelt. Warum war sie so entschlossen gewesen zu gehen? Er war froh, dass sie diese Nacht in Sicherheit war, denn das war nach seinem Traum sein erster Gedanke gewesen. Seine Gefährten schliefen, die Pferde dösten, wo sie angebunden standen. Der Himmel war blass, aber die Sonne war noch nicht aufgegangen. Im Wald war es still, von den Vogelrufen einmal abgesehen.

Warum hatte er von Jerusalem geträumt?

Oder von Bartholomew?

Ein Mann, frisch zum Ritter geschlagen, mit einem starken moralischen Empfinden. Ein Mann, den sie beim nächsten Neumond treffen sollten, in zwölf Tagen.

Ein Mann, der in Gefahr war oder es bald sein würde, wie Leila es gewesen war.

Sie waren weit nach Norden geritten, um Royces Männern zu entkommen, und hatten noch weiter reiten wollen, um sicherzugehen, dass man sie nicht entdeckte. Aber Fergus' Traum war eine Warnung.

Heute würden sie umkehren, nach Haynesdale reiten und hoffen, dass sie pünktlich ankamen.

Oder dass sein Traum sich als falsch herausstellte. Aber Fergus konnte den Eindruck nicht abschütteln, dass etwas falsch war, und er wusste, er würde diese Nacht nicht mehr schlafen.

Er erhob sich und begann, seine Sachen zu packen.

ANNA ERWACHTE in der Dunkelheit vom Schnarchen eines Hundes.

Einen Moment lang war sie verdutzt, dass sie so wenig sehen konnte, aber dann erinnerte sie sich daran, wo sie war. In der Höhle war es dunkel, und Bartholomew lag hinter ihr, einen Arm um ihre Taille geschlungen. Der Hund lag zu ihren Füßen.

Bartholomews Atem ging regelmäßig, und sein Körper verströmte eine wohltuende Hitze. Es war ganz und gar nicht unangenehm, von ihm gehalten zu werden. Anna lag in der Dunkelheit und dachte darüber nach, was sie von diesem Mann wusste, dem Ritter, der keiner ihrer Erwartungen entsprach. Nicht einen Moment lang glaubte sie, dass er das Angebot seines Freundes, eine Position in dessen Haushalt zu bekleiden, ohne eine klare Vorstellung davon abgelehnt hatte, wo er sein Glück finden würde. Tatsächlich kannte sie ihn jetzt schon als jemanden, der vorausdachte.

Was war dann sein Plan? Er musste ein Ziel haben.

Wie seltsam, dass es Bartholomew gewesen war, der die Gruppe nach Haynesdale geführt hatte. Warum?

Anna erinnerte sich an das seltsame Mal auf seiner Brust, das sie bei ihrem Bad im Fluss und in der Schlafkammer in Haynesdale Keep flüchtig gesehen hatte. Dass Bartholomew sich weggedreht und es so schnell wieder bedeckt hatte, überzeugte sie, dass es von Wichtigkeit war.

Es konnte doch sicher nicht sein …

Bestimmt lag sie mit ihrem Verdacht falsch.

Aber es gab nur einen Weg, sicher zu sein.

Anna löste sich von Bartholomew, hörte dabei auf seinen Atem, der sich zu ihrer Erleichterung nicht änderte.

Sie glitt von ihrem Lager, fand ihr Unterkleid und zog es wieder an. Bartholomew ließ eine Hand auf die Stelle sinken, die sie gerade verlassen hatte. Zu ihrem Missfallen regte er sich. »Ist etwas falsch?«, fragte er so verschlafen, dass sie nicht glaubte, dass er wirklich wach war.

»Ich muss mich erleichtern«, flüsterte sie. Er atmete aus, rollte sich auf den Rücken, und sein Atem wurde wieder tiefer.

Anna stand dort und beobachtete ihn eine lange Weile. Ihr Herz hämmerte. Sie fand die Kerze und den Zunder. Um Feuer zu schlagen, drehte sie ihm den Rücken zu, wünschte sich, das Geräusch wäre nicht so laut. Sie zündete die Kerze an und drehte sich zu ihm um, froh, dass er noch schlief.

Vielleicht hatte ihn ihr Liebesspiel erschöpft.

Das hätte sie zum Lächeln gebracht, wenn sie nicht so darauf bedacht gewesen wäre, ihren Verdacht zu bestätigen oder zu entkräften.

Anna beschirmte die Flamme mit der Hand und schlich sich näher. Cenric hob den Kopf und warf ihr einen verärgerten Blick zu, dann gähnte er und legte die Schnauze zwischen die Pfoten. Er stöhnte ein wenig, streckte sich und begann, wieder zu schnarchen.

Das Kerzenlicht fiel auf Bartholomew, als Anna sich ihm näherte.

Er lag auf dem Rücken, das Haar zerzaust, eine Hand dort, wo sie gelegen hatte. Sie musste lächeln, weil sich sein Selbstvertrauen selbst im Schlaf durch seine Lage offenbarte. Seine Lippen waren leicht verzogen, als hätte er schöne Träume. Sie hätte schlicht dastehen und ihn im Kerzenlicht anschauen können, immerhin war er ein sehr anziehender Mann.

Aber sie wollte es wissen.

Sie musste es wissen.

Sein Hemd war noch immer offen und enthüllte einen großzügigen Ausschnitt seiner gebräunten Brust. Anna konnte die Unebenheit sehen, die ihr schon vorher aufgefallen war. Sie befand sich direkt über seinem Herzen und erinnerte sie an die alte Geschichte, die man ihr vor Jahren erzählt hatte.

Sicher war es nur ein Zufall. Ritter besaßen Narben, und ein kluger Gegner würde bestimmt immer auf das Herz zielen. Es musste eine sehr übliche Stelle für eine Narbe sein.

Trotzdem war ihr der Mund trocken. Anna beugte sich vor, sodass das Licht auf ihn fiel. Bartholomew rührte sich nicht. Das Mal war etwa so groß wie ihr Daumenglied und oval. Es war eine alte Wunde, das sah man, denn sie war nicht rot, und ringsherum wuchs Brusthaar. Sie beugte sich über ihn und schaute genau hin.

Als sie den vertrauten Lindwurm sah, der in sein Fleisch gebrannt war, war Anna so geschockt, dass sie die Kerze beinahe fallen ließ.

Sie keuchte und wandte ihm den Rücken zu. Sie zog das Band heraus, das ihr um den Hals hing, und studierte im Kerzenschein das Kleinod, das sie stets bei sich trug. Derselbe Lindwurm zierte den Siegelring, nur dass es ein Spiegelbild desjenigen war, der in Bartholomews Fleisch eingebrannt war.

Er konnte unmöglich der zurückgekehrte verlorene Sohn sein.

Aber das war er.

Sie schaute über die Schulter zu ihm. Staunen flutete sie, als sie ihn von Neuem betrachtete. Der rechtmäßige Erbe war nach Haynesdale zurückgekehrt.

Und sie war so kühn gewesen, mit ihm zu schlafen.

Ihre eigene Dreistigkeit ließ Anna die Hitze in die Wangen steigen.

Was sollte sie zu ihm sagen? Was sollte sie tun?

Nichts, begriff sie, verlegen auf eine Weise, wie sie es gerade noch nicht gewesen war.

So sehr sie wünschte, aus der Höhle zu laufen und die Wahrheit allen zuzurufen, die sie hören wollten, aber Anna wusste, dass es nicht an ihr war, dieses Geheimnis zu teilen. Sie löschte die Kerze und glitt wieder auf den Platz neben Bartholomew. Eine seltsame Freude durchlief sie, als er sie erneut fest an sich zog.

Sie musste sein Geheimnis bewahren, genau wie all die anderen, und auf seine Entscheidung warten. Der rechtmäßige Baron musste seinen Weg selbst wählen.

Aber sie würde tun, worum auch immer er bat, damit er sein rechtmäßiges Erbe wiedererlangte. Sie schloss die Augen und fühlte eine Träne über ihre Wange laufen, über alle Maßen erleichtert, dass die Prüfungen, die sie erduldet hatte, bald enden würden.

Der Nachkomme von Nicholas war zurückgekehrt, und er war so tapfer und gerecht, wie sie es alle erhofft hatten.

BARTHOLOMEW ERWACHTE und fand Anna an seine eine Seite geschmiegt und Cenric an seine andere. Das war deutlich besser als ihr Arrangement in Haynesdale Keep, zumindest seiner Ansicht nach. Es gefiel ihm, Anna bei sich zu haben.

Aber er wusste, was er zu tun hatte.

Der Hund wedelte, sobald er sich aufsetzte. Vorsichtig stand er aus dem Nest auf, das Anna und er für sich gebaut hatten. Sie musste erschöpft sein, denn sie rührte sich nicht, selbst, als er sich anzog. Er legte sich die Rüstung über eine Schulter. Irgendwo würde er jemanden finden müssen, der ihm half, sie anzulegen.

Einen Moment lang beobachtete er Anna beim Schlafen. Er wollte nicht gehen. Allerdings war sein Drang, sie mitzunehmen, eine Torheit. Ganz sicher hatten sie keine gemeinsame Zukunft, und an seiner Seite würde sie heute nur in Gefahr geraten. Er hatte noch kein Lehen und daher kein Recht, um die Hand einer Frau anzuhalten, und selbst wenn es ihm gelang, Haynesdale für sich zu gewinnen, würde es ihm bestimmt sein, eine strategische Allianz einzugehen. Der König mochte eine entsprechende Ehe sogar zur Bedingung für seine Zustimmung machen, Bartholomew das Lehen zu übertragen. Er dachte an Lady Ysmaines Überzeugung, dass eine Ehe sich nicht auf Liebe oder Anziehungskraft gründen sollte, sondern lediglich auf praktische Gründe. Aber obwohl er sich an all das gemahnte, wünschte er doch, er könnte bei Anna bleiben.

Wenn er sie weckte, um ihr Lebewohl zu sagen, würde er erneut ihren Reizen erliegen, so viel stand fest.

Was, wenn sie ein Kind von ihm empfangen hatte? Bei dem Gedanken zog sich sein Herz zusammen, obwohl er wusste, nach einer einzigen gemeinsamen Nacht war das unwahrscheinlich. Die Möglichkeit allein jedoch gab ihm einen weiteren Grund, bald zu gehen, denn er durfte sich nicht verlocken lassen, sie noch einmal zu verführen. Er würde Geld bei jemandem hinterlassen müssen, dem er vertrauen konnte, es Anna auf eine Weise zukommen zu lassen, die sie nicht als beleidigend empfand.

Bartholomew lächelte schwach, denn das würde ein schwieriges Unterfangen werden.

Er fühlte sich zwiegespalten, aber es war Zeit, Duncan zu retten, und dann einen Weg zu finden, die Gunst des Königs zu erringen. Das würde er nicht erreichen, indem er den Tag im Bett mit Anna verbrachte. Er wandte sich zum Gehen, in dem Wissen, was er nun tun musste.

Vielleicht hatte er zumindest ihre Meinung über Ritter geändert. Vielleicht hatte er in der kurzen Zeit ihres Beisammenseins etwas Gutes bewirkt.

Vielleicht sollte das genügen.

Er ließ sie in seinen Mantel gewickelt zurück, wickelte sie darin sogar noch ein wenig fester ein, damit sie warm blieb. Dann nahm er die Armbrust und legte sie neben sie.

Er hatte versprochen, sie zurückzugeben, wenn sich ihre Wege trennten.

Er wünschte nur, es hätte nicht so bald geschehen müssen.

Am Eingang der Höhle verhielt Bartholomew, um Anna noch einen Moment lang anzusehen. Wahrscheinlich würde er sie nicht wiedersehen. Er war froh, dass sie schlief, denn er bezweifelte, dass sie einverstanden damit wäre, zurückgelassen zu werden, und wollte nicht, dass ihre letzten Worte im Zorn gesprochen wurden.

Er musste Duncan befreien, und er musste es allein tun.

Bartholomew küsste seine Fingerspitzen in einem wortlosen Salut, dann trat er mit neuer Entschlossenheit hinaus in den Wald. Es schneite, fette Schneeflocken wirbelten von einem zinngrauen Himmel, und der Hund sprang neben ihm her.

Er roch das Feuer, bevor er den Rauch sah, und näherte sich dem Lager der Dörfler, um sie um ihre Hilfe zu bitten. Percy erschien und lächelte, winkte Bartholomew herüber. Er führte ihn zu Esme, die sich über einen Topf beugte, der auf den Holzscheiten stand.

»Anna hat Euch in die Höhle geführt, nicht wahr?«, fragte der Junge.

»Aye, das hat sie. Sie schläft noch.«

Esme nickte weise. »Dass sie am Grab des Kindes war, ist dafür verantwortlich.« Sie tauschte einen wissenden Blick aus blinden Augen mit Bartholomew und drehte den Kopf dann vielsagend in Percys Richtung.

»Percy, würdest du mir mit meiner Rüstung helfen?«, fragte Bartholomew. »Und dann wäre es mir lieb, wenn du für Annas Sicherheit sorgen würdest, während sie noch schläft.«

Der Junge richtete sich bei dieser Bitte um Hilfe gerade auf. Er schnürte Bartholomews Gambeson schnell und mit Enthusiasmus, folgte dabei Bartholomews leisen Anweisungen. Unter dem Gewicht der Rüstung schwankte er sichtlich, erinnerte sich aber vermutlich daran, dass Timothy nicht viel größer war als er. Tapfer hielt er sie fest, sodass Bartholomew sie sich über den Kopf ziehen konnte, und als das Gewicht auf Bartholomew landete, fiel er nach hinten.

Nachdem Bartholomew auch seinen Waffenrock angelegt hatte, machte Percy seinen Gürtel zu. Dabei glitten seine Finger ehrfürchtig über Schwert- und Dolchgriff. »Ich wäre gern ein Ritter«, murmelte er, und Bartholomew hätte es als grausam empfunden, ihn daran zu erinnern, dass seine Geburt eine solche Rolle nicht für ihn vorsah. »Dann musst du Witwen und Waisen verteidigen und alle, denen du begegnest, ehrenhaft behandeln.«

»Selbst die bösen Menschen?«

»Besonders die bösen Menschen. Denn ein Kennzeichen eines ehrenhaften Mannes ist der Respekt, den er allen erweist, ob sie seiner Wertschätzung würdig sind oder nicht.«

Percy dachte darüber nach. »Aber böse Menschen müssen zur Rechenschaft gezogen werden.«

»Das bedeutet, sie müssen vor Gericht gestellt werden, wo nach einer Abwägung ein Urteil gefällt wird.«

»Vor dem Gericht in Haynesdale geschieht das nicht.«

»Aber einmal tat es das«, warf Esme ein.

»Und vielleicht wird es das eines Tages wieder«, sagte Bartholomew. »Mache nicht das Gericht für den Richter verantwortlich.« Er lächelte den Jungen an, der offensichtlich darüber nachdachte. »Nun geh bitte zu Anna. Nimm Cenric mit, ja?«

Percy wandte sich um und lief durch den Wald. Der Hund zögerte, schaute zwischen Ritter und Kind hin und her, bis Bartholomew ihn tätschelte und auf Percy wies. Da erst lief er Percy hinterher, und Bartholomew sah ihnen zufrieden nach.

Und mit einem Hauch von Reue. Würde er hierher zurückkehren, wenn Duncan frei war? Er glaubte es nicht. Seine eigenen Worte machten ihm zu schaffen. Haynesdale gewaltsam zu erobern, war nicht die richtige Entscheidung. Er musste den König bitten, ihm das Lehen seiner Familie zurückzugeben, der ihm diese Bitte sehr gut verweigern mochte, weil er für den Heimfall nicht zahlen konnte. Den Hund hätte er gern behalten, konnte es aber nicht riskieren, Cenrics Leben aufs Spiel zu setzen, wenn er nach Haynesdale ging, um Duncan zu befreien.

»Wir haben noch Haferbrei. wenn Ihr wollt«, sagte Esme. »Er ist nicht besonders gut, aber warm.«

»Das wäre mir sehr recht, danke«, sagte Bartholomew und setzte sich auf einen Stamm neben ihr. Sie reichte ihm eine große Portion Brei und einen hölzernen Löffel. Und tatsächlich stieg noch Dampf vom Inhalt der hölzernen Schüssel auf. »Ihr seid großzügig«, bemerkte er. »Wird das jemand anderen um dessen Anteil betrügen?«

»Ihr braucht es heute mehr«, antwortete sie. »Wenn ich nicht falsch liege.«

Er lächelte. »Ihr seht wirklich viel, Esme.«

»Es sind die Träume«, sagte sie mild. »Ich habe letzte Nacht geträumt wie seit Jahren nicht mehr.«

»Wovon habt Ihr geträumt?«, fragte er, nur, um höflich zu sein. Er blies auf seinen Breilöffel.

Esme seufzte. »Von einer schönen Dame. Ich hatte beinahe vergessen, wie schön sie war, und wie gütig.«

»Hatte sie einen Namen?«

»Lady Gabriella von Haynesdale.«

Bartholomews Herz setzte beim Namen seiner Mutter einen Schlag aus.

»Sie kam zu mir, als mein Jüngster, Edgar, geboren wurde. Oswald spielte mit ihrem Sohn, einem hübschen dunkelhaarigen Jungen, auf dem Boden der Mühle. Sie waren im gleichen Alter.« Sie lachte leise. »Zwischen dem Mahlgut, wenn Ihr Euch das vorstellen könnt. Der Sohn des Barons selbst.«

»Das kann ich«, gab Bartholomew leise zu, der sich an diesen Tag erinnerte.

Esme warf ihren Hühnern ein paar Körner zu, die diese begeistert vom Boden aufpickten. »Ich lag selbst noch nach der Geburt im Kindbett, und es fühlte sich respektlos an, dort zu bleiben, als die Lady persönlich zu Besuch kam, aber sie beharrte darauf, dass ich mich ausruhte. Sie nahm das Kind aus der Wiege und bestaunte ihn.« Esme schüttelte den Kopf. »Dass Vater Ignatius gestern Oswald, seine Frau und seinen Sohn gesegnet hat, hat gewiss diese alten Erinnerungen wachgerufen.«

»Gewiss«, stimmte Bartholomew zu und fragte sich, ob noch mehr daran war.

»Und nun geht Ihr fort und kommt vielleicht nicht wieder«, sagte sie.

»Erneut überrascht Ihr mich, Esme.«

»Ihr habt Jungen und Hund fortgeschickt, dabei müsst Ihr wissen, dass sie Euch beide in die Hölle und zurück folgen würden. Was beabsichtigt Ihr heute zu tun?«

»Mein Gefährte ist noch in Haynesdale Keep gefangen. Wenn ich recht habe, dann verfolgen die Männer des Barons weiterhin meine

Gefährten. Die Burg ist heute vielleicht nur leicht bewacht, so leicht, wie es künftig nie mehr der Fall sein wird.«

»Und doch birgt Euer Vorhaben Gefahren«, sagte Esme. »Aber Ihr wollt allein gehen.«

Bartholomew lächelte in seinen Haferbrei. Er glaubte nicht, dass eine Antwort vonnöten war. Eine Weile saßen sie schweigend da. Der Brei wärmte ihn von innen. Die Hühner pickten auf der Erde, und Esme warf ihnen weitere Körner zu.

»Woher habt Ihr das Korn?«, fragte Bartholomew.

Esme lächelte. »Ich habe alles mitgenommen, was ich noch hatte, als wir geflohen sind. Das Mehl ist aufgebraucht, und wir haben nur noch wenige Körner, aber die Vögel müssen fressen. Wir können die Körner nicht aussähen, aber die Eier können wir essen.«

Ihre Worte ließen Bartholomew darüber nachgrübeln, wie viel Arbeit es erfordern würde, das Dorf wiederaufzubauen und dem Lehen wieder zu Wohlstand zu verhelfen. Wo sollte er das benötigte Geld finden?

»Hat sie Euch von dem Kind erzählt?«

Es bestand kein Zweifel daran, wen Esme meinte, und Bartholomew entschloss sich, so direkt zu sein wie Anna. »Nur, dass sie sich verantwortlich für Kendras Tod fühlt, denn sie glaubt, sie habe das Kind durch ihre Taten zum Exil im Wald verdammt.«

Esme schnaubte. »Das ist nur ein Teil der Geschichte. Noch nicht einmal die Hälfe, so wie ich es sehe.«

Bartholomews Neugier war geweckt. »Wie das?«

»Hat sie Euch von Kendras Vater erzählt?«

Er schüttelte den Kopf, bevor ihm wieder einfiel, dass sie blind war. »Nein.«

Esme seufzte. »Er war ein Junge im gleichen Alter wie Anna. Ich nenne ihn einen Jungen, obwohl er in Wirklichkeit ein Mann war, und es war die Tat eines Mannes, durch die Anna das Kind erwartete. Sie waren unzertrennlich, diese beiden, immer zusammen, immer heckten sie als Kinder Streiche aus und versuchten, einander zu übertrumpfen. Sie waren zwei wilde Rangen, aber es war nichts Schlechtes in ihnen. Er war der Älteste von Wallace, dem Pflüger, und seiner Frau Erna.«

»Sind sie hier?«

»Nein. Sie haben uns die Jungen geschickt, sind aber im Dorf geblieben. Wallace wollte die Felder bestellen, aber er hat weder Pferd noch Ochsen, um den Pflug zu ziehen. Royce hat sie vor einem Jahr verkauft, als hätte Wallace nicht genug zu erleiden.«

»Inwiefern?«

»Kendrick und Anna waren entschlossen, Annas Mutter zu befreien, als der Baron sie verhaften ließ.«

»Vor zwei Jahren?«

»Aye. Ich weiß nicht, was sie geplant hatten oder wie viel Unheil sie anrichteten, aber stattdessen wurden auch sie gefangen.« Esme runzelte die Stirn. »Kendrick wurde hingerichtet und sein Kopf über den Toren von Haynesdale aufgehangen, eine Mahnung an uns alle, wie hoch der Preis des Verrates ist.« Sie schüttelte den Kopf. »Für mich war er noch ein Junge, auch, wenn er zwanzig Sommer gesehen hatte.«

Bartholomew stellte den Rest seines Breis beiseite.

»Ein Monat verging, bevor Anna zu uns zurückkehrte, schmutzig und voller Blutergüsse. Sie floh aus dieser schrecklichen Burg, nackt, mitten in der Nacht. Vielleicht hatten sie sie unbewacht gelassen, weil sie dachten, sie sei dem Tode nahe. Ein anderer wäre vielleicht gestorben oder auf der Straße liegen geblieben, aber sie ist kein Mensch, der leicht aufgibt.«

»Nein, nicht Anna«, murmelte Bartholomew.

»Sie kroch ins Dorf, ohne entdeckt zu werden, und die Elemente boten ihr Schutz, denn es war eine düstere, stürmische Nacht. Sie klopfte an meine Tür und brach davor zusammen. Oswald hob sie auf seine Arme, dann erklärte er, er könne die Grausamkeit nicht länger erdulden. Wir mochten sie alle so sehr, wisst Ihr, und sie in diesem Zustand zu sehen, war mehr, als wir ertragen konnten.«

»Ich kann es mir vorstellen.«

»Wir flohen in jener Nacht, wir alle, mitten in diesem Sturm, und suchten im Wald Zuflucht. Von da an waren wir Gesetzlose, denn wir hatten uns dem Willen des Barons widersetzt.« Sie schluckte. »Oswald dachte, Sir Royce würde Vernunft annehmen, wenn die Mühlenräder sich nicht mehr drehten und es kein Mehl für sein Brot mehr gäbe. Er dachte, wir könnten vielleicht verhandeln, denn der Baron braucht seine Dörfler so sehr, wie die Dörfler ihren Baron brauchen.«

Bartholomew vermutete, dass das nicht der Fall gewesen war. Er wartete und sah, welche Gefühle sich auf dem Gesicht der alten Frau abzeichneten.

»Die anderen folgten uns bald, eine Flut von Dörflern, die vor dem Zorn des Barons flohen. Die Anzahl derer, die im Wald lebten, wuchs weit über alle Erwartungen hinaus. Wir wussten, dass einige bereits in den Wald geflohen waren, aber wir fanden sie erst, nachdem die Männer des Barons uns ausfindig gemacht hatten. Die Ritter kreisten uns ein, trieben uns zusammen. Sie ritten auf ihren Pferden um uns herum, bis der Sturm sich legte und die Sterne zu sehen waren. Uns war kalt, wir waren nass und verängstigt, schon bevor sie die Bäume in Brand setzten. Ich dachte, nach dem Regen würden sie nicht brennen, aber die Ritter ruhten nicht, bis sie es taten. Oswald sah, dass wir sterben würden. Er brachte uns dazu zu fliehen, bevor der Kreis sich schloss. Ich fürchtete, ich würde sie zu sehr verlangsamen. Aber sie wollten mich nicht zurücklassen, meine braven Söhne.« Sie hielt inne. Ihre Stimme war heiser geworden. »Oswald auf einer Seite, Edgar auf der anderen, doch dann stolperte Willa, und Oswald hob mich in seine Arme.«

Bartholomew griff nach ihrer zitternden Hand. Sie umfasste seine Finger, und er spürte ihr Zittern. »Ihr müsst mir nicht davon erzählen.«

»Doch«, beharrte Esme. »Das muss ich. Denn Oswald lebt nur dann, wenn man sich an seine Tapferkeit erinnert.« Sie holte zittrig Atem. »Er trug mich, während Rheda Anna trug und Nyle zu größerer Eile antrieb. Edgar half Willa, aber sie fielen mit ihren beiden Kleinen zurück. Willa war schwanger und ihrer Zeit sehr nahe.«

»Aber Rheda gelang es, Anna zu tragen?«

»Anna war so dünn, sie hätte ein Kind sein können. Wir rannten durch die Dunkelheit, fort vom Feuer, ohne eine Ahnung, in welche Richtung. Pferd und Reiter erschienen vor uns, ich kann sie noch vor meinen Augen sehen. Wir drehten um und flohen ins Unterholz, waren aber nicht schnell genug. Ich schaute über die Schulter meines Sohns, sah den Kämpfer die Armbrust heben, sah ihn zielen und schloss die Augen und betete. Aber Oswald wurde getroffen. Er stolperte, dann fiel er auf mich. Rheda wurde einen Augenblick später niedergestreckt,

Anna unter ihr begraben. Nyle schrie auf und lief davon, obwohl ich die Hand nach ihm ausstreckte. Ich weiß, dass er nicht weit kam, bevor ich seinen Schmerzensschrei hörte.« Sie schüttelte den Kopf. Tränen strömten aus ihren blinden Augen. »Ich konnte mich nicht bewegen. Ich *wollte* mich nicht bewegen. Meine Liebsten waren mir gestohlen worden, und auf allen Seiten war nichts als Feuer und Tod. Ich wollte selbst nur noch sterben.«

Bartholomew hörte zu und lauschte, wünschte, er könnte ändern, was geschehen war.

»Es ist eine furchtbare Sache für eine Mutter, ihr Kind sterben zu sehen, bevor sie den letzten Atemzug tut«, sagte Esme. »Und auch ihr Enkelkind. Es war eine dunkle Nacht, dunkler als jede zuvor, denn ich hatte nicht mehr den Wunsch zu überleben. Und so geschah es, dass Oswald mich selbst in seinem Tod noch beschützte. Die marodierenden Ritter übersahen mich, denn für sie waren wir nur zwei weitere Leichen im Matsch. Ein großer, sengender Feuerring erhellte in jener Nacht den Himmel, den ich nie vergessen werde – die Hitze, die Helligkeit, die Schreie derer, die in den Flammen umkamen.«

»Der zweite Brand«, murmelte Bartholomew.

»Es war ungewöhnlich kalt, als ich erwachte, das Sonnenlicht so hell, dass es meinen alten Augen wehtat. Die Bäume rings um mich herum waren schwarz, und Rauch stieg von der Asche auf. Ich dachte, ich träumte, als ich eine Bewegung in meiner Nähe hörte, denn es kam mir vor, als wäre die ganze Welt tot und verlassen. Es war Anna, deren Finger auf dem Boden scharrten. Da fand ich meine Stärke wieder und arbeitete mich unter Oswald hervor. Ich rief, und Edgar, der nach uns gesucht hatte, fand uns. Er befreite Anna von Rhedas Gewicht; sie lebte. Wir stolperten zusammen davon, und bald fanden uns jene, die bereits als Gesetzlose in den Wäldern lebten. Sie brachten uns in ihre Zuflucht, gaben uns Kleider und Nahrung, und es dauerte nicht lange, bevor sich Annas Bauch wölbte. Sie nannte ihre Tochter Kendra.«

»Nach dem Vater.«

Esme nickte. »Anna war nicht die Einzige, die in der Geburt des Babys Hoffnung fand, aber ich wusste von Anfang an, dass Kendra nicht gedeihen würde. Sie war klein und krank, zu dünn und zu blass.«

Esme biss sich auf die Lippen. »Ich war nicht überrascht, dass das süße Kind seinen ersten Winter nicht überlebte, aber ich weinte dennoch.«

Bartholomew hielt Esmes Hand, während sie gegen ihre Tränen kämpfte, hoffte, seine Gegenwart gab ihr Kraft. »Ich danke Euch, dass Ihr mir Oswalds Geschichte erzählt habt«, sagte er leise, während die anderen sich zu regen begannen. »Ich hätte einen so tapferen und guten Mann gern gekannt.« Das war keine echte Lüge, denn er erinnerte sich nur noch vage an den Sohn des Müllers. In Wirklichkeit hatten sie sich nicht gekannt, obwohl sie sich an jenem lange zurückliegenden Morgen in der Mühle begegnet waren.

»Ich danke Euch für Eure Güte, Sir«, sagte Esme, ihre Stimme noch nicht wieder ganz fest.

Bartholomew war entschlossen, die Zukunft dieser Menschen zu ändern, auch wenn er die Vergangenheit nicht ändern konnte. Wie konnte er den König überreden einzugreifen? Das wusste er nicht, aber seine erste Aufgabe war es, Duncan zu befreien.

»Und nun werdet Ihr uns verlassen«, sagte Esme, einen Hauch von Anklage in der Stimme.

»Nun werde ich tun, was getan werden muss«, korrigierte Bartholomew sie.

»Es wird gefährlich sein.«

»Kein Mann von Ehre drückt sich vor einer gefährlichen Pflicht.« Bartholomew nahm die Börse von seinem Gürtel und legte sie der alten Frau in die Hand. »Gebt dies Anna, in meinem Namen.«

»Weil Ihr geht«, beschuldigte ihn Esme.

»Sie wird dieses Geschenk nicht annehmen wollen, aber ich vertraue Euch, sie vom Gegenteil zu überzeugen.« Er senkte die Stimme. »Sie könnte ein Kind erwarten.«

Esme hielt den Atem an. »Geld ist es nicht, was sie braucht.«

»Aber es ist das, was ich ihr geben kann.« Bartholomew hob die Hand der alten Frau und küsste ihre Knöchel. »Gebt auf Euch acht, Esme. Ich hoffe, unsere Wege werden sich wieder kreuzen.«

»Das tue ich auch, Sir. Das tue ich auch.«

Bartholomew stand auf und wandte sich ab, aber Esme räusperte sich so laut, dass er zurückschaute.

»Bittet Vater Ignatius um seine Schlüssel«, riet sie ihm. »Ich zweifle nicht, dass er sie Euch anvertrauen wird, und Eure Aufgabe ist dann vielleicht leichter.«

Bartholomew lächelte, denn er hatte den Schlüsselring des Priesters ganz vergessen. Er hatte den Schlüssel zum Verlies und hatte das für ausreichend gehalten. Aber an dem Ring befanden sich noch andere. »In der Tat, das werde ich, Esme. Ich danke Euch.«

ANNA ERWACHTE und streckte sich genüsslich. Sie fühlte sich seltsam: einerseits befriedigt, andererseits voll Verlangen, einerseits unbeschwert, andererseits voller Erwartung.

Wegen Bartholomew.

Sie lächelte und tastete nach ihm, musste dann feststellen, dass sie allein war.

Anna setzte sich schnell auf. Ihr Haar fiel ihr über die Schultern. Sie trug nur ihr Unterkleid, war aber in Bartholomews fellgefütterten Mantel gewickelt. Vor der Höhle war es hell, und sie sah, dass Schnee fiel. Sie hörte Percy mit dem Hund spielen und zog sich den Mantel um die Schultern. Als sie daran zog, bemerkte sie das Gewicht, das auf ihm ruhte.

Ihre Armbrust.

Das blasse Holz glänzte auf dem dunklen Wollstoff, und sie starrte die Waffe einen Moment lang an und fragte sich, warum Bartholomew sie bei ihr gelassen hatte. Der Köcher mit den Bolzen lag neben der Kerze und der Zunderdose.

Warum konnte sie seine Stimme nicht hören?

Von plötzlicher Furcht ergriffen, sprang Anna auf die Füße. Es beruhigte sie nicht, als sie entdeckte, dass jedes Teil von Bartholomews Ausrüstung verschwunden war, abgesehen von seinem Mantel und der Armbrust. Sie lief zum Höhleneingang und sah, wie Percy einen Stock für Cenric warf, der ihm hinterhersauste.

Kein Ritter beobachtete die beiden.

Im Schnee waren keine anderen Fußabdrücke zu sehen.

Bartholomew war gegangen und schon seit einer Weile fort.

Schlimmer noch, er hatte nicht die Absicht zurückzukehren. Die

Armbrust machte das klar – er hatte gelobt, sie ihr zu geben, wenn er Haynesdale verließ.

Aber er war der rechtmäßige Erbe! Er konnte sie jetzt nicht im Stich lassen.

»Anna!«, rief Percy und rannte mit glänzenden Augen auf sie zu. Der Hund lief ihm hinterher, den Stock noch im Maul. »Bartholomew hat mir gesagt, ich sollte über dich wachen, während du schliefest.«

Cenric kam zu ihr und stupste sie schwanzwedelnd an.

»Dann ist er gegangen?«

»Aye, bei Tagesanbruch.«

»Weißt du, wohin?«

Ihr Bruder warf ihr einen mitleidigen Blick zu. »Seinen Freund retten, natürlich. Das ist es, was gute Ritter tun.«

Er war nach Haynesdale Keep unterwegs. Und wenn er Duncan einmal befreit hatte – falls er Erfolg hatte –, würde er gehen.

Anna presste die Lippen zusammen und kehrte zurück in die Höhle, um sich in aller Eile anzuziehen. Bartholomew würde seinen Plan nicht in die Tat umsetzen, ohne vorher zu hören, was sie davon hielt. Der rechtmäßige Erbe konnte nicht einfach davonreiten. Es war seine Verpflichtung, den Leuten von Haynesdale zu helfen.

Wenn Bartholomew das vergessen hatte, war Anna mehr als bereit, ihn daran zu erinnern.

IN HAYNESDALE KEEP war es noch stiller, als Bartholomew erwartet hatte. Nur eine Wache stand am Tor, und der Mann schien auf seinem Posten zu dösen. Zwei Männer gingen oben auf der Mauer entlang, aber auch sie schienen nur halbherzig dabei zu sein. Der Schnee fiel immer dichter, und er fragte sich, ob ihnen kalt war. Er würde frieren, wenn sein Herz nicht so heftig schlüge.

Wie viele waren noch da? Er wusste, dass vier von ihnen gestern ihre Gruppe verfolgt hatten. Waren diese Männer zurückgekehrt? War der Kapitän der Wache auch mit ausgeritten, oder war er in der Burg geblieben? Bartholomew konnte nicht genau sagen, wie viele Bewaffnete in Royces Diensten standen. Pferde konnte er gar nicht hören, und das Dorf glich einem Friedhof.

Lady Marie und ihre Zofen würden natürlich da sein, aber an einem Wintermorgen wie diesem blieben sie wahrscheinlich im Bett. Er musste davon ausgehen, dass einige Bedienstete in der Küche waren, also würde er die ebenso meiden wie die große Halle.

Er beäugte die Schlüssel, die Vater Ignatius ihm gegeben hatte. Der kleinste von ihnen gehörte zur Kapelle im Dorf, obwohl der Priester gesagt hatte, diese sei nicht verschlossen. Dort gab es nichts mehr von Wert, und Vater Ignatius wollte den verbliebenen Dörflern nicht den Trost verwehren, an einem heiligen Ort beten zu können.

Der nächste, der beinahe dieselbe Größe hatte, aber verziert war, gehörte zur Schatzkammer der Burgkapelle, wo der Reliquienbehälter aufbewahrt worden war.

Der nächstgrößere gehörte zur Burgkapelle

Der vierte gehörte zu einer Tür in der Palisade ganz in der Nähe der Kapelle.

Der letzte Schlüssel war der große Schlüssel zum Verlies, den Vater Ignatius ihm schon zuvor gegeben hatte.

Bartholomew starrte auf den vierten Schlüssel und rief sich den Bauplan der Burg in Erinnerung.

Die Kapelle stand auf der gegenüberliegenden Seite des Burghofs. Die Tür daneben war Bartholomew zwar nicht aufgefallen, aber er hatte auch nicht danach gesucht. Sie mochte der einfachste Weg in die Burg sein.

Vorsichtig schlich er um die Burg herum, hielt sich im Schatten des Waldes. Er bewegte sich nur, wenn die Wachposten vorüber waren und in die andere Richtung blickten, denn er konnte sich nicht darauf verlassen, dass die kahlen Bäume ihn vollständig verbergen würden. Der Schnee fiel schneller und ließ die Welt sehr still erscheinen.

Aber das hieß nur, dass Schall weiter trug. Zum Beispiel konnte er die Schritte der Wachposten gut hören.

Auf der Rückseite der Burg verbarg sich Bartholomew hinter einem Baum und wartete, bis die Wachposten wieder nach vorn zu den Toren unterwegs waren. Wenn er auf seinem Weg zur Palisade irgendein Geräusch machte, würden sie ihn hören und ihre Bögen auf ihn richten. Einmal dort, würde er wieder außer Sicht sein. Er spähte am Baum vorbei und versuchte, den Abstand einzuschätzen. Es waren beinahe hundert Schritte, und es gab keine Deckung. Schnee bedeckte die Fläche wie eine weiße Decke und verbarg alle kleinen Hindernisse. Am Fuß des Hügels, auf dem sich die Burg erhob, fiel das Gelände ab, und er fragte sich, wie tief der Burggraben auf dieser Seite war. Ihm blieb zu hoffen, dass er zugefroren war.

Die Wachen hielten an, um sich direkt oberhalb der Tür zu unterhalten. Einer deutete auf den Wald, und Bartholomew glitt wieder hinter den Baum, fürchtend, er wäre entdeckt worden. Er hörte den anderen lachen, dann knarzten ihre Schritte auf der Palisade. Sie hatten sich getrennt, und jeder ging allein in eine Richtung, zurück zum Tor.

Bartholomew holte tief Atem und lief los.

Er schaute zu den Zinnen hoch, als er den Burggraben erreicht hatte, und sprach ein Gebet, bevor er den nächsten Schritt tat. Rasch glitt er die Böschung hinunter und fürchtete, in eisigem Wasser zu landen – dann trafen seine Füße auf Eis. Er stand bis zu den Knien im Schnee, aber zumindest war der Burggraben tatsächlich zugefroren. Er glitt hinüber, wühlte dabei den Schnee auf, aber das ließ sich nicht verhindern. Am anderen Ufer kletterte er den Wall hinauf und rutschte dabei aus. Mit einem Knie kam er auf dem Steinvorsprung auf, der den Burggraben begrenzte, und kniff schmerzerfüllt die Augen zusammen. Aber er hatte keine Zeit zu verlieren. Er humpelte weiter, kämpfte sich die Böschung hinauf und warf sich förmlich gegen die Holzwand.

Er keuchte, und Schweiß lief ihm den Rücken hinunter. Eine lange Weile stand er dort, aber es erklang kein Alarmschrei.

Zu Bartholomews Beunruhigung war sein Pfad vom Wald hier herüber überdeutlich zu erkennen. Die Wachposten würden ihn sehen, wenn sie wieder an diesen Punkt auf der Mauer gelangten. Das reichte aus, dass er weitereilte. Er schlich sich weiter bis zur Tür, steckte den Schlüssel ins Loch, drehte ihn und fragte sich dabei, was er wohl auf der anderen Seite vorfinden würde. Er stieß den Schnee vom Fuß der Tür weg, zog sein Messer und öffnete sie vorsichtig.

Sie führte in eine Ecke zwischen der Kapelle und der Rüstkammer. In Wahrheit war Royces Rüstkammer nicht mehr als ein Unterstand – die einzige feste Wand war die Palisade, an die er angebaut war. Dort hingen Rüstungen und Waffen, und er vermutete, ein Schmied könnte davor eine Esse aufstellen, wenn nötig. Die Ansammlung von Gegenständen und Ständern warf viele Schatten und bot ihm Platz, sich zu verstecken. Zum Stall hin gab es eine feste Wand, sodass die Pferde ihn nicht bemerken und verraten konnten. Dahinter lag der Burghof, leer und weit, ein Platz, den er überqueren musste, um den Eingang zum Verlies zu erreichen. Er schloss die Tür hinter sich und schlich sich in die Rüstkammer, um sein weiteres Vorgehen zu überdenken.

Am anderen Ende der Rüstkammer, vor der Stalltür, stand ein Wachposten, der eindeutig nicht allzu wachsam seinen Pflichten nachging. Er gähnte und zog seine Handschuhe hoch. Der Mann war recht korpulent, wobei nicht klar war, ob Trägheit oder Völlerei dafür verantwortlich waren. Bartholomew fragte sich, wie loyal die Männer, die Royce in seinen Diensten hatte, wohl ihrem Baron gegenüber waren. Bisher sah er jedenfalls nicht viele Anzeichen von Begeisterung oder Hingabe. Er betrachtete den Helm des Mannes, der sein Gesicht verbarg, und seinen Waffenrock, auf dem Royces Insignien prangten.

Der kämpfende Lindwurm von Haynesdale.

Bartholomew hob ein Seil auf, als er sich langsam durch die Rüstkammer bewegte, und dann einen Armbrustbolzen. Er schlich sich von hinten an den anderen Mann heran und warf den Bolzen auf die Rüstung zu seiner Linken. Der Mann wirbelte bei diesem Geräusch herum, das Schwert gezogen, aber Bartholomew sprang ihn von der anderen Seite an. Sie rangen miteinander, doch Bartholomew hatte das Überraschungsmoment auf seiner Seite. Er schlug dem Mann so hart auf den Kopf, dass dieser das Bewusstsein verlor, stahl dann seinen Helm, sein Messer und seinen Waffenrock. Er ließ den Kämpfer geknebelt und gefesselt in der Rüstkammer zurück. Den Mantel des Mannes warf er sich zusätzlich über und hoffte, auf diese Art zu verschleiern, dass er schlanker war als sein Opfer. Nun als ein Angehöriger des Haushalts gekleidet, überquerte Bartholomew den Hof ganz offen. Er achtete darauf, sich normal zu bewegen, als wäre alles Routine. Ein Wachposten rief ihn mit Namen an, und er winkte lediglich hinüber, da der Klang seiner Stimme ihn hätte verraten können. Er war froh, als er die dunkle Halle erreicht hatte, nahm sich aber kaum Zeit für einen erleichterten Atemzug.

Bartholomew ging direkt zum Verlies, schloss die Falltür auf und ließ die Leiter in das Loch hinab. »Eil dich, Tunichtgut«, knurrte er. »Du bekommst eine letzte Gelegenheit, deine Gebete zu sprechen, aber ein Wort des Protests, und diese Gnade des Barons wird widerrufen.«

»Gnade«, wiederholte Duncan mit unverhohlener Abscheu. »Was weiß dieser Mann von Gnade, geschweige denn von Gerechtigkeit? Ich lehne es ab, mich zu einem Priester schleifen zu lassen, um seine Ängste zu lindern!«

Bartholomew bemühte sich, keine Frustration in seiner Stimme mitklingen zu lassen. »Ich rate dir, Gefangener, dich zu beeilen.« Er spähte hinunter in den Schatten, nur, um zu sehen, wie Duncan böse zu ihm hochstarrte. Sein Gesichtsausdruck war äußerst störrisch.

»Und ich rate dir, dich auf dem Weg in die Hölle zu beeilen«, gab Duncan zurück.

Bartholomew biss die Zähne zusammen. Er schaute sich um, aber es war niemand sonst in Sicht. »Duncan«, murmelte er. »Beeilt Euch!«

Duncan trat einen Schritt zurück, dann schaute er ihn überrascht an. »Wer seid Ihr, dass Ihr mich bei meinem Namen nennt?«

Bartholomew fluchte. Er zog den Helm herunter und sah Duncans Überraschung. »Wird's bald, Wurm«, murmelte er und war froh zu sehen, dass der andere Mann endlich seinem Kommando folgte. Duncan kletterte die Leiter hinauf, und Bartholomew fand es durchaus befriedigend, ihn gegen die Wand zu schubsen und ihm die Hände hinter dem Rücken zu fesseln.

»Ruhig Blut, Junge«, murmelte Duncan.

»Ich sollte Euch zurücklassen«, gab Bartholomew grollend zurück, obwohl er das keineswegs tun würde. »Wann hat sich ein Gefangener das letzte Mal gegen seine Rettung gewehrt?«

Er schloss die Falltür und drehte den Schlüssel zum Verlies im Schloss. Duncan vor sich her stoßend, hob er die Stimme. »Seid nicht so dumm, mich noch einmal auf die Probe zu stellen, Schurke«, sagte er etwas lauter und schubste Duncan in den Burghof.

Wie er erwartet hatte, drehten sich die Wachposten auf den Zinnen um, um ihn zu beobachten. Bartholomew schubste und zog Duncan am Seil weiter über den Hof, und Duncan stolperte mehrfach im Schnee, als hätte ihn seine Tortur geschwächt.

Bartholomew hoffte, der andere Kämpfer gab vor, in schlechterer Verfassung zu sein, als er es tatsächlich war. Wenn Duncan nicht laufen konnte, würde es ihnen nicht gelingen, durch das Tor zu kommen. Der andere Mann roch jedenfalls übel, und das karierte Tuch, das er trug, war schmutzig. Auf seiner Wange hatte er einen großen Bluterguss, aber das entschlossene Glitzern in seinen Augen verlieh Bartholomew Hoffnung.

Die Wachposten lachten und zeigten auf sie, genossen Duncans Lage mehr, als sie sollten. Einer höhnte, er werde Duncan bei seiner Hinrichtung zusehen.

»Hattet Ihr die Chance, Euch vor Gericht zu verantworten?«, fragte Bartholomew leise, denn ihm war nicht klar, wie das so schnell hätte gehen können.

»Vor was für einem Gericht?«, murmelte Duncan und spuckte in den Schnee. »Dieser Mann versteht nichts von Gerechtigkeit. Ihr könnt die Spuren davon überall auf seinen Ländereien erkennen. Die armen Leute, die verdammt sind, unter seiner Herrschaft zu leben, sind zu bedauern.«

Bartholomew sagte nichts dazu, sondern schloss die Tür der Kapelle auf und stieß Duncan grob hinein. Der andere Mann tat, als fiele er, und landete auf den Knien, was die Wachposten sehr amüsierte.

Bartholomew schloss die Tür hinter ihnen und ließ Duncan stehen, suchte stattdessen nach dem versteckten Reliquienbehälter.

»Wo wollt Ihr ihn verstecken?«, fragte Duncan. Er bewegte sich von seinem Platz an der Tür nicht weg, als versuchte er, seine Kräfte zu schonen. Bartholomew wollte nicht zu genau darüber nachzudenken.

»Ich werde auf einmal einen dicken Bauch bekommen, dann ähnle ich auch mehr dem Ritter, dessen Waffenrock ich trage«, sagte er.

Duncan grinste, aber er wirkte sehr müde.

»Geht es Euch ausreichend gut?« Bartholomew musste fragen.

»Mir ist es schon besser gegangen, so viel ist sicher. Aber keine Sorge. Ich werde Euch nicht aufhalten.«

Bartholomew nickte und kämpfte darum, den Schlüssel ins Schloss zu stecken. Der Helm bot Schutz gegen Pfeile, aber er konnte dadurch nicht richtig sehen. Wie rückschrittlich war dieses Land, dass die Helme der Ritter keine aufklappbaren Visiere besaßen? Er warf den

Helm beiseite, und nun gelang es ihm mit Leichtigkeit, den Schlüssel ins Schloss zu stecken. Er drehte ihn, öffnete den Schrank und starrte erschrocken in die gähnende Leere.

»Was ist los?«, fragte Duncan.

»Er ist verschwunden!« Bartholomew wandte sich zu seinem Gefährten um. Er war sich nicht sicher, was er tun sollte. In diesem Moment öffnete sich die Tür zum Burghof, und Duncan keuchte auf. Es blieb keine Zeit, den Schrank wieder zu schließen und den Helm wieder aufzusetzen, und tatsächlich gelang Bartholomew keins von beidem, bevor Lady Marie in die Kapelle rauschte.

Sie warf einen Blick auf ihn, dann deutete sie auf die Zofe, die ihr folgen musste, aber noch außer Sicht war. »Ich bete heute Morgen allein«, sagte sie, schloss die Tür und lehnte sich von innen dagegen.

Schweigen erfüllte die Kapelle. Bartholomew erwiderte Maries Blick, und Duncan schaute zwischen ihnen hin und her, eindeutig unsicher, was er erwarten sollte.

Dann lächelte Marie und ging auf Bartholomew zu. »Was für ein Zufall«, sagte sie leise und nicht ohne Befriedigung.

Wusste sie überhaupt von dem Reliquienbehälter?

Wusste sie, wo er war?

Würde sie sie beide verraten?

Tausend mögliche Lügen kamen ihm in den Sinn, keine davon überzeugend, und sein Herz blieb beinahe stehen. Duncan blieb auf den Knien und betete vielleicht tatsächlich.

Die Lady ging an ihm vorbei und schien sich ihrer Sache sehr sicher zu sein, als sie sich Bartholomew näherte. »Ich glaube, Ihr werdet mein Hilfsangebot an diesem Tag verlockender finden, Sir«, schnurrte sie und reichte ihm die Hand.

Bartholomew zögerte nur einen Moment, bevor er ihre Hand nahm und küsste.

Würde sie ihnen wirklich helfen zu entkommen?

Konnte er ihr wirklich geben, was sie verlangte?

Sein Gewissen focht einen Kampf aus, da er doch wusste, was sie von ihm wollte, aber das Überleben musste ein Opfer wert sein.

Das, welches Lady Marie forderte, könnte durchaus höher sein.

KAPITEL 10

$\mathcal{D}$uncan war müde, hatte Schmerzen und Hunger und war alles andere als begeistert von der Gastfreundschaft Haynesdales. Aber das war nicht der einzige Grund, weshalb er die Lösung der Lady unappetitlich fand.

Er starrte das schwarze Loch des Abwasserkanals an und seufzte. »Gibt es keinen anderen Weg?«, murrte er.

Lady Marie hatte sie auf die Rückseite der Ställe geführt, einen nach dem anderen, und ihren Mantel dabei benutzt, um sie zu verbergen. Bartholomew hatte seinen gestohlenen Helm bereits fortgeworfen und die Holzplatte entfernt, die das Loch bedeckte. Der Geruch war beißend, eine alles andere als einladende Mischung aus Küchenabfällen, Pferdemist und Schmutzwasser.

»Es gibt keinen anderen Weg«, beharrte Lady Marie. »Beeilt Euch!« Sie beugte sich vor und küsste Bartholomew auf die Wange. »Am ersten Tag, wenn der Himmel nach dem Schnee aufklart«, flüsterte sie. »Trefft mich am frühen Nachmittag an der alten Mühle.«

Der Ritter nickte mit grimmigem Gesicht. Die Lady schlenderte durch die Ställe zu ihren wartenden Zofen zurück.

Duncan schaute zum offenen Rechteck des Burgtors hinüber, auf der Suche nach einer saubereren Lösung. »Könnten wir nicht ein zweites Ablenkungsmanöver veranstalten, Junge?«, fragte er, während

Bartholomew den geborgten Waffenrock ablegte. »Oder einer von uns geht durch das Tor?«

»Wir würden nicht weit kommen«, antwortete der Ritter. »Oder schnell genug sein, um der Verfolgung zu entgehen, wenn sie uns einmal auf den Fersen sind.« Er warf Duncan einen Blick zu. »Es kann nicht so tief sein.«

Duncan dachte daran, wie hoch der Wall war, und war sich dessen nicht so sicher. Noch dazu mochte der Kanal weiter hinten zu eng sein, und dann wären sie in diesem Loch gefangen. Er hätte vielleicht weitere Einwände vorgebracht, aber einer der Wachposten rief auf einmal etwas von der Mauer.

»Alarm!«, brüllte der Mann. »Ein Eindringling hat sich von hinten in die Burg geschlichen! Ich sehe seine Spuren im Schnee.«

»Schließt das Fallgitter!«, schrie ein anderer. »Er wird den Ort nicht lebendig verlassen.«

Man hörte, wie das Tor quietschte, und dann fielen die Eisenzacken hinunter und riegelten den Burghof ab.

Marie kam in den Hof und hob gebieterisch die Stimme. »Ein Eindringling? In unserer Burg? Findet ihn sofort!« Die Wachposten und die übrigen Bewaffneten beeilten sich, ihren Befehl auszuführen. Sie versperrte ihnen allerdings zugleich den Blick auf das Innere des Stalls. Die Pferde wieherten und warfen die Köpfe zurück, da sie die Aufregung spürten.

»Kein anderer Ausweg«, sagte Bartholomew leise, dann hob er eine Braue. »Nach Euch.«

Duncan knurrte missvergnügt, ließ sich aber in das Loch hinab. Es war nicht so eng, beinahe eine Armeslänge im Durchmesser. Es besaß gemauerte und somit hoffentlich stabile Außenwände. Duncan konnte den Grund nur als schimmernde Fläche erahnen und war sich nicht sicher, wie tief es war. Bartholomew knotete ein Seil um einen Pfosten im Stall, das er hinunter ins Loch warf. Duncan griff das Seil, stützte sich mit den Füßen am Mauerwerk ab und seilte sich in die Dunkelheit ab.

Himmel. Der Gestank wurde immer schlimmer.

Dunkelheit schloss sich um ihn, der Lichtkreis über ihm verdeckt durch Bartholomews Gestalt. Er hörte, wie der Ritter die hölzerne

Platte wieder auflegte, dann schabten dessen Stiefel über den Stein über ihm. Aus dem Burghof erklangen gedämpfte Schreie, und Duncan bewegte sich schneller.

Sie mussten den Grund erreichen, bevor jemand das Seil fand.

Nein, sie mussten durch den Kanal hindurch und im Wald verschwunden sein, bevor jemand das Seil entdeckte.

Er hoffte, Lady Marie konnte die Männer ihres Mannes eine Weile aufhalten.

Dann traten seine Stiefel in den Matsch. Zu seiner Erleichterung reichte er ihm nur bis zum Knie. Was hieß, dass der Weg, der nach draußen führte, höher liegen musste. Er presste sich gegen die Wand, als Bartholomew neben ihm in den Unrat sank, dann ließ er die Hände über die nasse Wand gleiten.

Welche dick mit einer schleimigen Schicht bedeckt war, die er absolut nicht an den Händen haben wollte. Vielleicht war die Dunkelheit ein Segen, denn so konnte er nicht sehen, was sich rings um sie befand.

Nicht, dass der Geruch viel der Einbildungskraft überließ.

»Hier«, flüsterte Bartholomew, dann dirigierte er Duncans Hand zu einem Loch in der Wand. Es war von ähnlichem Durchmesser, verlief aber waagerecht mit einer leichten Neigung bergab. Am entfernten Ende konnte er wieder Licht sehen.

Duncan zog eine Grimasse und kletterte dann in den Tunnel, kroch dabei auf Händen und Füßen. Zumindest stand das Abwasser im Tunnel nur eine Hand hoch, aber Duncan beeilte sich lieber, rechnete damit, dass irgendjemand noch mehr Unrat hineinkippte. Das Letzte, was er wollte, war ein höherer Füllstand unter seinen Beinen.

Er fluchte, als er das Gitter erreichte, das am Ende des Kanals angebracht war, und rüttelte an den Metallstäben. Einen Moment später war Bartholomew bei ihm und spähte hindurch. »Wir sind auf der anderen Seite der Burg«, murmelte er. »Seht Ihr, dass der Kanal in den Fluss führt?« Er nickte zufrieden. »Meine Fußspuren sind genau auf der anderen Seite.«

Duncan rüttelte erneut an den Stäben. »Wir sind noch nicht entkommen, Junge.«

»Nein, sind wir noch nicht.« Bartholomew schaute sich die Stellen an, an denen die Eisenstäbe im Mauerwerk verschwanden. »Der Mörtel bröckelt«, bemerkte er und kratzte mit dem Finger daran. Ein wenig Mörtel rieselte herab, allerdings nicht genug, um das Gitter zu lockern.

Duncan zog seinen Dolch aus der Scheide und stach in den bröckelnden Mörtel, der den Stab direkt vor ihm hielt.

»Das ist guter Stahl!«, protestierte Bartholomew schockiert.

»Und mein Leben ist es wert, die Schärfe der Klinge zu verlieren«, murmelte Duncan.

»Das stimmt.« Bartholomew zog seinen eigenen Dolch und stieß ihn in den Mörtel. Es dauerte nicht lange, bis sie zwei der vier Metallstäbe gelockert hatten. Bartholomew bedeutete Duncan, ihm Platz zu machen, dann trat er mit beiden Beinen gegen das Gitter. Duncan tat dasselbe, und sie wechselten sich ab, bis das Gitter aus der Wand brach und die Böschung hinunter in den schneebedeckten Burggraben fiel.

Einen Moment warteten sie in der Furcht, jemand hätte es bemerkt, aber es gab keine Alarmrufe. Ohne weiteres Zögern kletterten sie aus dem Loch, halfen sich dabei gegenseitig. Wieder warteten sie, an die Palisade gepresst, auf ein Zeichen, dass man sie entdeckt hatte, und als es keins gab, rannten sie los in Richtung des Waldes.

Einer von Duncans Stiefeln brach durch das Eis auf dem Burggraben, und er hielt mühsam einen Aufschrei zurück. Bartholomew ergriff seinen Arm und zerrte ihn heraus und auf die andere Seite hinüber. Sie kletterten ans Ufer, wagten es aber nicht, zu verschnaufen. Duncan weigerte sich, darüber nachzudenken, wie leicht die Hunde ihnen würden folgen können oder wann er das nächste Mal saubere Kleider tragen würde.

Erst mussten sie entkommen.

Er wagte es, aufzuatmen, als sie fünfzig Schritte in den Wald hineingelaufen waren, aber Bartholomew wurde nicht einmal dann langsamer. Duncan hatte überall Schmerzen, doch er war entschlossen, ihre Flucht nicht zu verlangsamen.

Denn er zweifelte nicht daran, dass, wenn sie wieder gefangen genommen würden, keiner von ihnen den Tag überleben würde.

～

Bartholomew war sich nicht sicher, wie weit sie gelaufen waren, aber er hielt es nicht für ausreichend. Duncan humpelte, auch wenn er sich tapfer weiterkämpfte, und er wünschte, er besäße Annas Ortskenntnis. Welches war die beste Fluchtrichtung? Wo konnten sie sich verstecken? Es war klar, dass Duncan nicht viel weiter laufen konnte. Bartholomew hätte ihn zurück zum Lager der Dorfbewohner gebracht, aber zum einen konnte er sich im Schnee schlecht orientieren, zum anderen wusste er genau, wie sehr Anna sich um ihre Gefährten sorgte. Er zweifelte nicht daran, dass Royce ihn und Duncan jagen würde, und wollte die Menschen, die ihn so gastfreundlich aufgenommen hatten, nicht in Gefahr bringen. Gab es noch mehr versteckte Höhlen? Konnte er eine finden?

Sie erreichten einen Bach, der vertraut wirkte, obwohl er sich sagte, dass wahrscheinlich alle Bäche hier recht ähnlich aussahen. Ein leises Geräusch brachte ihn dazu, über seine Schulter in den Wald zu spähen.

Dann erstarrte er, denn in den Schatten konnte er Anna erkennen. Sie hatte die Armbrust gespannt und richtete sie auf seine Brust. Wieder trug sie Männerkleider, ihre Beinkleider und die Tunika schlicht und von dunkler Farbe. Das Haar hing ihr als ein dunkler Zopf über den Rücken, und ihr Gesichtsausdruck war anklagend.

Er erinnerte sich an all die Warnungen, die er je über den Zorn verschmähter Frauen gehört hatte, und trat einen Schritt zurück.

»Kommt, Bursche«, sagte Duncan und schaute zum Himmel auf. »Wenn wir uns beeilen, können wir noch ein gutes Stück Abstand zwischen uns und die Burg bringen, bevor sie uns verfolgen.«

»Nein, Duncan«, sagte Bartholomew leise.

Der ältere Mann drehte sich um und folgte seinem Blick. Er pfiff zwischen den Zähnen hindurch, während Anna einige gemessene Schritte auf sie zu machte. Ihr Blick war stählern und unnachgiebig.

Bartholomew leckte sich die Lippen. »Ich wollte dich heute Morgen nicht wecken.«

»Weil du weggehen wirst«, beschuldigte sie ihn. »Nur deines Gefährten wegen bist du länger geblieben, und nun willst du für immer fort.«

Bartholomew konnte nichts dagegen einwenden.

»Sicher habt Ihr doch nicht geglaubt, er würde bleiben«, sagte

Duncan und sah zwischen ihnen hin und her. »Kommt, Mädchen, sein Glück liegt anderswo, nicht hier.«

»Tut es das?«, fragte Anna herausfordernd, was Bartholomew verblüffte. »Du hast es ihnen nicht gesagt«, sagte sie, Wut in der Stimme.

Duncan ließ sich schwer auf den Boden sinken. »Wem was gesagt?«, fragte er ungeduldig.

»Er ist der verlorene Sohn des letzten Barons von Haynesdale«, sagte Anna.

Duncan beäugte sie. »Woher wisst Ihr das?«

»Er trägt das Zeichen des wahren Sohns.«

Bartholomew wurde eiskalt. »Du kannst unmöglich wissen …«

»Doch, das tue ich.« Sie funkelte ihn an.

Duncan rieb sich die Stirn. »Woher wisst Ihr das, Mädchen?«

»Der Schmied, mein Vater, hat ihn gezeichnet, damit man ihn erkennen würde, ganz gleich, wie sehr er sich verändert hätte oder wie viele Menschen seit seiner Flucht bereits tot wären.« Sie schaute Bartholomew finster an, und es war klar, wie sehr sie es ihm verübelte. »Du willst dein Vermächtnis verleugnen!«

Bartholomew war sich bewusst, wie neugierig Duncan ihn ansah. »Deshalb also habt Ihr darauf bestanden, die Straße über Haynesdale zu nehmen«, folgerte der Schotte. Er betrachtete Anna erneut. »Und deshalb sagt Fergus, Ihr wärt ein Teil seines Schicksals.«

»Bin ich das?«, fragte Anna überrascht.

Duncan lächelte. »Aus diesem Grund hat er das Kleid gekauft, sagte er, denn er hat Euch in seinen Träumen gesehen.«

Das schien Anna in Verlegenheit zu bringen. »Ich glaube es nicht. Niemand kann die Zukunft sehen.«

»Fergus kann es«, beharrte Duncan. Er schaute zu Bartholomew, dann sprach er wieder zu Anna. »Was ist das für ein Märchen, das Ihr da über meinen Gefährten erzählt?«

»Es ist kein Märchen. Es ist die Wahrheit. Haynesdale ist sein rechtmäßiges Erbe.«

»Was weißt du davon?«, fragte Bartholomew.

»Alles! Du bist der zurückgekehrte verlorene Sohn. Du bist die

Hoffnung all dieser Menschen, die daran zu zweifeln beginnen, dass sie je wieder Gerechtigkeit erfahren werden.«

»So einfach ist das nicht …«

»Es ist verflucht einfach. Du bist der echte Baron!«, rief sie, ihn unterbrechend. »Du trägst das Mal des Siegelrings, das dir der Schmied in die Haut gebrannt hat, als du ein kleiner Junge warst, auf Befehl deiner Mutter.« Duncan blinzelte bei dieser Enthüllung, und Bartholomew wurde warm. Anna trat noch einen Schritt näher. »Wie kannst du es wagen, uns diesem Tyrannen zu überlassen und vor deiner Verantwortung einfach davonzulaufen?«

Bartholomew biss die Zähne zusammen. »Ich habe keine Wahl, Anna.«

»Natürlich hast du die Wahl, und du triffst die einzig schlechte!« Sie hob die Armbrust höher.

»Anna, du musst verstehen.« Er atmete tief aus, als ihm klar wurde, dass sie das offensichtlich nicht tat. »Ich treffe die einzig *mögliche* Wahl. Ich muss an den König und seine Gerechtigkeit appellieren, um diese Zustände zu ändern.«

Sie gab nicht nach. »Zuerst solltest du Haynesdale zurückerobern.«

Bartholomew hob die Hand. Er verlor die Geduld. »Und welchen Sinn hätte eine solche Tat? Was wäre der Unterschied zwischen mir und jedem beliebigen anderen Schurken, der sich einfach nimmt, was er haben will?«

»Macht ist Recht«, behauptete Anna.

»Nein, niemals.« Er ging auf sie zu und ignorierte in seinem Ärger die Armbrust. Er schob sie einfach mit einer Hand beiseite. »Denkst du nicht, ich hätte die Konsequenzen solcher Entscheidungen gesehen? Denkst du nicht, ich hätte erwachsene Männer Kindern ihr Essen stehlen sehen, um ihre eigenen Bedürfnisse zu befriedigen? Sie Gold stehlen sehen, das sie für sich selbst haben wollten, ganz gleich, wem es eigentlich gehörte? Frauen zu nehmen, ob die es wollten oder nicht, um ihre eigene Lust an ihnen zu stillen?« Er hob die Hände und wurde lauter. »Was ist der Unterschied zwischen uns und solchen Barbaren, wenn unser Wort keinen Wert hat, wenn wir nicht das tun, was richtig ist, und uns einer höheren Form der Gerechtigkeit unterwerfen?« Er deutete mit dem Finger auf sie. »Was für einen Zweck hat es dann? Ich werde nicht sein wie diese Schurken, die ich in Outremer gesehen habe. Ich werde nicht einfach nehmen, was mir gefällt. Ich werde Recht und Ordnung und Wahrheit nicht missachten, nur, weil es mir gerade ungelegen kommt, mich an meine Schwüre halten zu müssen.«

»Amen«, sagte Duncan leise, aber Bartholomew ignorierte ihn.

»Und wenn das bedeutet, dass ich sterben werde, ohne das Siegel des Lehens meines Vaters in Händen zu halten, dann sei es so. Ich werde als ehrenhafter Mann in den Tod gehen.«

Duncan nickte bei diesen Worten billigend.

Anna war weniger überzeugt. »Ist es nicht genauso ehrlos, angesichts des Übels wegzusehen?«, beharrte sie. »Oder die, die deiner Hilfe bedürfen, im Stich zu lassen?«

»Ich lasse euch nicht im Stich. Ich trachte danach, das Schicksal auf die einzig lautere Weise zu ändern.«

»Dann töte Royce, bevor du gehst!«

»Ich werde nicht tun, was er getan hat.« Bartholomew schaute Anna an, wütend, weil sie nicht einsehen wollte, dass seine Entscheidung richtig war.

Sie starrte zurück, anscheinend genauso wütend, dass er sich weigerte zu tun, was sie von ihm wollte.

Auf einmal hob sie erneut die Armbrust und zielte auf sein Herz. Bartholomew griff nach seinem Messer, obgleich er wusste, er konnte es unmöglich rechtzeitig ziehen. Stattdessen schoss sie den Bolzen ab, bevor die Klinge aus der Scheide war. Er zischte an seiner Schulter vorbei und streifte beinahe sein Ohr.

Ihm blieb ein Herzschlag, um zu glauben, sie hätte verfehlt.

Dann hörte er den Einschlag.

Bartholomew wirbelte gerade rechtzeitig herum, um zu sehen, wie der Getroffene die Hand auf die Wunde presste. Der Angreifer trug die Farben des Barons. Der Bolzen hatte ihn direkt in den Hals getroffen, und er blutete heftig. Seine Augen waren weit. Erst sank er auf die Knie, dann ging er zu Boden. Seine eigene gespannte Armbrust fiel neben ihm nieder.

Sein Gefährte floh durch den Wald, nicht mehr als eine aufflackernde Gestalt in der Ferne. Seine Stiefelschritte verhallten binnen Augenblicken.

Anna ging an Bartholomew vorbei, hatte einen weiteren Bolzen aufgelegt und zielte weiter auf den gefallenen Armbrustschützen. Sie erreichte den Mann, trat gegen die Armbrust, sodass sie außer Reichweite war, dann rollte sie ihn mit dem Fuß auf den Rücken. Seine Hand lag schlaff auf der Erde und sein Blut färbte den Schnee. Blicklos starrte er zum Himmel auf, und seine Brust hob sich nicht länger.

Einen Moment lang wartete Anna und hielt Ausschau nach einem Lebenszeichen. Dann nahm sie den Bolzen von der Sehne und hängte sich die Armbrust über den Rücken. Sie nahm die Armbrust des Gefallenen an sich, entfernte den Bolzen und kehrte zu Bartholomew zurück.

Vor ihm ließ sie sich auf ein Knie fallen und bot ihm auf ihren Handflächen die Waffe dar. »Mylord«, sagte sie und senkte den Kopf.

Sie zollte ihm auf traditionelle Weise Respekt.

»Du hast einen der Männer des Barons getötet«, sagte Bartholomew, als er seine Stimme wiederfand. »Du hast dich endgültig zu einer Gesetzlosen gemacht.«

»Ich habe das Leben des wahren Barons gerettet«, korrigierte ihn Anna, das vertraute Feuer in ihren Augen, als sie ihn ansah. »Und ich habe dafür gesorgt, dass er bewaffnet ist.«

»Und ich möchte wetten, dass Sir Royce die Wahrheit über Eure Identität bald erfahren wird«, sagte Duncan, dessen Augen glitzerten, als er sie ansah. »Er wird Euch jagen und zur Strecke bringen lassen, Junge, ganz sicher.«

UNMÖGLICH KONNTE BARTHOLOMEW HAYNESDALE VERLASSEN, ohne dafür zu sorgen, dass der Gerechtigkeit Genüge getan wurde!

Allerdings war sich Anna seiner Entschlossenheit bewusst und wusste, er würde es tun, wenn sie nicht eingriff. Sie bewunderte seinen Respekt vor dem Gesetz – das würde ihn zu einem guten Baron und Oberherr machen –, aber sie teilte seine Überzeugung, die Gerechtigkeit würde obsiegen, nicht. Anna hatte gelernt, das Gegenteil zu erwarten. Gerechtigkeit erreichte man, wenn denen, die Recht sprachen, dabei kaum eine Wahl blieb.

Besonders, wenn es darum ging, ein Unrecht wiedergutzumachen. Ihrer Ansicht nach würde Bartholomews Bitte an den König mehr Erfolg beschieden sein, wenn er Royce die Baronie bereits abgenommen hatte.

Selbst, wenn das Royces Tod erforderte.

Wie konnte sie Bartholomew umstimmen?

Er nahm ihr die Armbrust ab, und sie bemerkte, dass er die Handwerkskunst bewunderte. Es war eine gut gearbeitete Waffe, und ein Baron sollte ihrer Meinung nach auch ein Kämpfer sein. An seinem Gürtel war ein Haken befestigt, der ihr verriet, dass er mit einer solchen Armbrust auch umgehen konnte. Sie reichte ihm auch den Köcher mit Bolzen, den der Gefallene bei sich getragen hatte.

Obwohl er beides entgegennahm, ging er weder auf ihren Kniefall ein noch auf Duncans Bemerkung.

»Ihr seid zu geschwächt, um heute noch weit zu laufen«, sagte er stattdessen zu Duncan. »Ich will nicht in euer Lager kommen, während die Männer des Barons uns verfolgen, Anna, denn ich möchte die Dörfler nicht in Gefahr bringen. Aber ich bitte dich, uns zu helfen, ein Versteck zu finden.«

Das war nicht das, was Anna von ihm wollte, aber es war besser, als wenn er sofort ging.

Vielleicht blieb ihr eine Chance, ihn zu überzeugen.

»Natürlich.« Anna stand auf und bedeutete ihnen, ihr zu folgen.

Duncan erhob sich mit einem leisen Stöhnen, aber es gelang ihm, Schritt zu halten, als Bartholomew seinen Arm nahm. »Dieser Bastard hat mich wirklich verprügelt«, sagte er mit zusammengebissenen Zähnen. »Aber es war kein fairer Kampf.«

»Männer seiner Art kämpfen nicht fair, Duncan«, stimmte Bartholomew ihm zu, und Anna war froh, dass er begriff, was für Männer es waren, die Royce folgten.

Zu ihrer Erleichterung bewegten sich beide Männer im Wald sehr leise. Es machte keinen Sinn, ihnen Augenbinden anzulegen, da Bartholomew heute Morgen erst das Lager ohne eine solche verlassen hatte, und sie dachte, es wäre vielleicht ein Zeichen des Vertrauens, Duncan auch keine anzulegen. Dennoch machte sie einen Umweg, um sicherzustellen, dass man ihnen nicht folte. Der Schnee fiel nun dichter, was bedeutete, er würde ihre Spuren rasch verwischen.

Als sie den Rand des Lagers erreichten, hörte sie den Ruf einer Eule.

Augenblicke später saßen sie unter einem Unterstand, unter dem Suppe auf einem niedrigen Feuer köchelte. Falls Duncan überrascht war, so viele Leute vorzufinden, die sich im Wald versteckten und als Ausgestoßene lebten, verbarg er seine Reaktion gut.

»Ihr seid wohlauf!«, rief Percy und warf sich so heftig auf ihn, dass der Schotte beinahe die Balance verlor. »Er hat mich gerettet!«, sagte er zu den übrigen, und Duncan fuhr ihm durchs Haar.

»Es ist wahrscheinlich zu viel zu hoffen, dass du das Diebeshandwerk an den Nagel hängen wirst?«, sagte er brummig, und Percy lachte.

Dass Duncan Bartholomews Freund war und Anna ihn mitgebracht hatte, hätte ausgereicht, damit man ihn willkommen hieß, aber Percys Begrüßung sorgte dafür, dass das Willkommen noch wärmer ausfiel. Edgar fand für ihn einen Platz am Feuer, und Willa servierte ihm eine volle Schüssel Suppe. Ein bisschen Brot war noch übriggeblieben, und es wurde ohne Widerspruch Duncan zugestanden. Die Suppe war dünn, aber warm, und Anna sah, wie überrascht Duncan wirkte, als er sie kostete.

»Huhn?«, fragte er und sah sich um. Die anderen lachten.

»Esme hat ihre Hennen vor zwei Jahren aus dem Dorf mit hergebracht«, sagte Anna. »Sie hat sich geweigert, ihre Schar zurückzulassen, also haben wir nun die Eier, nicht der Haushalt des Barons.«

Duncan unterdrückte ein Lächeln und ließ sich die Suppe schmecken. Sie schien seine Lebensgeister wieder zu wecken, auch wenn der Bluterguss auf seiner Wange übel aussah. Sie fragte sich, wie viele Blessuren er sonst noch davongetragen hatte. Royces Männer konnten grausam sein.

Willa füllte seine Schale lächelnd noch einmal. »Ich wünschte, wir hätten etwas Besseres, nachdem Ihr in Haynesdales Verlies eingesessen habt.«

»Es ist das beste Essen, das ich seit Langem gekostet habe, Mädchen. Ich danke Euch.«

Percy wollte erfahren, wie Duncans Flucht verlaufen war, und Bartholomew erzählte ein wenig davon, wobei Anna vermutete, dass er übertrieben bescheiden blieb. Duncans rasche Seitenblicke bestätigten ihre Vermutung. Er lobte sie überschwänglich dafür, ihn vor dem Schützen gerettet zu haben, und zeigte den anderen die Armbrust. Duncan fragte, ob jemand einen Schleifstein besaß, und machte sich daran, ihre Dolche zu schärfen, während die Jungen interessiert zusahen.

Der Schnee fiel dicht, hüllte die Welt in Weiß. Mit ihm hielt eine friedfertige Stille im Wald Einzug. Unterdessen grübelte Anna darüber nach, wie sie Bartholomew überzeugen sollte zu bleiben, oder zumindest Royce zu entmachten, bevor er sich auf den Weg an den Hof des Königs machte. Es konnten Monate vergehen, wenn er einmal ging, denn der König war wahrscheinlich in Anjou und eine Überfahrt nach Frankreich im Winter barg ihre Gefahren. Der Gedanke allein ließ sie frösteln, als würde sich eine Hand aus Eis um ihr Herz schließen.

Und ihr Unbehagen rührte nicht nur daher, dass sie um die Zukunft von Haynesdale fürchtete.

Nein, sie würde ihn vermissen.

Und sie würde das Vertrauen vermissen, dass der wahre Sohn bald zurückkehren würde, und die Hoffnung, die dieses Vertrauen ihr verlieh. Sie betrachtete die müde Gruppe von Dörflern und fürchtete, auch von ihnen würden viele diese Hoffnung verlieren. Sie konnte es nicht ertragen, sie noch mehr leiden zu sehen als bisher.

Was bedeutete, dass sie die Zeit nutzen musste, in der Duncan sich ausruhte, um Bartholomew von ihrer Vorgehensweise zu überzeugen.

Außerdem sollte sie ihn besser so oft in ihr Bett locken wie möglich, bevor er abreiste, damit sie seinen Erben bekam. Es konnte vielleicht doch noch einen wahren Sohn geben. Obwohl Anna nicht viel von ihrer eigenen Verführungskunst hielt, war ihre Nacht mit Bartholomew wunderbar gewesen. Vielleicht fand er sie trotz ihrer Unerfahrenheit anziehend. Ihr Herz machte unwillkürlich einen Satz.

Und vielleicht konnte sie die versammelten Dörfler benutzen, um ihr so dringliches Ziel zu erreichen.

»Ich habe euch an diesem kalten Tag eine Geschichte zu erzählen«, sagte sie, die Stimme erhoben, damit alle sie hörten. Sie nickten und scharten sich um sie, mehr als aufgeschlossen für ihren Vorschlag. »Es ist eine Geschichte, von der viele von euch schon einige Teile kennen, ich allein aber kenne alle. Vielleicht werden wir an diesem Tag das Ende erfahren.«

»Anna«, warnte Bartholomew mit einem Grollen, da er offensichtlich vorhersah, welche Geschichte sie erzählen würde, aber sie ignorierte ihn.

»Vor langer, langer Zeit«, begann Anna, »gab es einen Baron, der das Siegel von Haynesdale trug. Er stammte von einer langen Reihe Edelmänner ab, die Lords dieses Landes gewesen waren, der Sohn nach dem Vater, der Vater nach dem Sohn. Es war eine sächsische Linie, obwohl sie in der Zeit, in der Knut über England geherrscht hatte, dänische Frauen geheiratet hatten. Als der Eroberer kam und alle alten Rechte null und nichtig wurden, erkannte der damalige Baron die Zeichen der Zeit. Er übergab sein Siegel dem neuen König, im Austausch für das Wohlergehen seiner Leute.«

»Eine kluge Wahl«, murmelte Duncan. »Nur wenige Männer durchstehen einen Krieg, ohne dass ihre Besitzungen Schaden nehmen.«

Die Übrigen nickten zustimmend, bevor Anna fortfuhr.

»William bewunderte die Tapferkeit des Barons und seinen guten Ruf. Zwar erhob die Krone Anspruch auf das Land, aber im Ausgleich für sein Treuegelöbnis wurde es dem Baron erneut übergeben. Der Baron diente William und nahm sich, auf des Königs Rat hin, eine normannische Braut.«

»Offenbar eine Tradition in Haynesdale«, sagte Bartholomew, aber Anna ignorierte ihn erneut.

Falls er sie warnen wollte, dass er sie nicht heiraten konnte, verschwendete er seinen Atem. Sie begriff sehr gut, dass er von höherer Geburt war als sie, und wusste, wie solche Ehen unter dem Adel zustande kamen. Sie war kein närrisches Dorfmädchen. Sie hob ihr Kinn, warf ihm einen Blick zu und fuhr fort: »Und so verhielt es sich fortan mit den Lords von Haynesdale: Sie ehrten die Vergangenheit, doch sie kämpften für die Zukunft. Sie folgten dem Gesetz und fürchteten sich nicht zu verteidigen, was sie ihr Eigen nannten. Sie verknüpften alte Traditionen mit neuen, genau, wie sie ihr Blut mit dem Blut der Normannen vermischten, um die Sicherheit und das Auskommen aller zu sichern, die auf ihrem Land lebten. Die Krone vertraute ihnen – vielleicht, weil sie für Ehre und Gerechtigkeit bekannt waren, vielleicht, weil ihre Ländereien nicht allzu groß waren, und vielleicht, weil Haynesdale zu weit ab vom königlichen Hofe lag.«

»Oder vielleicht, weil sie sich dem Willen des Königs niemals direkt widersetzten«, steuerte Vater Ignatius bei. »Oder sich in Rebellion gegen die Krone erhoben.«

Anna lächelte. »Oder vielleicht, weil sie ihren Zehnten rechtzeitig zahlten und dem König regelmäßig Geschenke schickten. Wie dem auch sei, die Barone von Haynesdale waren stets in der Lage, ihr Lehen und ihren Titel an ihre Söhne weiterzugeben.«

»So, wie es sein sollte«, protestierte einer ihrer Gefährten.

»Und gewiss, indem sie für den Heimfall zahlten«, murmelte Duncan.

»Als William der Eroberer dieses Land in Besitz nahm, ging die Oberhoheit auf ihn über«, sagte Bartholomew. »Er verlieh den Edelleuten, die in seiner Gunst standen, ihre Titel, aber wenn sie starben, fielen Titel und Ländereien wieder der Krone zu. So ist es seitdem in England. Wenn ein Baron stirbt, hat allein der König das Recht, sein Lehen neu zu vergeben.«

»Einige haben dies strenger gehandhabt als andere«, sagte Duncan. »Dem jetzigen König, Henry, ist England weniger wichtig als die Normandie, und er zieht es vor, sich nicht mit der Vergabe von Lehen zu befassen, die er für unwichtig hält.«

»Dann können sie also vom Vater auf den Sohn übergehen«, sagte Percy.

Bartholomew lächelte. »Mit einer Zahlung an die Krone kann der Heimfall ohne Schwierigkeiten erkauft werden. Ohne allerdings … wer kann das sagen?«

Vater Ignatius schüttelte den Kopf. »Es ist nichts anderes als eine Bestechung.«

»Das stimmt, aber es ist nun einmal die Art, wie die Lehenshoheit in England gehandhabt wird«, sagte Bartholomew.

Anna räusperte sich. Ihr missfiel dieser Hinweis auf Bartholomews Entschlossenheit. »Und so kam es dazu, dass es vor nicht allzu langer Zeit einen Baron von Haynesdale gab, den sein Volk sehr liebte. Sobald er sein Erbe antrat, wurde er vermählt, wie es gut und richtig ist. Der

König selbst wählte seine Frau für ihn aus, und es heißt, er sei von ihren Reizen bezaubert gewesen. Sie heirateten und kehrten nach Haynesdale zurück, wo sie sehr bald ein Kind erwartete. Es hieß, Baron Nicholas sei vom Glück gesegnet – bis seine Frau bei der Geburt starb, und mit ihr das Kind.«

Viele in der Gruppe schüttelten den Kopf, denn sie alle hatten Frauen gekannt, die im Kindbett gestorben waren. Esme hörte aufmerksam zu, und Anna wusste, dass sie die Geschichte kannte.

»In der Kapelle in der alten Burg steht ein Stein, wo sie zur Ruhe gebettet wurde. Vielleicht hat er das Feuer überdauert. Meine Mutter sagte, tausend Messen seien für die Lady gelesen worden, und tausend Kerzen hätten ein Jahr lang zu ihrem Gedenken gebrannt. Sie sagte auch, Baron Nicholas habe dieser Verlust das Herz gebrochen, und man habe ihn oft am Grab seiner Frau beten sehen. Der Verlust veränderte ihn, sagte meine Mutter, und er weigerte sich, eine weitere Ehe in Betracht zu ziehen. Sein Herz war mit seiner Braut beerdigt worden. Davon war er überzeugt.«

Esme nickte traurig bei der Erinnerung.

»Baron Nicholas regierte viele Jahre ohne eine Ehefrau, und unter seiner Herrschaft blühte Haynesdale auf. Auf unseren Märkten gab es reichlich zu kaufen. Jeden Winter waren unsere Kornspeicher voll. Unsere Schafe waren fett, und unsere Kühe gaben reichlich Milch. Die Jahre vergingen, und der Baron wurde älter. Und obwohl dies der Lauf der Dinge ist, gab es viele, die begannen, sich um die Zukunft zu sorgen. Was würde mit Haynesdale geschehen, wenn der geliebte Baron starb? Er hatte keinen Sohn oder Erben, noch nicht einmal einen Bruder. Wer würde für den Schutz all derer sorgen, die auf seinem Land lebten?«

Ein Murmeln durchlief die Zuhörerschaft, als alle über diese Frage nachgrübelten. Mehr als einer bemerkte, dass auch Royce keinen Sohn hatte und ebenfalls älter wurde.

»Im Dorf wurde ein Treffen einberufen, denn es machte sich die Überzeugung breit, dass die Berater des Barons ihn falsch berieten. Wollte einer von ihnen das Siegel für sich? Das ging nicht an. Mein Vater war der Schmied des Dorfes Haynesdale, ein stiller Mann, der lange grübelte, bevor er eine Entscheidung traf. Er genoss großen

Respekt, daher wurde er ausgewählt, um die Sorgen der Dörfler am nächsten Gerichtstag an den Baron heranzutragen. Ihr könnt sicher sein, es kamen viele, um zu lauschen.«

»Ich war da!«, rief der alte Brauer, und Esme nickte zustimmend. Viele unter ihnen schienen nun zu bemerken, dass es keine alte Geschichte war, sondern um Haynesdales jüngere Geschichte ging. Sie beugten sich gespannt vor und lauschten gespannt.

»Mein Vater war kein Redner. Er konnte andere nicht mit schönen Worten und klugen Phrasen bezaubern, aber er sprach immer aufrichtig, wie sein Herz es ihm eingab. Als Dörfler, der seinen Lord aufrichtig liebte und bei dessen Tod nicht alles verloren gehen sehen wollten, richtete er seine Bitte an den Baron. Baron Nicholas hörte ihm zu und spielte mit seinem Bart, während er schweigend auf seinem großen Stuhl saß. Manche fürchteten, meinen Vater würde seine Kühnheit teuer zu stehen kommen, und vielleicht teilte mein Vater diese Furcht. Aber als er alles gesagt hatte, weshalb er gekommen war – und ich bezweifle, dass es eine lange Ansprache war –, dankte ihm Baron Nicholas und verließ dann den Hof.«

Alle waren still. Ihr Interesse war offensichtlich.

»Eine Woche lang gab es keine Nachricht vom Baron, doch sah man ihn erneut in der Kapelle, wie er am Grab seiner Frau betete. Erneut wurden die Kerzen entzündet und brannten die ganze Nacht, und erneut wurden Messen zu ihren Ehren gelesen. Am Ende der Woche trat der Baron in seinen Burghof und rief nach seinem Pferd. Am selben Tag ritt er mit seinen Höflingen aus, nach Süden an den Hof des Königs, mit einer Geschwindigkeit, die einen jüngeren Mann stolz gemacht hätte. Später erzählte man sich, er habe den König direkt in dessen privaten Gemächern aufgesucht, sei auf ein Knie gefallen und habe seinen Oberherrn gebeten, eine Braut für ihn auszusuchen.«

Manche nickten zustimmend.

»Es war das Jahr 1163, und König Henry II. war gerade nach England zurückgekehrt. Er wollte in seinem Königreich für Ordnung sorgen, und es gefiel ihm, dass Baron Nicholas ihm gegenüber loyal geblieben waren, während Stephen und Matilda ihn herausgefordert hatten. Auch beeindruckte ihn die Zielstrebigkeit dieses alten Edelmanns, seine Entschlossenheit, das Richtige zu tun. Er gelobte, über die

Frage nachzudenken, dann lud er den Baron an seine Tafel ein. Eine Lady im Gefolge der Königin sorgte dafür, dass sie neben Baron Nicholas saß, da sie von ihm gefesselt war. Gabriella war eine Schönheit, eine Witwe. Ihr Wesen unterschied sich so sehr von dem der geliebten Frau des Barons, wie es das nur konnte. Es hieß, sie sei willensstark und frei heraus gewesen. Ihr erster Ehemann hatte gescherzt, sie sei besser geeignet, eine Armee zu führen als eine Nadel bei der Handarbeit.«

Ein Lachen ging bei diesen Worten durch den Kreis der Anwesenden, und Anna sah Bartholomew in ihre Richtung blicken. »Viele Männer würden eine solche Frau als Partnerin vorziehen«, sagte er leise, und Anna errötete. Ihre Zuhörer stießen einander an. Als sie fortfuhr, brannte ihr Gesicht.

»Gabriella und der Baron entdeckten an jenem Abend, dass sie beide gleichermaßen direkt waren. Baron Nicholas sagte, er würde niemals eine andere so lieben, wie er seine Frau geliebt habe. Gabriella versicherte ihm, sie würde niemals einen Mann so lieben wie ihren verstorbenen Gemahl, und dies war eine unter vielen Gemeinsamkeiten. Sie waren beide praktisch veranlagt und sprachen in jener ersten Nacht über Geld und Erwartungen, ihre Vorstellungen von Gerechtigkeit, ihre Vorliebe für unterschiedliche Luxusgüter und hundert andere Dinge. Als es an der Zeit war, sich für die Nacht zurückzuziehen, war jeder bereits vom Wert des anderen überzeugt.«

Anna räusperte sich. »Es hieß, Baron Nicholas habe in jener Nacht um den Segen seiner Frau gebeten, diese Lady zu heiraten, für die Zukunft seines Lehens. Er erhielt ein Zeichen in dem jähen Aufflackern der Kerzen in der Kapelle, das er für Zustimmung hielt. Der König hatte bemerkt, wie gut die beiden bei Tisch miteinander auskamen, und verkündete, Baron Nicholas solle die Lady Gabriella heiraten. Sie legten am nächsten Tag vor dem Hof ihre Gelöbnisse ab und kehrten nach Haynesdale zurück.«

»Ich würde schätzen, sie wurde mit offenen Armen empfangen«, sagte einer der Männer.

»Aye, das wurde sie. Der Lady flogen rasch die Herzen aller Dörfler zu, denn sie war gütig, aber auch entschlossen. Sie gab Almosen und guten Rat und hatte einen unfehlbaren Sinn für Gerechtigkeit. Ihre

Dienstboten wurden gut behandelt, und sie gab dem Baron kluge neue Empfehlungen. Beide waren ihre Ehe voll gutem Willen eingegangen, und es war noch kein Jahr verstrichen, als sie schwanger wurde. Der Baron war beunruhigt, aber die Lady schien keine Furcht zu kennen. Am Jahrestag ihrer Hochzeit gebar ihm Lady Gabriella einen gesunden Sohn. Sie gebar schnell, als wollte sie die Ängste ihres Mannes so rasch wie möglich beschwichtigen, und in ganz Haynesdale herrschte große Freude.« Bei diesen Worten erklang Applaus, und Anna wandte sich dem Priester zu. »Vater Ignatius, habt Ihr den Jungen getauft?«

»Das habe ich. Er hieß Luc, der Name des Vaters des Barons, und Bartholomew, wie Lady Gabriellas erster Ehemann. Der Tradition von Haynesdale folgend, vereinte sein Name zwei Völker, wie die Heirat selbst es auch getan hatte. Er war ein kräftiges Kind, hübsch und gesund.«

Anna sah Bartholomew zusammenzucken, als Vater Ignatius den Namen des Jungen nannte.

»Er hatte ein tapferes Herz«, steuerte Esme bei. »Selbst, als er ein Junge war, konnte man es sehen, und er besaß ein sehr großzügiges Wesen. Er spielte mit meinem Oswald, wenn Lady Gabriella mich besuchen kam.«

»Das waren damals andere Zeiten«, seufzte eine Frau. »Wir wussten nicht zu schätzen, wie viel Glück wir mit dem Baron und seiner Frau hatten, bis sie fort waren.«

Anna sah, wie Bartholomew die Versammelten musterte. »In Haynesdale schien alles gut zu sein, aber in Wirklichkeit drohte das Unheil«, sagte sie. »Der Baron kämpfte gegen einen Nachbarn an seiner Nordgrenze, einen, dessen Lehen nicht so wohlhabend war und den es nach Dingen gelüstete, die nicht ihm gehörten. Sein Name war Royce, und es heißt, dass die Wut seiner Angriffe wuchs, als er einmal die Lady Gabriella gesehen hatte. Die beiden Barone verhandelten miteinander, und alle glaubten, der Frieden werde zumindest ein paar Jahre halten. Der Knabe war vier Jahre alt, als Royces Männer sich im Schutz der Dunkelheit heranschlichen. Es war am Weihnachtsfest, und Baron Nicholas hatte die Menschen auf seinem Land zu einem Fest in seine Halle eingeladen. Das Bier jedoch war vergiftet, auf Royces Befehl hin, und in jener Nacht schliefen alle zu tief. Die Feinde schlichen sich in die Burg von Haynesdale, metzelten alle nieder, die erwachten, um sich ihnen entgegenzustellen, und ermordeten Baron Nicholas in seinem eigenen Bett. Seine Frau wäre gefangen genommen worden, denn Royce wollte sie für sich haben, aber sie entkam, als Dienerin verkleidet, aus der Burg.«

Esme bekreuzigte sich. »Herr im Himmel, aber ich erinnere mich an jene Nacht«, sagte sie leise.

Anna schluckte. »In Wahrheit gab meine Mutter der Lady ihre eigenen Kleider und half ihr bei der Flucht. Sie kam in unser Haus, das ihr sehr bescheiden vorkommen musste, aber meine Mutter sagte, sie sei freundlich und dankbar gewesen. Als die Burg von den Angreifern in Brand gesteckt wurde, hielt mein Vater die Lady von dem Versuch ab, jenen zu helfen, die gewiss längst verloren waren. Es heißt, die Burg von Haynesdale sei der Scheiterhaufen des alten Barons geworden.«

Mehr als einer bekreuzigte sich. »Die Ruine ist ein verfluchter Ort«, murmelte jemand. »Man kann die Schmerzensschreie hören, wenn der Wind sich erhebt.«

»Zur Weihnacht«, fügte jemand anders grimmig hinzu.

»Untier«, sagte ein Dritter und spuckte aus.

»Am Morgen ging das Feuer aus, die Burg war nur noch Asche, und in der Luft hing der Rauch«, fuhr Anna fort. »Die Angreifer hatten die Dörfler eingesperrt. Meine Eltern waren mit der Lady und ihrem Sohn in den Wald geflohen und sahen voll Entsetzen zu, wie Royces Männer durch das Dorf gingen, Häuser in Brand steckten und die Leute aus ihren Verstecken trieben. Mehrfach wurde verkündet, Royce würde Gnade zeigen, wenn die Lady Gabriella sich ihm auslieferte.«

Bei diesen Worten herrschte Stille, und mehr als eine Frau schaute Anna voll Mitgefühl an, denn ihr eigenes Leid war nicht so verborgen geblieben, wie sie es sich gewünscht hätte. Wieder sah sie, dass Bartholomew diese Reaktion bemerkte, und spürte seinen Blick auf ihr ruhen.

Ihre Wangen waren heiß, aber sie fuhr fort: »Meine Mutter sagte, die Lady Gabriella sei bei diesem Anblick von einer neuen Entschlossenheit erfüllt worden. Es gab drei Männer, deren Loyalität ihrem Ehemann gegenüber über jeden Zweifel erhaben war. Auf ihre Bitte hin fand mein Vater sie, und sie alle waren Zeugen, als sie ihren Plan enthüllte. Sie wusste, an diesem Tag konnte ihr Sohn nicht triumphieren, nicht als so kleiner Junge. Sie beauftragte die Ritter damit, ihren Sohn zur Königin zu bringen, die in Aquitanien Hof hielt, und ihn ihrer Obhut anzuvertrauen. Sie wollte, dass er an jenem Hof aufwuchs, ein Ritter wurde und dann heimkehrte, um seinen Vater zu rächen.«

Sie holte tief Atem. »Um sicherzugehen, dass er als rechtmäßiger Erbe erkannt werden würde, ließ Lady Gabriella meinen Vater den Siegelring des Barons von Haynesdale im Feuer seiner Schmiede erhitzen und dem Jungen das Zeichen einbrennen, direkt über dem Herzen. Er wurde mit dem Beweis seiner Herkunft gebrandmarkt, sodass niemand diese bei seiner Rückkehr anzweifeln könnte.«

Mehr als ein Dörfler verzog bei diesen Worten mitfühlend das Gesicht, und Bartholomew schaute zu Boden.

Anna blieb einen Moment still. »Meine Mutter sagte, er wäre sehr tapfer gewesen, denn selbst, als sich das heiße Eisen in sein Fleisch brannte – und der Schmerz muss furchtbar gewesen sein – gab Baron Nicholas' Sohn keinen Laut von sich.«

Ihre Worte wurden mit beifälligem Gemurmel quittiert.

»Die Lady küsste ihren Sohn auf die Stirn und sagte ihm, er solle brav sein. Sie sah nicht zu, als die Ritter mit dem Jungen in den Wäldern verschwanden. Meine Mutter sagte, sie habe still geweint. Dann begab sie sich zurück ins Dorf und forderte Royce auf, Gnade zu zeigen, wie er es versprochen hatte. Sie sagte, sie würde mit ihm das Bett teilen, wenn er die Dörfler freiließe. Er tat es, und alle sahen erstaunt zu, als sie hinter ihm aufsaß und mit ihm ritt, um seine neue Frau zu werden.«

»Das arme Lämmchen«, sagte Esme.

»Manche gab es, die behaupteten, die Lady entehrte das Andenken ihres Mannes, und andere wieder glaubten, sie dächte nur an ihren eigenen Vorteil. Meine Mutter aber sagte, sie habe gesehen, wie zwischen dem Baron und seiner Frau unerwartet die Liebe erblühte, und riet allen, abzuwarten und zu schauen. Binnen Tagen erreichte uns die Kunde. Die Lady Gabriella hatte den Baron mit einem versteckten Messer angegriffen, als er in ihr Bett kam. Sie hatte ihm die Klinge ins Auge gestoßen, bevor er ihre Absicht begriff, und als seine Männer ihm zur Hilfe kamen, stieß sie sich den Dolch in das eigene Herz. Vor ihnen allen tötete sie lieber sich selbst, als ihn zu heiraten, und nahm Rache für ihren Gemahl. Royce trägt die Narbe ihrer Zurückweisung bis in alle Zeit.«

Anna hörte die Empörung in ihrer eigenen Stimme. »Royce bezahlte mit dem Geld aus der Schatzkammer des Barons dafür, dass das Lehen auf ihn überging, und es gab niemanden, der es wagte, sich gegen ihn aufzulehnen. Zumindest niemanden, auf den man gehört hätte. Unermüdlich suchte er nach dem Siegelring, doch er fand ihn nie. Hier und dort erfuhr er Teile der Wahrheit, ausreichend, dass er dem verschwundenen Jungen eine eigene Gruppe Ritter hinterhersandte, aber wir hörten nicht, was sich daraufhin ereignete. In der Zwischenzeit erbaute er eine neue Burg in Haynesdale, bezahlt mit den Steuern, die er uns auferlegte.«

»Mit der Mitgift seiner zweiten Frau wurde sie größer«, bemerkte Edgar.

»Aye, das tat sie. Mein Vater war einer der Ersten, die zu Gesetzlosen wurden, aber er war nicht der Letzte, und nun leben mehr von uns in den Wäldern von Haynesdale als im Dorf.«

Anna wandte sich Bartholomew zu. »Seit dem Tag von Haynesdales Niederlage warten wir. Wir haben die Geschichte von Baron Nicholas und Lady Gabriella unseren Kindern und unseren Brüdern erzählt. Wir haben Sir Royces Tyrannei erduldet und um die Rückkehr von Luc Bartholomew gebetet, dem Sohn von Baron Nicholas und dem rechtmäßigen Baron von Haynesdale.«

Anna griff in ihr Unterkleid und zog den Ring hervor, der ihr an einem Band um den Hals hing. »Was niemand wusste, war, dass Lady Gabriella den Siegelring ihres Ehemannes meinem Vater anvertraute, damit er bis zur Rückkehr ihres Sohns versteckt bliebe. Ich bin die Tochter des Schmieds, und dies ist der Siegelring von Baron Nicholas.« Sie hielt ihn hoch, sodass er im Licht glänzte. »Mein Vater hielt ihn verborgen, bis er in Royces Verlies gebracht wurde, um zu gestehen, was er wusste. Meine Mutter hielt ihn versteckt, bis auch sie in den Kerker kam, damit sie ihr Wissen preisgab. Ich weiß, dass keiner von beiden die Wahrheit verraten hat, denn ich habe den Ring noch.«

Alle ringsum waren totenstill.

»Und an diesem Tag, wider Erwarten, habe ich das Mal gefunden, das mein Vater hinterlassen hat, eingebrannt über dem Herzen ihres

Sohnes auf Lady Gabriellas Befehl. Ich habe die Narbe gesehen, die zum Ring gehört.« Sie wandte sich Bartholomew zu und bot ihm den Ring dar, ließ sich auf ein Knie fallen, während sie es tat. »Und so gebe ich Euch das Zeichen Eures Vermächtnisses zurück, Sir, wie Eure Mutter es verfügt hat.«

KAPITEL 11

Anna hatte offenbar vor, es Bartholomew unmöglich zu machen fortzugehen.

Und ihre Strategie war sehr gut. Er spürte, wie Hoffnung in den Reihen der erschöpften Dorfleute wuchs, die so geschwächt waren von den Erfahrungen der Vergangenheit, und war gegenüber der Macht ihrer Bitte nicht immun. Sie sahen ihn mit Erleichterung in den Augen an, und er wusste ja nun, wie viel sie erlitten hatten. Er wusste, dass sie es verdienten, in ihr Dorf zurückzukehren und in Frieden zu leben.

Ja, ihr Wohlergehen war seine Verantwortung.

Er konnte Anna keinen Vorwurf daraus machen, dass sie versuchte, eine Entscheidung zu erzwingen. Ihr war die Zukunft dieser Menschen wichtig, und sie glaubte, er habe sich falsch entschieden. Sie hatte keine Gelegenheit gehabt, Achtung vor dem Gesetz zu lernen, nicht unter Royces Herrschaft, aber Bartholomew würde das Recht nicht brechen, noch bevor er dieses Lehen für sich beanspruchte.

Unter den versammelten Dörflern spürte er den Kampfgeist, der sie dazu bringen würde, loszuziehen und Haynesdale anzugreifen, Royce zu töten und die Baronie wieder der Linie seines Vaters zu übergeben. Aber so einfach war das nicht. Und er fürchtete, dass diesen Leuten noch sehr viel größere Härten bevorstehen würden, wenn er so unüberlegt handelte.

Es war seine Aufgabe, mit Bedacht vorzugehen und diese Menschen zu schützen, auf diese Weise an die Tradition seiner Ahnen anzuknüpfen.

Und die Dörfler von Haynesdale einmal mehr vom Wert der Gerechtigkeit zu überzeugen.

Bartholomew war dabei, sich die Worte zurechtzulegen, als Anna in ihr Unterkleid griff. Sie zog das Band hervor, das ihn so neugierig gemacht hatte, ihre Hand um das Andenken geschlossen, das sie zwischen ihren Brüsten verborgen hatte. Sie zog sich das Band über den Kopf und hielt seinen Blick fest. Als sie ihre Hand öffnete, sah er staunend, was auf ihrer Handfläche lag.

Seines Vaters Siegelring.

»Gelobt sei Gott, der wahre Sohn ist gefunden«, sagte sie leise.

Duncan pfiff leise durch die Zähne.

»Daher wusstest du es also«, murmelte Bartholomew.

»Es passt perfekt«, sagte sie voll Überzeugung, und alle Umstehenden tauschten Blicke. »Nicholas' Nachkomme ist zurückgekehrt.«

Die Menschen jubelten.

Bartholomew wusste, was Anna von ihm wollte. Und er wollte den Ring nehmen, mehr als alles auf der Welt, aber er konnte es nicht tun. Das Schmuckstück sah so klein aus, aber die Verantwortung, die mit ihm einherging, war eine sehr viel schwerere Bürde als sein tatsächliches Gewicht.

Er stand auf und trat einen Schritt zurück. »Nur der König kann einen Baron ernennen, Anna«, sagte er mit stillem Nachdruck.

Die Dörfler starrten ihn schockiert an.

»Aber werdet Ihr Euer Erbe nicht antreten?«, fragte ein großer Mann, der Fässermacher vielleicht.

»Ihr begreift nicht, worum Ihr bittet«, sagte Bartholomew. »Ich möchte Euch nicht in größere Gefahr bringen.«

»Wir wollen heimgehen«, rief die Frau des Mannes.

»Wir wollen im Dorf leben und unsere Gärten bestellen«, beharrte Willa.

»Und die Felder pflügen, wie es sein sollte«, sagte der Brauer. »Getreide säen für Brot und für Ale.«

»Wie lange ist es her, seit wir dein Ale gekostet haben?«, murmelte seine Frau.

Edgar ließ sich vor Bartholomew auf ein Knie fallen. »Bringt uns heim, Mylord. Ich würde Euch folgen, um zu tun, was auch immer notwendig wäre.«

»Aye!«, stimmten viele zu.

Bartholomew seufzte. »Und was würde ich von jenen verlangen, die mir folgten? Im Kampf gegen geübte, bewaffnete Ritter den Tod zu finden?« Die Dörfler tauschten Blicke, während er an den Fingern abzählte. »Royce persönlich und Gaultier, vier weitere Ritter und mindestens ein halbes Dutzend Bewaffnete.«

»Acht«, bestätigte der rothaarige Mann.

»Acht also, dazu die anderen, das sind dreizehn bewaffnete und geschulte Kämpfer, die bereit sind, zur Verteidigung ihres Lehnsherrn zu töten.« Beunruhigung durchlief die Menge. »Wir haben wenige Schwerter, wenige Dolche, keine Rüstungen und nur zwei Männer, die in der Art von Schlacht gekämpft haben, der wir uns gegenübersehen würden.«

»Einer davon deutlich angeschlagen«, fügte Duncan hinzu.

»Aber …«, protestierte Anna, doch Bartholomew hob den Finger.

»Zu ihnen kommen noch die Knappen, für die es ein Teil ihrer Ausbildung ist, sich auf solche Kämpfe vorzubereiten. Ich habe mindestens ein Dutzend von ihnen gesehen, und auch sie sind bewaffnet.«

»Wir sind in der Unterzahl«, murmelte die rothaarige Frau dem Mann neben ihr zu. Er nickte grimmig, und Bartholomew sah die Hoffnung in vielen Gesichtern ersterben.

»Dazu kommen die Verteidigungsanlagen der Burg selbst. Sie ist groß und solide erbaut, angelegt, um einem Angriff standzuhalten. Wir haben keine Belagerungsmaschinen oder Pferde. Mit losen Steinen und blanken Fäusten können wir keine befestigte Burg angreifen, nicht, wenn wir Erfolg haben wollen.«

»Wir haben unseren Zorn«, sagte Anna. »Das ist nicht zu unterschätzen.«

Ein paar Dörfler nickten, aber Bartholomew hörte, wie sich Ungeduld in seine Stimme schlich. »Es gibt Leidenschaft, und es gibt Torheit. Ich habe genug gesehen, um den Unterschied zu kennen, und ich habe hinreichend viele Menschen sinnlos sterben sehen, dass es mir für den Rest meines Lebens reicht.« Er schüttelte den Kopf. »Nein, ich wäre nicht besser als das Schicksal, das ihr bereits kennt, wenn ich Euch in eine solche Schlacht führen würde. Es wäre unverantwortlich und falsch.«

Vater Ignatius nickte leise. Sein Gesichtsausdruck verriet Zustimmung. »Er ist in der Tat seines Vaters Sohn«, murmelte er, aber Bartholomew antwortete nicht.

Anna forderte ihn erneut heraus. »Du hättest ihn in der Burg angreifen können, während wir dort waren. Er hätte so einen solchen Angriff nicht vorhergesehen.«

»Sir Royce war mein Gastgeber«, erwiderte Bartholomew. »Ich konnte seine Gastfreundschaft nicht mit Verrat vergelten.«

Anna keuchte auf. »Aber du wolltest von ihm stehlen!«

»Ich versuchte, wiederzuerlangen, was unserer Gruppe anvertraut worden war«, korrigierte Bartholomew. »Und ich verhalf deinem Bruder zur Freiheit. Mehr zu nehmen, als uns zustand, als Gäste unter seinem Dach, wäre falsch gewesen.«

»Sicherlich steht Euch Haynesdale zu!«, rief Edgar.

»Und es mag mir zugesprochen werden, wenn ich meinen Anspruch geltend mache und den Heimfall bezahlen kann. Uns gefällt der Gedanke, dass ein Lehen vom Vater auf den Sohn übergeht, aber seit die angevinischen Könige über England herrschen, ist das nicht länger das Gesetz. Ich werde Royce nicht töten, um meinen Anspruch durchzusetzen.« Er musste sich einige andere Worte verbeißen. »Ich werde das Gesetz nicht missachten, nur weil es mir gerade passt.«

Schweigend starrten sie ihn an.

Bartholomew wandte sich Duncan zu. Ihm war bewusst, dass er die Dörfler enttäuscht hatte, aber es sah keinen Grund zu lügen. »Gebt mir Eure Stiefel, Duncan, und ich werde sie mit meinen zusammen säubern.«

Gemurmel brach unter den Dörflern aus, Geflüster, das er nicht deutlich hörte, das aber zweifellos voller Spekulationen war. Er nahm an, dass sie ihm Vorwürfe machten oder ihn für einen Feigling hielten, aber er war sich der Grenzen seiner Macht durchaus bewusst. Er merkte auch, dass Vater Ignatius ihm folgte, sah aber nicht den Blick, den der Priester Anna zuwarf.

Er hörte jedoch ihre Schritte hinter ihnen und schüttelte den Kopf. Es sah Anna ähnlich, sich zu weigern, eine andere Antwort zu akzeptieren als die, die sie hören wollte. In gewisser Weise war ihre Leidenschaft inspirierend, aber er konnte nicht achtlos mit den Leben anderer umgehen.

Er konnte sich nicht einfach nehmen, was er wollte, wie Royce es getan hatte.

Aber es musste eine Lösung geben. In diesem Moment war Bartholomew mehr als froh, dass er Gaston kannte und sich an ihm ein Beispiel genommen hatte.

Denn es würde einen Diplomaten und einen Mann von Integrität brauchen, um diesen Sieg zu erringen.

VATER IGNATIUS MOCHTE den jungen Ritter mehr, als er seit langer Zeit einen neuen Bekannten gemocht hatte. Er folgte Bartholomew zum Bach, wo der jüngere Mann in die Hocke ging und eine Handvoll Schnee aufhob. Vater Ignatius sah ihm zu, wie er seine Stiefel mit dem frischen Schnee abrieb, dann den dreckigen Matsch ins Wasser warf und eine weitere Handvoll nahm. Er scheute die Arbeit nicht, dieser Ritter, schreckte nicht vor Aufgaben zurück, die unter seiner Würde waren, wenn diese getan werden mussten. Und Vater Ignatius respektierte die Achtsamkeit, die Bartholomew den Dörflern aus Haynesdale erwies.

Es war kein Scherz gewesen, als er den jungen Mann mit seinem Vater verglichen hatte.

Bartholomew nahm seine Anwesenheit nicht zur Kenntnis, nicht einmal, als Vater Ignatius sich einen von Duncans Stiefeln nahm und ihn auf die gleiche Weise mit Schnee zu säubern begann. Schweigend arbeiteten sie zusammen, während sich Vater Ignatius zurechtlegte, was er sagen wollte. Anna blieb außer Sicht, hinter ihnen. Zweifellos wartete sie und lauschte.

»Ihr habt alle verblüfft«, sagte er schließlich in mildem Ton.

Bartholomew schaute auf. »Inwiefern?«

Vater Ignatius lächelte. »Sie haben in den letzten Jahren wenige ehrenhafte Ritter gesehen. Sie kennen es nicht mehr, dass ein Mann seinen Prinzipien folgt.«

»Ich weiß nicht, was ich sonst tun sollte.«

»Aber Ihr begreift, warum sie solch hohe Erwartungen an Euch haben.«

»Natürlich.« Bartholomew richtete sich auf. »Aber es bleibt die Tatsache bestehen, dass der König seine Barone nach seinem Gutdünken ernennt. Damit das im Falle von Haynesdale zumindest eine Möglichkeit wäre, müsste Royce Montclair tot sein und ein Mann, der an seiner Stelle Baron werden wollte, müsste das Geld haben, für den Heimfall zu bezahlen.« Er zuckte die Schultern. »Royce ist nicht tot, und ich werde ihn nicht töten.«

»Weil Ihr die Mittel nicht habt, das Lehen zu übernehmen.«

»Selbst wenn ich sie hätte, wäre es falsch, den Mann zu ermorden, der meinen Zielen im Weg steht, unabhängig davon, was er in der Vergangenheit getan hat. Sicher muss ich darüber nicht mit Euch streiten.«

Vater Ignatius ließ das Schweigen zwischen ihnen wachsen, bevor er etwas sagte. »Erinnert Ihr Euch an die Ereignisse jener Tage?«

Bartholomew schüttelte den Kopf. »Ich erinnere mich an das Feuer. Ich erinnere mich an die Stimme meiner Mutter.« Er lächelte den Hund an, der sich neben ihn gesetzt hatte. »Ich erinnere mich an einen Hund, ganz ähnlich wie dieser, mit dem Namen Whitefoot.«

Vater Ignatius lächelte. »Ich entsinne mich. Dieser hier wäre mindestens sein Urgroßenkel.«

»Dann sind sie verwandt!«

»Aye. Die Hunde Eures Vaters, die überlebten, fanden in der Mühle Zuflucht.« Der Priester streichelte dem Hund die Ohren. »Aber Ihr habt wohl nie den Hof des Königs in Anjou erreicht.«

Bartholomew schüttelte den Kopf. »Nein. Ich vermute, dass man uns gefolgt ist und die Ritter, die mich in ihrer Obhut hatten, verraten und angegriffen wurden. Ich weiß nur, dass mich einer von ihnen nachts weckte und mir befahl, davonzulaufen. Er sagte mir, ich solle in die Kirche gehen, wo wir an jenem Tag gebetet hatten, und er würde mich dort finden. Er kam nie.« Der jüngere Mann runzelte die Stirn. »Wir waren in Paris.«

»Ihr müsst verängstigt gewesen sein.«

»Ich glaube, mir war nicht einmal vollkommen klar, was sich ereignet hatte. Ich hatte Hunger, so viel weiß ich, und die Ritter hatten mich beschützt. Mein Vater war auch ein Ritter gewesen, und meine Mutter hatte mich diesen Männern anvertraut. Als ich also einen anderen Ritter zum Beten in diese Kirche kommen sah, folgte ich ihm. Er trug das rote Kreuz des Templerordens, und ich hatte noch nie ein so feines Hemd gesehen.« Bartholomew lächelte. »Er konnte mich nicht loswerden, denn ich sah ihn als meine einzige Chance zu überleben.«

»Es muss in Paris noch andere Ritter gegeben haben.«

»Ich hatte nur Augen für ihn. Ich folgte ihm, schwor, ihm zu helfen. Ich gelobte, zu tun, was immer er wollte, solange er mich mitnähme.« Bartholomew zuckte die Schultern. »Wer weiß, wie viel Gaston in Wirklichkeit erriet? Aber nachdem ich auf ihn eingeredet hatte und darum kämpfte, mich ihm zu beweisen, indem ich ihm nach Kräften half, gab er nach. Er hob mich in den Sattel und nahm mich mit, nannte mich seinen Knappen, obwohl ich viel zu klein war, um von großem Nutzen zu sein.«

»Ihr wurdet größer.«

Bartholomew lächelte. »Aye, ich wurde größer. Und da er nach Jerusalem entsandt wurde, wurde ich in Outremer zum Mann.«

»Wart Ihr all diese Jahre dort?«

Der Ritter nickte. »Die meiste Zeit. Wir verließen das Heilige Land nur, weil Gaston zum Erben seiner Familie wurde und nach Frankreich zurückkehrte. Dort entschloss er sich, mich zum Ritter zu schlagen, denn er ist ein guter und großzügiger Mann.«

»Ein Mann von Prinzipien«, sagte Vater Ignatius, da er vermutete, Bartholomew hätte seine Vorstellungen von Ehre von seinem Mentor übernommen.

»In der Tat.«

»Ihr hättet an einen anderen, weniger ehrenhaften Menschen geraten können.«

Bartholomew nickte. »Das hätte sehr leicht geschehen können.«

»Gott scheint Euch behütet zu haben.«

»Vielleicht. Vielleicht war alles auch nur Gastons Werk.« Sie lächelten beide. »Ich möchte die Ehre, die Gaston mir erwiesen hat, nicht durch irgendeine Tat entwerten, die ihm Kummer bereiten würde. Er verhandelte damals oft für die Templer in Palästina, suchte nach Kompromissen und Ausgewogenheit.«

»Also auch noch ein maßvoller Mann«, erriet der Priester. »Ihr müsst beabsichtigt haben, nach Haynesdale zu kommen.«

»Ich reiste mit Fergus und Duncan nach Schottland, denn Fergus wird dort das Erbe von Killairic antreten und im kommenden Frühjahr seine Verlobte ehelichen. Ich hielt es für eine Gelegenheit zu erfahren, was in Haynesdale geschehen ist.«

»Wussten sie von Eurer Absicht?«

Bartholomew schüttelte den Kopf. »Ich wusste nicht, was ich vorfinden würde. In gewisser Weise hoffte ich, alles wäre gut, und es gäbe keine Notwendigkeit, meine Eltern zu rächen. Zugleich sehnte ich mich danach, das Unrecht zu bereinigen. Aber auf jeden Fall musste ich die Wahrheit erfahren, bevor ich einen Versuch unternehmen könnte, etwas zu ändern.« Der junge Mann hatte seine Stiefel fertig geputzt und warf einen Blick in den Wald. »Ich konnte mich nicht wirklich erinnern, nicht, bis wir hier waren. Cenric erinnerte mich an White-foot. Erst, als Anna uns zum Ort des ersten Brandes brachte, erinnerte ich mich an die Burg und an meine Mutter. Ich hatte immer Albträume von Feuer und Schmerz, aber ihre Erzählung füllte die Lücken.«

»Was werdet Ihr jetzt tun?«

Bartholomew sah ihm in die Augen. »Ich werde eine Petition an den König richten. Ich vermute, Henry ist wieder in Anjou, ganz in der Nähe von Gastons Ländereien.«

»Vielleicht wird Euer Freund sich für Euch verbürgen.«

»Vielleicht wird er das, aber die Tatsache bleibt bestehen, dass Royce noch am Leben ist.«

»Und Ihr braucht Geld. Wird Euch Euer Freund dabei behilflich sein?«

Bartholomew lächelte und schüttelte den Kopf. »Er war sehr gütig zu mir, Vater Ignatius. Gaston hat mir meine Sporen geschenkt, meine Klinge, meine Rüstung und mein Pferd.«

»Und Eure Vorstellung davon, wie ein Ritter sein sollte, und Euer Verständnis von Ehre.«

»Aye. Was das angeht, hat er mir bereits den Reichtum eines Königs vermacht, aber er ist nicht so wohlhabend wie der König.«

Vater Ignatius stützte die Ellbogen auf die Knie und legte die Fingerspitzen aneinander. »Was, wenn sich die Mittel für den Heimfall auftreiben ließen?«

»Auftreiben?«, wiederholte Bartholomew.

»Ich weiß, dass Sir Royce seine Steuern in den nächsten Tagen an den Schatzkanzler schicken wird.«

»Sicher schlagt Ihr doch keinen Diebstahl vor, Vater Ignatius.«

»Ich bin mir nicht sicher, ob ich es einen Diebstahl nennen würde, wenn seine Boten ihrer Bürde entledigt würden.«

»In der Tat?«

»In der Tat.« Vater Ignatius sah Bartholomew fest an. »Steuern werden von den Dörflern entrichtet und von jenen, die vom Baron abhängig sind.«

»Wenn sie einmal gezahlt sind, gehören sie nicht länger denen, die sie entrichtet haben.«

»Aber sie werden für die Dienste gezahlt, die der Baron zu leisten hat. Wir zahlen für das Recht auf Sicherheit in unseren Häusern, für den Unterhalt der Ritter, die uns verteidigen sollen, für die Gerichtsbarkeit, die dafür sorgen soll, dass es gerecht im Land zugeht, für ein Weihnachtsfest am Tisch des Barons. Die Ritter von Haynesdale verteidigen die Dörfler nicht. In Wirklichkeit nutzen sie sie aus. Und ich kann mich nicht entsinnen, wann Sir Royce das letzte Mal einen Gerichtstag abhielt. Seit seiner Heirat hat kein Dörfler Einlass in seine Burg gefunden.« Der Priester zuckte die Schultern. »Man könnte sagen, dass die Dörfler für ihre Steuern nicht bekommen haben, was Royce ihnen schuldig ist.«

»Ihr wisst, dass sie dennoch nicht das Recht haben, ihr Geld zurückzufordern.«

»Vielleicht sollten sie das.«

Bartholomew schüttelte den Kopf. »Das nenne ich Haarspalterei. Ihr könnt es nicht gerecht nennen, jemanden zu bestehlen, nicht einmal, wenn es Eurer Ansicht nach einem guten Zweck dient. Es gibt

Recht, und es gibt Unrecht, und ein Unrecht kann niemals ein bereits geschehenes Unrecht wiedergutmachen.« Er hob mahnend den Finger. »Wäre ich der Herr eines Lehens, und meine Dörfler hielten es für angebracht, mich zu ihren Zwecken zu bestehlen, würde ich das wohl kaum gerecht nennen.«

Anna atmete hörbar frustriert aus, und Vater Ignatius lächelte.

»Findet Ihr meine Ansichten amüsant?«, fragte der Ritter.

»Ich finde sie erfrischend«, antwortete der Priester. »Und es trägt zu meiner Überzeugung bei, dass der wahre Erbe zurückgekehrt ist und seine rechtmäßige Position einnehmen muss.« Er legte Bartholomew die Hand auf den Arm, bevor dieser protestieren konnte. »Ihr hieltet es für falsch, wenn jemand Sir Royce töten würde, selbst nach allem, was er Eurer Familie angetan hat?«

Bartholomew verzog das Gesicht. »Ich habe keine Beweise für das, was er getan hat. Ich habe eine Geschichte gehört, und es ist sicherlich eine überzeugende, aber es gibt keine Beweise für seine Verbrechen.«

»Doch, die gibt es«, beharrte der Prieser. »Aber es ist nicht an mir, sie euch zu enthüllen.«

»Ich verstehe nicht.«

»Lasst Anna Euch erzählen, warum sie bereit wäre, den tödlichen Schlag gegen Royce Montclair zu führen. Dies ist kein Gericht, aber ihre Aussage mag Eure Meinung dennoch ändern.«

ANNA GEFIEL VATER IGNATIUS' Vorschlag nicht, aber sie fürchtete, er hatte recht. Als ihr Name gefallen war, trat sie aus dem Wald, da sie begriff, dass beide Männer ohnehin von ihrer Anwesenheit wussten. Bartholomew betrachtete sie, aber sie konnte seine Gedanken nicht erraten.

War er wütend, weil sie seine Geschichte erzählt hatte?

Nun, sie war wütend auf *ihn*, weil er sich aus der Verantwortung stehlen wollte.

Und dennoch wusste sie, wenn er auf die Füße gesprungen wäre, losgezogen wäre, um Royce zu töten, und sich Haynesdale rücksichtslos angeeignet hätte, hätte sie ihn dafür geringer geachtet.

Sie setzte sich auf den Platz, den der Priester gerade verlassen hatte, und sah ihm hinterher, als er zu den anderen zurückging. Seine Überzeugung, das Richtige getan zu haben, war offensichtlich. Sie wusste nicht, wie sie beginnen sollte, denn sie konnte nicht einfach so ihr Geständnis ablegen. Also holte sie tief Atem. »Ich habe dich noch nicht so gereizt erlebt wie eben, vor den anderen.«

Bartholomew zuckte die Schultern. »Ich fand es angemessen.«

»Weil ich dich herausgefordert habe?«

»Und nicht zum ersten Mal«, bemerkte er. »Aber es ist nicht nur das.« Er verstummte und runzelte die Stirn, während er weiter mit dem Schnee seinen Stiefel putzte.

»Was ist es dann?«

Er atmete hörbar aus. »Ich hatte einen Plan. Ich hatte vor, durch Haynesdale zu reiten und herauszufinden, wie es darum bestellt ist. Ich wollte sehen, ob es einen Baron hat, der seine Leute gut behandelt. Ich wollte sehen, ob alles so ist, wie es sein sollte.«

»Oder eher, einen Grund finden, den Baron herauszufordern.«

»Vielleicht. Wie dem auch sei, mein Plan wurde von einem Paar von Dieben zunichtegemacht.«

Anna biss sich auf die Lippen.

»Wir wurden beraubt, wie du genau weißt, und als wir unseren Besitz und den gefangenen Dieb zurückzuholen versuchten, wurde Duncan an Percys Stelle gefangen. Nun ist mein Gefährte verletzt, der Reliquienbehälter ist noch immer verloren, mein Pferd und mein Knappe sind mit meinen Gefährten geritten. Ich habe ein Versprechen gegeben, das ich nicht zu brechen wage, das aber von mir verlangen wird, unehrenhaft zu handeln ...«

»Was soll das heißen?«, fragte Anna, aber er holte nicht einmal Atem.

»Schlimmer noch, ich habe mich in die schlimmste Jungfer verliebt, die ich in meinem ganzen Leben getroffen habe, und ich kann deshalb nichts unternehmen.«

Anna errötete. Sie hatte keine Zweifel, wer diese Jungfer war. »Nichts?«

Er warf ihr einen Blick zu, in dem Hitze brodelte. »Nichts Ehrenhaftes. Ich habe schon zu viel von ihr gestohlen. Selbst wenn es mir gelingt, dem König mein Anliegen vorzutragen, selbst wenn ich die Münzen für den Heimfall aufbringen kann, wird der König vermutlich meine Loyalität sicherstellen wollen.«

»Indem er deine Ehefrau für dich aussucht.«

Bartholomew nickte und wandte seine Aufmerksamkeit dem anderen Stiefel zu. »Und sie wird nicht die Tochter eines Schmieds sein. Sie wird Tochter oder Witwe eines Mannes sein, der bereits mit dem König verbündet ist.«

Schweigend saßen sie beieinander. »Was quält dich am meisten?«, fragte Anna schließlich. Als er sie ansah, lächelte sie in der Hoffnung, seine Stimmung aufzuhellen. »Es ist eine beeindruckend lange Liste.«

Bartholomews Lächeln kam langsam, fast wie gegen seinen Willen. »Die Jungfer«, sagte er. »Definitiv die Jungfer.«

»Weil sie so schrecklich ist?«

Er wandte sich ihr zu, Staunen in den Augen. »Weil sie kühn und furchtlos ist, weil sie mich herausfordert und mich verwirrt, weil sie mich bezaubert, weil sie wie keine andere Frau ist, die ich je gekannt habe.«

Annas Wangen brannten. »Sie ist nicht wirklich eine Jungfer«, sagte sie, und sein Gesichtsausdruck wurde reuig.

»Aber sie hat eine solche Ehrlichkeit an sich, dass ich immer so an sie denken werde.« Er schaute sie an. »Ganz gleich, ob sie unschuldig ist oder nicht.«

Hitze erfüllte Annas Herz, und sie begriff, dass sie Bartholomew ebenfalls liebte. Aber sie konnte es ihm nicht gestehen, denn er war bereits zwiegespalten genug, das sah sie.

Sie nahm seine Hand und bat ihn von Neuem: »Du kannst den Kampf um Haynesdale nicht aufgeben. Royce ist kein guter Baron, und ich werde dir erzählen, warum.«

»Vater Ignatius sagte, du habest Gründe, ihn tot sehen zu wollen.«

»Aye. Es gab stets Gerüchte, du würdest zurückkehren, und man munkelte von dem Ring, der meinem Vater anvertraut worden war. Ich weiß nicht, wann Royce davon hörte, aber er wartete, bis meine Mutter mit Percy schwanger war, bevor er etwas deswegen unternahm. Mein Vater wurde des Nachts ergriffen und von Gaultier und seinen Männern weggeschleppt. Vielleicht dachten sie, wegen des Zustands meiner Mutter würde mein Vater bereitwilliger gestehen, was er wusste, doch das tat er nicht.« Sie schluckte, erinnerte sich nur zu gut an das Entsetzen ihrer Mutter. »Er kehrte nie nach Hause zurück. Als wir ihn das nächste Mal sahen, hing sein Kopf von den Toren, eine Lektion für alle, die es wagten, sich Sir Royce auf seiner Suche zu widersetzen. Ich war neun Sommer, und ich werde den Anblick niemals vergessen.« Sie erschauderte. »Den ganzen Winter hing er dort und verweste. Selbst ein ordentliches Begräbnis blieb ihm verwehrt.«

»Es tut mir leid, Anna …«

Sie ließ ihm keine Zeit, seinen Satz zu vervollständigen. »Danach quälte Royce meine Mutter. Vielleicht fürchtete er sich davor, eine Frau zu foltern, die ihrer Zeit so nahe war. Vielleicht hat er noch den Rest eines Gewissens. Die Tatsache ist, dass Percy unerwartet empfangen wurde. Meine Mutter wähnte sich über das Alter hinaus, in dem sie Kinder gebären konnte, aber dennoch rundete sich ihr Bauch. Mein Vater war so glücklich, als sie es ihm sagte. Er wollte einen Sohn, der die Tradition des Schmiedehandwerks im Dorf fortsetzen würde, aber er hat Percy nicht mehr gesehen.« Bartholomews Hand schloss sich um ihre. »Royce machte für gewöhnlich abfällige Bemerkungen, wenn er durch das Dorf kam, deutete an, ihr Kind sei in Wirklichkeit nicht das meines Vaters. Sie wusste, er war nicht fertig mit ihr. Eines Nachts kam er und schwor ihr, sie und ihre Kinder in Ruhe zu lassen, wenn sie ihm den Ring gäbe, aber sie wusste, es war eine Lüge.« Sie schaute zu Bartholomew. »Sie wusste, dass er kein Mann war, der sein Wort hielt.«

Stirnrunzelnd überdachte er ihre Worte.

»Sie sorgte dafür, dass diese Monate zählten. Sie erzählte mir alle Geschichten, die sie kannte, immer und immer wieder, und bevor ihre Wehen einsetzten, gab sie mir den Ring und befahl mir, ihn zu verstecken, wo ihn niemand finden könnte.« Sie schluckte. »Gaultier holte meine Mutter, sobald das Baby den ersten Schrei von sich gab. Er schleppte sie hoch in die Burg, und seine Männer streckten alle nieder, die dagegen protestierten. Meine Mutter schluchzte, als ich sie das letzte Mal lebend sah. Sie weinte und blutete noch. Ich blieb zurück, allein mit Percy – noch nass von ihrem Mutterleib –, der nach ihrer Milch schrie.«

Sie konnte spüren, wie Bartholomews Ärger wuchs, und fuhr fort: »Dies ist, was der Baron unter Gerechtigkeit versteht. Er hängte den Kopf meiner Mutter neben den meines Vaters und ließ ihn dort, bis die Krähen ihn blankgepickt hatten. Er sagte, sie seien zusammen in der Hölle. Er verspottete mich, wie er meine Mutter verspottet hatte, wartete ab und beobachtete mich. Die Frau des Gerbers stillte Percy, und ich hätte genauso gut seine Mutter sein können.« Anna hielt ihren Kopf gesenkt. »Bis vor zwei Jahren, als Royce entschied, meine Zeit sei gekommen.«

Bartholomew stockte der Atem. »Du hättest ihm den Ring geben und dich selbst retten sollen.«

»Aber es hätte mich nicht gerettet!«, protestierte Anna. »Er ist verdorben und von Gier erfüllt. Er ist kein Mann, der seine Versprechen hält. Er hätte ihn genommen und deine Chance zerstört, jemals deine Identität zu beweisen. Mir wäre das gleiche Schicksal zuteilgeworden, wenn nicht schlimmer. Die Dörfler hätten für immer die Hoffnung verloren. Nein, durch das Nachgeben hätte ich nichts gewonnen.« Sie holte Atem. »Seine Überzeugung, ich wüsste, wo der Ring steckte, mag das Einzige gewesen sein, das mich gerettet hat.«

»Weil man ihn braucht, um ihn herauszufordern«, sagte Bartholomew. Er drückte ihre Hand. »Und was ist mit Kendrick? Spielt er in dieser Geschichte eine Rolle?«

»Das tut er.« Anna lächelte, doch es war ein trauriges Lächeln. »Er schlich sich in die Burg, um mich zu retten. Er stellte sich Gaultier entgegen und wurde für seine Dreistigkeit ermordet. Direkt vor meinen Augen erschlugen sie ihn und warfen ihn wie Abfall beiseite!« Sie erschauderte, und die Anspannung, die sie in Bartholomew spürte, war ihr willkommen. »Aber ich hatte den Schlüssel, denn Kendrick hatte ihn mir gegeben, bevor er gefangen wurde. Als sie mich schließlich endlich alleinließen, gelang es mir zu fliehen.«

»Und sie folgten dir.«

»Und brannten zur Rache den Wald nieder. Es war meine Schuld, dass alle so schrecklich litten, denn ich hatte mich Sir Royce widersetzt, und es gefiel ihm ganz und gar nicht.«

»Aber er hielt dich für tot? Bis gestern?«

Anna nickte. »Ich denke, ja. Nach meiner Flucht versteckte ich mich im Wald und schloss mich den anderen an. Ich holte den Ring hervor und begann ihn zu tragen, da niemand danach suchte.«

Bartholomew starrte auf sie herab, Sorge in den Augen. »Aber dann verlorst du das Baby, das dir eine lebende Erinnerung an seinen Vater Kendrick gewesen wäre. Wirklich, Anna, deine Stärke ist unglaublich.«

Anna holte tief Atem. Sie wusste, sie musste ihm die ganze Wahrheit erzählen. »Vielleicht – vielleicht aber auch weniger, als du denkst.«

Er hob eine Braue.

»Kendra war nicht Kendricks Tochter«, gab sie heiser zu. »Wir waren Freunde und Kameraden, aber niemals Liebende.«

Er starrte sie stirnrunzelnd an und verstand nicht.

»Royce gab mich Gaultier. Es war ein letzter Versuch, mich zum Reden zu bringen. Ich war tatsächlich Jungfrau, als er mich ergreifen ließ, blieb es aber nicht lange.« Sie schluckte, als sie die Wut in Bartholomews Gesicht sah. »Kendra war Gaultiers Kind.« Die Kehle war ihr eng. »Es war nicht ihre Schuld, dass sie durch Gewalt empfangen wurde, und ich wollte nicht, dass die anderen von meiner Schande erfuhren. Ich gab ihr ihren Namen in voller Absicht. Nur Vater Ignatius kennt die Wahrheit – und jetzt du.«

Bartholomew stand auf und lief am Ufer auf und ab, von Neuem aufgebracht. Er zog eine Grimasse und ging vor ihr in die Hocke, nahm noch einmal ihre Hand. »Ich glaube, Percy weiß es.«

»Er weiß, dass ich Gaultier verabscheue, aber nicht, wieso.« Sie schüttelte den Kopf. »Er ist nur ein Junge. Er muss nicht wissen, zu welchen Untaten Männer fähig sind.« Anna schluckte. »Noch nicht.« Sie griff seine Hand fester. »Bartholomew, du und deine Gefährten zeigt ihm bereits, was es bedeutet, ein Ritter zu sein, ein guter Mann. Ich möchte, dass er von Männern wie euch noch mehr lernen kann. Du musst Haynesdale zurückfordern, und ich werde dir helfen, es zu tun. Ich sehe dich als den rechtmäßigen Baron. Befiehl mir, Royce zu töten, und ich werde es tun, ganz gleich, welchen Preis ich dafür zahlen muss.«

Bartholomew streckte die Hand aus und wischte ihr mit den Fingerspitzen die Tränen von den Wangen. »Ich dachte nie, ich würde dich weinen sehen, schon gar nicht zweimal in ebenso vielen Tagen«, flüsterte er lächelnd. »Tapfere Anna.«

Der Hals war ihr eng, aber sie konnte ihn nicht noch einmal anflehen.

Er betrachtete sie ernst. »Du weißt, dass ich nicht tun kann, worum du mich bittest. Ich kann *niemandem* befehlen, so etwas zu tun, schon gar nicht dir.«

»Ich weiß, dass du nicht nach Haynesdale reiten und Sir Royce töten wirst, obwohl er es wahrhaftig verdient hat, und ich weiß, dass du den Ring nicht nehmen und das Lehen erobern wirst. Ich vermute, das ist der Preis, den man dafür zahlt, ein Mann von Ehre zu sein.« Sie schaute zu ihm auf. »Möchtest du das Lehen nicht?«

»Ich will es«, sagte Bartholomew leidenschaftlich. »Mehr als alles andere auf der Welt möchte ich der Baron werden. Aber ich kann nicht so handeln wie Royce, Anna. Ich kann nicht zulassen, dass meine Wünsche über meine Prinzipien die Oberhand gewinnen. Es muss einen Weg geben, und ich gelobe dir, dass ich all meine Tage und Nächte danach streben werde, ihn zu finden, aber Unrecht ist nicht die Lösung.«

»Ich sagte, ich würde ihn für dich töten«, erinnerte sie ihn.

»Aye, ich zweifle nicht daran, dass du das tun würdest.« Mit einer Fingerspitze berührte er ihre Wange, und sie war überrascht, in seinen Augen ein Funkeln zu sehen. »Deine Tapferkeit ist eine der Eigenschaften, die ich an *dir* am meisten bewundere.«

Unwillkürlich lächelte sie ihn an. »Und in Wahrheit ist deine Ehre die Eigenschaft, die ich an dir am meisten bewundere.«

»Aber ich möchte nicht, dass du ein solches Verbrechen begehst, nicht einmal für mich.«

Ihre Blicke trafen sich einen langen Moment, und Annas Mund wurde trocken. Dann erinnerte sie sich an etwas, das Bartholomew gesagt hatte. »Was für ein Versprechen ist das, das du nicht zu brechen wagst, das dir unehrenhaftes Verhalten abverlangt?«, fragte sie. Als Bartholomew das Gesicht verzog, wusste sie, es gab ein wichtiges Detail, das sie noch nicht kannte. »Ich kann mir kein Versprechen vorstellen, das dich dazu zwingen würde.«

Er ließ sich schwer neben sie sinken. »Das ist, weil ich dir nicht alles über unsere Flucht aus Haynesdale erzählt habe.«

Was war noch in der Burg geschehen?

~

NATÜRLICH MUSSTE Anna gerade die Frage stellen, auf die er am aller-
wenigsten antworten wollte.

Sein Versprechen Marie gegenüber brachte Bartholomew in Gewis-
sensnöte. Er war hin- und hergerissen zwischen seinem Ehrenwort
und seiner Entschlossenheit, das Richtige zu tun. Gaston hätte für seine
Lage wenig Verständnis aufgebracht. Doch dann begriff er, was er tun
sollte.

Von Gaston hatte er viel gelernt, aber von Ysmaine sogar noch
mehr. Der Gedanke, Anna um Rat zu fragen, erfüllte ihn mit einem
neuen Optimismus, obgleich sie ihn überrascht ansah, als er sie
anlächelte.

»Auf einmal erfüllt dich diese Verpflichtung mit Freude?«,
fragte sie.

»Nein. Eine Idee erfüllt mich mit neuer Hoffnung. Ich habe mit dir
über Gaston gesprochen.«

»Den Ritter von Ehre, den ehemaligen Templer, der dich in Paris
von der Straße gerettet und dir Sporen und Schwert geschenkt hat.«

»Derselbe. Als Gaston hörte, dass er ein Baron werden würde,
suchte er sich rasch eine Frau, denn er wusste, er würde einen Sohn
brauchen.«

»Ein Mann kann mehr als das von seiner Frau erwarten.«

»Was er von Lady Ysmaine, seiner Auserwählten, auch gelernt hat.
Nach so viel Zeit bei den Templern verstanden er und ich wenig von
Frauen, aber sie nahm sich ein Vorbild an der Ehe ihrer Eltern, die sich
stets miteinander berieten. Erst wagte Gaston es nicht, ihr zu
vertrauen, aber am Ende war sie es, die sicherstellte, dass er bei seiner
Aufgabe, die Reliquie nach Paris zu bringen, Erfolg hatte.« Er nahm
wieder Annas Hand. »Und so würde ich mir an Lady Ysmaine ein
Beispiel nehmen und dich um Hilfe bitten, dieses Problem zu lösen.
Mehr noch, ich möchte es tun, bevor es zu spät ist.«

»Du und dein Ehrenwort! Wem hast du nun ein Versprechen
gegeben?«

»Lady Marie.« In Erwartung des Sturms rückte er von ihr ab und war nicht enttäuscht. »Ich habe versprochen, ihr zu helfen, einen Sohn zu empfangen.«

Anna war eindeutig geschockt. »Was für ein Wahnsinn! Du würdest einer solchen Schlange helfen und ihr die Mittel an die Hand geben, deinen eigenen Anspruch zu untergraben?«

»Beim ersten Mal gab ich ihr keine Antwort …«

»In der Nacht, die wir in der Burg verbrachten!«, riet Anna mit blitzenden Augen. »Ich wusste, dass sie dich verführen wollte!«

»Aber dann, heute, hat sie uns bei der Flucht geholfen.« Er hob eine Braue. »Und ich habe gelobt, ihren Preis zu bezahlen.«

Anna kniff die Augen zusammen und überkreuzte die Arme über der Brust. »Sie will, dass du mit ihr schläfst?« Ihr Gesichtsausdruck enthüllte, was sie davon hielt.

»Sie möchte ein Kind, und Sir Royce hat ihr zu keinem verholfen.«

Anna stand vor Empörung der Mund offen. »Sie würde einen Bastard bekommen und ihren Gemahl täuschen?«

»Ich brauchte ihre Hilfe.« Bartholomew hob die Hand. »Sie hat ihre Bedingungen genannt.«

»Aber sie ist verheiratet! Es kann doch wohl keine Ehre im Ehebruch liegen?«

Er biss die Zähne zusammen, denn auch er hatte über diese Frage schon reiflich nachgedacht. »Keine«, gab er zu. »Aber mein Versprechen bindet mich.«

»Du musst es nicht tun. Sie kann dir hierher nicht folgen.« Anna sah ihn böse an. »Du könntest dein Versprechen vergessen.«

»Ich habe mein Wort gegeben«, beharrte Bartholomew. »Wenn ich meinen Schwur breche, weil es mir nicht mehr länger gefällt, ihn zu halten, was für ein Mann bin ich dann?«

Anna knirschte hörbar mit den Zähnen. »Aber wenn sie empfängt, ist das Kind vielleicht ein Junge.« Sie schüttelte den Kopf. »Ein Junge, der deinem Anspruch auf Haynesdale im Wag steht!«

Bartholomew verzog das Gesicht. Diese Möglichkeit hatte er nicht in Betracht gezogen.

»Du sorgst vielleicht dafür, dass Royces Erbe einen eigenen Anspruch anmelden kann, wenn Royce tot ist.«

»Ich habe es versprochen, Anna.«

Anna wandte sich ab. »Es ist ein verfluchter Handel«, murmelte sie. »Und einer, der nicht gut enden kann.« Wieder wandte sie sich flehentlich an ihn. »Siehst du denn nicht, dass sie ihren Ehemann vor der Bedrohung durch den wahren Erben schützen will? Sie hat dich gerettet, aber der Preis dafür ist dieses Opfer!«

Bartholomew schüttelte den Kopf. »Nein, darum geht es ihr nicht. Ich glaube, sie möchte nur Haynesdale verlassen …«

»Ganz gleich, wer die Kosten dafür trägt! Was für eine selbstsüchtige Frau.« Anna begann, an seiner Stelle am Flussufer auf und ab zu gehen. Hin und wieder trat sie einen Eisbrocken in den Fluss. »Und du!« Sie wirbelte herum und deutete anklagend auf ihn. »Du glaubst, alle in der christlichen Welt wären so edel wie du. Was ist das für eine Blauäugigkeit? Was für eine Torheit! Du bist Narr genug, ihr zu vertrauen?«

»Ich habe ihr mein Wort gegeben. Es zu brechen, würde mich zu einem jener Menschen machen, die du verdammst.«

»Du wirst in eine Falle laufen!«

»Ja, das mag sein.« Er hob eine Braue. »Du könntest mir ruhig etwas zutrauen. Ich bitte um deine Hilfe, einen Weg zu finden, dieser Verpflichtung zu entkommen.«

»Mit intakter Ehre?« Er nickte, und Anna knurrte. »Du musst begreifen, dass Lady Marie Sir Royce durchaus ähnlich ist, was bedeutet, dass sie sich nur um ihren eigenen Vorteil schert. Sie mag hübsch sein und gute Manieren haben, aber ihr Herz ist wie Stein. Sie mag dich verführen wollen, um diesen Sohn zu empfangen, aber es wird sie wenig kümmern, ob du deshalb gefangen oder getötet wirst.« Sie griff nach seinem Hemd und schüttelte ihn ein wenig. »Siehst du nicht, dass sie dich verraten wird? Sie würde einen Mann, der sie gehabt hat, nicht am Leben lassen, denn er könnte es erzählen. Wenn man sie des Ehebruchs bezichtigen würde, könnte sie alles verlieren!«

»Sie könnte alles verlieren, wenn der König zustimmen würde, Haynesdale mir zu übertragen.«

»Genau! Und deshalb würden sie und Royce dich tot sehen wollen.« Sie schüttelte den Kopf und neigte sich ihm zu. »Geh nicht. Bring dich nicht in solche Gefahr.«

Bartholomew schüttelte den Kopf. »Ich muss gehen, aber ich möchte einen Weg finden, dieses Zwischenspiel zu überleben.«

Annas Blick loderte. Wieder ging sie am Ufer auf und ab. »Wann triffst du dich mit ihr?«

»Am Mittag des ersten Tags ohne Schnee. An der alten Mühle.«

»Verfluchter Mann«, murmelte Anna. Sie legte den Kopf zurück und betrachtete den blassen Himmel. Der Schnee fiel dicht, und wohin man auch blickte, schien es das Einzige zu sein, was man sah. »Aber die Wahrheit ist: Wenn es anders wäre, würde ich dich nicht so bewundern.«

Bartholomew lachte leise. »Ich könnte über dich dasselbe sagen.«

»Wie es scheint, hast du noch Zeit«, sagte sie und warf ihm einen glitzernden Blick zu. »Wie willst du sie verbringen?«

Er lächelte und stand auf und sah die Erwartung in ihren Augen, als er zu ihr kam. »Ich hatte gehofft, du hättest vielleicht einen Vorschlag.« Er legte die Hände auf ihre Schultern und lächelte auf sie herab. »Ich liebe dich, Anna.«

»Das tust du?«

»Ja.« Sein Lächeln vertiefte sich, als er sah, wie ihre Augen voll Freude aufleuchteten. »Ich möchte, dass sich alles zum Guten wendet, aber noch sehe ich keinen Weg, wie das geschehen kann.«

»Ich auch nicht«, gab sie zu und verflocht ihre Finger mit seinen. »Aber es gibt eine Sache, um die ich dich bitten möchte.«

»Welche ist das?«

»Mir eine Erinnerung zu schenken, eine, die mich in all den Wintern meines Lebens wärmen wird, die ich ohne dich verbringen werde.« Aus ihren Augen leuchtete die Entschlossenheit, und Bartholomews Hals schnürte sich zu. »Ich verstehe, was du versprechen kannst und was nicht, und weshalb es so sein muss, aber ich liebe dich ebenfalls.« Sie seufzte. »Lass mich dich haben, solange es schneit, denn das ist besser als gar nichts.«

Es war eine Einladung, die er nicht ablehnen konnte. Bartholomew umfing ihr Gesicht mit den Händen und legte seine Lippen auf ihre, genoss all die Leidenschaft, die Anna ihm zu geben hatte.

Er würde ihr Erinnerungen schenken, die ihr reichen würden.

Als er den Kuss unterbrach, lächelte sie zu ihm auf. Die Wildheit leuchtete aus ihrem Blick. »Vielleicht werden wir herausfinden, wie viel ein sterblicher Mann beim Liebesspiel erdulden kann«, schlug sie in einem Ton sanften Spottes vor, und ihm fiel absolut kein besserer Weg ein, diese Zeit zu verbringen, ganz gleich, wie lang sie sein mochte.

»Einmal mehr nehme ich deine Herausforderung an, Anna«, erklärte Bartholomew und küsste sie noch einmal. Er liebte die leidenschaftliche Weise, wie sie antwortete, aufrichtig und furchtlos, und wünschte, sie könnten für alle Zeiten zusammen sein.

Er hob sie in seine Arme und ging in Richtung der Höhle, ohne dass es ihn kümmerte, wer sie sah oder was über sie gesagt wurde. Es gab nur Anna, Anna und die süße Wildheit ihres Kusses und all das Glück, das sie zusammen heraufbeschwören konnten.

ROYCE GING in der Halle auf und ab, als Gaultier sich wie befohlen dort einfand. Er erwartete einen Temperamentsausbruch von seinem Dienstherrn, da der Gefangene entkommen und einer ihrer besten Schützen getötet worden war.

»Ich habe Rogers Aussage gehört«, sage Royce und deutete auf den zweiten Schützen, der von der Verfolgung des Gefangenen zurückgekehrt war. »Er bringt sehr seltsame Neuigkeiten.«

»In der Tat, Sir?« Gaultier hatte Roger selbst nicht befragt, sondern ihn sofort zu Royce geschickt, um ihm Bericht zu erstatten, da sie zunächst die Leiche seines Kameraden hatten bergen müssen. Er wappnete sich gegen Royces Reaktion auf weitere schlechte Nachrichten. »Die anderen Männer sind zurückgekehrt, Sir. Sie konnten der Spur des entflohenen Gefangenen und seines Kameraden nicht folgen.«

»Es spielt keine Rolle«, sagte Royce zu Gaultiers Überraschung. »Dieser Bartholomew wird hierher in die Burg zurückkehren. Er kann nicht anders.«

»Sir?«

»Habt Ihr nicht die Geschichte des wahren Sohns gehört, der Haynesdale zurückerobern soll, Gaultier? Ich hielt sie für Unsinn oder für Wunschdenken, und vielleicht ist sie das auch, aber dieser Ritter,

Bartholomew, hält sich tatsächlich für den Sohn meines Vorgängers, Baron Nicholas.« Royce ging schneller auf und ab. »Er wird das gleiche Ende finden wie sein Vater.«

Gaultier schaute zu Roger und hielt wohlweislich seinen Mund.

»Früher oder später werde ich ihn los sein.« Royce richtete sich auf einmal auf und lächelte dann. Anscheinend war ihm etwas in den Sinn gekommen. »Früher vielleicht, als er glaubt.«

»Sir?«

Royce schickte Roger fort, dann setzte er sich. Er grinste den Hauptmann seiner Wache spöttisch an. »Wie kann es sein, Gaultier, dass meine Frau die Halle verlassen hat, um in der Kapelle ihre Gebete zu sprechen, sie die Diebe aber nicht gesehen hat, als diese die Kapelle betraten?«

Gaultier blinzelte. »Woher wisst Ihr, dass sie in der Kapelle waren, Mylord?«

»Der Schrank neben dem Altar, in dem die Schätze der Kapelle aufbewahrt werden, stand offen. Dabei tut er das sonst niemals.« Royce schaute zu Gaultier auf. »Sie waren dort, vermutlich zur gleichen Zeit wie meine Gemahlin.«

Wenn der Schrank tatsächlich offen gewesen war, musste Gaultier zustimmen. Er hatte Lady Marie am Morgen gesehen, als sie auf die Ställe zugegangen war, bevor wegen des Eindringlings Alarm ausgelöst worden war. »Haben sie den Schatz mitgenommen, Mylord?«

Royce hob einen Finger. »Glücklicherweise hatte ich die Vorausschau, ihn an einen sichereren Ort zu bringen.«

Gaultier vermutete, dass er sich in Royces Privatgemach befand.

»Aber denkt an den Weg, den meine Gemahlin genommen hat. Sie war nicht nur in der Kapelle, sondern beschloss, direkt nach ihren Gebeten ihre Stute in den Ställen zu besuchen«, fuhr Royce fort. »Wo ein gefesselter und geknebelter Wachposten lag und ein Seil in den Abwasserkanal führte.«

»Der Kanal war ihr Fluchtweg, Mylord. Das Gitter am anderen Ende wurde entfernt.«

Royce nickte. »Aber was ist mit meiner Frau? Weiß sie wirklich nichts?«

Gaultier war nicht so dumm, die Frau seines Barons eines Verbrechens zu bezichtigen. »Frauen sind nicht immer so aufmerksam wie Männer, Sir ...«

Royce unterbrach ihn mit einem kurzen Lachen. »Oder vielleicht lügt sie, Gaultier.« Er stand wieder auf und ging schnell durch den Raum, wirbelte dann zu ihm herum. »Wo war meine Frau, als man die Eindringlinge entdeckte?«

»Vor dem Stall, Sir.«

»Genau. Und wie oft, sagte sie, sei sie von der Kapelle zu den Ställen gegangen?«

»Zweimal, Sir, denn beim ersten Mal hatte sie ihren Psalter vergessen.«

»Und seinen Psalter braucht man dringend, wenn man sein Pferd besucht.« Royce ging langsam auf Gaultier zu. »Wie oft besucht meine Frau ihre Stute?«

»Ich kann mich an das letzte Mal nicht erinnern, Sir.«

»Genau! Was, wenn meine Gemahlin die Eindringlinge in der Kapelle gesehen hat? Was, wenn sie dort mit ihnen gesprochen hat?« Er blieb vor dem Kapitän der Wache stehen, sein Gesichtsausdruck frohlockend. »Was, wenn sie mit ihnen einen Handel eingegangen ist, dass sie ihnen bei der Flucht helfen würde?«

Gaultier konnte sich nicht vorstellen, was ein Dieb der Lady von Haynesdale anzubieten hatte. »Mit welchem Zweck, Sir? Weiß sie, dass dieser Schurke glaubt, er sei bestimmt, Euren Platz einzunehmen?« Es schien närrisch für Lady Marie, sich mit einem solchen Mann zu verbünden, während ihr Ehemann noch über die Burg herrschte, aber Gaultier hatte sich nie damit abgegeben, die Gedankengänge von Frauen verstehen zu wollen. Seiner Ansicht nach hatten Frauen nur einen einzigen Zweck, und das war nicht die Unterhaltung.

Royce schlug ihm freundschaftlich auf die Schulter. »Es gefällt mir, dass Eure Gedanken den gleichen Weg nehmen wie meine, Gaultier. Es ist zweifellos ein gutes Zeichen für unsere gemeinsame Zukunft.«

»Sir?«

»Ich weiß nicht, was meine Frau vorhat, Gaultier, aber ich will es herausfinden. Sorgt dafür, dass Lady Marie verfolgt wird, wann immer sie die Burg verlässt, und dass es nicht entdeckt wird.«

»Sie verlässt die Burg nicht häufig, Sir.«

»Ich denke, sie wird eine Ausrede finden, das zu tun, und schon bald.«

Gaultier begann zu begreifen. »Ihr glaubt, sie wird sich mit dem jungen Ritter treffen.«

»Ich denke, sie hat eine Übereinkunft getroffen und wird ihren Teil einfordern. Wir werden sehen, ob er Narr genug ist, den Preis zu zahlen.« Royce leerte seinen Becher mit Ale. »Ich frage mich, ob er kühn genug ist, noch einmal diese Burg freiwillig zu betreten«, grübelte er. »Stellt einen Wachposten auf, der die Fenster ihrer Kammer beobachtet.«

»Natürlich, Mylord.«

FREITAG, 22. JANUAR 1188

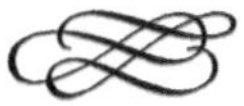

FESTTAG DES MÄRTYRERS SANKT ANASTASIUS

KAPITEL 12

Endlich hatte das Schneetreiben aufgehört.

Und keine Stunde zu früh. Es war noch Morgen. Als sich der Himmel aufklarte, regte sich in Marie die Hoffnung, in wenigen Stunden ihr Ziel zu erreichen. Sie stand am Fenster ihrer Kammer und schaute auf das Dorf vor den Toren der Burg. Rauch stieg aus den Kaminen der Häuser, die noch bewohnt waren, und sie war erleichtert, dass die Anzahl der Dörfler nicht schon wieder kleiner geworden war.

Ihre Erleichterung war freilich nicht selbstlos. Sie brauchte den alten Apotheker. Es käme sehr ungelegen, wenn er den Sturm nicht überlebt hätte.

Sie rief nach ihren wärmsten Stiefeln und dem schwersten Mantel, bestand darauf, dass ihre Zofe Agnes die fellgefütterten Handschuhe heraussuchte, die sie diesen Winter noch nicht getragen hatte. Die Zofen zogen sich rasch an, als Marie einmal bekleidet war, da sie genau wussten, sie würde sie sonst zurücklassen.

Zu dritt gingen sie die Treppe hinunter, und Marie hatte das Gefühl, sie würden beobachtet, auch wenn sie es nicht sah.

Natürlich war Royce extrem misstrauisch. Sie drehte sich um und näherte sich ihm ganz bewusst, als wäre sie verpflichtet, für jeden Schritt, den sie machte, um seine Erlaubnis zu bitten.

»Mylord«, murmelte sie, als sie ihn bei seinen Büchern fand. »Ich hoffe, du gestattest mir, heute Morgen das Dorf zu besuchen.«

Sie sah das Glitzern in seinen Augen, als er aufschaute, obwohl er seine Genugtuung rasch verbarg. »Warum willst du dich hinaus in die Kälte wagen, Mylady?«

»Keine Prüfung ist mir zu hart, Sir, wenn es darum geht, unser gemeinsames Ziel zu erreichen.«

Er lehnte sich zurück und musterte sie. »Was für ein Ziel soll das sein?«

»Die Empfängnis eines Sohns und Erben, natürlich!« Sie deutete auf die Zofen, die bescheiden hinter ihr standen. »Emma hat mir erzählt, der Apotheker im Dorf ihrer Mutter habe einen Trank gekannt, der bei der Empfängnis helfen sollte, und ich erinnerte mich, dass es auch in deinem Dorf einen Apotheker gibt. Ich möchte ihn heute aufsuchen, Sir.«

»Wie seltsam, dass Emma sich heute erst daran erinnert.«

Marie lachte. »Das Gedächtnis ist ein seltsames Ding, Mylord. Während des Sturms sprachen wir von anderen Gelegenheiten, als das Wetter so schlecht gewesen war, und Agnes musste an eine Tante denken, deren Wehen während eines Schneesturms einsetzten, sodass alle fürchteten, die Hebamme würde nicht rechtzeitig eintreffen.« Sie trat vor und senkte die Stimme, als wären ihre Worte nur für Royce bestimmt. »Tatsächlich, Sir, war es das, was mich veranlasste, meine Enttäuschung zum ersten Mal meinen Zofen anzuvertrauen. Es schickt sich nicht, dass sie von unseren Schwächen erfahren, aber diesmal, denke ich, mag dieses Geständnis gute Dienste leisten.«

Bestimmt spürte Royce, dass sie ihn belog. Einen langen Moment betrachtete er sie. »Ich dachte, du würdest Agnes und Emma alles erzählen«, murmelte er auf Englisch, wohl in der Hoffnung, die beiden würden ihn nicht verstehen.

Aber da täuschte er sich, denn beide Zofen sprachen fließend Französisch, Englisch und Deutsch. Einmal mehr war Marie froh, dass man sie und ihre Findigkeit unterschätzte.

»Nur das, was sich schickt, Sir«, log Marie. Sie schmollte ein wenig. »Sicher ist doch auch dir am Erfolg gelegen.«

Er lächelte und winkte ab. »Natürlich, Mylady. Ich hoffe nur, du wirst uns zu Mittag am Tisch mit deiner Anwesenheit beglücken.«

»Natürlich«, stimmte sie zu und lächelte, damit er nicht merkte, wiesie mit den Zähnen knirschte. Auf sein Nicken hin wandte sie sich wieder den Zofen zu und ging hinüber in die Halle. Die beiden folgten ihr. »Immerhin«, murmelte sie leise. »Wer würde schon einen weiteren Teller Reheintopf verpassen wollen? Ach, was würde ich nicht geben für ein wenig Butter und Honig auf frischem Brot!«

Dabei waren Butter und Honig die geringsten von Maries Problemen in Haynesdale. Sie hatte nicht gelogen, als sie gesagt hatte, sie wolle diesen besonderen Trank von dem Apotheker erwerben.

Gaultier folgte ihnen – diskret, aber nicht so diskret, dass sie es nicht bemerkte – was bewies, dass sich ihre Voraussicht auszahlte.

Aye, sie würde den Trank zur Empfängnis erwerben und auch ein Schlafmittel.

Vielleicht eine doppelte Portion, nur um sicherzugehen, dass Royce und sein Wachhauptmann diesen Nachmittag beide friedlich schliefen.

BARTHOLOMEW KONNTE seiner Verpflichtung nicht aus dem Weg gehen. Das Sonnenlicht füllte die Höhle mit einem Strahlen, das nicht zu ignorieren war. Der frische Schnee glitzerte im Wald, eine Aufforderung, seinen Schwur zu halten. Er wollte bei Anna verweilen, aber er musste diese Aufgabe hinter sich bringen. Sie war wach, an ihn geschmiegt, und ihre Fingerspitzen beschrieben Kreise um das Mal auf seiner Brust.

Wie sollte er Marie gegenüber sein Wort halten, ohne sie beide durch die Sünde des Ehebruchs zu beflecken? Das war ihm ein Rätsel, und darüber nachzudenken, hatte keine Lösung zutage gefördert.

Vielleicht gab es keine.

Schweren Herzens erhob er sich vom Lager und begann, sich anzuziehen. Anna beobachtete ihn skeptisch, und sie würde sicher nicht lange still bleiben.

Dass sie so direkt war, war Teil dessen, was er an ihr am meisten liebte. Er wollte, dass sie glücklich war, auch in seiner Abwesenheit, aber er fragte sich, ob seine Ehrlichkeit ein Fehler gewesen war. Hatte er ihre Chance auf künftiges Glück zerstört, indem er ihr gestanden hatte, dass er sie liebte? Und dennoch konnte er die Süße nicht bedauern, die sie beide in der Berührung des anderen gefunden hatten.

Ihm kam es vor, als könnte er nichts richtig machen, seit er nach Haynesdale gekommen war.

»Hilfst du mir mit dem Gambeson?«, fragte Bartholomew, überrascht, dass sie noch nichts gesagt hatte. Anna stand auf und kam zu ihm, wunderschön in ihrer Nacktheit und nun so kühn in ihren intimen Berührungen wie in allen anderen Dingen.

Vielleicht hatte er zumindest etwas erreicht.

»Warum lächelst du?«

»Weil du so schön bist.« Er umfing ihren Nacken und küsste sie, löste seine Lippen dann so zögernd von ihren, dass auch sie lächelte.

»Dreh dich um«, murmelte sie und bückte sich nach dem Gambeson. Bartholomew folgte ihrer Anweisung nicht sofort, sondern prägte sich ihren Anblick ein. Ihr Haar fiel ihr als dunkler Vorhang über die Schulter, und er sehnte sich danach, ihre helle Haut zu küssen und einmal mehr die Leidenschaft wachzurufen.

Aber es blieb keine Zeit.

Bartholomew zog den Gambeson an und drehte ihr den Rücken zu. Anna verschnürte ihn sorgfältig, und er gewann den Eindruck, sie ließe sich Zeit, um seinen Aufbruch zu verzögern. Ihre Hände landeten auf seinen Schultern, und er fragte sich, warum sie aufgehört hatte.

»Was, wenn …«, begann sie leise und er schaute über die Schulter. Sie runzelte die Stirn. »Was, wenn Royce sterben würde?«

»Ich habe dir gesagt …«

»Nein, ich weiß, dass du ihn nicht einfach töten willst, aber was, wenn er in einem ehrenhaften Kampf sterben würde?«

»Ich verstehe nicht.«

Anna band die Knoten fest. »Wenn Royce tot wäre und du Marie zur Frau nehmen würdest … würde der König deine Bitte, Haynesdale zum Lehen zu bekommen, dann vielleicht eher gewähren?«

Bartholomew wollte nicht darüber nachdenken, eine Frau wie Marie zu heiraten. Er vermutete, ihre Reize würden sehr schnell verblassen, wenn die Hochzeitsschwüre einmal abgelegt waren, aber

Anna sprach so eindringlich, dass er darüber nachdachte. »Vielleicht.« Er zuckte die Schultern. »Er würde es vielleicht so sehen, dass zumindest eine gewisse Kontinuität in der Verwaltung des Lehens besteht. Es ist schwer zu sagen.«

Anna nickte. »Aber die Schatzkammer von Haynesdale ginge dann in deinen Besitz über, als Baron von Haynesdale an ihrer statt, und du könntest den Heimfall bezahlen.«

»Aber Royce würde dennoch sterben müssen.« Bartholomew runzelte die Stirn. »Und es bleibt das Problem, dass ich mein Wort halten muss, es allerdings vorziehen würde, kein Tächtelmächchtel mit der Frau eines anderen Mannes zu haben.«

Sie begegnete seinem Blick. »Dann triff dich mit ihr und lass dich dabei erwischen, bevor ein solcher Akt geschieht. Lass dich von Royce fordern und kämpfe gegen ihn, Mann gegen Mann.«

Bartholomew hob seine Kettenrüstung auf und dachte darüber nach. Er zog sie sich über den Kopf, dann half ihm Anna, seinen Waffenrock anzuziehen.

»Das könnte funktionieren«, murmelte er.

Sie bürstete seinen Waffenrock ab und schenkte ihm ein Lächeln. »Nur, wenn du gewinnst.«

Bartholomew nahm an, das Gewinnen würde nicht so einfach sein. »Er wird betrügen«, sagte er lächelnd.

Anna lachte und umfasste sein Gesicht mit ihren Händen. »Endlich lernst du, anderen gegenüber ein gesundes Misstrauen zu hegen«, sagte sie und küsste ihn.

Es war ein süßer, aber feuriger Kuss, einer, der ihn mit Hitze und Entschlossenheit erfüllte und allzu bald endete.

Lächelnd blickte er auf Anna in seinen Armen herab. Der Stolz auf diesen Einfall leuchtete ihr aus den Augen. »Es ist ein hinterlistiger Plan.«

»Und einer, den niemand von einem Mann deiner Sorte erwarten würde«, stimmte sie zu. »Aber du könntest Marie für deine Zwecke benutzen wie sie dich für ihre. Ich denke, das wäre passend.«

Er verzog das Gesicht. »Und was sollen wir tun, du und ich, wenn ich der Baron und mit Marie verheiratet bin und du dennoch im Dorf lebst?«

Anna schluckte, und in ihren Augen standen ungeweinte Tränen. »Wir werden einander das Beste wünschen und uns ehrenhaft betragen«, antwortete sie heiser. »Mit der Tochter des Schmieds hast du keine Zukunft, das weißt du genauso gut wie ich.«

Bartholomew küsste sie wieder, langsamer, denn er fürchtete, es wäre das letzte Mal. Er würde eine Heirat nicht mit Untreue beflecken, nicht einmal, wenn er mit einer Frau wie Marie verheiratet wäre. Er wünschte, es könnte anders sein. Als er den Kuss beendete, schaute er Anna ein letztes Mal eindringlich an, und sein Herz schlug, als wollte es bersten. »Gib gut auf dich acht«, murmelte er und strich ihr eine Haarsträhne aus dem Gesicht. »Ich werde dich niemals vergessen, Anna, und mein Herz wird immer dir gehören.«

»Und meins dir, was auch geschieht«, antwortete sie und verbeugte sich, als wäre er bereits ein Edelmann. »Lebewohl, Mylord«, fügte sie hinzu, und er sah sie Tränen zurückblinzeln. »Möge dir alles Glück der Welt beschieden sein.«

Bartholomew hörte das Zittern in Annas Stimme und wollte sie trösten, aber er wusste, wenn er sie berührte, wäre all seine Entschlossenheit dahin.

»Behalte den Hund hier«, sagte er leise. Als sie nickte, wandte er sich um und verließ die Höhle, bereitete sich auf das vor, was auch immer der Tag bringen würde.

Er würde danach trachten, ihrem Plan zu folgen, und hoffte, er würde Erfolg haben, denn das verhieß die besten Chancen für ihre Zukunft.

Auch, wenn er sich das anders wünschte.

Die Baronie schien auf einmal zum Greifen nahe, doch Bartholomew begriff überrascht, dass er sie ohne Zögern aufgeben würde, um für immer mit der Tochter des Schmieds zusammen zu sein.

Aber seine eigenen Wünsche spielten keine Rolle. Er musste sein Wort halten.

Das war der Preis, den es hatte, seines Vaters Sohn zu sein, ein Ritter, ein Mann, der danach trachtete, das Siegel von Haynesdale in seiner Hand zu halten. Bartholomew hatte noch nie darüber nachgedacht, dass der Preis zu hoch sein könnte.

~

BARTHOLOMEW HATTE nichts anderes tun können, das wusste Anna. Er war ein guter Mann, und deshalb fürchtete sie um sein Schicksal, wenn er sich mit Menschen abgab, denen weder an Ehre noch an Gerechtigkeit oder dem Wohlergehen anderer gelegen war. Es war nicht so, dass er nicht begriff, dass es Schlechtigkeit gab, aber er konnte daran nicht Anteil nehmen. Er würde nicht wie sie werden, und diese Tatsache machte ihr das Herz schwer.

Wenn er starb, würde sie ihn ihr Leben lang betrauern.

Wenn er nicht starb, würde sie sich ihr Leben lang nach ihm sehnen.

Es war ein schlechter Lohn, und es machte Anna traurig, dass ihrer Liebe ein so armseliges Resultat beschieden war.

Sie setzte sich und sah Esmes Hühnern zu, niedergeschlagener denn je. Wenn es keinen Sohn mehr gab, dessen Wiederkehr erwartet wurde, und keinen Bartholomew, der sie herausforderte, konnte sich Anna keinen guten Grund vorstellen, jeden Tag aufzuwachen. Wenn er Erfolg hatte und Marie heiratete und sie ihn jeden Tag in der Gesellschaft dieser Frau sehen musste, war das ein Grund, das Bett nicht zu verlassen.

Den Grund, warum sie während des Sturms dort verweilt waren, zog Anna deutlich vor.

Cenric lehnte sich an ihr Bein, und sie kraulte seine Ohren und musste lächeln, als er interessiert die Hühner betrachtete. Sie ignorierten den Hund, zuversichtlich, dass er sie nicht anrühren würde.

»Also ist er gegangen«, murmelte Esme, dann kam sie und setzte sich neben Anna. »Ich hatte nicht angenommen, dass er in Haynesdale bleiben würde, nachdem der Schnee erst einmal aufgehört hätte zu fallen.«

»Er bleibt in Haynesdale«, antwortete Anna. »Denn er hat Lady Marie ein Versprechen gegeben.«

»Dieses Weib!« Esme schüttelte den Kopf. »Lady Marie reicht nicht annähernd an Sir Royces erste Frau heran, so viel ist sicher.«

»Seine erste Frau?« Nur zu gern konzentrierte sich Anna auf das Thema, das sie ihre eigenen Sorgen vergessen ließ – oder Bartholomews Mission.

»Aye, die, die er zuerst nach Haynesdale gebracht hat, nach Lady Gabriellas Tod. Sie war eine Schönheit, obwohl sie wenig vom neuen Heim ihres Ehemanns hielt.«

Anna erinnerte sich kaum an die Frau, auch wenn sie wusste, dass Royce schon einmal verheiratet gewesen war. »War das der Grund, warum er auch mit ihr keinen Sohn hatte? Hat sie seine Aufmerksamkeiten zurückgewiesen?«

Esme gackerte. »Es gab Gerüchte, natürlich.«

»Was für Gerüchte?«

Die alte Frau lächelte Anna an. »Hast du dich nie gefragt, woher dein Vater, der Schmied, eine so feine Armbrust hatte?«

»Natürlich, aber ich habe sie erst nach seinem Tod bekommen. Meine Mutter hatte sie für mich gerettet.« Anna zuckte die Schultern. »Es war keine Zeit für Fragen, sie hat sie mir gegeben, bevor ihre Wehen einsetzten.«

»Deine Mutter.« Esme nickte. »Ich könnte sagen, dass du deine Kühnheit von ihr hast, aber das ist nicht möglich.«

Anna runzelte die Stirn. »Was meinst du damit?«

»Es hat nie eine Rolle gespielt, Anna, und deshalb hat man dir die Wahrheit nicht gesagt.«

»Welche Wahrheit?«

»Aber nun höre ich von deiner Bewunderung für diesen Ritter und fürchte, es ist doch von Wichtigkeit. Liegt ihm etwas an dir?«

»Esme, du sprichst in Rätseln, und ich kann das heute nicht ertragen.«

»Liegt ihm etwas an dir?«, wiederholte die ältere Frau.

»Das spielt keine Rolle. Er ist ein Ritter und wird vielleicht Haynesdale für sich beanspruchen. Ich bin nur die Tochter des Dorfschmieds.«

Esme beugte sich vor. »Aber du *bist* nicht die Tochter des Schmieds.«

Annas Herz verkrampfte sich.

»Dein Vater war der Hauptmann der Wache in Haynesdale, und die Armbrust hat ihm gehört. Er war der jüngste Sohn des Herzogs von Arsent, ohne ein Erbe außer seiner Abstammung und seinen Sporen.«

Anna schüttelte den Kopf, unfähig, diese Geschichte zu akzeptieren. »Meine Mutter wäre meinem Vater niemals untreu geworden …«

»Nein, das wäre sie nicht, und das ist sie auch nicht. Allerdings war sie der Lady von Haynesdale gegenüber loyal.«

»Ich verstehe nicht.«

Esme tippte Anna auf den Arm. »Deine Mutter hat Royces erster Ehefrau gedient. Sie hat damals als Dienstmagd in der Burg gearbeitet und kannte die Geheimnisse der Lady. Zum Beispiel wusste sie, dass die Lady eine Affäre mit dem Hauptmann der Wache hatte.«

Anna presste sich die Hand auf den Mund.

»Die Lady verließ sich auf deine Mutter, und als sie beide zur gleichen Zeit schwanger wurden, freundeten sie sich an. Bei beiden setzten die Wehen zum gleichen Zeitpunkt ein, unter demselben Vollmond. Von Beginn an war die Geburt für deine Mutter schwierig. Ich erinnere mich gut daran, und auch daran, wie aufgewühlt der Schmied war.« Einen Moment lang hielt Esme inne. »Die Tochter des Schmieds starb, ohne auch nur einen ersten Schrei von sich zu geben.«

Anna schüttelte den Kopf. »Aber ich bin doch hier.«

Esme lächelte. »Die Lady von Haynesdale bekam auch ein Mädchen, ein Kind, das seine Entschlossenheit schon früh unter Beweis stellte. Sie war sehr robust und verkündete ihre Ankunft mit großem Geschrei. Ganz die Tochter ihres Vaters, denn der Hauptmann der Wache war kühn und tapfer gewesen, und furchtlos dazu.«

Anna keuchte auf.

»Und so kam es, dass die Lady von Haynesdale um das Leben ihrer Tochter fürchtete. Royce hätte keinen Bastard in seinem Haushalt geduldet. Sie vertraute ihrem Mann nicht mehr, und als deine Mutter ihr von ihrem Verlust erzählte, verfielen sie auf einen gemeinsamen Plan. Noch in der Nacht tauschten sie ihre Kinder aus, die Lady gab das tote Kind als das ihre aus und der Schmied erzählte allen, seine Frau habe ein gesundes Mädchen bekommen.«

»Nein«, flüsterte Anna. Ihr Herz hämmerte.

»Die Lady schenkte dem Schmied die Armbrust als ein Zeichen deiner Herkunft. Niemand wusste, was später geschehen würde, und als der Schmied und seine Frau tot waren, schien es wenig Sinn zu haben, dir diese Geschichte zu erzählen.«

»Weiß es sonst noch jemand?«

»Ich«, sagte Vater Ignatius, der hinter Anna stand. »Und andere vermuten es. Du hast deines Vaters Befehlsgewalt und seine Kühnheit.«

Esme neigte sich ihr näher zu und flüsterte: »Du bist von adliger Geburt, Anna, die Tochter des jüngsten Sohns eines Herzogs und einer Baroness.«

Anna schaute mit Erstaunen zwischen den beiden hin und her, dann sprang sie auf die Füße. Sie konnte Bartholomew heiraten. Vielleicht konnten sie zusammen siegen!

Vielleicht würde sie Royce für ihn töten.

»Ich muss Bartholomew finden. Wohin ist er gegangen?«

»Er hat sich bei mir nach dem Weg zur alten Mühle erkundigt«, gestand ihr Vater Ignatius.

»Es gibt Frauen, denen ich in einer solchen Situation trauen würde, Junge, aber die Lady von Haynesdale ist keine von ihnen.«

Bartholomew lag im Schnee neben Duncan, das Kinn auf die Faust gestützt, und beobachtete die alte Mühle. Die Sonne hatte gerade den Zenit verlassen, und nichts regte sich in dem alten Dorf außer einer Ziegenherde, die über den Schnee wanderte. Zwei Dörfler hüteten die Tiere, ohne viel Interesse an ihrer Arbeit zu zeigen. Unter viel Gemecker suchten die Tiere unter dem frischen Schnee nach Nahrung.

»Ich muss ihr nicht vertrauen, nicht, wenn ich Annas Plan folge.«

Duncan zog eine Grimasse. »Ich halte es für riskant, ihr auch nur so weit zu vertrauen. Sie steckt vielleicht mit ihrem Ehemann unter einer Decke, denn in Wahrheit hat sie ja genauso viel zu verlieren wie er.«

»Es gibt viele Hindernisse zwischen mir und der Baronie.«

»Und für Sir Royce wäre es die einfachste Lösung, Euch jetzt zu töten, bevor auch nur eins dieser Hindernisse ausgeräumt ist.«

Bartholomew warf seinem Gefährten einen Seitenblick zu. »Schlagt mir nicht vor, mein Wort zu brechen.«

Der ältere Mann schüttelte den Kopf. »Ihr werdet von mir keine Einwände dagegen hören, dass Ihr Euer Wort haltet, Bursche. Welcher andere Mann, den Ihr kennt, hat jahrelang seinen Schwur gehalten und ist zu diesem Zweck durch die gesamte christliche Welt gereist?«

»Ihr?«

»Wenn Fergus in meiner Abwesenheit in Schwierigkeiten geraten ist, ist mein Leben, wie ich es kenne, vorüber«, knurrte Duncan. »Ich habe geschworen, seinem Vater zu vergelten, dass er mein Leben gerettet hat, und deshalb hat sein Vater mich ausgeschickt, um dafür zu sorgen, dass sein Sohn sicher aus Outremer zurückkehrt.« Duncan starrte das Dorf vor ihnen finster an. »Wenn ihm irgendetwas zugestoßen ist, weshalb das nicht der Fall ist, während ich nichts dagegen tun konnte, werde ich mich wahrlich grämen.«

»Fergus wird schon bald zurückkehren.«

Duncan hob die Brauen. »Ich bete, dass es so sein wird.«

»Jahrelang habt Ihr Euer Wort gehalten«, wiederholte Bartholomew.

»Und ich habe keinen Moment davon bereut, bis wir Paris erreichten.«

»Warum das?«

»Weil ich etwas fand, an dem mir etwas liegt, außer meiner Ehre, Junge, aber ich muss erst die eine Verpflichtung erfüllen, bevor ich eine andere eingehen kann. Darüber müsst Ihr mit mir also nicht streiten.«

Bartholomew betrachtete den älteren Mann und fragte sich, was wohl wichtiger sein mochte. »Was habt Ihr gefunden?«

»Wen, Junge. Die Frage ist, wen.« Duncan lächelte. »Ein kleines Mädchen mit Feuer in den Augen.« Er seufzte.

»Radegunde«, riet Bartholomew.

Duncan kniff die Augen zusammen, während er zur Mühle hinüberstarrte. »Erst ein Versprechen erfüllen, dann ein anderes geben. Mehr kann ein Mann nicht tun.«

Es verblüffte Bartholomew zu begreifen, dass er und Anna nicht die einzigen Liebenden waren, die das Schicksal trennte. »Wenn Fergus zurückkehrt, werde ich mit Euch nach Killairic reiten und sein Leben in Gefahr bringen, damit Ihr Euren Schwur halten könnt.«

Duncan lächelte. »Ich weiß das Angebot zu schätzen, Junge, aber vor Euch liegt zunächst einmal eine mehr als ausreichende Herausforderung.«

Das stimmte allerdings.

»Seht«, murmelte der Schotte. »Sie kommt.«

Bartholomew sah, wie Lady Marie vor der Mühle anhielt. Sie ritt eine feine Stute, und ihre Zofen saßen auf einfachen Pferden. Alle schauten sich verstohlen um. Eine nahm die Zügel des Pferds ihrer Herrin, und die andere stieg ab und eilte mit der Lady zusammen in die Mühle. Die zweite Zofe führte die Pferde davon und versteckte sich im Wald.

»Sie bewacht die Straße zur neuen Burg«, murmelte Duncan und warf Bartholomew einen wissenden Blick zu. »Die Lady ist auf ihr Vorhaben gut vorbereitet.«

Bartholomew betrachtete die Szene und fragte sich, wie er am besten dafür sorgen sollte, entdeckt zu werden. Annas Plan war gut, aber er hing davon ab, dass jemand, dem der Baron vertraute, sie sah. »Dort«, murmelte er und deutete auf einen Mann, der gerade aus der Ruine der alten Halle kam. Er gab Duncan seine Armbrust. »Soll er mir doch folgen.«

Duncan nickte. »Wenn er die Mühle nicht betritt, bevor ich bis hundert gezählt habe, werde ich ihn hineintreiben.« Er legte einen Bolzen ein und spannte die Armbrust.

Bartholomew erinnerte sich, dass er immer noch Vater Ignatius' Schlüssel hatte. Wenn man ihn gefangen nahm, würden sie ihm weggenommen werden. Er reichte den Bund Duncan, der ihn in seinen Geldbeutel steckte.

Sie wechselten einen Blick, dann machte sich Bartholomew auf den Weg zur Mühle. Er blieb im Schutz des Waldes, bewegte sich auf die Zofe zu, die an der Straße wartete. Bevor er sie erreicht hatte, begab er sich auf die Lichtung und eilte hinüber zur Mühle. An der Tür blieb er stehen, ging sicher, dass man ihn sah, und war erleichtert, dass ihn niemand hinterrücks angriff. Er holte tief Atem und betrat dann die Mühle.

Auf die eine oder andere Weise würde vieles geklärt sein, wenn Duncan bis hundert gezählt hatte.

～

DIE MÜHLE MOCHTE für ein Stelldichein nicht der beste Ort sein, aber so schlimm war sie auch nicht. Marie hatte sie mit Bedacht ausgewählt.

Zunächst einmal lag die Mühle hinreichend weit von der Burg entfernt, dass Royce nichts von ihrem Tun mitbekommen würde. Es gab mehrere Verstecke, groß genug, dass man sich darin verbergen konnte, denn die alten Kornspeicher standen noch. Zwar war es kalt, aber das Dach war intakt und der große Mühlstein hatte Maries Einschätzung nach die perfekte Höhe für intimen Verkehr. Sie nahm den Mantel ab und breitete ihn über den Mühlstein, während Agnes die Tür im Auge behielt.

»Er kommt«, sagte die Zofe leise.

Marie schlang in der Kälte die Arme um sich. Die Begegnung würde schnell verlaufen müssen. Während sie den Trank eingenommen hatte, der angeblich bei der Empfängnis helfen sollte, hatte Royce nicht mehr als einen Schluck von dem Wein genommen, den sie mit Schlafmittel versetzt hatte. Er hatte gesagt, er müsse noch seine Bücher auf neusten Stand bringen, denn die Steuergelder würden bald an die Krone geschickt werden, und hatte sich frühzeitig vom Tisch zurückgezogen.

Zwar war dadurch das Problem gelöst, wie sie die Burg verlassen sollte, ohne seinen Verdacht zu erregen, allerdings würde er nicht schlafen, wie sie es geplant hatte. Es hatte eine Zeit gegeben, da sie dieses Risiko genossen hätte, aber nicht heute.

Bartholomew trat durch die Tür und kniff die Augen zusammen, um im Halbdunkel der Mühle etwas sehen zu können. Zu ihrem Missvergnügen wanderte sein Blick an ihr vorbei zu der großen Kammer des Mühlenhauses. Er schaute auf den Boden, dann zu einem entfernten Fenster, was für sie keinen Sinn ergab.

»Eilt Euch!«, sagte sie, trat vor und nahm seine Hand. »Hier herein, und es muss schnell geschehen.« Sie griff unter seinen Waffenrock, aber er fasste nach ihrer Hand, bevor sie seine Beinkleider aufschnüren konnte.

»Es muss ein wenig romantischer sein«, protestierte er, dann lächelte er sie an und legte ihr die andere Hand auf die Wange. »Ich möchte Euch Vergnügen bereiten, Lady Marie.«

»Für ein solches Vergnügen ist keine Zeit«, drängte sie und griff erneut nach ihm. Er drängte sie gegen den Mühlstein, was immerhin eine Art von Fortschritt war, und hielt sie mit seinen Hüften gefangen.

Alles, was sie fühlen konnte, war seine Kettenrüstung, kalt genug, dass sie fröstelte.

Er umfing ihr Kinn. »Bezaubert mich«, lud er sie mit tiefer Stimme ein, und Marie biss die Zähne zusammen.

»Nehmt mich«, gab sie zurück und zupfte am Saum ihres Unterkleids. »Bevor man uns entdeckt.«

Er betrachtete sie. Noch immer presste er sie gegen den Mühlstein. Dann zog er seine Handschuhe aus, einen Finger nach dem anderen. Marie zappelte vor Ungeduld, aber er brauchte eine Ewigkeit, um sie loszuwerden und beiseitezuwerfen. Langsam ließ er die Hand über ihren Schenkel gleiten, lächelte, als er ihr Kleid und das Unterkleid hochschob und der obere Saum ihrer Strümpfe zu sehen war. Er warf ihr einen glitzernden Blick zu, und ihr stockte unwillkürlich der Atem. Dann umfasste er ihren Nacken und beugte sich vor, um eine Stelle unterhalb ihres Ohrs zu küssen. Marie seufzte und schloss einen Moment die Augen, wünschte sich, sie hätte für diese Begegnung mehr Zeit. Doch dann fiel ein Schatten auf sie, den sie trotz ihrer geschlossenen Lider wahrnahm, und sie riss die Augen auf.

»Nein!«, schrie sie, als sie den Mann in der Tür stehen sah. Es war Gaultier! Er hob ein Messer und wollte es werfen. Sie stieß Bartholomew beiseite, und er zog sie mit sich, gerade, als das Messer sich in die Wand hinter ihnen bohrte.

Agnes stürzte sich auf Gaultier, aber er schlug ihr mit seiner gepanzerten Faust ins Gesicht.

Agnes fiel blutend zu Boden und regte sich nicht mehr.

Maries Herz hämmerte vor blankem Entsetzen. Gaultier wollte töten, nicht außer Gefecht setzen. Er zog sein Schwert und betrat die Mühle, den Blick auf Bartholomew gerichtet.

»Ihr wollt nehmen, was Euch nicht gehört!«, knurrte er.

Bartholomew zog sein eigenes Schwert. Die Klinge glitzerte im Licht. »Ich verteidige das Recht der Lady, eine Wahl zu treffen.«

»Sie hat kein Recht, das Eigentum ihres Lords zu verschenken«, antwortete Gaultier. »Und ich habe jedes Recht, zu verteidigen, was ihm gehört.« Die beiden Männer gingen aufeinander los, ihre Klingen trafen sich mit voller Wucht. Marie wich zurück und versuchte, zur

Tür zu gelangen. Sie fiel neben ihrer Zofe nieder und fühlte nach ihrem Puls.

Es gab keinen, und die Blutpfütze wurde immer größer.

Agnes war tot, tot wegen ihrer Treue zu Marie.

Was hatte sie getan?

Die beiden Ritter kämpften erbittert, vor und zurück, und hieben wild nacheinander. Voll Entsetzen sah Marie, wie Gaultier einen plötzlichen Ausfall machte, Bartholomew zum Stolpern brachte und ihn gegen die Wand schleuderte. Seine Klinge war an Bartholomews Kehle, und sie wusste, er würde den anderen Ritter töten. Sie konnte nicht glauben, dass Bartholomew sich so leicht hatten besiegen lassen, aber sie würde nicht zulassen, dass auch er starb.

»Nein!«, schrie Marie erneut, und Gaultier verhielt einen Moment. »Meinen Gemahl wird es ärgern, wenn Ihr das Urteil vorwegnehmt.«

Gaultier lächelte. Er presste Bartholomew das Schwert gegen die Kehle, und Marie fürchtete, ihr Einspruch würde vergebens bleiben. Sie konnte rotes Blut die Klinge entlanglaufen sehen. »Lasst Eure Waffe fallen, und der Baron wird über Euer Schicksal entscheiden.«

Bartholomew senkte das Schwert. Mit einer langsamen Bewegung legte er es auf den Boden. Er nahm seinen Gürtel ab, in dem sein Dolch in der Scheide steckte, und legte ihn hin, dann richtete er sich auf und hielt die Hände hoch erhoben.

Gaultier lachte leise, dann bedeutete er ihm, die Mühle zu verlassen, die Schwertspitze in Bartholomews Rücken.

»Meine Zofe!«, protestierte Marie.

»Jemand wird sie holen«, sagte der Hauptmann der Wache gleichgültig. »Eilt Euch auf dem Rückweg zur Burg, Mylady, wenn Ihr diesen Tag überleben wollt.«

»Ich würde auf seinen Rat hören«, fügte Bartholomew hinzu, und Gaultier schlug ihm über den Hinterkopf.

»Ihr könnt Eure Meinung sagen, wenn Ihr danach gefragt werdet«, knurrte er, und Marie ergriff die Gelegenheit zur Flucht.

ANNA LIEß sich neben Duncan in den Schnee sinken.

Der ältere Mann warf ihr einen Blick zu. »Er folgt Eurem Plan, obwohl ich ihm davon abgeraten habe. Seid Ihr hier, um zu sehen, wie es ausgeht?«

»Ich bin gekommen, um zu helfen.« Sie sah zu, als Bartholomew die Mühle betrat, und hörte, wie Duncan leise zu zählen begann. Er hob seinen Bogen und zielte auf die alte Halle. Anna sah, dass sich dort ein Mann herumtrieb.

Sie spannte ihre eigene Armbrust.

»Ich werde nicht verfehlen«, sagte Duncan angespannt.

»Ihr könnt nicht drei auf einmal treffen«, antwortete Anna.

»Sonst ist niemand auf der Lichtung.«

»Außer den beiden Ziegenhirten – bei denen es sich nicht um Herve oder Regan handelt.«

»Seid Ihr sicher?«

»Herve ist alt und geht am Stock. Ich bezweifle, dass er sich auf einmal von seinen Gelenkschmerzen erholt hat.«

Duncan schürzte die Lippen. »Jedenfalls nicht bei diesem Wetter, so viel ist sicher.«

»Während seine Schwester Regan winzig ist. Sie reicht mir nur bis zur Schulter.«

Der Schotte nickte. »Und sonst kümmert sich niemand um die Ziegen?«

»Niemand mit der Statur eines Kämpfers.«

»Wen sollen wir uns als Erstes vornehmen?«

»Lasst den übrig, der sich in der Ruine der Burg herumtreibt. Er ist genauso groß wie Bartholomew – es muss Gaultier sein.«

»Sein Tod hätte Folgen, da möchte ich wetten.«

Sie nickte. »Und keine Stimme der Vernunft würde die anderen aufhalten. Wenn er einmal die Mühle betreten hat, werde ich den Linken der beiden nehmen, die sich als Ziegenhirten verkleidet haben, und Ihr den Rechten. Wenn sich noch andere zeigen, erledigen wir sie ebenfalls.«

»Eine Zofe wartet mit den Pferden auf der Straße, gerade so eben im Wald verborgen.«

»Aye, ich konnte sie hören. Sie muss recht ängstlich sein, denn sie sprach mit den Pferden.«

»Die andere ist bei Marie.«

»Ich möchte keine von beiden verletzen, und auch Marie nicht«, sagte Anna, während Gaultier sich aus dem Schatten der Burgruine löste. Er bewegte sich rasch auf die Mühle zu und zog dabei ein Messer aus dem Gürtel. Erst presste er sich gegen die Wand vor der Tür und sah sich auf der Lichtung um, dann ging er abrupt hinein.

Marie schrie.

Duncan und Anna feuerten beide gleichzeitig ihre Armbrüste ab. Die beiden Ziegenhirten fielen lautlos, dann erklang ein Röhren von der Straße her. Die Ziegen meckerten und rannten davon in Richtung der Äcker.

Drei weitere Kämpfer sprangen aus dem Wald und rannten auf die Mühle zu. Sie wirkten kleiner als die anderen, oder vielleicht jünger, aber es spielte keine Rolle. Sie waren bewaffnet.

Anna sprang auf die Füße und lud einen Bolzen nach. »Links«, murmelte sie.

»Rechts«, antwortete Duncan.

Wieder flogen zwei Bolzen durch die Luft. Duncans Ziel bewegte sich auf einmal anders als erwartet, und sein Bolzen verfehlte. Annas Bolzen sank in die Brust des Angreifers, auf den sie gezielt hatte. Die beiden überlebenden Männer wandten sich um und stürmten in ihre Richtung.

»Nach Euch«, sagte Duncan, und Anna schoss.

Der auf der linken Seite fiel mit einem Schrei, als der Pfeil sich in sein Auge bohrte.

Der rechts stürzte einen Moment später zu Boden, Duncans Bolzen in seinem Hals.

Sie luden ihre Armbrüste nach, standen still da und lauschten. Aus der Mühle erklang Waffengeklirr, das dann plötzlich abbrach. Marie schrie noch einmal, dann herrschte Stille.

Hatte Bartholomews Plan Erfolg gehabt?

Sicherlich würde Marie doch lauter weinen, wenn man den Mann, den sie sich als Liebhaber ausgesucht hatte, getötet hätte?

Sicher würde Bartholomew triumphierend brüllen, wenn er Gaultier besiegt hätte?

»Zurück!«, rief Duncan, und sie zogen sich in den Wald zurück.

Gerade hatten sie das Unterholz erreicht, als Marie aus der Mühle rannte. Sie floh die Straße entlang, zweifellos dorthin, wo ihre Zofe wartete. Sie weinte.

Aber um wen?

Anna wäre losgegangen, um es herauszufinden, aber Duncan legte ihr die Hand auf den Arm. Zu ihrer Erleichterung erschien als Nächstes Bartholomew, die Hände hoch erhoben. Er war seines Gürtels und seiner Waffen entledigt, und Gaultier trieb ihm mit dem Schwert vor sich her. Der Anführer der Wache sah sofort seine gefallenen Leute und rief um Hilfe. Vier weitere Männer galoppierten aus dem Wald und umringten ihren Befehlshaber. Sie führten ein fünftes Pferd bei sich, ein Reitpferd, kein Schlachtross. Gaultier fesselte Bartholomew die Hände hinter dem Rücken und bestieg das Pferd mit dem leeren Sattel, dann wendeten die Männer und ritten zurück zur Straße. Von dort hörte man Maries Schreie, und schließlich entfernten sich die Hufschritte, als die gesamte Gruppe in Richtung Burg ritt.

»Der Splitter des Wahren Kreuzes«, flüsterte Anna Duncan zu. »Sie dürfen das Schwert nicht haben.«

Er verzog das Gesicht, da er offenbar erraten hatte, was sie tun würde. »Rennt, Mädchen, denn sie werden ihre Toten holen.«

»Pfeift, wenn Ihr sie kommen seht«, sagte sie.

»Zweimal«, stimmte Duncan zu und gab ihr ein Beispiel. Anna nickte und rannte hinüber zur Mühle. Sie schaute sich nach rechts und links um, als sie an die Tür gelangte, und schaute dann von der Schwelle aus zu Duncan zurück. Sie sah nichts von ihm. Hastig betrat sie den dunklen Raum und blieb beim Anblick der niedergestreckten Zofe entsetzt stehen.

Sie beugte sich über sie und fühlte nach ihrem Puls, aber die andere Frau war tot.

Anna bekreuzigte sich, dann schaute sie sich um. Auf der gegenüberliegenden Seite des Raums konnte sie Metall glänzen sehen. Sie eilte darauf zu, da sie genau wusste, wie wenig Zeit ihr blieb, und erkannte Bartholomews Gürtel. Der Dolch steckte noch in seiner Scheide, aber das Schwert lag auf dem Boden. Sie hob es auf und ließ es in die Scheide gleiten, erstaunt von seinem Gewicht, dann hörte sie einen zweifachen Pfiff.

Sie richtete sich auf. Hufschläge näherten sich.

Der Kornspeicher!

Anna sprang die Stufen hinauf und verzog das Gesicht, als eine davon unheilvoll knarzte. Sie kletterte in einen der großen Behälter und zog den Deckel über sich zu. Bartholomews Schwert legte sie vor sich und zielte mit der Armbrust auf den schmalen Spalt oben am Behälter.

Wenn jemand dumm genug war, ihn zu öffnen, würde er zur Belohnung einen Bolzen im Auge haben. Aus dieser Entfernung würde er vielleicht direkt den Schädel durchschlagen.

Sie hoffte, es wäre Gaultier.

Anna hielt den Atem an und wartete.

Die Hufschläge hielten vor der Tür an, und sie hörte, wie Stiefel über den Stein schabten. »Aye, die ist mausetot«, sagte ein Mann, dann hob er die Stimme. »Holt den Wagen aus der Burg. Ich sehe drei Tote neben der Straße, und es müssen noch zwei Männer irgendwo hier sein.«

»Aye, Sir!« Ein Pferd entfernte sich im Galopp.

Anna lauschte. Wie viele waren in die Mühle gekommen? Was taten sie, während sie warteten? Sie hörte Stiefeltritte auf dem Boden und vermutete, dass mehr als ein Mann in der Nähe war.

»Drei Knappen und zwei Ritter sind tot«, knurrte einer der Männer. »Dafür wird es Rache geben, merkt Euch meine Worte.«

»Vergesst die Zofe nicht. Sie war hübsch«, sagte ein Mann bedauernd.

»Aye, Ihr verguckt Euch immer in die, die Ihr nicht haben könnt«, sagte der andere.

Ein paar Schritte näherten sich.

»Warum sollte sie herkommen? Es ist alt und primitiv.«

»Aber hier würde sie niemand vor Lust schreien hören.«

»Diese Nacht *wird* sie schreien, so viel ist sicher. Er wird sie grün und blau schlagen.«

»Er könnte sie uns geben.«

»Nein, nicht seine eigene Frau.« Doch der Mann klang hoffnungsvoll, als er hinterhersetzte: »Aber vielleicht ihre andere Zofe, als eine Lektion?«

»Wenn, dann wird Gaultier sie sich zuerst vornehmen, und was er übrig lässt, ist das Teilen nicht wert.«

Es ließ Anna erschauern, wie wahr diese Worte waren.

»Ich vermute, ich werde jetzt wohl die Steuergelder begleiten müssen«, sagte ein Mann ohne große Begeisterung. Der andere murmelte etwas, aber, obwohl Anna die Ohren spitzte, konnte sie seine Worte nicht verstehen. Sie hob den Deckel des Kornbehälters ein wenig an, um besser hören zu können.

Ein Mann lachte. »Aye, du hast recht. Ob Winchester oder London, auf jeden Fall gibt es dort mehr Huren als hier.«

»Was, wenn wir sie bis nach Anjou bringen sollen?«

»Dann hättest du das unverhoffte Glück, zumindest eine Nacht in deinem Leben eine französische Hure zu haben.«

»Vielleicht sollte ich Lady Marie verführen.«

»Das ist ein Risiko, das man besser nicht eingeht.« Ihre Stimmen wurden lauter, und Anna duckte sich und ließ den Deckel wieder herabsinken.

»Was ist das hier?«, fragte ein Mann in nächster Nähe. »Jemand ist heute diese Treppe hinaufgestiegen. Schau dir den Staub an!«

»Kleine Füße«, stimmte der andere Mann zu. »Nicht der Ritter.«

»Vielleicht wollte die Lady es hier oben mit ihm treiben.«

»Vielleicht hat sie ein hübsches Bett gesucht.«

Sie lachten, während Anna dasaß wie zu Stein erstarrt und kaum zu atmen wagte. Sie schloss eine Hand um den kalten Griff von Bartholomews Schwert und betete mit aller Macht, dass sie sie nicht finden würden.

»Was ist dort oben überhaupt?«

Ein Stiefel knarzte auf der Treppe, doch dann erklangen draußen Hufschläge und das Quietschen von Wagenrädern. Etwas Schweres wurde auf den Wagen geladen.

»Nun?«, rief ein Mann von draußen. »Liegt dort noch jemand?«

»Aye«, sagte einer der Männer, die sich noch in der Mühle aufhielten, und dann verließen sie das Gebäude. Anna schloss erleichtert die Augen. Als sie hörte, wie die Gruppe schließlich davonritt, neigte sie den Kopf und küsste dankbar den Schwertknauf.

Allerdings verließ sie ihr Versteck nicht, bis sie eine Ewigkeit später

Duncans Stimme hörte. »Mädchen?«, fragte er heiser wispernd. »Wir können jetzt fort, wenn Ihr Euch beeilt.«

Anna brauchte keine zweite Einladung.

MARIE KOCHTE.

Wie konnte Royce es wagen, ihren Plan zu verderben und ihr jede Gelegenheit nehmen, diesem Loch zu entkommen?

Sie zog sich in ihre Kammer zurück, als wollte sie zu Bett gehen, und war sich dabei der Tatsache bewusst, dass Royce von ihr erwartete, um ihren verlorenen Liebhaber zu weinen. Natürlich kam er zu ihr, um seinen Besitzanspruch zu untermauern, und fand nach einer langen Weile seine eigene Befriedigung.

Sie tat, als schliefe sie, als er fertig war, und war froh, ihn gehen zu hören. Als er die Tür zu ihrer Kammer von außen verschloss, lächelte sie.

Es gab Momente, da war es ein Glück, mit einem dummen Mann verheiratet zu sein. Marie wartete, bis die Stufen nicht länger knarzten und sie hörte, wie sich Royce über ihr in sein Bett fallen ließ. Sie wartete weiter, bis die Knappen mit ihren Verrichtungen fertig waren und es still im Turm wurde.

Dann stand sie auf und holte den Schlüssel, den sie vor Jahren gestohlen hatte, aus seinem Versteck. Er passte perfekt, und die Tür ließ sich beinahe lautlos öffnen. Emma folgte ihr, hielt auf Maries Geste hin aber Abstand.

Sie erreichten die große Halle, in der es dunkel war. Nur eine Kerze brannte auf dem Tisch. Gaultier stand allein dort, sein Waffenrock schmutzig und sein Haar zerzaust. Er hob den Weinbecher hoch, den sie mittags nicht geleert hatte, und trank ihn aus. Marie zog sich in die Schatten zurück. Sie konnte ihrem Glück kaum trauen.

Oder dem Geiz ihres Mannes.

Gaultier liebte seinen Wein, aber Royce teilte selten mit seinen Männern.

Der Hauptmann der Wache warf einen flüchtigen Blick über seine Schulter, dann trank er auch den Rest des Weins aus dem anderen

Becher. Er lächelte, als er den kleinen Krug hob, den Marie mit dem Schlafmittel versetzt hatte, goss den Inhalt ins Royces Becher und kippte ihn hinunter, ohne sich Zeit zu lassen, ihn zu genießen.

Also hatte er nun zwei Portionen des Schlaftranks eingenommen, und das vielleicht auf leeren Magen. Marie hielt sich versteckt, sah zu und hoffte.

Lange musste sie nicht warten, um zu erfahren, dass Finans Trank tatsächlich wirksam war.

SAMSTAG, 23. JANUAR 1188

FESTTAG DER JUNGFRÄULICHEN MÄRTYRERIN SANKT EMERENTIANA

Bartholomew hatte Schmerzen an Stellen, von denen er nicht gewusst hatte, dass er sie besaß. Er hätte schwören können, dass selbst seine Fingernägel schmerzten, sein Haar blaue Flecken hatte und sein Knochenmark in Teile geschlagen war. Gaultier war gründlich gewesen, als er ihn verprügelt hatte, und Bartholomew war gefesselt gewesen, damit er sich auch ja nicht wehren konnte.

Hatte er einen Zahn verloren? Er konnte nur Blut schmecken, und seine Lippen waren so geschwollen, dass er es nicht sagen konnte.

Nun verstand er, warum Duncan bei seiner Flucht aus Haynesdale so unbeholfen gewesen war. Das Verlies war feucht und dunkel, aber sein eines Auge war beinahe ganz zugeschwollen. Schlimmer noch, Gaultier hatte das Mal auf seiner Brust entdeckt. Wenn er nicht schon vorher verdammt gewesen wäre, hätte das Mal es besiegelt.

Der Nachkomme von Nicholas musste sterben.

Sie hatten Bartholomew seine Rüstung und den Gambeson abgenommen und ihn ins Verlies geworfen. Dort lag er auf dem Boden, kämpfte gegen das Verlangen zu stöhnen und wünschte sich unwillkürlich, am Morgen nicht mehr zu erwachen.

Alles war verloren.

Er hatte Annas Plan nicht in die Tat umsetzen können. Er hatte das Andenken seiner Eltern entehrt. Die Leute von Haynesdale würden seinetwegen leiden, und es schien, dass aus diesen Tagen nichts Gutes entstanden war.

Die Nacht ließ ihm viele Stunden, um über seine Torheit zu grübeln, aber letztlich fürchtete er, würde sie dennoch zu kurz sein. Im Morgengrauen sollte er gehängt werden. Das war Royces Vorstellung von Gerechtigkeit, und das Herz tat ihm weh, dass die Leute aus Haynesdale sie nun für immer würden ertragen müssen.

Auf einmal öffnete sich die Falltür. Ein Lichtstrahl fiel ins Verlies und brannte ihm in den Augen. Bartholomew stöhnte tatsächlich und rollte ins Dunkel. Es konnte noch nicht Morgen sein, oder doch?

Er hatte sich gerade rechtzeitig bewegt, denn unvermittelt wurde ein anderer Mann zu ihm in den Kerker geworfen. Der Körper prallte hart auf dem Boden auf, aber sein neuer Gefährte gab keinen Laut des Protestes von sich.

War es eine Leiche?

Bartholomew wich in instinktiver Abscheu ein Stück zurück, aber auf einmal wurde die Strickleiter nach unten gelassen. Er konnte eine Frau hastig und leise hinunterklettern sehen. Mit einem mahnenden Finger gebot sie ihm Schweigen.

Es war Maries Zofe.

»Beeilt Euch!«, zischte die Lady von oben. Sie hielt eine Laterne, deren Licht nach unten in den Kerker fiel.

Bartholomew setzte sich rasch auf. Als er sah, dass es sich bei dem anderen Mann um Gaultier handelte, bedauerte er sein Schicksal nicht länger. Der Mann rollte sich mühsam auf den Rücken und regte sich, grummelte vor sich hin, als er versuchte, die Augen zu öffnen.

Mit unerwarteter Kraft schlug ihm die Zofe ins Gesicht. Ihre Lippen waren fest aufeinandergepresst, ihr Gesichtsausdruck verriet Wut. Gaultier sank stöhnend zurück, und sie schlug ihn erneut. Bartholomew hörte gar einen Knochen knacken. Dann kam sie zu Bartholomew und löste seine Fesseln. Sie zupfte am Saum seines Waffenrocks.

»Zieht alles aus«, befahl sie auf Französisch. »Ihr werdet dieses Loch als Gaultier verlassen.«

Diese List reichte aus, dass Bartholomew sich, von neuer Zielstrebigkeit erfüllt, auf die Beine kämpfte. Er zog sich Waffenrock und Hemd aus. »Aber wir ähneln einander nicht so sehr«, sagte er leise.

»Das werdet Ihr, wenn wir fertig sind«, antwortete die Zofe. »Mylady hat verfügt, den Gefangenen bei seiner Hinrichtung zu verhüllen, damit niemand es bemerkt, bis es zu spät ist.« Sie holte tief Atem, als sie ihm Gaultiers Waffenrock reichte. »Und Agnes wird gerächt werden.«

Bartholomew war erstaunt. Gaultier sollte statt seiner sterben? Er fand den Gedanken, dass Royce seinen eigenen Hauptmann umbringen würde, sehr passend. Um diesen Mann, der Anna missbraucht und Agnes getötet hatte, würde er nicht weinen.

Binnen weniger Augenblicke trugen er und Gaultier die Kleidung des jeweils anderen. Glücklicherweise hatten sie dieselbe Größe, denn die Zofe bestand darauf, dass sie selbst die Stiefel tauschten. Dann griff sie nach Gaultiers Kinn und drehte es ins Licht. »Sein linkes Auge muss geschwollen sein, so wie Eures. Und er braucht einen Bluterguss an seinem Kiefer, genau dort. Ich würde es selbst tun, wenn ich die Kraft hätte«, fügte sie hinzu, und Bartholomew bezweifelte es nicht. Sie hob Gaultiers eine Hand. »Brecht auch noch diese Finger.«

»Aber er hat meine nicht gebrochen, nicht ganz.«

»Er hat es versucht, und daran werden sich alle erinnern.« Die Zofe wurde grimmig. »Hier merkt man sich solche Dinge.«

»Er könnte protestieren«, bemerkte Bartholomew. »Oder nach Hilfe rufen.«

Sie lachte leise. »Er wird mindestens zwei Tage schlafen, dank des Schlafmittels. Es war für zwei Männer dosiert, aber er hat beinahe alles davon allein getrunken.« Tatsächlich roch Gaultiers Waffenrock nach verschüttetem Wein. Er musste dem Trank erlegen sein, als noch ein Rest im Becher gewesen war. Dass er hier im Kerker beinahe zu sich gekommen war, war wohl das letzte Aufbäumen seines Willens gewesen.

Bartholomew nickte. Er war mit dem Plan zufrieden und fand sogar große Genugtuung darin sicherzustellen, dass Gaultiers Verletzungen zu seinen passten.

Es dauerte nicht lange, bis er die Leiter in die Burg hinaufgeklettert war. Dort empfing ihn Lady Marie mit glänzenden Augen. »Also seid ihr der wahre Sohn von Nicholas!«, hauchte sie. »Und der rechtmäßige Baron von Haynesdale!«

Bartholomew schaute sich nach allen Seiten um. Er wollte nicht darüber sprechen, wenn ihnen ein Dritter vielleicht zuhörte.

Marie küsste ihn freudig auf die Wange. »Die Zukunft gehört uns, Sir. Ich werde dafür sorgen.«

Also trug Annas Plan Früchte, aber Bartholomew empfand wenig Freude darüber. Eine Zukunft, in der er an Marie gebunden war, war keine, nach der er sich sehnte, aber es schien der einzige Weg zu sein, zu überleben. Er erinnerte sich an Gastons Diplomatie, sagte wenig und machte keine Versprechen.

Marie schien das nicht zu kümmern.

Kurz darauf lag er in Gaultiers Bett, dessen Mantel um sich gewickelt und die Kapuze ins Gesicht gezogen. Er rollte sich zur Wand. Hier lag er deutlich bequemer als im Verlies. Marie küsste ihn erneut auf die Wange, in klarer Erwartung, und er dankte ihr knapp für ihre Hilfe.

Die Frauen verschwanden, und ihre leisen Schritte verklangen schnell. Die Stimme der Nachtwache schallte durch die Burg und verkündete die Stunde.

Sonst war alles still.

Aber Bartholomew lag wach. Sein Glück schien sich wiederum zu wenden, aber er wagte nicht zu schlafen, bis alles gut war.

»WIR MÜSSEN IHN RETTEN«, beharrte Anna erneut. Sie war über alle Maßen aufgewühlt, fürchtete um Bartholomews Wohlergehen und war unglücklich, dass es anscheinend nichts gab, was sie tun konnte, um ihm zu helfen.

»Und wie, denkt Ihr, sollen wir das anstellen?«, fragte Duncan erneut, ohne seine Ungeduld zu verbergen. Er wiederholte seine Einwände, und es half nur wenig, dass Anna ihm zustimmen musste. »Außer durch das Haupttor gibt es keinen Weg in die Burg. Der Kanal taugt nur für eine Flucht. Und kein lebendes Wesen kann ungesehen durch dieses Tor schlüpfen.« Er schüttelte den Kopf. »Selbst, wenn zwei der Männer und drei Knappen tot sind, ist die Festung noch immer gut bewacht.«

Die Gesetzlosen hatten sich versammelt, um sich zu beraten, nachdem Duncan und Anna zurückgekehrt waren. Die ganze Nacht waren sie wachgeblieben und hatten über ihr Vorgehen beraten. Die Jungen waren sofort in das alte Dorf gegangen, um sicherzugehen, dass Herve und Regan unverletzt waren, und hatten ihnen geholfen, die Ziegen wieder zusammenzutreiben, bevor es dunkel wurde.

»Royce bereitet eine Falle für uns vor«, sagte Edgar überzeugt, nicht zum ersten Mal. »Er weiß, dass wir versuchen werden, den wahren Sohn zu retten, und wird uns dafür alle töten.«

»Erst wird er Bartholomew umbringen«, fügte Stewart grimmig hinzu. »Lasst euch das gesagt sein.«

»Es sei denn, er bringt ihn langsam um«, sagte Edgar, was nicht gerade dazu beitrug, die Stimmung der Versammelten zu heben.

Anna fluchte leise und ging auf und ab. Der Schnee auf dem Weg, den sie dabei nahm, war geschmolzen, aber sie ging ruhelos weiter. »Es muss einen Weg geben. Royce wird bald die Steuern zum König schicken, so sagte die Wache, und wir können dafür sorgen, dass der Wagen niemals den Wald verlässt.« Sie wandte sich den anderen zu und gestikulierte wild. »Diese Münzen könnten den Heimfall kaufen!«

»Aber bis dahin wird Bartholomew tot sein, wenn wir keinen Weg finden, ihn zu retten«, sagte Lucan nüchtern.

»Vielleicht gelingt ihm die Flucht!«, schlug Percy vor.

Sogleich schüttelten alle ihre Köpfe. »Es gibt aus diesem Verlies ohne Hilfe keinen Ausweg, Junge«, sagte Duncan und zerzauste ihm das Haar. »Es ist ein klug ausgedachtes Gefängnis.«

»Aber jemand könnte ihm helfen«, beharrte der Junge.

»Wem dort drin sollte daran gelegen sein, dass der Gerechtigkeit gedient wird?«, fragte Edgar. »Wenn es dort einen Mann gäbe, der an etwas anderes als an sein Überleben dächte, hätte er Sir Royce bereits die Stirn geboten.«

»Und wäre dafür getötet worden«, pflichtete Stewart bei.

Anna ging weiter auf und ab und wandte sich ihnen dann zu. »Was, wenn eine der Wachen die Burg verlassen würde? Was, wenn man den

Mann fangen könnte und einer von uns seinen Platz einnähme? Dann könnten wir Bartholomew helfen.«

Duncan runzelte die Stirn. »Er würde die Burg verlassen und sich außer Sichtweite der Wachen begeben müssen.« Er schüttelte den Kopf. »Sie werden die Feste nicht verlassen.«

»Wir können sie herauslocken«, beharrte Anna. »Wir könnten etwas in Brand stecken, an dem Royce etwas liegt.«

»Die Mühle?«, schlug Stewart vor.

Edgar verzog das Gesicht. »Er wird das Feuer nicht sehen, und das Gebäude ist ohnehin schon fast zerstört. Das alte Dorf ist zu weit weg. Ich würde sagen, es ist das Opfer nicht wert.« Er hob den Finger. »Eines Tages haben wir vielleicht einen guten Baron, der unser Dorf wiederaufbaut, und dann brauchen wir die Mühle.« Seine Worte wurden mit Schweigen quittiert, denn da Bartholomew gefangen war, hatte niemand große Hoffnung, dass dieser gute Baron irgendwo auftauchen würde.

Anna ließ sich auf einen Sitzplatz sinken. »Wir können nicht versagen. Nicht jetzt, da der wahre Sohn zurückgekehrt ist.« Der Ring an dem Band um ihren Hals schien diesen Morgen schwerer zu wiegen.

Vater Ignatius räusperte sich. »Wo sind meine Schlüssel?«

Duncan griff in seine Tasche und reichte sie dem Priester. Sein Gesichtsausdruck verriet, dass er sie ganz vergessen hatte. Bartholomew musste sie ihm gegeben haben.

Der Priester befühlte sie, dann hielt er einen der kleineren hoch. »Der hier schließt die Pforte neben der Kapelle auf.«

Die anderen richteten sich interessiert auf. Vielleicht hatten sie, wie Anna, die Schlüssel vergessen.

»Aber Bartholomew hat ihn benutzt. Sie werden den Weg bewachen«, protestierte Anna.

Der Priester straffte die Schultern. »Ich würde wetten, dass sie keinen Priester töten werden, der allein kommt, um einem verdammten Gefangenen die letzte Ölung zu verabreichen.«

Alle Blicke wandten sich ihm zu. Anna biss sich auf die Lippen. »Sie zögern vielleicht nur einen Moment.«

»Vielleicht lange genug.« Vater Ignatius nahm die anderen beiden Schlüssel ab und tat sie in den kleinen Beutel, der von seinem Gürtel hing. Den Schlüsselring trug er offen. Er schaute auf den Ring und blinzelte dann überrascht. »Der Schlüssel zur Kapelle und ihrer Schatzkammer scheinen verloren gegangen zu sein!«

Anna unterdrückte ein Lächeln. Sie hatte nicht gewusst, dass der Priester so verschlagen sein konnte.

Oder ein solches Risiko eingehen würde.

»Das ist eine kühne Wette«, murmelte Duncan. »Ich bin mir nicht sicher, ob ich sie eingehen würde.«

»Aber das werde ich«, sagte Vater Ignatius überzeugt. Er richtete sich auf, seine Augen von Feuer erfüllt. »Das werde ich.«

DIE WACHEN VERSUCHTEN, Bartholomew zu wecken, aber er grunzte protestierend und blieb in Gaultiers Mantel gewickelt. Sein Gesicht war versteckt, aber anscheinend überzeugten seine Kleider allein sie davon, dass er ihr Hauptmann war. Er bekam allerlei Spott und Scherze zu hören, aber schließlich ließen sie ihn allein.

»Er wird es bedauern, diesen Mann nicht hängen zu sehen«, sagte ein Kämpfer.

»Ich möchte wetten, dass er den Wein mehr bedauert«, erwiderte ein anderer. »Riecht Ihr es nicht?« Sie lachten beide und machten sich auf ins Verlies, um den Gefangenen zu holen.

Bartholomew wartete, bis er allein war, dann ging er in die Rüstkammer hinüber und hielt sich dabei die Kapuze ins Gesicht gezogen. Die Dämmerung war gerade eben angebrochen, der Himmel erhellte sich mit dem Versprechen eines weiteren schönen Tages. Der Mann, der in der Rüstkammer Dienst tat, verbeugte sich, blieb aber auf seinem Posten. Bartholomew nickte und ging an ihm vorbei, als wollte er eine Waffe holen.

In den Schatten drehte er um und schaute.

Die Aufmerksamkeit des Wachpostens galt dem Anblick des Gefangenen, der gerade hoch auf die Mauer gezerrt wurde. Gaultier trug eine Kapuze und stolperte, gab unzusammenhängende Protestlaute von sich, als sie ihn schubsten. Anscheinend wirkte der Schlaftrank noch immer. Die Wachen gingen grob mit ihm um und versetzten ihm mehrfach Schläge, während er zu seinem Untergang geführt wurde. Sie verspotteten ihn als Sohn des wahren Barons und brachten ihn mehr als einmal zu Fall.

Der Wachposten vor der Rüstkammer lachte.

Es war beinahe zu einfach, ihn von hinten anzugreifen, während aller Augen auf Gaultier ruhten. Binnen Sekunden hatte Bartholomew ihn verschnürt und geknebelt, dann stahl er ihm den Helm und ließ ihn hinten in der Rüstkammer liegen. Er bezog die Position des Mannes und beobachtete befriedigt, wie Gaultier die Schlinge um den Hals gelegt wurde.

Er hatte den Platz des Wachpostens nicht eine Sekunde zu früh eingenommen.

Royce erschien in der Tür der Halle und trank aus seinem Kelch, während er den Burghof überquerte. Drei Männer beluden gerade einen Wagen mit Koffern, die trotz ihrer geringen Größe sehr schwer zu sein schienen. Royce blieb stehen, um den Rittern, die seine Farben trugen und anscheinend den Wagen begleiten würden, Anweisungen zu geben.

Was war in den Koffern?

Wohin wurden sie gebracht?

Als offenbar alles so war, wie er es wollte, ging Royce in den Burghof und suchte sich einen Platz, von dem aus er einen guten Ausblick hatte, als Gaultier oben auf den Wehrgang gezerrt wurde. Der Mann schrie unzusammenhängend, aber der Baron winkte lediglich mit der Hand. Das war anscheinend das Signal, denn Gaultier wurde sofort von den Zinnen geschubst. Es gab einen dumpfen Aufprall, als der Körper des Hauptmanns der Wache gegen die hölzerne Palisade schlug, und lange, entsetzliche Momente zappelte er am Ende des Seils.

Dann wurde er schlaff.

Bartholomew sah eine Blutspur an der Wand, aber er konnte kein Bedauern empfinden, dass dieser Unmensch tot war.

»Stellt seine Leiche zur Schau!«, rief Royce. »Geht sicher, dass die Verräter im Wald wissen, dass ihr Anführer tot ist!« Er spuckte in den Hof. »Und das ist das Ende von Nicholas' Linie.«

Royce kehrte zurück, um das Beladen der Kutsche zu überwachen. Der Leichnam wurde hochgezogen und dann über die andere Seite der

Mauer geworfen, noch immer am Seil hängend. Bartholomew vermutete, dass man ihn nur deshalb im Innenhof gehängt hatte, damit Royce es mitansehen konnte.

Er grübelte über sein weiteres Vorgehen, als er hinter sich einen Laut hörte. Als jemand versuchte, ihn von hinten zu greifen, war er bereit.

Bartholomew wirbelte herum und hatte die Klinge am Hals seines Gegners, bevor er begriff, dass es sich um Vater Ignatius handelte. Der Priester hatte sich in der Rüstkammer mit einem Messer bewaffnet, aber er verstand wenig vom Kämpfen. Bartholomew schleuderte den Priester beiseite und außer Reichweite, dann hob er das Visier seines Helms. Der Priester, der ihn gerade wieder angreifen wollte, hielt inne, als er ihn erkannte.

»Ich dachte, ich wäre zu spät gekommen!«, sagte er erfreut.

Bartholomew blieb keine Chance zu antworten.

»Was ist hier los?«, rief Royce, der den Tumult gehört hatte.

»Ich muss unentdeckt bleiben«, murmelte Bartholomew.

»Natürlich«, stimmte der Priester zu.

Bartholomew packte Vater Ignatius und schubste ihn in den Burghof. »Der Priester, Mylord«, sagte er und versuchte, Gaultiers Stimme zu imitieren. Er hoffte, der Helm würde die Wahrheit verbergen.

»Sehr pflichtbewusst, Gaultier«, sagte Royce. »Ich hatte gedacht, Ihr würdet heute Morgen auf den Zinnen sein.«

»Die Rüstkammer war unbewacht, Mylord«, antwortete er schroff. Er schob Vater Ignatius vor. »Zweifellos kam er, um die Sterbesakramente zu erteilen.«

»Aber es ist zu spät für so ein Ritual.« Der Baron kam näher und trank noch von seinem Kelch, verengte misstrauisch seine Augen. »Ich dachte, Ihr hättet uns verlassen, Vater.«

»Ich war krank, mehr nicht«, sagte der Priester. »Ich hätte die Gesundheit von Lady Marie nicht aufs Spiel gesetzt.«

Royce schürzte die Lippen. Seine Skepsis war klar. »Dann wisst Ihr nichts über den versuchten Diebstahl des Reliquienbehälters aus der Kapelle?«

»Ich weiß, dass meine Schlüssel fehlen«, sagte Vater Ignatius. Er hob den Ring, der von seinem Gürtel hing, und Bartholomew sah, dass daran nur drei Schlüssel hingen. »Ich dachte, ich hätte sie verlegt, aber als ich den Bund wiederfand, fehlten der Schlüssel zur Kapelle und der Schatzkammer.«

Royce dachte so lange darüber nach, dass Bartholomew befürchtete, er würde die Erklärung nicht akzeptieren.

Was war mit dem Schlüssel zu der kleinen Pforte neben der Kapelle?

Er hielt den Atem an. Vater Ignatius' Lüge, fürchtete er, würde aufgedeckt werden. Aber Royce runzelte nur die Stirn.

»Lasst ihn gehen, Gaultier«, befahl er, dann sprach er den Priester an. »Die Zofe meiner Frau ist gestern gestorben, und ich bin sicher, sie würde Euren Trost zu schätzen wissen. Vielleicht könnt Ihr ein Gebet für Agnes sprechen.«

»Es wäre mir ein Vergnügen, Sir. Wenn Ihr die Kapelle aufschließen würdet, könnten wir eine Messe für sie lesen.«

Royce nickte und bedeutete Vater Ignatius, ihm voran in die Kapelle zu gehen. »Beobachtet ihn«, befahl er Bartholomew. »Ich glaube, dass er lügt, aber es empfiehlt sich nicht, so ohne Weiteres einen Priester zu töten.«

»Das stimmt, Mylord.«

»Aber wenn er Euch Anlass zu weiterem Misstrauen gibt, zögert nicht zu handeln.«

Bartholomew verbeugte sich. Er betrachtete die Männer, die um den Karren herumsprangen, und wartete, während die Knappen die Pferde anschirrten, die ihn ziehen würden.

Er musste mit dem Wagen mitfahren.

Er musste den Platz eines dieser Männer einnehmen.

Royce räusperte sich. »Gaultier?«, sagte er und deutete auf die Kapelle. »Ich habe Euch einen Befehl erteilt! Zuerst verschlaft Ihr, und dann ignoriert ihr ein Kommando!«

Bartholomew murmelte eine Entschuldigung.

Es half alles nichts. Wenn er sich jetzt offenbarte, waren zu viele Männer da, die Royce verteidigen konnten.

»Natürlich, Mylord.« Bartholomew verbeugte sich und ging in die Kapelle. Auf der Schwelle drehte er sich um und sah, dass Royce ihn noch immer beobachtete, dann betrat er das Gebäude und schloss die Tür hinter sich.

Vater Ignatius begann, laut vor dem Sarg zu beten, der vor dem Altar stand. Bartholomew wartete nur einen Moment, bevor er die Tür wieder einen Spalt öffnete.

Die Tore wurden geöffnet, und Royce stand da und starrte auf den Wald dahinter. Einer der Ritter am Wagen lachte mit seinen Gefährten, dann ging er auf den Abtritt hinter dem Stall zu und hob beim Gehen den Saum seines Waffenrocks.

Hier war seine Chance.

~

»Nein«, flüsterte Anna, als sie den Leichnam sah, der von Haynesdales Zinnen hing. Der Hals war ihr wie zugeschnürt, und Tränen stiegen ihr in die Augen. Sie hätte Bartholomews Waffenrock überall erkannt. Er konnte nicht tot sein!

Sie konnten nicht zu spät gekommen sein.

Ihr Herz kämpfte gegen die Erkenntnis, dass Bartholomew nicht mehr lebte. Hätte sie nicht instinktiv gewusst, dass er tot war? Es kam ihr unmöglich vor, dass er nicht länger in dieser Welt weilte.

Aber dieser Leichnam konnte nichts anderes sein, als er war. Sein Waffenrock und seine Stiefel gehörten unleugbar Bartholomew. Vielleicht war sie ein Feigling, aber sie war froh über die Kapuze, denn sie wollte sein Gesicht nach dem Erhängen nicht sehen.

»Aye«, murmelte Duncan und ließ die Stirn auf seine behandschuhte Hand sinken. Sie waren im Dickicht des Waldes gegenüber dem Burgtor von Haynesdale Keep versteckt. Die Sonne war kaum aufgegangen, und doch war Bartholomew bereits hingerichtet worden.

Anna spürte die Verzweiflung der Dörfler hinter ihr und hörte Percy schniefen.

Das Fallgitter öffnete sich langsam; die Kette quietschte, als das Eisentor hochgezogen wurde. Anna duckte sich tiefer in den Schnee, fragte sich, was gerade geschah. Royce trat aus dem Tor und stemmte die Hände in die Hüften, dann brüllte er mit dröhnender Stimme: »Sehet

Luc Bartholomew, den einzigen Sohn von Baron Nicholas, der erhängt wurde, weil er die Unverschämtheit besaß, Hand an meine Gemahlin zu legen.« Seine Stimme wurde lauter. »Es wird von diesem Tag an keinen Baron von Haynesdale geben außer mir. Stellt euch nicht wieder gegen mich, oder euer Leben wird noch schlimmer werden als bisher. Gesetzlosen und Vagabunden wird keine Gnade mehr zuteil. Kehrt noch heute ins Dorf zurück und werdet meine loyalen Leute – oder sterbt!«

Er wandte sich um und kehrte in die Burg zurück, während die Dörfler untereinander murmelten. »Niemals wurde jemandem Gnade zuteil«, knurrte Stewart.

»Nein, nichts hat sich geändert«, pflichtete Edgar ihm bei.

Anna erwartete, dass sich das Tor wieder schloss, doch dann kamen zwei Reiter hindurch, Ritter in Royces Farben auf ihren Kriegspferden. Zwei Zugpferde zogen einen Wagen, dessen Zügel ein Bewaffneter hielt. Zwei ritten dahinter. Einer mochte ein Knappe sein, denn er war deutlich kleiner. Noch zwei Pferde folgten, auf denen ebenfalls Kämpfer saßen.

»Die Steuergelder«, flüsterte Anna.

Duncan fuhr sich mit der Hand über den Mund. »Wird der Reliquienbehälter zum König gebracht, oder befindet er sich noch in der Burg?«, murmelte er.

»Vater Ignatius wird ihn finden, ich bin sicher.« Anna wich weiter ins Dickicht zurück, fort von der Straße. Sie wusste, was sie zu tun hatte.

»Wohin gehst du?«, fragte Edgar leise.

Sie warf ihm einen grimmigen Blick zu. »Zur Wegbiegung. Dieser Wagen wird sein Ziel nicht erreichen.«

»Aber ohne Bartholomew brauchen wir das Geld nicht für den Heimfall«, protestierte Duncan. »Wir müssen den Reliquienbehälter finden.«

Anna schüttelte den Kopf. »Royce geht es nur um sein Gold und seine Steuern. Er hat mir die eine Person genommen, die ich am meisten auf der Welt geliebt habe, also werden wir ihm nehmen, was *er* am meisten liebt.«

»Es wäre eine passende Vergeltung«, stimmte Edgar zu und folgte ihr.

»Ich möchte ihm einen Strich durch die Rechnung machen«, sagte Stewart.

»Ich möchte ihn beim König in Ungnade fallen sehen«, fügte Lucan hinzu. »Ein Baron, der seine Steuern nicht zahlt, wird nicht lange ein Baron bleiben.«

»Es ist vielleicht unsere einzige Hoffnung, dass sich etwas ändert!«, sagte Rowe, und im Chor stimmten ihm die Menschen zu.

Sie versammelten sich um Anna und taten ihre Zustimmung kund. Nur Duncan rührte sich nicht.

»Wollt Ihr Euch uns nicht anschließen?«, fragte Anna.

Der Schotte schüttelte den Kopf. »Er hat uns verspottet«, sagte er leise, und alle wurden ernst. »Was, wenn es eine Falle ist?«

»Eine List«, stimmte Anna zu. Sie verstand seinen Gedankengang. Neben dem älteren Mann ging sie in die Hocke. »Am besten teilen wir uns auf. Die Hälfte geht mit mir und überfällt den Wagen. Der Rest bleibt bei Euch, falls noch ein zweiter Wagen losfährt oder Vater Ignatius eine Möglichkeit ersinnt, wie wir Bartholomew rächen können.«

»Ich muss die Reliquie in Sicherheit bringen«, beharrte Duncan. »Ich hatte die Verantwortung, sie zu schützen.«

»Also stimmen wir überein«, sagte Anna zu den anderen. »Die erste Priorität muss es sein, den Reliquienbehälter wiederzubekommen. Darüber hinaus ist jeder Schaden, den wir Royce zufügen können, willkommen. Es wird unsere Rache sein für Bartholomews Tod.«

Sie nickten entschlossen, und nur Augenblicke später führte sie die eine Gruppe durch den Wald, während Percy bei Duncan blieb. Wie Schatten glitten sie durch den Wald, auf einer kürzeren und direkteren Route, auf die Wegbiegung zu.

Der Schlag, den sie Royce versetzen würden, würde ein schwerer sein, wenn es nach Anna ging.

VATER IGNATIUS STIEG der Geruch nach Zedernholz aus dem Sarg in der Kapelle in die Nase. Auf dem Altar brannte eine Kerze, als wollte sie die Tote gegen die Dunkelheit behüten. Er hob den Deckel und verzog das Gesicht, als er sah, welche Verletzung die Zofe erlitten hatte, die dort lag. Obwohl man sie für die Beerdigung hergerichtet hatte, ließ sich die Schwere der Wunde nicht verbergen.

Er spürte, wie Lady Marie neben ihn trat. Ihre Zofe Emma trat auf seine andere Seite und stieß dabei gegen ihn, als wäre sie gestolpert. Er umfing ihren Ellbogen, und sie neigte weinend den Kopf. Die beiden Zofen mussten sich nahegestanden haben, und der Tod der einen war für die andere schwer zu ertragen.

»Ich bin es leid, unter Barbaren zu leben«, sagte Lady Marie zwischen zusammengebissenen Zähnen, und er sah Tränen in ihren Augen stehen, als sie auf die tote Zofe hinabschaute. »Ich werde nicht länger in diesem Loch bleiben.«

Die Lady wirkte entschlossen. Aus ihren Augen leuchtete der Hass auf ihren Ehemann.

»Wie wollt Ihr abreisen? Wie werdet Ihr Euch verteidigen?«, fragte Vater Ignatius, und Lady Marie lächelte.

»Es ist das Beste, wenn Ihr es nicht wisst, Vater, denn dann würdet Ihr Euch vielleicht gezwungen fühlen, die Wahrheit zu offenbaren, wenn das gerade nicht günstig wäre.«

Das Argument war nicht von der Hand zu weisen.

»Wo ist der Reliquienbehälter?«, murmelte er. Sein Blick wanderte zum Schrank neben dem Altar. Die Tür stand offen, enthüllte, dass er leer war.

»Er will ihn dem König als Geschenk schicken«, sagte sie leise.

Der Priester machte einen Schritt auf die Tür zu. »Aber die Steuern werden zum König geschickt. Wir müssen schnell eingreifen!«

Würde Bartholomew ihn rechtzeitig entdecken?

Hatte er deshalb die Kapelle verlassen?

Marie schüttelte den Kopf. »Nein, dieser Wagen ist ein Trick, mit dem er die Aufständischen in den Wäldern in die Falle locken will, um sie gefangen zu nehmen. In diesen Koffern befinden sich nur Steine. Die Steuern und die Reliquie werden erst losgeschickt, wenn Royce denkt, dass die Straße sicher ist.«

Nun fürchtete Vater Ignatius um Anna und ihre Gefährten. »Aber wo *ist* der Reliquienbehälter?«

»Er bewahrt ihn in seiner Schatztruhe auf, in seinem Gemach oben im Turm. Niemand darf den Raum ohne Royces ausdrückliche Erlaubnis betreten.«

Wie konnte Vater Ignatius dann an die Reliquie herankommen?

Lady Marie neigte sich ihm zu. »Ich möchte Royce um alles bringen, was er gestohlen hat, und ihn bei Nacht nackt auf die Straße werfen, und wenn es das Letzte ist, was ich tue.« Sie schaute Vater Ignatius in die Augen. »Diese Burg wurde mit meinem Erbe errichtet, ein Gefängnis für mich, von meines Vaters Geld! Ich werde mir meine Mitgift zurückholen, damit ich den Mann heiraten kann, der Vater meiner Söhne werden soll.«

»Ich bitte Euch um Eure Hilfe, Mylady. Sorgt dafür, dass die Reliquie ihren Beschützern zurückgegeben wird. Sie ist kein Gegenstand, den man verlieren sollte.«

Die Lady lächelte und öffnete ihren Umhang. Um ihre Taille war ein rundes Bündel geschnürt, in dem sich befinden musste, was er so überaus dringend suchte. »Wir denken gleich, Vater. Ich wollte Euch dies zum Geschenk machen, als Dank dafür, dass Ihr über meine Entscheidung Schweigen bewahrt.«

»Das werde ich, Mylady.«

Sie übergab ihm den Reliquienbehälter und küsste durch den Stoff hindurch dessen Oberfläche. »Vielleicht könnt Ihr um die Hilfe von Sankt Euphemia bitten, um sicherzugehen, dass der Gerechtigkeit genüge getan wird.«

»Aber wie sollen wir sie aus der Burg schaffen, ohne dass es jemand merkt?«

Lady Marie legte ihre Hände auf den Sarg und schaute Vater Ignatius bedeutungsvoll an. Er hätte den Schatz vielleicht einfach hineingelegt, aber die Lady hob die Röcke ihrer toten Zofe. Sie legte das Bündel auf Agnes' Bauch, unter ihre gefalteten Hände. Nun sah es so aus, als sei Agnes schwanger gewesen, wenn auch nicht so lange, dass ihr Kleid die Wölbung ihres Bauchs nicht verborgen hätte. »Niemand schaut eine Zofe richtig an«, murmelte Marie und arrangierte den Stoff um Agnes herum so, dass die Wölbung noch weniger auffiel.

Vater Ignatius hörte die andere Zofe scharf einatmen und vermutete, dass diese Worte sie empörten. Lady Marie allerdings schien es nicht zu bemerken.

Sie beugte sich und küsste ihre Zofe auf die Stirn. »Und noch immer dienst du mir treu«, murmelte sie. »Lebewohl, Agnes.«

Vater Ignatius segnete die Tote, und der Deckel wurde wieder geschlossen.

Lady Marie hob ihre Stimme. »Emma, wir müssen dafür sorgen, dass Agnes zu ihrer ewigen Ruhe gebettet wird. Ich weiß, dass mein Mann heute andere Sorgen hat, aber ich möchte meine Pflicht Agnes gegenüber nicht versäumen. Wirst du mir helfen, ihre Besitztümer zu holen, damit wir sie den Armen geben können?« Sie sah Vater Ignatius gerade in die Augen. »Und könnt Ihr den Segen auf dem alten Friedhof sprechen, Vater? Vielleicht gegen Mittag?«

»Natürlich, Mylady.« Er verstand, dass ihm die Verantwortung dafür obliegen würde, den Schatz durch die Tore zu schmuggeln. Das war eine gute List, und der Lohn war das Risiko ohne Weiteres wert. Daran musste er sich selbst gemahnen, um sein Herz ein wenig zur Ruhe zu bringen. Vater Ignatius war niemals ein kühner Mann gewesen, aber die gerechte Sache verlangte, dass er es diesmal wurde. Er betete um Mut und für Agnes' Seele, während die Lady sich umdrehte und die Kapelle verlassen wollte.

»Oh! Habt Ihr einen Schlüssel für die Kapelle, Vater?«, fragte die Lady süßlich und wandte sich noch einmal zu ihm um. »Ich möchte sie nach Eurem Aufbruch abschließen, um sicherzugehen, dass Royce vergeblich danach sucht.«

»Sicher hat er doch auch einen Schlüssel?«

»Den hole ich mir auch.« Die Lady streckte gebieterisch die Hand aus.

Vater Ignatius musste ihr vertrauen, an die Einzelheiten zu denken. Er holte den versteckten Schlüssel aus seinem Beutel und gab ihn ihr. Sie lächelte, drehte auf dem Absatz um und verließ rasch die Kapelle.

Er holte tief Atem und betrachtete den Sarg, bereitete sich auf die mutige Tat vor, die er tun musste.

Aber wie sich herausstellte, hatte Vater Ignatius die Absichten der Lady missverstanden.

Als er hörte, wie sich der Schlüssel im Schloss drehte, wirbelte er entsetzt herum. Er eilte zur Tür und klopfte, aber die Lady lachte nur. »Niemand wird mich je wieder um meinen Lohn betrügen, Vater. Ich brauche diesen Schatz vielleicht noch, um mir zu erhandeln, was ich für mich selbst haben will, und Ihr werdet nicht die Gelegenheit haben, ihn mir wegzunehmen.«

Vater Ignatius' Hand wanderte aus der Gewohnheit heraus zu seinem Schlüsselbund, aber er war fort. Zu spät erinnerte er sich, dass die Zofe mit ihm zusammengestoßen war. Sie hatte seine Schlüssel gestohlen!

Und Lady Marie hatte nach dem gefragt, der noch fehlte.

Ihm blieb nur noch der Schlüssel zu dem leeren Schrank am Altar.

»Mylady!«, protestierte er und versuchte, die Tür mit Gewalt zu öffnen. Aber sie war sehr stabil und besaß ein gutes Schloss.

Vater Ignatius bückte sich und schaute durch das Schlüsselloch. Er sah Lady Marie davongehen. Die Zofe warf ein spöttisches Lächeln über ihre Schulter zurück. Auf Vater Ignatius' Herz legte sich der Schatten der Furcht.

Wollte Lady Marie ihn verraten?

Was hatte sie vor?

Er sah, wie der Wagen den Burghof verließ, begleitet von Royces Männern. War Bartholomew unter ihnen?

Er drehte sich um und lehnte sich gegen die Tür, betrachtete unzufrieden die fensterlose Kapelle. Was konnte er tun, um zu helfen?

Zum ersten Mal in seinem Leben erschien das Gebet Vater Ignatius nicht als sonderlich befriedigende Wahl.

DER WAGEN FUHR um die Wegbiegung, wie Anna es erwartet hatte. Die Reiter ritten nicht so dicht beieinander, wie sie es hätten tun sollen, was die Sache einfacher machen würde.

Sie würden leicht voneinander zu trennen sein. Mit der gespannten Armbrust wagte sie sich hinter dem Baum hervor. Edgar tat dasselbe, auch wenn er kein so guter Schütze war wie sie. Sie sah ihn nicken, dann stürmten Norton und Piers aus dem Wald. Die Jungen sprangen auf die Rücken der Pferde, die den Wagen zogen, während die Männer, die die Fracht bewachten, aufschrien.

Sie und Edgar schossen ihre Bolzen ab.

Annas traf den Ritter, der als Erstes ritt, in den Hals. Er fiel vom Pferd, lag blutend auf der Straße und erhob sich nicht. Sein Pferd bäumte sich auf, wieherte verängstigt und galoppierte die Straße entlang. Die Zügel schleiften auf dem Boden. Das Pferd des anderen Ritters scheute und ging trotz der Anstrengungen seines Reiters, es zu zügeln, durch.

Edgars Bolzen traf den Fahrer des Gespanns in die Schulter. Im letzten Moment hatte der Mann sich bewegt, überrascht vom Auftauchen der Jungen, und er kämpfte mit dem Schaft des Bolzens und versuchte zugleich, die Pferde zurückzuhalten. Doch die Jungen schlugen auf die Pferde, die den Wagen zogen, ein, und diese folgen den anderen beiden Rössern.

Anna sah, wie der größere Mann, der hinten im Wagen saß, nach vorn kletterte, sicher, um seinem Gefährten zu helfen, während die verbleibenden Kämpfer in den Wald vorstießen. Stewart streckte den ersten mit seinem Schwert nieder, während die übrigen Dörfler von den Bäumen sprangen und Steine warfen, um sie aufzuhalten.

Anna floh durch den Wald. Sie wollte die Kutsche an der nächsten Kurve abfangen. Sie erreichte die Straße, als sie gerade vorbeirollte, und sprang auf den Wagen. Von hinten schlug sie auf den kleineren der beiden Wachposten – einen Knappen – ein und trat ihn dann vom Wagen. Der Junge rappelte sich auf und rannte zurück in Richtung Burg. Anna fluchte, weil er außer Reichweite war. Sie hoffte, Edgar würde ihn aufhalten.

Der andere Wachposten hatte den Kutschbock erreicht. Zu ihrer Überraschung entriss er dem Fahrer die Zügel und schlug dem Mann dann ins Gesicht.

Der Fahrer fiel auf die Straße. Anna erschoss ihn, bevor er auf die Füße gelangen konnte. Dann sprang sie den Wachposten an, der nun die Zügel hielt, und schlang ihm einen Arm um den Hals.

»Norton und Piers!«, rief er. »Bringt die Pferde zum Stehen!«

Er kannte die Namen der Jungen! Sie zog an seinem Helm, um besser an seinen Hals zu gelangen, und er fluchte, als sie ihm die Sicht nahm. Der Wagen begann, auf den Wegesrand zuzusteuern. Sie hielt den Angreifer fest und griff nach ihrem Messer. Er stieß ihr einen Ellbogen in die Rippen, wand sich in ihrem Griff und fluchte heftig.

»Das ist nicht der richtige Zeitpunkt, Anna!«, knurrte er, und sie erstarrte beim Klang der vertrauten Stimme.

»Bartholomew?«, fragte sie erstaunt. »Aber du bist tot!«

»Noch nicht ganz«, murmelte er. »Aber wie es scheint, hast du vor, das zu ändern.« Er zog an den Zügeln, während Anna noch darum kämpfte, die guten Neuigkeiten zu begreifen. Die Pferde wurden langsamer, doch die Kutsche war bereits zu dicht an den Straßenrand geraten. Sie kam zum Stehen, aber ein Rad sackte dabei in den Graben. Der Wagen neigte sich, sodass die Koffer darin zu einer Seite glitten. Ihr Gewicht ließ den Wagen endgültig zur Seite kippen, und Anna und Bartholomew sprangen ab, während die Koffer in den Schnee fielen.

Die anderen waren an der vorigen Biegung zurückgeblieben, und sie zweifelte nicht daran, dass der Ritter, dessen Pferd durchgegangen war, zurückkommen würde.

»Sag mir, Anna, was habe ich getan, um solch eine Begrüßung zu verdienen?«, fragte Bartholomew, den vertrauten, humorvollen Ton in der Stimme, als sie beide festen Boden unter den Füßen hatten. »Ich dachte, du magst mich.« Er zwinkerte ihr zu und beruhigte nebenbei die Pferde.

Anna lachte erleichtert, kaum fähig, ihren Ohren zu trauen. Er nahm den Helm ab und lächelte sie mit funkelnden Augen an. Sie warf sich in seine Arme. »Ich dachte, du wärst tot!«

»Ich habe mich schon gesünder gefühlt, so viel steht fest«, sagte er und küsste sie rasch. Sein eines Auge war geschwollen, und er hatte üble Schnitte im Gesicht, aber sie fand ihn so verwegen und gutaussehend wie immer. Zu schnell unterbrach er ihren Kuss und warf einen Blick in den Wald. »Wo sind die anderen? Zwei Wachen waren hinter uns und eine ist noch vor uns …«

Ein Knurren erklang aus dem Unterholz, und sie wandten sich um und sahen Cenric mit gebleckten Zähnen und gesträubtem Fell vor ihnen stehen. Er schaute die Straße herab, und Anna wirbelte herum und sah, dass der andere Ritter sich ihnen im Galopp näherte.

Sie hatte keine Bolzen mehr.

Bartholomew jedoch griff sich die Armbrust des Fahrers und legte einen Bolzen aus dessen Köcher auf. Er feuerte, und Anna lächelte, als sie hörte, wie der Ritter aus dem Sattel fiel. Das Pferd wurde langsamer und trottete auf sie zu. Auf Bartholomews Nicken hin griffen die Jungen es bei den Zügeln und brachten es zum Stehen.

»Was ist mit dem Gold?«, fragte Norton und griff nach den Koffern, die in den Schmutz gefallen waren.

»Es gibt keins, nicht auf diesem Wagen«, sagte Bartholomew. Norton öffnete einen Koffer, während Bartholomew antwortete, und enthüllte einen Haufen von Steinen. Anna keuchte auf. »Lasst uns die anderen finden, bevor ich es erkläre.«

Mit einiger Mühe gelang es ihnen, den Wagen wieder auf die Straße zu stellen. Sie richteten die Koffer so her wie zuvor. Bartholomew wendete das Gespann, und bald schon begegneten ihnen Edgar und die anderen. Einer von Royces Kämpfern war tot, der andere gefesselt. Wie es schien, hatte sich der Knappe ein Pferd geschnappt und war ihnen allen entkommen. Die Dörfler versammelten sich um die Kutsche und zeigten sich beim Anblick der Steine enttäuscht.

»Royce sendet uns Munition«, sagte Bartholomew. »Und eine Möglichkeit, in die Burg zurückzukehren.«

»Aus Euren hochtrabenden Plänen wird nichts werden«, sagte der gefangene Kämpfer. »Sir Royce ist nicht der Narr, für den Ihr ihn haltet. Er rechnet mit Eurer Rückkehr.«

»Ich war bereits dort und bin ihm entkommen«, sagte Bartholomew. »Ich habe sogar direkt mit ihm gesprochen. Ich glaube, Ihr überschätzt den Scharfsinn Eures geliebten Barons.«

»Der Junge wird ihn warnen«, sagte Edgar verdrossen.

»Was ist mit dem Reliquienbehälter?«

»Sicher vor Leuten wie Euch«, sagte der Kämpfer und spuckte aus.

Edgar zog sein Messer und schnitt dem Mann die Kehle durch, stieß seinen Körper beiseite. »Wohl eher sicher vor Leuten wie dir.« Er schubste den Mann in den Graben, dann schenkte er Bartholomew einen reumütigen Blick. »Solche Männer verdienen es nicht zu leben.«

»Nein«, bestätigte Bartholomew. »Aber unsere Aufgabe ist noch nicht vollendet.«

»Wir brauchen das Gold!«

»Wir brauchen die Reliquie.«

»Wir ziehen ihnen die Waffenröcke aus?«, fragte Anna, die Bartholomes Antwort vorwegnahm.

»Verstecken die Leichen und nehmen ihre Plätze ein«, ergänzte Bartholomew und deutete auf die übrigen. »Dann fesseln wir diese Gefangenen, die Ausgestoßenen aus dem Dorf, die in den Wäldern leben.«

Edgar schaute verwirrt zwischen ihnen hin und her. »Wir gehen in die Burg? Als Gefangene? Habt Ihr Eure Meinung geändert, Sir?«

»Es ist der beste Weg, diese Angelegenheit zu einem Abschluss zu bringen«, sagte Bartholomew. »Royce erwartet, dass seine Männer von dieser Mission mit Gefangenen zurückkehren. Wir werden den Anschein erwecken, als brächten wir ihm welche.« Dann lächelte er. Das Zwinkern in seinen Augen gab Anna zu verstehen, dass es Royce sein würde, dem eine Überraschung blühte.

»Sie kennen die Geschichte nicht«, erinnerte ihn Anna, und er nickte.

»Die Kutsche war ein Trick«, sagte Bartholomew zu den Dörflern. »Ich dachte, sie würde die Steuern zum König transportieren, also sorgte ich dafür, dass ich unter den Wachen war, aber unterwegs unterhielten sie sich über ihren wahren Auftrag. Sie sollten Euch aus dem Wald locken, Euch alle gefangen nehmen und in die Burg zurückkehren. Der echte Schatz wird erst auf Reisen gehen, wenn dieser Wagen wieder in der Burg ist.«

»Mit den Gefangenen«, sagte Edgar, der begriffen hatte.

»Und was ist mit dem Reliquienbehälter?«, fragte Stewart.

»Er muss sich in Royces Schatzkammer oder seinem Gemach befinden.« Bartholomew hielt inne, und Anna wusste, er wollte die Gruppe nicht unnötig in Gefahr bringen. »Ich würde vorschlagen, wir kehren in die Burg zurück und geben Euch als Gefangene aus, dann holen wir uns den Schatz zurück. Wir werden sie überwältigen und so viel von Royces Kostbarkeiten rauben, wie wir können.«

»Das wird riskant werden«, sagte Stewart.

»Aber es ist der einzige Weg, unser Ziel zu erreichen«, antwortete Anna.

Bartholomew betrachtete die Dörfler. »Ich möchte Euch nicht zwingen, ein solches Risiko einzugehen. Wenn Ihr Euch lieber nicht auf dieses Vorhaben einlassen wollt, liegt die Entscheidung bei Euch.«

Anna schaute über die Versammelten und sah, dass keine Zweifel bestanden.

»Wir sind bei dir!«, verkündete sie und lächelte, als eine Flut von Zustimmungsbekundungen auf ihre Worte folgte.

»Wir sollten uns beeilen, nachdem es dem Knappen gelungen ist, uns zu entkommen«, bemerkte Edgar. »Er könnte sie warnen.«

»Oder Duncan sorgt dafür, dass er nicht ankommt«, sagte Anna und erzählte Bartholomew, wie sie ihre Kräfte aufgeteilt hatten.

»Ein guter Plan«, sagte Bartholomew zustimmend. »Versteckt die Toten im Wald, aber bringt Ihre Waffenröcke her. Beeilt Euch!«

Edgar zog sich einen davon über und setzte auch den Helm des Mannes auf, dem er ihn abgenommen hatte. Er schaute sich um und gab den Dörflern Waffenröcke zu tragen, die den gefallenen Männern einigermaßen ähnelten. Unterdessen bat Bartholomew die Jungen, die Pferde hinten an den Wagen zu binden. Er nahm ein Seil zur Hand, und Lucan zeigte den Dörflern einen Knoten, der fest aussah, aus dem man sich aber schnell befreien konnte. Innerhalb weniger Augenblicke war eine Schlange von Dörflern allem Anschein nach hinten an den Wagen gebunden, die sich allerdings rasch würden befreien können. Anna war sichergegangen, dass es keine Anzeichen des Kampfes auf der Straße gab, und hatte ein paar Bolzen als Reserve gesammelt.

»Ich habe vier Ritter in der Burg gesehen«, sagte Bartholomew knapp. »Sechs Bewaffnete, von denen ich zwei gefesselt in der Rüstkammer zurückgelassen habe.«

»Man hat sie vielleicht befreit«, sagte Anna, und er nickte.

»Dann ist da noch der Knappe, der von hier aus zurückgeritten ist.«

»Und die anderen Knappen«, erinnerte ihn Anna. »Es wimmelt dort von ihnen.«

»Sie werden bewaffnet und geschult sein«, sagte Bartholomew zu den Dörflern, die nickten. »Und in der Halle werden sich auch Dienstboten befinden. Wir wissen nicht, wo ihre Loyalität liegt.«

»Schickt einen der Jungen ins Dorf«, schlug Edgar vor. »Herve wird sich frohen Herzens an denen rächen, die seine Ziegen gestohlen haben, und die anderen werden versuchen, zu helfen.«

Bartholomew stimmte zu, und Piers wurde auf seinen Botengang geschickt. Schnell verschwand der Junge im dunklen Wald.

»Vater Ignatius ist vielleicht noch in der Burg«, erinnerte Anna Bartholomew. »Er hat sich auf die Suche nach der Reliquie begeben. Wir können ihn nicht im Stich lassen.«

»Und das werden wir auch nicht«, sagte er und legte ihre Armbrust hinten auf den Wagen, wo sie jederzeit danach greifen konnte. »Wenn wir drinnen sind, werdet ihr alle versuchen, den anderen Wagen zu stehlen und so schnell wie möglich aus der Burg zu fliehen. Anna wird Vater Ignatius aus der Kapelle holen, falls wir ihn nicht sehen. Duncan und ich gehen in Royces Gemach, als wollten wir ihm Bericht erstatten, und verlassen es nicht ohne den Reliquienbehälter.«

Anna war mehr als bereit, die Angelegenheit endlich zu Ende zu bringen.

KAPITEL 14

Royce war stolz auf sich.

Sein Plan war so brillant, dass er unmöglich schiefgehen konnte. Der erste Wagen, der mit den in Kisten geladenen Steinen, musste mittlerweile den unsichersten Teil der Straße durch seine Ländereien erreicht haben. Die Rebellen im Wald würden zuschlagen, aber sie würden eine Überraschung erleben.

Und den Preis für ihren Verrat bezahlen. Zu Sonnenuntergang würde er sie alle los sein!

Jungen rannten die Turmtreppen herauf und hinunter, trugen die Truhen mit den Silberpfennigen zum zweiten Wagen, der im Burghof stand, und rannten wieder los, um mehr zu holen. Royce beaufsichtigte ihre Arbeit in seinem Gemach und ging sicher, dass sie die richtigen Koffer nahmen.

Es würden noch genügend Münzen übrigbleiben, dass für sein Wohlergehen gesorgt war. Es waren nur drei kleine Kisten, doch eine davon war mit Goldmünzen gefüllt. Für ihn war das eine kluge Entscheidung. Je weniger Dörfler es gab und je weniger Handel betrieben wurde, desto niedriger waren seine Einkünfte. Dieser Tage konnte man den Dörflern wenige Waren abnehmen oder durch Steuern erpressen. Der Verwalter hatte ihm mitgeteilt, sie würden Mehl in York kaufen müssen, um Brot für die Burg zu backen.

Was nützten ihm Bauern, die zu faul waren, die Felder zu bestellen?

Nein, besser ging es ihm ohne sie, und diese Münzen würden dafür sorgen, dass er eine ganze Weile gut leben konnte, auch, nachdem der König seinen Anteil bekommen hatte. Sollten sie doch alle sterben. Er würde Reh und anderes Wild essen.

Und wer wusste schon, welche Früchte sein Plan tragen mochte? Das Geschenk der Reliquie würde den König vielleicht so beeindrucken, dass er Royce ein schönes Geschenk machte.

Vielleicht noch ein Lehen?

Beinahe rieb sich Royce triumphierend die Hände.

Er hörte seine Frau in der Kammer unter seiner laut weinen und rollte die Augen über die Hysterie, in die sie wegen ihrer toten Zofe verfallen war. Was Royce anging, so war es ein Maul weniger, das er stopfen musste.

Marie schrie jämmerlich, und er knirschte mit den Zähnen. Selbst seine Frau begann, nichts als eine Bürde zu sein. Sie hatte ihm noch immer keinen Sohn geschenkt. Schon lange war er ihrer Reize überdrüssig, und sie hatte es gewagt, sich mit dem Ritter einzulassen, der seinen Platz hatte einnehmen wollen. Wenn ihr nicht zu trauen war, warum sollte er sie durchfüttern?

Trauerte sie um ihre Zofe oder um den Mann, der von den Zinnen baumelte, tot, wie er es verdiente?

Royce glaubte die Wahrheit zu kennen, und sie verlieh ihm große Befriedigung.

Sie bestärkte ihn auch in seiner Entschlossenheit, Marie loszuwerden.

Aber eins nach dem andren. Die letzten Koffer wurden aus seiner Kammer getragen, und er begriff, was fehlte. »Gaultier!«, bellte er in der Annahme, dass der Hauptmann der Wache den Reliquienbehälter in seine Obhut genommen hatte. Gaultier wusste, dass er den zweiten Wagen lenken sollte, um sicherzustellen, dass die Steuern sicher beim König ankamen. Sie hatten alles am Vortag arrangiert.

Royce verließ seine Kammer und brüllte noch einmal von der Treppe herab. »Gaultier!«

Keine Antwort. Wo steckte der Mann? Gaultier hatte sich noch nie so ärgerlich verhalten wie heute, und es war noch nicht einmal Mittag.

Royce ging eine Treppe herunter und fasste einen vorbeikommenden Knappen am Ärmel. »Wo ist Gaultier? Hast du ihn heute Morgen gesehen?«

»Nicht seit Tagesanbruch, Mylord, als wir ihn nicht wecken konnten.«

Was sollte das? Royce hatte ihn im Burghof gesehen, als der Priester angekommen war. Er hämmerte gegen die Tür von Maries Kammer und trat ein, ohne auf Erlaubnis zu warten. Sie packte gerade Kleider zusammen und erstarrte bei seinem Anblick. »Ich werde Agnes' Besitztümer an die Armen verteilen«, sagte sie und hob stolz das Kinn.

Stirnrunzelnd musterte Royce die Kammer. Seiner Ansicht nach waren es dafür viel zu viele Koffer und Bündel. »Agnes besaß längst nicht so viel«, protestierte er. Er nahm ein Kleid aus einer Tasche. »Und dies ist das Gewand, das ich dir vor zwei Jahren zum Osterfest geschenkt habe.«

»Ich habe es Agnes geschenkt.«

»Das hast du nicht. Du willst abreisen! Und das ohne meine Erlaubnis.«

Marie verengte die Augen. »Ich brauche deine Erlaubnis nicht«, begann sie, und er schlug ihr unvermittelt hart ins Gesicht.

»Die brauchst du ganz bestimmt«, gab er zurück. »Als meine Frau bist du mein Besitz und wirst tun, was ich dir sage. Du wirst nicht gehen, bevor ich es dir befehle.« Er lächelte. »Keine Sorge, das tue ich vielleicht schon bald.«

Sie verzog die Lippen. »Und du willst hierbleiben, in dieser Burg, die du mit dem Geld meines Vaters gebaut hast, und die Mitgift verschwenden, die für meinen lebenslangen Unterhalt gedacht war.«

»Ich kann dieses Leben weniger lang machen, wenn dir das lieber ist. Ja, ich frage mich, ob ich vielleicht eine jüngere Frau brauche, um sicherzugehen, dass ich einen Sohn haben werde.«

Marie war unübersehbar zornig. »Du würdest es nicht wagen, mich zu verstoßen. Der König hat mich als deine Gemahlin ausgewählt …«

»Und wie es heißt, ist der König in Anjou und hält eine Musterung für den Kreuzzug ab. Sein Blick ist nach Osten gewandt, nicht nach Norden. Ich vermute, er würde die Nachricht deines Todes nicht einmal zur Kenntnis nehmen.«

»Untier!«, schrie Marie, und Royce lächelte, als er sich zum Gehen wandte.

»Verschließt die Tür«, wies er den Mann im Korridor an. »Und erlaubt meiner Frau nicht, ihr Gemach zu verlassen.«

»Mistkerl!«, rief Marie, und er schaute zurück, gerade rechtzeitig, um den Steingutbecher zu sehen, den sie nach ihm warf. Er duckte sich, und der Becher zersplitterte an der Wand hinter ihm.

Royce ging einige Schritte die Treppe hinab, damit sie nicht auf ihn zielen konnte, und die Wache schlug die Tür zu. Ein weiterer Becher zerschellte an der Wand, als sich der Schlüssel im Schloss drehte. »Habt Ihr Gaultier gesehen?«, fragte er den Wachmann, als sich ihre Blicke trafen.

»Nicht seit der Dämmerung, Sir.«

Marie begann zu lachen.

Royce beäugte die Tür. Ihr Lachen war von Bosheit und Triumph erfüllt, genau wie das eine Mal, als sie einem der Dörfler einen hässlichen Streich gespielt hatte.

Was wusste sie?

Sicher war Gaultier doch nicht in ihrer Kammer? Sicher hatte er sich nicht so in Gaultier geirrt?

MARIE WARTETE. Sie war mehr als bereit, Häme über Royce auszuschütten. Sie konnte ihn auf der anderen Seite der Tür atmen hören und wechselte einen triumphierenden Blick mit Emma.

Ihr Gemahl räusperte sich.

»Hast du Gaultier gesehen, meine Gemahlin?« Es klang liebenswürdig.

Ihr Lächeln wurde breiter. »Natürlich. Ich weiß genau, wo er ist.«

»Dann sag es mir.«

Marie lachte wieder.

»Ich befehle dir, sag es!«, donnerte Royce.

»Und ich habe keinen Anlass, das zu tun, solange diese Tür verschlossen ist.«

Sie konnte förmlich hören, dass er vor Wut kochte. Sie wusste, sein eines Auge würde wütend blitzen, und beinahe wünschte sie, er würde die Tür öffnen und sie gewaltsam nehmen. Aber nein, sie hörte seine Stiefel auf der Treppe, als er die Stufen hinabeilte.

»Pack alles ein«, gebot sie Emma. »Ich werde nicht einmal eine Nadel zurücklassen.«

Zweifellos suchte Royce nun in der Halle, der Küche, den Ställen, der Rüstkammer, vielleicht sogar in der Kapelle. Er würde Gaultier an keinem dieser Orte finden. Marie öffnete einen Koffer, zog eine dünne, scharfe Klinge venezianischer Machart hervor und steckte sie in ihren Gürtel. Sie drückte gegen ihre Hüfte und verschwand in den Falten ihres Überkleids. Sie wandte sich Emma zu und hob die Hände, drehte sich, eine stumme Erkundigung.

Emma schüttelte den Kopf. Die Klinge war nicht zu sehen.

Wieder erklangen Stiefelschritte auf der Treppe, und beide Frauen schauten zur Tür, als ein Mann – vermutlich Royce – auf der anderen Seite stehen blieb.

»Wo ist er?«, fragte er.

»Du bist grob, Royce«, tadelte Marie. »Keine Frau würde auf eine solche Frage antworten.«

»Marie«, knurrte er. »Ich bitte dich, sag es mir.«

Das war ein wenig besser. »Schließ zuerst die Tür auf.«

Es gab eine lange Pause, dann klapperte der Schlüssel im Schloss.

Er trat die Tür auf. Marie stand vor dem Bett. Ihr war klar, dass ihr selbstbewusstes Lächeln und ihre bescheidene Haltung seine Wut nur weiter steigern würden. Emma packte weiter Beutel und Taschen. Royce schaute sich in ihrem Gemach um, weil er vermutlich glaubte, sie hätte Gaultier hier versteckt.

Sie lächelte, einfach nur, um ihn zu ärgern.

Es funktionierte. Seine Nasenlöcher weiteten sich, und ihm stieg die Röte ins Gesicht. Er zog die Vorhänge um das Bett beiseite, schaute in Koffer und spähte hinter den Wandschirm. Schließlich blieb er mitten in der Kammer stehen und suchte noch immer nach Anzeichen für den Aufenthaltsort des Hauptmanns seiner Wache.

Marie unterdrückte den Drang zu kichern, aber nur gerade so eben.

»Wo?«, fragte er, heftiger diesmal.

»Ich werde es dir zeigen, Gemahl«, sagte Marie milde. Sie nahm seine Hand und führte ihn aus dem Gemach. Sie spürte sein Erstaunen, als sie die Treppe zu seinem Gemach hinaufstieg.

»Das ist Unsinn. Gaultier ist hier nirgends.«

»Nein, Mylord, aber du kannst ihn von hier aus sehen.«

»Das ist ein Scherz«, protestierte er. »Du verspottest mich. Gaultier ist nirgends zu sehen.«

Marie führte ihren Mann zum Fenster. Sein Argwohn war greifbar. Er erwartete einen Trick, aber die Wahrheit hatte er noch nicht erraten. Vorsichtig trat er näher. Sein Blick folgte ihrem Finger, und er runzelte die Stirn.

Alles, was an der Burgmauer zu sehen war, war die Leichte des hingerichteten Gefangenen, die von den Zinnen hing.

Und sich im Wind drehte.

»Da ist nur der Gefangene!«, protestierte Royce. »Was für ein Scherz soll das sein? Ich suche Gaultier!«

»Und wer war der Verurteilte?«

»Der Ritter, der Haynesdale an meiner Stelle beanspruchen wollte«, sagte Roye ungeduldig. »Ich sehe Gaultier nicht. Lüg mich nicht an, Weib!« Er wandte sich um und durchquerte den Raum. »Ich habe keine Zeit für solche Albernheiten …«

Maries Gelächter ließ ihn innehalten und zurückschauen, von neuem misstrauisch. Aye, ihr Lächeln setzte ihm schwer zu. Sie lächelte noch ein wenig mehr, genoss ihren Triumph. »Warum, glaubst du, habe ich darum gebeten, den Gefangenen für seine Hinrichtung zu verhüllen?«

»Weil Frauen schwach sind. Weil du es nicht ertragen konntest, deinen Liebhaber sterben zu sehen. Weil …« Royce verstummte, und sie wusste, dies war der Moment, in dem er die Wahrheit begriff. Er starrte sie an und sprach im Flüsterton. »Weil es nicht der Gefangene war, der gestorben ist.«

»Nein«, stimmte Marie zu. »Er war es nicht.«

Royce sprang vor und schlug sie mit dem Handrücken mit voller Wucht ins Gesicht, sodass sie zu Boden ging. Dieses Untier! Marie presste eine Hand auf ihre brennende Wange, und ihr Ärger kehrte mit voller Wucht zurück.

»Du hast dafür gesorgt, dass der loyalste meiner Männer hingerichtet wurde!«, wütete er, sein Gesicht verzerrt. »Wie kannst du es wagen, dich in solche Angelegenheiten einzumischen! Wie kannst du es wagen, mir zu trotzen!« Er wollte sie packen, aber Marie kam rasch auf die Füße.

Sie griff nach der Klinge, wirbelte herum, als er sie beim Ellbogen griff, und stieß sie ihm hart in den Bauch. Seine Augen weiteten sich erstaunt, als sie die Klinge hochzog und Blut zu strömen begann. »Wie kannst *du* es wagen, deine Frau zu schlagen?«, sagte sie, während er entgeistert an sich herabblickte.

»Marie!«, flüsterte er.

Es war eine dünne Klinge, aber eine verflucht scharfe, und sie schnitt damit höher und drehte sie. Durch den Schmerz musste Royce husten, und es lief ihm Blut aus dem Mund, während er zurückstolperte. Er starrte sie an, als wäre sie eine Fremde.

Emma sah von der Tür aus zu.

»Schlange«, gelang es ihm zu sagen. »Ihr seid alle Schlangen.«

Marie setzte ihm nach, trieb das Messer tiefer in ihn hinein und zog es dann heraus. Offenbar glaubte er, sie würde ihn noch einmal angreifen, denn er wich einen Schritt zurück.

»Lass niemals zu, dass ein Mann dich schlägt und dann weiterlebt, um jemandem davon zu erzählen, Emma«, sagte sie leise und sah die Angst in Royces Augen aufblitzen. »Aye, Ehemann, du wirst nicht aus dieser Kammer fliehen.«

»Das kannst du nicht verhindern«, protestierte er, obwohl sie bereits gewonnen hatte. Er versuchte, Abstand zwischen sich und diese Klinge zu bringen, aber Marie stieß ihn mit der flachen Hand und stellte ihm dabei ein Bein. Er stolperte zurück, tastete nach der Wand und riss auf äußerst befriedigende Weise die Augen auf, als er begriff, dass hinter ihm nur leerer Raum war. Mit der Kniekehle stieß er gegen die niedrige Fensterbank. Fast gelang es ihm, sein Gleichgewicht wiederzugewinnen, doch Marie versetzte ihm rechtzeitig einen hilfreichen Stoß.

»Lebewohl, Royce«, flüsterte sie, und dann war er fort und fiel durch die Luft. Sie steckte den Kopf aus dem Fenster, gerade rechtzeitig, um ihn auf dem Schnee landen zu sehen, der den Burggraben bedeckte. Die Wucht des Aufpralls ließ das Eis darunter brechen, und sein Körper sank in dunkle Tiefen.

Royce verschwand unter dem Eis und tauchte nicht wieder auf. Nur ein roter Fleck auf dem Schnee blieb zurück. Marie wischte ihre Klinge an einem seiner Hemden sauber, dann warf sie ihm das Kleidungsstück hinterher.

Sie drehte sich um und betrachtete die Kammer. Hier würde es ihr gefallen. »Unser Glück hat sich gewandelt, Emma, und damit auch unsere Strategie.«

»Aye, Mylady.«

»Es gibt nicht länger einen Anlass, die Burg, die mit meines Vaters Geld gebaut wurde, zu verlassen. Sie gehört so gut wie mir, und das zu Recht.« Marie schaute auf die Straße, die vom Fenster aus zu sehen war, und hoffte, Bartholomew würde bald zurückkehren. »Bitte bringe meine Sachen in diese Kammer. Von jetzt an wird es meine sein.«

»Aye, Mylady.« Emma verbeugte sich und ging.

Marie lächelte. Haynesdale würde ihr gehören, und sie würde einen gewissen attraktiven Ritter zum Ehemann nehmen. Aye, der Reiz dieses Lehens wuchs mit jedem Moment.

In Royces Abwesenheit.

Es gab keine Chance, sich mit Bartholomew zu unterhalten und ihm zu erzählen, was sie über ihre Vergangenheit erfahren hatte. Anna hoffte, sie würde noch reichlich Gelegenheit haben, mit ihm zu sprechen, wenn erst einmal alles vorüber war. Sie pfiff ein Signal, als sie sich der Burg näherten, und die anderen kamen aus dem Wald.

»Wir hätten Euch beinahe für Royces Leute gehalten!«, rief Duncan und schüttelte Bartholomew herzlich die Hand. Wie sich herausstellte, hatte der Knappe, der zur Burg zurückgeritten war, diese Wegbiegung nicht überlebt, denn Duncan und die anderen hatten ihn angegriffen.

Royce würde nicht gewarnt werden.

Duncan und die anderen Jungen warfen den toten Jungen auf den Wagen und banden das Pferd mit den anderen zusammen. Sie tauschten sich über den Überfall aus, über Royces Täuschung und Bartholomews Plan.

Zu Annas Freude kam Bartholomew wieder zu ihr.

»Lass dir deine Genugtuung über Gaultiers Tod nicht anmerken«, riet Bartholomew ihr flüsternd. »Man kann dir deine Gedanken immer am Gesicht ablesen.«

»Kann man das?«

Er lächelte und berührte ihre Wange mit der Fingerspitze. Mit der leichtesten Berührung konnte er ein Glühen in ihr wachrufen. »Aye, du bist die aufrichtigste Frau, die ich kenne. Ich bewundere diese Eigenschaft sehr, Anna, aber lass nicht zu, dass sie uns verrät.«

Sie wollte schon den Mund öffnen, um ihm die frohe Kunde zu überbringen, aber Duncan kam und brachte Bartholomew dessen Gürtel und Schwert. Bartholomew zeigte sich freudig überrascht, dann gab er den Befehl zum Abzug.

Sie erreichten die Burg, und Anna beherzigte Bartholomews Rat und schaute nicht auf den Leichnam, der von der Mauer hing. Die Wachen am Tor öffneten das Fallgitter nach einem nur flüchtigen Blick auf ihre Gruppe, lachten und witzelten darüber, dass die Gesetzlosen aus dem Wald so dumm gewesen waren. »Aber wo ist William?«, fragte einer.

»Sein Pferd lahmt«, sagte Bartholomew ohne einen Hauch von Nervosität. »Er folgt uns zu Fuß.« Dann lachte er. »Der Wald ist frei von Banditen, also besteht keine Gefahr.«

Die Pförtner lachten mit ihm.

Die Gruppe gelangte durch das Tor, und Anna versetzte Percy einen leichten Seitenstoß. Der zweite Wagen war beladen und stand an einer Seite, die Pferde bereits davorgespannt. Auf einen Blick sah sie, dass es Royces jüngere, schnellere Pferde waren. All diese Koffer! Sie mussten Gold und Silber enthalten.

Aber nicht ein einziger sah groß genug aus, dass der Reliquienbehälter darin sein konnte. Die Dörfler drängten sich enger zusammen, und diejenigen unter ihnen, die als Royces Männer verkleidet waren, befahlen den vermeintlichen Gefangenen barsch, sich zusammen aufzustellen.

»Aus dem Weg, aus dem Weg, Gesindel«, sagte Duncan ungeduldig, um den Anschein aufrechtzuerhalten.

Bartholomew ging auf die Halle zu. Von hinten sah er ganz so aus wie Gaultier, dessen Gang er bewusst imitierte. Als er einmal in der Halle verschwunden war, kam ein weiterer Wachposten auf sie zu.

»Wo ist Stephen?« fragte er, und Anna konnte den Geruch von Pferd an ihm riechen. Er wandte sich an Duncan. »Wenn er gefallen ist, warum habt ihr ihn nicht mit zurückgebracht?« Er runzelte die Stirn und sah Duncan genauer an, griff ihn an der Schulter, als er sich abwenden wollte. »Wer seid Ihr?«, gelang es ihm zu fragen, und seine Stimme war laut genug, dass es die Aufmerksamkeit der übrigen Wachen erregte, bevor Stewart ihm das Schwert in den Rücken stieß.

Es war zu spät. Geschrei brach aus, als Knappen und Wachen sich gegen die Neuankömmlinge wandten. »Und so beginnt der Kampf«, sagte Duncan. »Befreit Euch und greift zu den Waffen!«

Sofort warfen die Dörfler ihre Fesseln ab und griffen sich Waffen vom Wagen. Die Jungen öffneten die Koffer und begannen, Steine auf die Männer des Barons zu werfen. Anna griff sich ihre Armbrust vom Wagen und zielte auf einen Wachposten oben auf der Palisade, der seinerseits Duncan im Visier hatte. Sie tötete ihn mit einem einzigen Schuss, und sein Körper fiel auf der anderen Seite über die Zinnen. Royces Männer bewegten sich schnell, und sie wusste, ihnen blieb nicht viel Zeit.

Auf allen Seiten erklangen Schreie. Der Kampf tobte erbittert. Diener kamen aus der Halle, der Koch mit einem Messer, der Kastellan mit einem eigenen Schwert in der Hand. Die Knappen erwiesen sich als tapfere Kämpfer und waren besser geschult als die Dörfler. Blut begann zu fließen, aber Anna sorgte sich vor allem um Vater Ignatius.

In der Kapelle regte sich nichts.

»Fahrt den anderen Wagen durch das Tor«, befahl sie Percy und seinen Freunden. »Und bindet die Pferde los, damit sie davonrennen können.«

Die Jungen hasteten los, verteidigten Percy, als dieser auf den Wagen zueilte. Anna schoss auf einen weiteren Wachposten, der auf die Gruppe zielte, verletzte ihn aber nur an der Schulter. Er sprang auf das hölzerne Gerüst hinunter, das auf der Innenseite der Palisade befestigt war, und griff sich einen weiteren Pfeil. Zu ihrem Entsetzen zündete er ein kleines Stoffbündel an der Pfeilspitze an. Anna schoss mit einem der wiedergefundenen Bolzen auf ihn, der sein Ziel jedoch nicht fand.

Sein Brandpfeil landete in einem Strohballen hinter dem zweiten Wagen. Das Stroh entzündete sich, dann fiel der Ballen hinunter, und das Feuer breitete sich rasch bis zu denen aus, die gerade im Burghof kämpften. Anna rief eine Warnung und rannte hinüber zur Kapelle. Der Wagen, auf dem sich die Steuergelder für den König befanden, bewegte sich auf das Tor zu. Percy feuerte die Pferde an.

»Vater Ignatius!«, rief sie und versuchte, die Tür zur Kapelle zu öffnen. Sie war verschlossen. War er fort? War die Reliquie sicher? Ihr blieb Zeit zu hoffen, bevor der Priester antwortete: »Ich habe den Reliquienbehälter, Anna, aber die Tür ist verschlossen!«

»Was ist mit Eurem Schlüssel?«

»Lady Marie hat ihn genommen. Sir Royce hat den anderen.«

»In ihren Gemächern«, flüsterte Anna. »Sie werden in ihren Gemächern sein.« Sie sprach lauter, damit der Priester sie hörte. »Es gibt einen Kampf, Vater, und ein Feuer im Burghof. Ich komme zurück, so schnell ich kann.«

»Geh, Kind!«, drängte er. »Geh! Bartholomew trägt Gaultiers Kleider.«

»Ich weiß! Er ist bei uns.«

»Gott sei Dank«, murmelte der Priester, während Anna loslief. Auf dem Weg über den Burghof sammelte sie drei Bolzen auf und entging um Haaresbreite einem Pfeil. Sie feuerte auf den Angreifer, dann lief sie durch die Tür in die Halle.

In diesem Moment hörte sie das Fallgitter.

Sie schaute zurück. Die Pferde waren nervös wiehernd vor dem Tor zum Stehen gekommen. Knappen umringten den Wagen, und die Dörfler wehrten sich erbittert.

Würden sie im Burghof gefangen bleiben, bis man sie alle getötet hatte?

Das durfte nicht sein!

Sie rannte die Treppe zu den privaten Gemächern hinauf und hoffte nur, sie würde Vater Ignatius rechtzeitig retten können.

~

Im Vergleich zum Hof, wo der Kampflärm tobte, war es im Turm sehr still.

Bartholomew stieg langsam die Treppe empor und war beinahe davon überzeugt, sein Herzschlag würde ihn verraten.

Er presste sich gegen die Wand, während Diener aus der Küche in den Burghof rannten, durch die Tür, die er gerade benutzt hatte. Wo waren Lady Marie und ihre Zofe? Wo war Royce? Er wollte wetten, dass der Baron sich in dem Gemach ganz oben aufhielt.

Weder am Fuß der Treppe noch auf dem ersten Treppenabsatz stand ein Wachposten. Bartholomew lauschte, dann zog er sein Schwert, bevor er weiterging.

In dem Gemach, das Anna und er geteilt hatten, war niemand.

In Lady Maries Gemach war auch niemand. Die Tür stand offen, und die Einrichtung schien in Unordnung. Geöffnete Koffer standen herum und Kleider lagen auf dem Boden. Sah ihre Kammer immer so aus, oder war hier etwas vorgefallen?

Bartholomew blieb im Gang stehen, aber von oben kamen keine Geräusche. Konnte er wirklich bis in Royces Gemach vordringen, ohne dass man ihn aufhielt?

Er erreichte das obere Ende der Treppe. Die Tür zum Gemach stand offen. Er zögerte einen Moment, dann trat er ein. Überall standen Taschen und kleine Kisten, und am Fenster, mit dem Rücken zu ihm, stand eine Frau. Sie trug einen Mantel und hatte sich die Kapuze über den Kopf gezogen.

»Lady Marie?«, fragte er leise. Sie antwortete nicht. Er betrat den Raum und wirbelte herum, als die Tür hinter ihm zuschlug. Er sprang vor dem Dolch zurück, mit dem Maries Zofe ihn bedrohte, und erstarrte, als er eine Klinge an seinem Rücken spürte.

»Nehmt den Helm ab«, sagte Marie.

Bartholomew nahm ihn ab und warf ihn beiseite. Ihr Atem streifte seinen Nacken, als sie lachte.

»Ihr seid zurückgekehrt«, rief sie aus. »Und unsere gemeinsame Zukunft kann heute noch beginnen.« Die Zofe zog den Dolch zurück, auch die Klinge an seinem Rücken verschwand. Er drehte sich zu ihr um, während sie sagte: »Lass ihn, Emma, und fahre mit deiner Arbeit fort.«

»Aye, Mylady.« Das Mädchen schien Maries Kleider in die Truhen in der Kammer zu räumen und die Männerkleider, die darin waren, auf den Boden zu werfen.

Bartholomew wandte sich Marie zu. »Ich verstehe nicht. Was bedeutet das alles?«

»Wir werden noch heute heiraten«, erklärte Marie.

»Aber Ihr *seid* verheiratet, Mylady.«

Maries Augen funkelten. »Nein, ich bin verwitwet, und diesmal werde ich mir meinen Ehemann selbst aussuchen.« Sie beugte sich vor, und ihre Freude war offensichtlich. »Ich wähle Euch.«

»Aber was ist mit Royce geschehen?«

»Er ist gefallen«, sagte Marie schulterzuckend. Sie zog Bartholomew zum Fenster hinüber, und aus diesem Winkel konnte er sehen, wo der Körper eines Mannes das Eis des Burggrabens durchbrochen hatte. Er sah auch, dass die Dörfler aus dem neuen Dorf sich vor dem Tor sammelten. Das Fallgitter musste geschlossen sein, denn sie gelangten nicht nach drinnen.

Waren die anderen gefangen? Er musste ihnen helfen!

Er wandte sich vom Fenster ab, nur, um sich Marie gegenüberzusehen, die ein Messer mit schmaler Klinge in der Hand hielt. »Sicher habt Ihr doch nicht vor, mein Angebot abzulehnen?«, fragte sie, während Emma hinter ihr eine kleine Kiste in einen großen Sack steckte. Sie bewegte sich verstohlen, als wollte sie der Aufmerksamkeit ihrer Herrin entgehen, und er fragte sich, was wohl in der Kiste war.

Und was sie damit vorhatte.

»Ich will natürlich nur den Priester holen«, sagte Bartholomew.

»Er ist sicher in der Kapelle«, sagte Marie. »Mit Agnes und der Reliquie.« Sie lächelte. »Ich hatte vor zu fliehen, aber nun können wir hierbleiben. Ich finde den Ausblick aus diesem Turmzimmer viel besser.« Ihr Lachen war leise und klang finster. »Und Ihr müsst keine Sorge haben, dass Ihr Royces Schicksal teilen werdet.«

Tatsächlich fragte sich Bartholomew, wie Royce aus einem Fenster hatte fallen können, das er so gut kannte. Das Glitzern in Maries Augen deutete darauf hin, dass der Baron dabei Hilfe gehabt hatte.

Er lachte und gab sich selbstsicherer, als er sich fühlte. »Nein, ich werde nicht so dumm sein, aus meinem eigenen Fenster zu stürzen.«

Maries Lächeln wurde breiter. »Ich meine damit, Ihr müsst nicht fürchten, dass Eure Frau Euch eine Tochter präsentiert, die in Wirklichkeit vom Hauptmann der Burgwache gezeugt wurde.«

Bartholomew blinzelte. »Ich verstehe nicht.« Hörte er da Schritte auf der Treppe? Emma wich langsam in den Korridor zurück, den Sack hinter dem Rücken. Er wirkte nun unförmiger, und er vermutete, sie hatte noch mehr hineingestopft. Was hatte die Zofe vor? Er konnte Feuer riechen und Schreie hören, was nicht dazu beitrug, seine Befürchtungen zu beschwichtigen.

Marie lachte. Von dem, was ihre Zofe tat, bekam sie nichts mit. »Royce wusste es auch nicht, der arme Mann. Er hat nie die Dienstboten belauscht, die es alle wissen. Es ist töricht, sie zu ignorieren.« Ihre Augen glänzten. »Royces erste Frau empfing ein Kind vom Hauptmann der Wache, der damals der jüngste Sohn des Herzogs von Arsent war. Besser noch, sie erzählte Royce, das Kind sei gestorben, obwohl das nicht stimmte.«

Diese Geschichte musste irgendeine Relevanz haben, aber Bartholomew ahnte nicht, welche. Er wünschte sich, sie würde sich beeilen. »Warum?«

»Vielleicht, weil Royce die Affäre entdeckte und ihren Liebhaber hinrichten ließ.« Sie biss sich auf die Lippen. »Vielleicht traute sie ihrem Ehemann nicht mehr.« Sie begegnete Bartholomews Blick. »Vielleicht ähnelte das Mädchen seinem Vater. Es muss einen Grund gegeben haben, weshalb sie ihr Baby mit der totgeborenen Tochter des Schmieds und seiner Frau getauscht hat.«

Bartholomew war bass erstaunt.

»Aber der Schmied ist tot, seine Frau auch, und das Mädchen ist vor zwei Jahren gestorben. Royce wusste nie, dass Anna, die Tochter des Schmieds, in Wirklichkeit das Baby seiner eigenen Frau war, aber die Köchin erzählte mir davon. Einer der Diener hat Anna wohl bei der Flucht geholfen, doch was ihr Gaultier angetan hatte, hätte sie niemals überlebt.« Marie lächelte wieder. »Aber ich werde treu sein, Sir, solange Ihr nicht grausam seid.«

»Das klingt nach einem fairen Handel«, sagte Bartholomew und beugte sich über ihre Hand. Wie konnte er dieser Situation nur entkommen?

»Sofern Ihr diesen Tag überlebt«, sagte Emma auf einmal mit solcher Bosheit, dass sie sich beide erstaunt umdrehten. Die Zofe schlug die Tür zu, und ein Schlüssel drehte sich hörbar im Schloss. »Mir wäre es recht, wenn Ihr mit dem Rest dieser Burg verbrennen würdet, Ihr selbstsüchtige Schlange!«, drang ihre Stimme durch die Tür.

»Emma! Was habe ich dir je getan?«

»Acht Jahre an diesem Ort!«, rief Emma aus dem Korridor. »Acht Jahre am Ende der Welt, mit nichts als Eurem Gift und Euren Forderungen.« Ihre Stimme hob sich in schriller Wut. »Und was ist am Ende Agnes' Lohn? Sie ist wegen Eurer Taten gestorben, aber alles, was Ihr getan habt, war, ihren Körper zu entweihen, ihre Erinnerung zu besudeln mit dem Anschein, dass sie ein uneheliches Kind erwartet. Ihr verdient keine Treue, nicht von mir und auch von keinem anderen!«

Marie rüttelte an der Klinke. »Emma! Ich befehle dir, diese Tür zu öffnen.«

»Und ich befolge Euren Befehl nicht.«

»Emma!«

Bartholomew schaute sich in der Kammer um. Vermutlich konnten sie die Bettvorhänge verknoten und sich daran aus dem Fenster herablassen, obwohl er sich nicht sicher war, dass der Stoff das Gewicht tragen würde. Nirgends gab es ein Seil.

Marie wirbelte herum. Nun erst fielen ihr die fehlenden Kisten auf. »Emma! Hast du mein Geld gestohlen?«

»Es ist jetzt meins, Mylady«, höhnte die Zofe. »Möge es mich glücklicher machen als Euch.« Ihre Schritte verklangen auf der Treppe, dann ächzte sie überrascht, und Bartholomew hörte sie zu Boden gehen. Sie fluchte, und dann erklangen Kampfgeräusche. Er späte durch das Schlüsselloch und sah Anna auf der Treppe mit der Zofe kämpfen. Dass Emma dabei versuchte, den Sack mit dem Geld nicht loszulassen, wurde ihr zum Verhängnis.

Anna riss der Zofe den Schlüsselring vom Gürtel. Sie warf ihn auf den Boden vor der Tür und rief dabei seinen Namen.

Bartholomews Dolch passte so eben durch den Schlitz. Es gelang ihm, den Ring zu angeln und den Schlüsselbund unter der Tür hindurchzuziehen. Er griff ihn sich und schloss hastig die Tür auf.

Emma hatte Anna gegen die Wand gepresst, eine Hand in Anns Haar. Annas Armbrust lag in einiger Entfernung auf dem Boden. Emma hob den Sack mit den Münzen und wollte Anna damit über den Kopf schlagen.

Bartholomew warf sein Messer. Emma erstarrte, als es ihr zwischen die Schultern drang, dann entfiel der Sack mit dem Geld ihren Händen. Silbermünzen rollten über den Boden.

Anna entwand sich der Zofe, als diese zu Boden sank, und griff sich ihre Armbrust. Bartholomew schwenkte den Schlüsselbund, sodass er klirrte, und als Anna zu ihm schaute, warf er ihn ihr zu. Sie fing ihn mit einem triumphierenden Lächeln auf.

»Wer ist das?«, fragte Marie von hinter Bartholomew. »Sie sieht aus wie die Tochter des Schmieds.«

»Aye, das ist sie, obwohl Ihr mir gerade erzählt habt, dass sie in Wirklichkeit von Adel ist. Ich danke Euch für diese Kunde.«

Bartholomew spürte die dünne Messerklinge an seinem Rücken und erstarrte.

»Ihr werdet mich nicht hier zurücklassen«, flüsterte Marie.

Er sah, dass Anna einen Bolzen aufgelegt hatte, und blickte ihr einen Moment in die Augen. Sie presste entschlossen die Lippen zusammen, und er wusste, er konnte ihrer Treffsicherheit trauen.

»Da habt Ihr sicher recht.« Bartholomew zwinkerte. Marie würde es nicht sehen können. Dann duckte er sich, und Anna feuerte. Ihr Bolzen traf Marie direkt in die Brust.

Marie stolperte verblüfft zurück. Mit den Fingern berührte sie die Wunde und starrte auf das Blut auf ihrer Hand. »Ihr weist mich zurück.«

»Ich werde eine so falsche Frau niemals heiraten.«

»Ihr werdet *keine* Frau heiraten!«, gelobte Marie. Sie griff nach einer Glocke, die im Türrahmen hing, und läutete sie. Der Klang war laut und lang.

Unten schrien Männer, und dann erklangen Schritte auf den Stufen. Anna lief zu Bartholomew, während er seinen Dolch wieder an sich nahm. Er nahm ihre Hand. Anna griff nach dem Münzsack, während er sich nach einer Fluchtmöglichkeit umsah.

»Da!«, rief er und deutete auf eine Leiter am Ende des Ganges. In aller Eile kletterten sie sie hinauf, und er stieß die Falltür in der Decke auf. Dabei konnte er den Rauch riechen, der aus dem Burghof aufstieg. Er sprang auf die Zinnen, dann half er Anna hinauf, schloss die Falltür und wandte sich den Wachposten zu, die kamen, um sie anzugreifen.

Sie waren nur zu zweit, und einer war verletzt.

»Der Burghof brennt!«, flüsterte Anna. »Alles ist verloren.«

»Fergus kommt«, sagte Bartholomew und deutete auf die Wolke aufstiebenden Schnees, die sich Haynesdale näherte. Selbst aus der Entfernung sah man die weißen Waffenröcke der Templer mit ihren roten Kreuzen. »Alles wird gut!«

Ein Wachposten brüllte und zielte mit der Armbrust auf sie. Bartholomew zog Anna mit sich zur Treppe, die auf der Innenseite der Palisade hinunter in den Hof führte. Ihm kam ein Plan in den Sinn.

ANNA BESAß NICHT BARTHOLOMEWS SELBSTVERTRAUEN, aber sie vertraute ihm.

Die Wachen standen zwischen ihnen und dem hölzernen Treppengerüst, das offenbar sein Ziel war. Er schwang sein Schwert und verletzte eine der Wachen, dann gab er Anna seinen Dolch, damit sie ihm den Rücken decken konnte. Sie wünschte, sie hätte Zeit, ihre Armbrust zu spannen, aber die Männer waren schon bei ihnen. Der Rauch, der aus dem Burghof aufstieg, war dick, und sie sah nicht, was unten geschah. Sie fürchtete um die Dörfler, um Percy, Duncan und Vater Ignatius.

Wie konnte Bartholomew so sicher sein, dass alles gut ausgehen würde? Er hatte anscheinend einen Plan, denn er kämpfte sich zielbewusst zu dem Gerüst durch. Warum wollte er hinunter in den Hof? Dort würden sie nur mit den anderen zusammen sterben! Und Fergus würde nicht in der Lage sein, ihnen zu helfen, wenn das Fallgitter geschlossen war.

Dann hieb Bartholomew auf eins der Seile ein, mit dem das Gerüst an der Palisade befestigt war. Er wirbelte herum, um einen anderen Angreifer abzuwehren, und nahm sich dann ein weiteres Seil vor. Anna sah, was er tat, begriff aber nicht, wieso. Sie duckte sich unter den Schwerthieben hindurch und durchtrennte selbst ein Seil, lief dann weiter zu dem letzten, das sie von hier aus sehen konnte. Zwei Knappen kämpften sich gerade die Treppe hinauf, um ihren Kameraden zur Hilfe zu eilen, und ihr kam der Gedanke, dass Bartholomew sie davon abhalten wollte.

Stattdessen griff er sie um die Taille, als das letzte Seil durchtrennt war, und trat hart gegen das Gerüst. Es löste sich von der Wand. Ein Seil weiter unten riss, und die Knappen schrien entsetzt auf.

Bartholomew grinste sie übermütig an, sprang dann mit ihr auf das hölzerne Gerüst, das durch ihr vereintes Gewicht noch weiter aus dem Gleichgewicht gebracht wurde. Das Holz knarzte und ächzte, dann kippte das gesamte Konstrukt hinunter in den Hof.

Und sie waren obenauf.

Die Knappen schrien. Anna wappnete sich für den Aufprall, der ihr den Atem aus der Lunge presste. Das Feuer griff sofort vom Stroh auf die Trümmer des Gerüstes über und breitete sich gefährlich schnell aus. Pferde wieherten panisch, Dienstmägde rannten entsetzt aus der Halle.

»Das Fallgitter!«, brüllte Bartholomew, und Anna hörte, wie alle in Bewegung kamen. »Fergus ist da!«

Duncan röhrte, die Dörfler jubelten, und der Kampf tobte noch erbitterter.

»Vater Ignatius«, rief Bartholomew ihr zu, dann stellte er sich zwei weiteren Angreifern. Er kämpfte sich den Weg zum Tor frei, wich dem Feuer und dem restlichen Getöse aus und rief dabei Ermutigungen. Seine Gegenwart allein stärkte die Dörfler und verlieh ihnen neue Stärke und neuen Mut.

Anna rannte zur Kapelle und schloss mit zitternden Händen die Tür auf. Vater Ignatius hielt den Reliquienbehälter an die Brust gepresst. Wortlos rannten sie zusammen Richtung Tor. Am Boden war der Rauch dicht, aber sie sah Stewart und Edgar hinten auf dem zweiten Wagen sitzen. Auf ihr Rufen hin packten die beiden Männer Vater Ignatius und zogen ihn hinauf.

Aus dem hohen Turm schlugen auf einmal Flammen, und eine Frau schrie.

Das Fallgitter quietschte, und die Dörfler jubelten, als es sich öffnete. Die vor den Wagen gespannten Pferde brauchten keine Ermutigung, um vor dem Feuer durch das Tor zu fliehen. Die übrigen losgebundenen Pferde rannten hinterher, ihnen folgten die restlichen Dörfler und brachten sich rasch in Sicherheit. Anna wagte erleichtert aufzuatmen, als Bartholomew als Letzter hindurchlief und sie in seine Arme riss.

Vater Ignatius wickelte den Schatz aus, den er in den Armen hielt, und küsste die goldene Oberfläche.

Seine Dankbarkeit fand in den Herzen der Umstehenden lauten Widerhall.

DIE DÖRFLER WAREN MÜDE, und manche waren verletzt. Rowe, der Zimmermann, war getötet worden, und die Trauer um ihn war groß. Viele andere hatten Verwundungen erlitten, aber Finan, der Apotheker aus dem Dorf, kümmerte sich um sie. Die Kinder liefen los, um so viele Vorräte und Lebensmittel zu finden, wie es ging, die sie alle miteinander teilten, als sie sich um ein Freudenfeuer im Dorf versammelten. Die Burg brannte langsam und gründlich nieder, aber Bartholomews Ansicht nach hatten sie alles, was von Wert war, aus den Flammen gerettet.

Esme holte ihre Hühner aus dem Wald, und Regan teilte ihren Ziegenkäse mit allen. In der Nähe der Versammelten grasten die Ziegen. Alle erzählten durcheinander und trösteten sich gegenseitig. Kaninchen rösteten am Spieß, und Bartholomew wusste, er würde morgen auf die Jagd gehen müssen, um sicherzugehen, dass alle ausreichend zu essen hatten.

Sie waren zu dünn geworden, die Leute von Haynesdale. Er saß, schaute und hörte zu, genoss die Geschichten und die Kameradschaft und wusste, früher oder später würde er eine Entscheidung treffen müssen.

Natürlich war es schließlich Anna, die ihn darum bat.

Sie ging auf ihn zu, ihre Züge vom Feuerschein erhellt. Die Entschlossenheit in ihrem Gesicht ließ seine Bewunderung erwachen. Vor ihm blieb sie stehen, dann fiel sie auf die Knie und bot ihm den Ring seines Vaters auf der Handfläche dar.

Zum zweiten Mal.

»Nur ein König kann einen Baron ernennen, Anna«, erinnerte er sie leise.

Sie hielt seinen Blick, und ihr eigener war stet und klar. »Was wirst du tun?«

Die Anwesenden wurden still, aller Augen waren erwartungsvoll auf ihn gerichtet.

Bartholomew stand auf und wandte sich ihnen allen zu. »Dem König stehen die Steuern des Lehens Haynesdale zu«, sagte er. »Ich werde sie ihm überbringen, auch, wenn er zur Zeit vermutlich in Anjou Hof hält. Die Könige dort stellen Armeen für einen Kreuzzug auf, und er wird sich mit Philip von Frankreich beraten.« Er stand auf, legte den Waffenrock ab, der Gaultier gehört hatte, und warf ihn ins Feuer. »Während ich dort bin, werde ich ihn bitten, mir das Siegel von Haynesdale zu übertragen, aus Respekt für meine Herkunft.«

Anna schaute über die Schulter, als Percy neben ihr erschien. Er trug den Sack mit Münzen, den Anna aus dem Turmgemach mitgenommen hatte. Er ließ sich neben Anna auf ein Knie fallen und reichte Bartholomew den Sack.

»Für den Heimfall«, sagte Anna.

»Nein«, sagte Bartholomew. »Dieses Geld stammt von Euch allen, und Ihr musstet dafür Armut und Hunger erdulden. Wenn du es mir gibst, Anna, gebe ich es den Dörflern zurück. Wie Vater Ignatius gesagt hat: Im Austausch für Eure Steuern habt Ihr weder Schutz noch Gerechtigkeit erhalten. Das Geld gehört rechtmäßig Euch.«

Sie murmelten untereinander, und an Annas triumphierendem Lächeln merkte er, dass sie seine Entscheidung vorhergesehen hatten. »Wir sind übereingekommen, dass wir unsere Steuern auf diese Weise ausgeben wollen«, sagte sie. »Und dass es uns nur darin bestärken würde, wenn du diese Antwort gäbest.« Sie beugte den Kopf. »Danken wir Gott dafür, dass der wahre Sohn wieder zurückgekehrt ist und es in Haynesdale wieder Gerechtigkeit geben wird.«

Die Dörfler jubelten, und Fergus applaudierte. Seine Freude über Bartholomews unerwartetes Glück war offensichtlich. Den Reliquienbehälter hatte Duncan wieder an sich genommen. Die beiden würden damit wie geplant weiter nach Killairic reiten.

Bartholomew hob die Stimme und sprach zu allen Anwesenden. »Die Männer der Linie meines Vaters waren bekannt für ihre Fähigkeit, Altes und Neues zu vermischen, eine Balance zu finden zwischen Tradition und Erneuerung. Und ich möchte hier auf diese Weise fortfahren. Ich werde die Steuern zum König bringen, damit er seinen rechtmäßigen Anteil erhält, und werde frohen Herzens Euer Angebot annehmen, für den Heimfall zu zahlen. Ich will Euch Gerechtigkeit zuteilwerden lassen und mein Bestes geben, Euch zu verteidigen, wenn mir das Glück beschieden sein sollte, des Königs Gunst zu gewinnen. Aber ich möchte Euch Folgendes nahelegen: Wenn Anna, die Tochter des jüngsten Sohns des Herzogs von Arsent und der vorherigen Lady von Haynesdale, mich zu ihrem Mann nimmt, wird dem König diese Mischung aus Altem und Neuem vielleicht besonders gefallen.«

Die Dörfler jubelten und stampften im Schnee, aber Anna richtete sich misstrauisch auf. »Du willst mich heiraten, um deinen Anspruch auf Haynesdale zu bekräftigen?«, fragte sie leise. »Wegen des Namens meines Vaters?«

»Ich will dich heiraten, weil ich dich liebe«, antwortete er. »Und ich möchte dich noch heute Abend heiraten, bevor wir die Antwort des Königs kennen, damit du keinen Grund hast, an mir zu zweifeln. Wenn König Henry Pläne für dieses Lehen hat, könnte meine Absicht, dich zu heiraten, zwischen mir und Haynesdale stehen. Aber ich halte das Risiko für angemessen, denn ich würde lieber ohne das Siegel von Haynesdale leben als ohne die Frau, die ich liebe.« Er lächelte, als sie die Tränen zurückblinzelte. Ihre Gedanken waren wie immer leicht zu lesen.

Er musste sie einfach ein wenig necken. »Vorausgesetzt, natürlich, dass du mich haben willst, Anna, selbst in dem Wissen, dass unserer Bitte an den König vielleicht kein Erfolg beschieden sein wird.«

»Er wird es nicht wagen, sich uns zu widersetzen«, sagte sie hitzig, dann lächelte sie, als er ihr die Hand reichte. »Gerne lege ich meine Hand in die eines Mannes von solcher Ehre.«

Bartholomew grinste und zog sie fest in die Arme, wirbelte sie herum, während alle anderen jubelten. Vater Ignatius kam zu ihnen herüber, um die Hochzeit zu zelebrieren, aber zuerst stahl Bartholomew einen leidenschaftlichen ersten Kuss.

»Ich liebe dich«, flüsterte Anna, als er sie schließlich sprechen ließ. »Ich glaube, ich habe dich vom ersten Moment an geliebt, selbst, als ich dachte, du wärst der schrecklichste Mann der Welt.«

»Aye, du hattest eine ähnliche Macht über mich«, stimmte er grinsend zu. »Meine schöne Lady.«

Annas Gesichtsausdruck war schalkhaft. »Dann passen wir vielleicht gut zueinander.«

»Ich glaube, daran besteht wenig Zweifel.«

Ihre Blicke trafen sich, und Bartholomew sah in ihren Augen den Glanz der Zukunft. Dann räusperte sich Vater Ignatius, und sie drehten sich zu ihm um, ihre Hand auf seiner, und gelobten sich einander an. Die Sterne glitzerten über ihnen, die Funken des Freudenfeuers stoben in die Nacht, die Burg brannte und sie würden eine neue bauen. Bartholomew spürte die Geister seiner Ahnen um sich, und das Gefühl der Heimkehr, nach dem er sich gesehnt hatte, erfüllte sein Herz nun mit Hoffnung und Frieden.

Wegen der mutigen Frau, die neben ihm stand – denn sie hatte nicht nur den Schatz der Templer gestohlen, sondern auch sein Herz.

Es würde für immer ihr gehören.

DONNERSTAG, 17. MÄRZ 1188

FESTTAG DES SANKT JOSEPH VON ARIMETHEA
UND DER MÄRTYRER VON ALEXANDRIA

KAPITEL 15

Châmont-sur-Maine

Es hatte so ausgesehen, als könnte nichts schiefgehen, aber als der Tag kam, an dem Bartholomew seinen Fall König Henry vortragen würde, fürchtete Anna sich vor dem Ausgang.

Vielleicht, weil sie es schlicht nicht gewohnt war, Königen zu begegnen.

Und schon gar nicht, sie um ihre Gunst zu ersuchen.

Sie und Bartholomew waren nach Süden gereist, mit Leila und Timothy im Gefolge, während Fergus über Haynesdale wachte. Es gab viel zu tun, denn Bartholomew wünschte die Burg seines Vaters wiederaufzubauen und das Dorf zurück an seinen früheren Platz zu verlegen. Die Dörfler waren froh und hatten rasch mit der Arbeit begonnen. Ihr Wissen, wie alles damals angelegt gewesen war, würde Fergus helfen, die richtigen Entscheidungen zu treffen, und Bartholomew hatte seinem Freund sein vollstes Vertrauen ausgesprochen. Auch Duncan war in Haynesdale geblieben, denn sein Platz war bis zu Fergus' sicherer Heimkehr an dessen Seite.

Bartholomew hatte mehrere Kisten mit Münzgeld mit in den Süden gebracht, um es dem König zu übergeben. Cenric hatte festgebunden werden müssen, damit er ihnen nicht folgte, aber Bartholomew hatte gesagt, die Reise wäre zu viel für ihn. Er hatte dem Hund die Ohren gekrault und gelobt, bald zurückzukehren, und Anna hatte bei sich gedacht, das Tier hatte ihn verstanden.

Das Wetter war schön gewesen, und trotz Annas anfänglicher Sorge war ihre Überfahrt nach Frankreich ereignislos verlaufen. Aus ihrer Gruppe war sie allein noch niemals so weit gereist, aber Bartholomew erklärte ihr alles und besuchte mit ihr unterwegs viele Kirchen. Er lehrte sie auch Französisch, und obwohl ihre Versuche anfangs alle zum Lachen brachten, wuchsen ihre Kenntnisse täglich. Auch hatte sie mit Leilas Hilfe gelernt, sich wie eine Edelfrau zu benehmen.

Und doch war Anna zu dem Zeitpunkt, als sie Gastons Besitzung erreichten, sicher gewesen, sie würde irgendeinen Fehler machen, der Bartholomew teuer zu stehen kommen würde. Sie hoffte, ihre Hochzeit würde sich nicht als verhängnisvoller Irrtum herausstellen, der ihn alles kostete, denn die Launen eines Königs konnte man nie vorhersehen.

Ysmaine hatte sie sehr warmherzig empfangen und einige wenige höfliche Vorschläge unterbreitet, was Annas Selbstvertrauen gestärkt hatte. Ysmaines Zofe Radegunde wiederum war sofort aufgefallen, dass Anna schwanger war, was ihren eigenen Verdacht bestätigte. Ysmaines Bauch war sogar noch runder, und die beiden Ritter gratulierten sich gegenseitig zu ihrem Glück.

Gaston war es, der Nachricht nach Anjou geschickt und den König zu einem Besuch eingeladen hatte. Das überraschte Anna, denn sie hatte gedacht, die Menschen gingen zu den Königen, nicht umgekehrt. Zu ihrem Erstaunen hatte König Henry die Einladung angenommen.

Und würde in zwei Tagen da sein.

In der Küche herrschte hektisches Treiben: Backen, Braten, Kochen und Soßenmachen. Lady Ysmaine sagte lachend, nur ein Narr träte freiwillig über die Schwelle. Der Haushofmeister hatte die Kräuter, die auf die Binsen in der Halle gestreut wurden, zweimal austauschen lassen, da ihm der Duft der ersten Sorte nicht gefiel, und das Holz stapelte sich hoch neben dem Kamin. Banner wurden aufgehangen und Minnesänger engagiert, und die Fleischlieferungen in die Küche ließen Anna die Augen aufreißen.

Es gab Schwan und Pfau, Reh und gebratenes Wildschwein, zahllose

Eierspeisen und feine Kuchen, Wein und Ale, frisches Brot und viele Sorten Käse. Sie konnte nicht glauben, wie reichlich Gastons Speicher und Speisekammern gefüllt waren.

Als es soweit war, versammelte sich der gesamte Haushalt gegen Mittag vor den Toren von Châmont-sur-Maine, um den König und sein Gefolge willkommen zu heißen. Gaston und Ysmaine standen direkt an der Tür, Bartholomew und Anna nebeneinander an einer Seite, dann kam der gesamte Haushalt, dem Rang nach geordnet. Die Dörfler säumten die Straße, und auch dort zeigte sich eine gewisse Hierarchie, denn die Händler und Gildenmitglieder standen Gastons Toren am nächsten. Alle trugen ihre besten Kleider und richteten sich gerade auf, als die Fanfaren zu hören waren, die die Ankunft des Königs verhießen.

Beim ersten Blick auf den König verbeugten sich alle tief.

Anna konnte nicht anders, als immer wieder neugierige Blick auf das Gefolge zu werfen, die Menschen in ihren kostbaren Gewändern auf den prächtigen Pferden. Noch nie hatte sie etwas Ähnliches gesehen, und sie bemerkte, wie Bartholomew ob ihres Staunens lächelte. Sie vermutete, ihre Gedanken waren für ihn so deutlich zu lesen wie immer.

Selbst die Sättel der Pferde waren verziert, aus farbigem Leder und mit bestickten Schabracken versehen, ja, sogar mit silbernen Glocken. Kettenhemden und Schwertscheiden glänzten, die Rüstungen und Waffen eher für ein Festmahl geeignet als für ein blutiges Schlachtfeld.

Der König selbst war schon älter, jedoch nicht so alt, wie Anna erwartet hatte. Sein Haar war silbern und er hatte O-Beine, zweifellos von all der Zeit, die er im Sattel verbrachte. Er stieg vom Pferd und verzog dabei so flüchtig das Gesicht, dass sie dachte, sie hätte es sich nur eingebildet. Gaston grüßte er mit einer Wärme und Vertrautheit, die auch für Anna offensichtlich war, obwohl sie seinem Französisch nicht leicht folgen konnte.

Wie erstaunlich, im Haushalt eines Mannes zu Gast zu sein, der auf freundlichem Fuß mit dem König persönlich stand!

Dann blieb der König vor Bartholomew stehen. Anna spürte seinen Blick auf sich ruhen und hielt den Kopf gesenkt, bis er nickte. Sie sah, wie er Bartholomew musterte. »Und so ist der Sohn von Nicholas von

Haynesdale endlich gefunden«, sagte der König in seinem schwach französisch gefärbten Englisch. »Ich hatte nie geglaubt, dass Gabriella zulassen würde, dass Ihr für immer verloren ginget.«

»Ihr kanntet sie, Sire?«

Der König lächelte. »Ich habe ihre Ehe arrangiert, Luc Bartholomew. Ist es wahr, dass das Mal in Euer Fleisch eingebrannt ist? Es klang so ausgefallen.«

»Das ist es, Majestät.«

»Aber der Ring ging verloren.«

»Nein, Majestät«, wagte Anna zu sagen. Sie zog das Band aus ihrem Kleid und bemerkte, wie gespannt der König auf ihr Mieder starrte. »Lady Gabriella vertraute ihn der Obhut meiner Familie an.«

Der König nahm den Ring und drehte ihn so, dass der kämpfende Lindwurm im Licht war. Er lächelte ein wenig. »Ich erinnere mich gut daran. Seht Ihr die Inschrift? Nicholas ließ das Datum des Tages eingravieren, als ich ihm Haynesdale nach seines Vaters Tod übergab.« Er nickte. »Er war ein guter Mann.« Er ließ den Ring los, sodass er an seinem Band wieder auf Annas Brust fiel, dann musterte er Bartholomew erneut. »Und dies ist Eure Gemahlin?«

»Aye, Sir. Die Tochter der Lady von Haynesdale, Royce Montclairs erster Frau, und des jüngsten Sohns des Herzogs von Arsent.«

»Ich vermute, dahinter steckt eine interessante Geschichte«, sagte der König, und Anna spürte, wie sie errötete. »Doch obwohl sie den Ring hat, tragt Ihr ihn nicht.«

»Nur der König kann einen Mann zum Baron ernennen, Sire.«

»Und der König war es, der stets die Ehefrau des Barons von Haynesdale erwählt hat«, bemerkte Henry.

Annas Herz wurde zu Eis.

»Vergebt mir, Sire, wenn ich anmaßend war«, sagte Bartholomew.

»Das wart Ihr«, antwortete der König streng. Dann fiel sein Blick auf Annas runden Bauch. »Und auch noch impulsiv.« Er seufzte und runzelte die Stirn. »Ich möchte nicht verantwortlich dafür sein, dass in meinem Königreich ein weiterer Bastard geboren wird.«

Anna keuchte auf, als sie verstand, was er damit meinte. Der König betrachtete sie, und sie fragte sich, ob er begriff, wie erleichtert sie war.

Dann lächelte Henry sie an. Seine Augen funkelten. »Sorgt Euch nicht, ich werde keine Ehe annullieren, die so offensichtlich bereits vollzogen wurde.«

»Ich danke Euch, Sire«, sagte Bartholomew.

Der König reichte Bartholomew seine Hand, der sich rasch verbeugte, um sie zu küssen. »Ich werde das Mal natürlich sehen müssen«, sagte er. »Und für den Heimfall müsst Ihr zahlen.«

»Ich habe das Gold dafür, Sire, genau wie die Steuern, die der frühere Baron von Haynesdale noch nicht gezahlt hatte.«

»Das kommt äußerst gelegen«, sagte Henry, dann hob er die Stimme, um zu allen zu sprechen, die vor den Toren versammelt waren. »Es wird einen Kreuzzug in den Osten geben, um Jerusalem zurückzuerobern. Ich, König Philip und mein Sohn Richard werden ihn anführen, und ich heiße Euch alle, zu seiner Finanzierung beizutragen, wie der neue Baron von Haynesdale die Klugheit besaß, es zu tun.« Applaus erklang. »Und ich rate all jenen von Euch, die gesund sind, all ihre Angelegenheiten zu regeln und mit uns zu reiten, um die Heilige Stadt aus den Händen der Ungläubigen zu befreien!«

Begeisterter Jubel erklang, und der König wandte sich mit einem wissenden Lächeln Anna zu. »Ich nehme an, dass Eure Lady Euch nicht so schnell aus Ihrem Bett entlassen wird«, sagte er zu Bartholomew.

»Und ich möchte Haynesdale wiederaufbauen, Sir, denn das Dorf und die Burg sind vom Feuer verwüstet worden.«

Der König wurde ernst. »Es werden Steuern erhoben werden müssen, um den Kreuzzug zu bezahlen. Denkt nicht, Ihr könntet Euch Euren Zahlungsverpflichtungen entziehen.«

»Natürlich nicht, Majestät«, sagte Anna, die nicht länger schweigen konnte. »Mein Ehemann wünscht, die Erlaubnis zu erwirken, in Haynesdale einen Jahrmarkt abzuhalten, um mehr Zölle und Einnahmen in unsere Truhen fließen zu lassen.«

Der König nickte. »Wir werden darüber nachdenken«, sagte er, sein Lächeln jedoch verhieß Zustimmung. Anna sah, wie Gaston Bartholomew einmal zunickte und nahm an, er rechnete mit der Billigung des Königs.

Unterdessen atmete Henry tief ein. »In der Bretagne liegt etwas in der Luft, das einem Mann Appetit macht. Hier stehen wir an der Grenze zwischen der Bretagne und Anjou, und alles, woran ich denken kann, ist der Geruch gebratenen Wildschweins. Mylady Ysmaine, wollt Ihr so gütig sein, uns an Eure Tafel zu führen? Zwar war es nur ein kurzer Ritt, dennoch bin ich halb verhungert.«

»Mit dem größten Vergnügen, Sire. Ihr erweist uns mit Eurem Kommen große Ehre.« Dann wechselte Ysmaine zurück ins Französische und sprach so schnell, dass Anna keine Chance hatte, der Unterhaltung zu folgen.

Sie hakte sich bei Bartholomew ein, der eine Hand auf ihre legte. »Heißt das, er ist einverstanden?«, flüsterte sie, und Bartholomew lächelte sie an.

»Wenn alles gutgeht, dann wird er es sein.«

»Warum sollte er das nicht sein?«

»Es gibt keinen Grund, Anna. Gaston betrachtet die Angelegenheit als erledigt, und seine Zuversicht gibt mir Vertrauen.«

»Dann wird Haynesdale dein sein!«

»Sobald der Ring auf meinem Finger steckt.« Sie traten durch das Tor, und Bartholomew küsste sie auf die Wange. »Doch in aller Aufrichtigkeit, den Ring, der am wichtigsten ist, trage ich bereits an meinem Finger.«

Der einzige, den er trug, war sein Ehering, genau wie bei Anna. Sie lächelte zu ihm auf, mehr als zufrieden mit ihrem Schicksal. »Ysmaines Zofe glaubt, es werde ein Junge.«

Bartholomew konnte ein Lächeln nicht unterdrücken, und in seinen Augen stand das Funkeln, das sie so unendlich liebte. »Ob es ein Junge oder ein Mädchen wird, spielt keine Rolle, Anna«, gelobte er. »Denn ich bin mehr als bereit, einen weiteren Versuch zu unternehmen, einen Erben zu zeugen.«

Und in dieser Angelegenheit, das musste gesagt werden, stimmte Anna mit ihrem Gemahl vollkommen überein.

∿

Die mit Preisen ausgezeichnete Bestsellerautorin Claire Delacroix hat über siebzig Romane und Erzählungen veröffentlicht. Ihr erstes Buch, „Romance of the Rose", erschien 1993. Ihre Werke sind USA-Today-Bestseller und gehören auch landesweit zu den bestverkauften Büchern. Ihr mittelalterlicher Liebesroman „The Beauty" war ihr erstes Werk, das es auf die Bestsellerliste der New York Times schaffte.

Claire Delacroix ist das Pseudonym, das Deborah Cooke für ihre historischen und fantastischen Liebesromane benutzt. Sie schreibt auch moderne und paranormale Liebesgeschichten unter ihrem eigenen Namen und veröffentlichte außerdem Bücher als Claire Cross. 2009 wurde sie Writer in Residence der Toronto Public Library. Es war das erste Mal, dass die Stadtbibliothek von Toronto dieses Residenzstipendium im Genre „Liebesroman" vergab. 2012 wurde Deborah Cooke die Ehre zuteil, vom Verband amerikanischer Liebesromanautoren und -autorinnen (Romance Writers of America, RWA) zur Mentorin des Jahres ernannt zu werden. Sie steht ebenfalls auf der Ehrenliste dieses Verbandes.

Claire lebt mit ihrer Familie in Kanada und strickt leidenschaftlich gern.

http://Delacroix.net